ハヤカワ・ミステリ文庫
〈HM507-1〉

ミセス・マーチの果てしない猜疑心

ヴァージニア・フェイト
青木千鶴訳

早川書房
8966

MRS. MARCH
by
Virginia Feito

Translated by
Chizuru Aoki
First published 2023 in Japan by
HAYAKAWA PUBLISHING, INC.
This book is published in Japan by
arrangement with
NEON LITERARY
through THE ENGLISH AGENCY (JAPAN) LTD.

わたしの両親、ミスターとミセス・フェイトに

噂をふれまわる人間は、真実味を持たせるために
あえて声をひそめて話す。

――ディラン・トマス「The Gossipers」

ミセス・マーチの果てしない猜疑心

登場人物

ミセス・マーチ……………………著名作家の妻
ジョージ・マーチ…………………作家。元大学教授
ジョナサン…………………………マーチ家の長男
ポーラ（ポーレット）…………ジョージと先妻のあいだの娘
マーサ………………………………マーチ家の家政婦
リサ…………………………………ミセス・マーチの姉
シーラ・ミラー……………………マーチ家の上階の住人
アレック……………………………シーラの息子。ジョナサンの友人
ゼルダ………………………………ジョージの著作権エージェント
エドガー……………………………ジョージの担当編集者
シルヴィア・ギブラー…………失踪後遺体で見つかった娘
アルマ………………………………ミセス・マーチの実家にいた家政婦
ジョアンナ…………………………ジョージの小説の主人公

1

ジョージ・マーチが新作を上梓《じょうし》した。

この長篇大作の表紙には、恥じらいがちに首へ手をやる若い侍女の姿を描いた、オランダ人画家の手による古い油彩画が用いられていた。ミセス・マーチが近所にある書店の前を通りかかったときには、ショーウィンドウの向こうで、ハードカバーの山がピラミッドのようにうずたかく積みあげられていた。そしてこの長篇小説は〝ジョージ・マーチ畢生《ひっせい》の傑作〟として、おっつけ世に知れわたることとなる。（ミセス・マーチのあずかり知らぬことながら）すでに、ベストセラーリストや読書愛好家クラブの推薦書リストでじわじわと順位をあげていたり、さして客足の多くない小さな書店においてさえ売切れになっていたり、周囲に一読を薦める者が巷《ちまた》に急増しだしたりもしている。近ごろのカクテルパーティーでは、「ジョージ・マーチの新作はお読みになりましたか?」という問いかけが、会話の糸口の定番となっているほどだった。

それはそれとして、このときミセス・マーチは馴染みのパン菓子店《パティスリー》——店先に置かれた白塗りのベンチと赤い日除けが目印の、こぢんまりとした可愛らしい店——へ向かっているところだった。空気はひんやりと冷たいものの、耐えがたいほどではなかったため、すっかり落葉を終えた街路樹やら、商店の入口の両脇に飾られたポインセチアの鉢植えやら、タウンハウスの窓の向こうで繰りひろげられている日々の暮らしやらを眺めながら、ミセス・マーチはのんびり歩を進めていた。

めあての店にたどりつくと、ミセス・マーチはガラス扉に映る自分の姿をちらりと見やってから、扉を押し開け、なかに入った。入店を知らせる頭上のベルが小さな音色を奏でると同時に、店内にこもる熱い吐息と、じっとりとした汗のにおいと、厨房《ちゅうぼう》のオーブンから漏れだす熱気とが、一緒くたになって押し寄せてきた。入口と奥のカウンターのあいだには、点々と配置されたテーブルの合間を縫うように、順番を待つ買い物客の列ができていた。テーブルを囲む夫婦やカップル、ビジネスマンの一団などが、はばかりもなくにぎやかに語らいながら、コーヒーを飲んだり朝食をとったりしている。

他人と交わる際にかならずや顔をのぞかせる警戒心と、おのずと込みあげる昂揚感が相まって、鼓動が速まりだすのを感じた。見も知らぬ人々に微笑みかけながら、ミセス・マーチは列の最後尾に並び、子ヤギの革の手袋をはずした。これは二年まえのクリスマスにジョージがプレゼントしてくれたもので、ミントグリーンと呼ばれるたぐいの、手袋にしてはかなり珍しい色合いをしている。自分ではけっして選ばないような色だったし、こんなものを身につけることになろうとは思いもかけなかったけれど、この手袋をはめているわたしのことを、見ず知らずの人間ならどう思うかしら、こんな派手な色を選ぶほどに大胆な、人目なんて気にもしない女なのだと決めこむかしら、そんなふうに想像するだけで、ぞくぞくとさせられた。

ジョージはこの手袋を〈ブルーミングデールズ〉で買ったらしい。それにしても、あの高級百貨店に対する畏怖の念は、いまだ衰えることを知らない。あの百貨店の婦人服売り場で、ジョージが手袋の陳列台の前に立ち、猫なで声の販売員を相手に軽口をまじえながら、なんら臆することなく買い物を終えるさまを想像するだけで、ほうとため息が出てしまう。かくいうミセス・マーチも、ある年の夏、あの百貨店でランジェリーを買おうとしたことがある。あれはうだるように暑い日で、汗に濡れたシャツは背中にへばりつき、歩くたびにサンダルの底がぺたぺたと路面に貼りつきそうになった。まるで歩道からも、汗がにじみでているかのようだった。

平日の真っ昼間の〈ブルーミングデールズ〉では、もっぱら富裕層の主婦たちが、パステルピンクの笑みを塗りつけた唇を不機嫌そうに歪めつつ、〝本当はこんなところにいたくないのよ。だけど、そうするしかないんだもの。仕方ないわ。とりあえず試着でもしてみて、何着か買うことにしてもいいかもしれない〟とでも言わんばかりのけだるげなようすで、棚に吊るされた婦人服を眺めてまわっていた。そうした午前中の店内の雰囲気は、ミセス・マーチにとって、夕暮れ時のにぎわい以上に気後《きおく》れさせられるものだった。仕事帰りの女性たちが気品も威厳もへったくれもなく棚に飛びついては、せかせかとハンガーを掻き分けていき、床に落ちた服を拾おうともしない――そんな夕刻の〈ブルーミングデールズ〉ですら、あの朝とは比べ物にならない。

あの日の昼前、〈ブルーミングデールズ〉のランジェリー売り場で、ミセス・マーチはどこもかしこもピンク一色のだだっ広い試着室へ通された。分厚いベルベットを張った長椅子の傍《かたわ》らには電話機が据えられており、その内線を通じて、扉一枚を隔てた向こうで忍び笑いとひそひそ話をしているらしい販売員らとやりとりができるようになっていた。床に敷かれた絨毯《じゅうたん》も含め、試着室にあるものすべてが、十五歳の少女が嚙んでいる風船ガムみたいに粘っこくて甘ったるいピンク色だった。販売員らが選んでくれたブラジャーは、シルクの綿《わた》入りのハンガーに掛けられたまま、扉の内側に吊るされている。ホイップクリームみたいにふんわり柔らかな物体が、見る者を誘惑しようとするかのように、甘い色香を放っている。ミセス・マーチはレースのストラップを顔に押しあて、大きく息を吸いこんでから、おずおずとブラウスに手を伸ばしてはみたものの、それをここで脱ぐ気にも、これほどまでに繊細な布切れを試着してみる気にもなれなかった。

結局、必要なランジェリーは、ダウンタウンに位置する小さな洋品店で買い求めた。店の主《あるじ》は足が悪いらしく、顔は染みだらけの女だったが、服を着こんだままのミセス・マーチをちらりと一瞥《いちべつ》しただけで、ブラジャーのサイズをぴたりと当ててみせた。その店主がこちらの容姿を褒めちぎったり、ごまをすったりするたびに、それより何より、ほかの客の容姿を呆《あき》れ顔でけなしたりするたびに、ミセス・マーチは自尊心をくすぐられた。そのとき店内にいた女たちはみな、ミセス・マーチがまとう高価な衣服に、ありありとした憧れのまなざしをそそいでいた。以来、ミセス・マーチが〈ブルーミングデールズ〉をふたたび訪れることはなかった。

ところがいま、馴染みのパティスリーで列に並びながら、手袋から指先へと視線を移した途端、爪がかさかさに乾ききって、先が割れたり欠けたりしていることに気がついた。慌てて手袋をはめなおしてから顔をあげると、目の前に誰かが割りこんでいた。いいえ、まさか。これは何かの行《ゆ》きちがいだわ。きっとこの女《ひと》は、列に並んでいる誰かに挨拶をしにきただけなのでは？　そう考えてはみたけれど、女はミセス・マーチの真ん前に突っ立ったまま、誰に声をかけようともしなかった。ミセス・マーチは困惑のなか、相手に抗議するべきだろうかと考えた。列に割りこむという行為はいかにも無作法であるものの、故意にしたこととはかぎらない。何か思いちがいがあっただけだとしたら？　さんざん悩みに悩んだすえ、ミセス・マーチは声をあげる代わりに、頬の内側を嚙《か》みしめた。これは母親から受け継いだ、やめたくてもやめられずにいる癖だった。

女が支払いを終えてその場を離れ、自分の番がまわってくると、ミセス・マーチはカウンターの向こうにいるパトリシアに微笑みかけた。この店を切り盛りしている女主人であり、カールした髪を大きくふくらませた赤ら顔のパトリシアには、かねてから好感をおぼえている。身体つきはふくよかで、口は悪いが情け深い。ディケンズの小説のなかで、みすぼらしい孤児たちを庇護してやるような登場人物——いわゆる〝宿屋の女将《おかみ》さん〟を思わせるタイプ——という印象を受けていた。

「ほれ来た。とびっきりの貴婦人のおでましだよ！」そう言って迎えるパトリシアに微笑みかけながら、ミセス・マーチは後ろを振りかえり、誰か聞いている者がいるだろうかと確かめた。「いつものやつでよろしい？」

「ええ、黒オリーブのパンとマフィンをお願い。それから……そうね、今日はマカロンを二箱いただいていくわ。大きいほうの箱をふたつ」

パトリシアはカウンターのなかを歩きまわって、注文の品を集めはじめた。その動きに合わせて、こんもりとした巨大な巻き毛が肩の上で躍り、ゆさゆさと左右に大きく揺れた。ミセス・マーチは笑みをたたえたまま札入れを取りだし、オーストリッチ革の小さな突起を指先でなでつつ、さきほどパトリシアからかけられた言葉をとくと反芻《はんすう》しはじめた。

「そりゃあそうと、ちょうどいま、ご主人の本を読んでるところでね」カウンターの陰で屈みこみ、つかのま姿を消しながら、パトリシアが言いだした。「二日まえに買ってきたばかりだってのに、もうじき読み終わっちまいそうなんですよ。一度読みだしたら、とまらないんだもの。ありゃあ、とんでもない傑作ですよ！　正真正銘の傑作だわ！」

とりどりのマフィンやチーズケーキが並ぶガラスケースに身体を押しつけるようにして、ミセス・マーチは身を乗りだし、店内のざわめきに負けじと耳をそばだてた。予期せぬ話題に驚きつつも、口を開いて、こう応じた。「あの……ええと、そんなふうに言っていただけて嬉《うれ》しいわ。ジョージもきっと嬉しく思うはずよ」

「ゆうべもね、妹と話してたんですよ。あたしゃ、この作家先生の奥さまを存じあげてんだって。奥さまだって、そりゃあ誇らしい気分だろうよってね」

「ええ、それはもう……主人の小説はこれまで何作も出版されてきましたけど——」

「にしたって、奥さまをモデルにした人物が登場するのは、これがはじめてなわけでしょう？」

札入れの突起に指先を触れたまま、とつぜん全身が麻痺したように、硬直して動かなくなった。顔の筋肉がこわばると同時に、腹のなかがどろどろに融けていくような感覚に襲われて、腸《はらわた》が流れだしてしまうのではないかと怖くなった。パトリシアはこちらの異変に気づきもせず、カウンターの上に注文の品を置いて、代金の計算に取りかかっている。

「あの……」小さな破片に胸を刺し貫かれたまま、ミセス・マーチはおずおずと尋ねた。「それはいったい、なんのことかしら……」

「なんのことって……主人公のことですよ」と、パトリシアは微笑んだ。

ミセス・マーチは啞然として目をしばたたき、ぽかんと口を開けた。返す言葉が見つからなかった。思考が頭蓋骨の内側に貼りついて、どんなに引き剝《は》がそうとしても、コールタールにはまりこんでいるみたいにびくともしなかった。

長く続く沈黙に、パトリシアはようやく顔色を変えた。「あの、もちろん、あたしの思いちがいかもしれませんけどね……あたしはただ、とってもよく似てたもんだから、てっきり……要するに、読んでるうちに奥さまの顔が浮かんできたってだけで、こっちの勝手な――」

「でも、主人公は……あのおん……女性は……」ミセス・マーチはいっそう前に身を乗りだし、いっそう声をひそめて訊いた。「……娼婦なのでしょう？」

この問いかけに、パトリシアはからからと笑いだした。

「しかも……誰にも見向きもされないような娼婦なのでしょう？」ミセス・マーチは重ねて訊いた。

「そりゃあまあ、そうなんですけどね。でも、そんなのは主人公の持ち味のひとつにすぎないんですよ」とパトリシアは笑顔で応じたが、ミセス・マーチの表情に気づくやいなや、少したじろいだようすでこう続けた。「いえね、とにかく、似てるって言ったのはそういうことじゃなくて、もっと別の……口の利き方というか、独特な癖があるというか、いでたちというか」

ミセス・マーチは、いま自分が身につけている毛皮のロングコートと、足首を包むストッキングと、房飾り付きの磨きあげられたローファーに目をやってから、パトリシアに視線を戻した。「だとしても、主人公がひどくおぞましい女性だということに変わりはないわ。醜悪で、愚かで……わたくしなら絶対にああなりたくないと思う、すべての性質を備えているもの」

〝主人公の持ち味〟なるものを全否定するその言葉は、思った以上に直情的に口からあふれだしてきた。パン生地のように青白くなったパトリシアの顔が、驚愕の表情を形づくっていく。「あらやだ……あたしはただ……」パトリシアは大袈裟《おおげさ》に顔をしかめつつ、首を横に振りだした。戸惑いをあらわしているらしいその間抜け面に、ミセス・マーチは胸のむかつきをおぼえた。「そんならきっと、こちらの思いちがいってやつですよ。どうか真に受けないでくださいまし。だってねえ、読書なんぞ滅多にしやしない人間に、いったい何がわかるってんです？」パトリシアはそう言うと、これで落着とばかりに、にっこり微笑んでみせた。「さてと、奥さん、ご注文は以上で？」

ミセス・マーチは吐き気をこらえて、ごくりと唾を呑みこむと、カウンターに置かれた茶色い紙袋を見おろした。袋のなかには、黒オリーブのパンと、朝食用のマフィンと、明晩のパーティーでふるまう予定のマカロンがおさめられている。そのパーティーはジョージの新作の刊行を内輪で祝うためのものだった。招かれているのはごく親しい友人たち（少なくとも、重要な地位にある友人たち）のみであり、品よく、くつろいだ雰囲気の集まりとなるはずだった。ミセス・マーチはカウンターからゆっくり身体を離しつつ、ふと手もとに視線を落とした。醜く荒れ果てた手のなかに、手袋が握りしめられている。いつのまに、また手袋をはずしたのだろう。「あの……なんだか……忘れ物をしてきたみたい……」ミセス・マーチは言いながら、後ずさりをしはじめた。ついさっきまでは背景で低く響いていただけのざわめきが、なんら害のない会話の声であったものが、何ごとかをたくらむかのように押し殺されたひそひそ声に聞こえてくる。その元凶を突きとめようと振りかえった先で、テーブル席にすわって笑みをたたえるひとりの女が目にとまった。

「ごめんなさい……ちょっと、確かめてこないと……」

カウンターの上の買い物袋を置き去りにしたまま、ミセス・マーチは出口へ向かった。買い物客の列を掻き分けるようにして進んだ。列に並ぶ人々のぼやく声が、耳のなかで反響する。バターの香りのする熱い吐息が、肌に吹きかけられてくる。ミセス・マーチは脇目も振らずに戸口を抜けた。歩道に出るやいなや、凍てつく冷気が肺をふさぎ、息をするのも困難になった。街路樹の幹にしがみついていると、背後から、入口のベルがチリンと鳴るのが聞こえてきたため、慌てて通りの向かいへ渡った。店を出てきたのがパトリシアであるなら、そちらを振りかえりたくなかった。パトリシアでなかったとしても、振りかえりたくなかった。

2

ミセス・マーチは通りを足早に進んでいた。いつものルートをすっかりはずれて、これといった当て所《ど》もないままに歩きつづけた。そもそも、黒オリーブのパンと朝食用のマフィンを買い損ねた時点で、何をしようと〝いつもどおり〟になどなりようがない。ただ、マカロンに関してだけは、別の何かで代用することもできる。明晩のパーティーまでは、まだ時間があるのだから。あるいは、このあとマーサを使いにやって、買ってこさせたっていい。パトリシアとマーサは、まだ面識がないはずだもの。いいえ、そっくり同じものを注文したら、パトリシアに勘づかれるかもしれない。「マーサを使いにやるのはだめ。リスクが大きすぎるわ」声に出してつぶやくと、すぐそばを歩いていた紳士がぎょっとして、小さく肩を跳ねあげた。

なんだか不思議な感じがする。パトリシアに会うことが、もう二度とないなんて。パトリシアは長年にわたり、ミセス・マーチの人生に登場しつづけてきた。今朝、ストッキングを穿《は》いているときには、ひだ飾りのついた象牙色のブラウスに合う栗色のスカートを選んでいるときには、パトリシアと顔を合わせるのが今日で最後になるなんて、想像だにしなかった。もしもあのとき、そうした未来を誰かに告げられていたとしても、笑い飛ばしたにちがいない。パトリシアのほうもいつの日か、あれが最後の邂逅《かいこう》だったと悟ることになるだろう。その際の細部を――そのとき相手がどんな服装をしていて、何をして、何を言ったかを――あれこれ分析することにもなるだろう。そうしてパトリシアもまた同様に、思いもよらない結末に驚愕するのだろう。

いいえ、もしかしたら、そこまで驚くべきことではないのかもしれない。パトリシアがあんな無思慮な発言をしたからといって、さして意外ではないはずだもの。きわめて遺憾ではあるけれど、じつのところ、わたしとあの人物に類似点があるなどと言いだしたのは、パトリシアただひとり……いいえ、あの人物ではなくて、登場人物と言うべきね。あれは実在の人間ですらない。生きたモデルがいる可能性は、もちろんあるわ……だけど、ジョージにかぎってそんなことをするはずは……絶対にないと言いきれる？

ミセス・マーチは猛烈な不安に駆られて、周囲を見まわした。通りはひときわにぎわいを増している。歩行者の群れが歩道を行き交い、クラクションの音が鳴り響いている。頭上の広告板を見あげると、心得顔の女がひとり、パトリシアみたいに両の眉をあげつつ、こちらに微笑みかけている。〈貴女《あなた》は何もわかってない〉と、キャッチコピーが添えられている。ミセス・マーチは出しぬけに足をとめた。真後ろを歩いていた男性にぶつかられて、進路を妨害してしまったことに気がついた。謝罪の言葉を過剰なまでにまくしたててから、どこかに腰をおろしたほうがよさそうだと判断し、たまたま近くにあった小さなみすぼらしいカフェに入った。

店内はいかにもうらぶれていて、少しもくつろげそうになかった。天井の塗装はところどころ剝げており、テーブルの天板には、ぞんざいに濡れ布巾をかけた跡がすじ状に残されている。化粧室の扉のノブには、何者かが侵入を試みたかのような掻き傷が刻まれている。客は全部で二人しかおらず、おまけにどちらも、とうてい羽振りのいい人間には見えなかった。この手の店では、テーブルへ案内されるのを待つ必要はないと知りながら、ミセス・マーチは入口を抜けたところで、うつむきかげんに立ちつくした。ミントグリーンの手袋をはずして、ぼんやりそれを眺めていると、ついさっき起きた不愉快な出来事の数々がヘッドライトを浴びるように浮かんでは消えていった。パトリシアに告げられた言葉。ジョージの小説。その主人公。

じつを言うと、この件にはひとつ、大きな声では言えない問題があった。厳密にいうならば、ジョージの最新作をまだ読んでいないのだ。あの小説に関しては、昨年中、おおまかな草稿にざっと目を通したのが最後だった。かつてジョージのアパートメントで、籐椅子に裸足で腰かけ、くし切りにしたオレンジにかぶりつきながら、第一稿を読みふけっていたのは遠い昔のこと。この味気なく侘《わび》しい日々においてはもはや、そうした記憶もおぼろげにしか浮かんでこない。もちろん、おおよそのところは——あの最新作が何を題材としているのかや、主人公がでっぷりと肥えた憐《あわ》れな娼婦であることなどは——把握しているけれど、その内容をじっくり考察してみることはなかった。いま思えば、あの主人公や、やけに詳細で写実的な語りに抵抗を感じるあまり、深く突きつめることがためらわれたのかもしれない。「独特な癖……」ミセス・マーチはささやくような声でつぶやくと、自分の爪をあらためてまじまじと眺めた。これもまた、〝独特な癖〟とやらのひとつなのか。

「おはようございます、奥さま。おひとりでいらっしゃいますか」

ウェイターの声に顔をあげると、カフェの制服にしてはいささか陰気な、真っ黒いエプロンが目に入った。「あの……いいえ、ひとりでは……」

「でしたら、二人用のテーブル席に？」

「それがその……約束をしている相手がもしかしたら来られないかもしれなくて……でも、そうね、ひとまず二人用の席をお願いするわ。あのテーブルはよろしくて？」ミセス・マーチは言いながら、化粧室に近い壁際のテーブルを指差した。

「もちろんです。お連れさまをお待ちになりますか。先にご注文を伺《うかが》いましょうか」

ウェイターの作り笑いが〝すべてお見通しだぞ〟と言っている気がして、ミセス・マーチはこう答えた。「ええ、そうね。先に二人ぶんを注文させていただこうかしら」

「かしこまりました、奥さま」

そのときふと、生まれてはじめて奥さま《マーム》と——厳密にはフランス語でマダムと——呼ばれたときのことを思いだした。あのときは、すっかり意表を突かれたせいで、平手打ちでも食らったみたいに啞然としたり、傷ついたりしたのを覚えている。あれは三十歳の誕生日を目前にしていたときのこと。ジョージの新作のプロモーションで、パリを訪れていたときの出来事だ。あの日の朝、ジョージがサイン会に出かけていったあと、ホテルのスイートルームにひとり残されたミセス・マーチはルームサービスに電話して、クロワッサンに、ホットチョコレートに、バターシュガー・クレープという、ひどく頽廃的《たいはいてき》な朝食を頼んだ。客室係がカートを押してやってきたのはシャワーを浴び終えた直後のことで、まだ髪も濡れそぼったまま、ぶかぶかのバスローブ一枚をまとっただけのいでたちだった。ゆうべ飲んだワインの名残《なごり》を拭い去ろうと、タオルでごしごしこすったせいで、唇が少し腫れぼったくなってもいた。これはいかんせんなまめかしく、煽情的に見えるのでは。内心、そう危惧していた。ところが、その客室係（十代をようやく抜けだしたばかりとおぼしき、首に日焼けの跡が残る痩せっぽちの青年）に礼を言ってチップを渡すと、青年は「ありがとうございます、マダム」とだけ応じて、部屋を出ていった。顔色のひとつも変えることなく。あの青年はこれっぽっちも、わたしを欲望の対象として見ていなかった。むしろ、こんな年増の裸体など、想像するだにおぞましいものでしかなかったのかもしれない。当時のわたしの年齢は、青年の母親の歳には遠く及ばなかったはずだけれど、それでも、あちらがその同類と見なしていたことだけはまずまちがいない。

「でしたら、何をお持ちしましょうか、奥さま」真っ黒いエプロンをつけたウェイターが少し離れたところに立ち、どこかうわの空の表情で手首のかさぶたを掻きながら訊いてきた。

　二人ぶんのコーヒー——自分用のエスプレッソと、架空の待ちあわせ相手のためのカフェラテ——の注文を終えると、ミセス・マーチは大きくひとつ息を吸いこみ、目下の懸案に意識を戻した。**ジョアンナ**——そう、それがあの主人公の名だ。ジョアンナ。ミセス・マーチは小さくひそめた声で、その名を口に出してみた。これまでこの名前について、あれこれ思案したことは一度もなかったし、ジョージがどうしてあの登場人物にこの名を選んだのかと、疑問に思ったこともいっさいなかった。ミセス・マーチにジョアンナという名の知人はいないし、過去に出会ったこともない。でも、ジョージはどうなのだろう。そうであってくれたらいいのに。そうであれば、戯画《カリカチユア》のように誇張されたあのおぞましい登場人物がまったくの別人をモデルにしていることの、ほぼ確実な証《あかし》となってくれるのだから。

エスプレッソを飲みながら思いかえしていると、なんだか情けなくなってきた。ジョージが文壇の仲間入りを果たしてまもないころ、わたしがどれほど夫を支えてきたか。わたしはいつだってジョージの話に耳を傾け、どんな話にもうんうんと相槌《あいづち》を打った。物書きは儲《もう》からないと重々承知のうえで、泣き言のひとつも口にすることはなかった。そう、物書きが儲からないというのは、ジョージ自身がことあるごとに、申しわけなさそうに語っていたことだ。かつてはわたしの父親も、（そこまで申しわけなさそうではなかったけれど）同様のことを言っていた。あのころのジョージはよく、贔屓《ひいき》にしていた小さなイタリア料理店へわたしを連れていってくれた。安くておいしい料理を出すあの店ではかならず、毎回異なる旬のメニューを、ウェイターたちがそらで早口に伝えてくれた。テーブルクロスで覆われていないテーブルと、ワインボトルに挿したキャンドルの揺らめく炎をあいだに挟んで、ジョージは執筆中の作品のあらすじや、新たに得た着想を語り聞かせてくれた。まるで、自分もまた、つねに新鮮なメニューを取りそろえているんだと言わんばかりに。立派な大学教授でもあるこのひとが、わたしの意見なんかを心底から聞きたがっているだなんて、あのときはそれが不思議でならなかった。せっかくのひとときに水をさしてしまうのがいやで、そういうときはつねに笑みをたたえたまま、しきりに相槌を打ったり、おだてたりしてばかりいた。すべてはジョージのために。わたしのジョージのために。

そんなわたしがどうして、こんな屈辱を受けなきゃならないの？　パトリシアの言うことが事実だとしたら、世の人々がわたしをどんな目で見るようになることか。ジョージはわたしという人間を熟知している。だから、わたしが新作を読むことはないと踏んだのかもしれない。危険な賭けに出たのかもしれない。いいえ、ちがうわ。とんでもない。ミセス・マーチはふんと鼻を鳴らした。あのひとはわたしのことを、熟知してなどいないんだわ。ジョアンナは――いま目に浮かぶその姿は――これっぽっちもわたしに似てやしない。この狭苦しいカフェで隣にすわっている姿すらありありと思い浮かぶ、あの娼婦。つねに汗まみれで、歯は黒ずみ、乳房は染みだらけになっている、あの卑《いや》しき女。書店という書店に片っ端から飛びこんでいって、あの小説をまるまる買い占め、一冊残らず焼きつくしてしまおうか。十二月の凍てつく夜に燃えあがる、巨大な焚き火……いいえ、だめ。そんなの正気の沙汰じゃない。

ミセス・マーチはテーブルの天板にこつこつと指を打ちつけながら、意味もなくしきりと腕時計を確かめた。これ以上悶々《もんもん》とすることには耐えられない。帰宅して問題の小説を読んでみよう。あの本なら書斎に何冊か置いてあるはずだし、ジョージも今日は外出していて、日暮れまで帰ってこないはず。

二杯ぶんのコーヒーの代金を支払う際には、友人のジョアンナが来られなかったせいで、すっかり冷めて泡が消えたラテが手つかずのままテーブルに残されていることを詫びておいた。店を出ていくミセス・マーチに対して、黒いエプロンのウェイターもまた、なんの注意も払わなかった。もしも足もとに目をやっていたなら、寒さに凍えてしかめられた眉のように、足首のところで皺の寄ったストッキングが目にとまったことだろう。

自宅へと向かう道中に通りかかったブティックでは、店員の女性が二人がかりで、ショーウィンドウに飾られたマネキンの服を脱がせていた。ふたりの手つきは見るからに荒っぽくて、ひとりが帽子とストールを剝ぎとっているあいだに、もうひとりがワンピースをぐいと脱がすと、乳首のない艶やかな乳房の片方があらわになった。黒い睫毛《まつげ》にふちどられたあまりにも真っ青な瞳に見おろされていると、どことなく痛々しげなそのマネキンの顔から目をそむけずにはいられなかった。

3

マーチ夫妻はアッパー・イースト・サイドに建つ瀟洒《しょうしゃ》なアパートメントに暮らしていた。エントランスの上方を覆う濃緑色の日除けには、番地を示すTen Forty-Nineとの文字が筆記体で記されており、小説や映画のタイトルか何かみたいに、各語の頭が大文字で綴られている。

建物の外壁には箱型の小さな窓が並んでいて、箱型の小さな空調機がそこに取りつけられている。この時間帯の正面玄関では、ぱりっと糊のきいた制服に身を包んだ日勤のドアマンが持ち場についており、ロビーに入ろうとするミセス・マーチを恭《うやうや》しく迎えいれてくれた。そう、たしかに恭しくはあるのだけれど、どこか蔑《さげす》んでいるようでもあるわ。これまでずっと、あのドアマンがわたしのことを——いいえ、おそらくはこのアパートメントの全住民を——蔑んでいるような気がしてならなかった。だって、そうでなければおかしいもの。自分とは比べようもないほど贅沢な暮らしを送る人間に対して、自分のことを何ひとつ知ろうともしてくれないような人間に対して、誠意をもって仕えたり、敬意をもって接したりなんて、できるはずがないわ。いいえ、もしかしたらわたしだけが例外で、ほかの住民はみんな、あのドアマンについて少しでも知ろうと努めているのかも。彼自身や私生活について一度も尋ねたことがないという事実が、結婚指輪をはめているのかどうかも、子供の描いた絵をデスクに飾っているかどうかも、いっさい気にしたことがないという事実が、わたしに対するあちらの態度を説明しているのでは？　あのドアマンはわたしという人間に、どんなにか呆《あき》れかえり、どんなにかむっとしていることだろう。ことに、このアパートメントに暮らすほかのご婦人たち――引退したバレリーナや、元モデルや、莫大な遺産を相続した資産家などなど――と比べられてしまったら、その差は歴然としすぎている。

そんなことを考えながら、ミセス・マーチはロビーを突っ切りはじめた。ロビーには例年どおり、クリスマスに向けた飾りつけがほどこされている。出入口近くの一角にはもみの木が立てられていて、星形のオーナメントやステッキ型のキャンディ（天使の一団やキリスト降誕をモチーフにした飾りはなし）が吊るされている。大きな姿見の上辺には、模造のモミ枝で作ったリースが掛けられている。その前を通りすぎるとき、ちらっと横目で鏡を見やると、いつもながらの凡庸な姿が目に入った。ミセス・マーチは髪に手をやり、せめてふんわりふくらませようとした。

やけに壮麗なエレベーター——過度に装飾のほどこされた機械装置——に乗りこむ際には、すばやく後ろを振りかえり、ほかに乗ろうとしている者がいないかどうか、目を配ることを忘れなかった。ご近所づきあいというのはたいがい煩《わずら》わしいものであり、ひとたび顔を合わせてしまったら、国の置かれた状況であるとか、この建物の状態であるとか、何よりぞっとしない話題であるお天気についてまで、適切な受け答えをしなくちゃいけない。けれども、ほかでもない今日だけは、そんなことに労力を割く気にはとうていなれそうになかった。

四方の壁に張られた鏡には、自分の姿が幾人も映しだされていて、どこを向いても、不安げな顔が見つめかえしてきた。鏡から目を逸《そ》らし、点灯している数字ボタンに視線を据えて、ボタンからボタンへ光が移動していくのを見守っているうちに、エレベーターが六階で停止した。ミセス・マーチは目をつぶり、大きく息を吐きだすことで、意識を集中しようとした。

６０６号室の扉を前にした瞬間、張りつめていた神経がゆるんでいくのを感じた。いつも思うことだけれど、６０６というのはなんと美しく、丸々とした数字だろう。今日のような惨憺《さんたん》たる日に、１２３号室へ——あるいは、もっと野暮ったい番号の部屋へ——帰宅しなければならなかったなら、よりいっそう気が滅入っていたことだろう。

玄関の扉を開けた途端、さわやかな風がふわりと吹き寄せてきた。マーサが居間の窓を開けて、空気の入れかえをしているのにちがいない。家政婦のマーサに出くわすことだけは何がなんでも避けたかったため、ミセス・マーチは小走りに廊下を進んで、寝室へ直行した。隣室の住民が流しているらしいアップテンポのジャズの調べが、壁越しに漏れ聞こえてくる。このアパートメントは豪奢なわりに、ありえないほど壁が薄い。入居時に改装をほどこした際、どうしてこの問題を解決しておかなかったのかと、何度悔やんできたことだろう。けれども当時は壁の薄さに、まだ気づいていなかったのだ。

甲冑《かっちゅう》を剝ぎとるかのようにコートを脱ぎ捨て、手袋をはずし、靴も脱いでから、あらためて廊下に出た。板張りの床は、踏む者があれば軋《きし》みをあげて、その存在をばらそうとする。ミセス・マーチは数秒のあいだじっと待って、あたりのようすを窺《うかが》った。周囲を照らすのは、寝室から漏れだしてくる薄ぼんやりとした陽の光しかない。廊下に並んでいるほかの扉は、ジョージの書斎の扉も含めて、すべて閉ざされている。ミセス・マーチは忍び足で、そろそろと書斎の扉に近づいていった。居間のほうから誰かの声が——おそらくマーサの声が——聞こえてくるのと同時に、するりと書斎へ忍びこんで、静かに扉を閉じた。

嘆かわしい愚行に走るわたしのことを、扉の向こうで観衆が待ち受けているんじゃないか。拍手喝采で迎えられるのではないか。そんな空想に半ば怯《おび》えていたのだけれど、実際に迎えてくれたのは、中国ふうの風景をモチーフにした暗赤色の壁紙と、書物で埋めつくされた本棚と、捉《とら》えどころのない抽象画だった（内心ひそかに確信しているのだが、夫婦揃って美術愛好家を自任してはいるものの、ジョージもまたわたしと同じく、モダンアートなるものに困惑している人間のひとりであるにちがいない）。部屋の一方に目をやると、壁ぎわに大きな革張りのソファが据えられていて、全体を覆っているペイズリー織のカバーには、そこかしこに散ったパン屑や、葉巻による焼け焦げ跡が見てとれる。執筆中は、ここで睡眠をとることがときどきあるためだ。

窓はむきだしの煉瓦の壁に面している。執筆中に気が散ることを極端に嫌うジョージにとっては、こんなに殺風景な眺めでさえも、注意を逸らされかねないものであるらしい。机は窓を背にして、扉に向かいあうような恰好で配置してあった。

ミセス・マーチはためらいがちに、おずおずと机に近づいた。夫の不在時に無断で書斎に入ったことは、これまで一度たりともない。ましてや、いまからしようとしていることなど……。母の言うところによれば、そうした行為は〝のぞき趣味〟にあたるらしい。

机の上をそろそろと手探りして、組《モ》み《ノ》あ《グ》わ《ラ》せ《ム》文字の入ったペンをどかし、磁器製の壺の蓋を持ちあげ、その中身（葉巻とマッチ箱）をつまみあげた。するとそのとき、一冊のノートのへりから少しだけはみだしている、新聞の切りぬきが目にとまった。ミセス・マーチはその切りぬきをそっとノートから引きぬいた。卒業アルバムのものとおぼしきモノクロ写真から、若く美しい女性が微笑みかけてくる。黒っぽい髪を長く伸ばしていて、両の頬にえくぼがあり、飾りけのない人間に特有のくつろいだ笑みを浮かべている。〈行方不明中のシルヴィア・ギブラー、すでに死亡か〉との見出しが添えられている。なんだか妙だわ。こういう薄気味の悪い事件の記事を、ジョージが切りぬいておくなんて。不意に、胃袋がよじれるような感覚が襲ってきた。シルヴィア・ギブラーというひとはたしか、生まれ故郷のメイン州から忽然《こつぜん》と姿を消したとかで、ずいぶんと報じられていたはず。行方知れずになってから、何週間も経過していて……いいえ、だめ。いまはあの本を探さなきゃ。ミセス・マーチは自分に言い聞かせて、ノートのあいだに切りぬきを戻した。

やがてついに、目当ての品が見つかった。バロック調のごてごてとした装飾や鮮やかな色彩が真っ先に目に飛びこんできて、しばしのちに、それが例の本の表紙であることに気がついた。その一冊は机の天板の隅に置いてあって、左側の足もとに放置されている段ボール箱にも、同じものがいっぱいに詰めこまれている。

ミセス・マーチは机の上の一冊を手に取った。両手で持っていても、ずっしりと重い。その光沢仕上げの艶やかな表紙は、指先が触れた箇所に、脂じみた指紋がついてしまう。その本の感触が、ミセス・マーチを落ちつかない気分にさせた。なんだかやけになめらかすぎる。遠い昔、理科の授業で飼育させられた蛇の表皮に似ている。まずは献辞を探そうと、ゆっくり、慎重にページをめくった。タイトルの記されたページから、第一章の冒頭まで。今度は後ろから前へ、タイトルのページまで。献辞はどこにも見あたらない。それ自体が妙だった。ジョージがこれまで出版した小説にはかならず、献辞が添えられていたのだから。何年もまえのことだけれど、ミセス・マーチ自身も、とある作品を捧げてもらったことがある。その本が出版されたあと、友人たちに一冊ずつ贈呈する際には、ジョージに頼んで、わざわざそのページにサインをしてもらった。その小説がわたしに捧げられたものであることを、見落としてほしくなかったから。

さらに何ページかめくってから、ため息と共に、献辞が存在しないという事実を受けいれた。適当なページを大きく開いてみると、紙を綴じてある背の部分がぱきぱきと鳴った。ざっと流し読みをする程度でも、かろうじて文章を味わうことはできた。その響きはきわめて美しく、耳に柔らかで、バターのように紙面からとろけださんばかりだった。

主人公はフランス、ナント市生まれの娼婦。頭が弱く、不器量で、心根が卑しく、みすぼらしい。誰にも愛されず、愛されるべき要素もない憐れな人間。ジョアンナの身体的な特徴はまちがいなくわたしと合致しているけれど、いずれにしてもごくありふれたものであるため、意図的に似せていると言いきることは難しかった。服装に関する類似点もあった。つねに毛皮のコートをまとっているところも、荒れた手を手袋（ぱらぱらとページを繰《く》って、色について書かれていないか探したけれど、見つからなかった。もしもミントグリーンだと記されていたなら、その場で心臓がとまっていただろう）で保護しているところも、よく似ていた。それから、ペチコートに蒸気をあてたり、香水を振りかけたりと、手入れを欠かさないところも。憐れみからお金を恵んでくれる者がいたとしても、身体に触れようとは滅多になかった。ただし、ジョアンナのペチコートが客の目に触れることはけっしてしなかったから。そうしてついには、貧苦と破滅という避けようのない運命が——オペラ劇場で演じられるに値する死が訪れる。ぱっくりと口を開けた無数の傷が、ミンクのコートを血に染めていく……

途方もなく醜いものが、途方もなく美しく描きだされている。読む者を捕らえて放さないために。ページを繰る手をとめさせないために。この受けいれがたい人物像に対する拒絶感を、じわじわとやわらげていくために。やがて、読者は知ることとなる。それどころか、当然のことだと決めてかかるようになる。ジョアンナの本性を——堕落と頽廃《たいはい》の極地を——まのあたりにすることとなる。

妙な予感に導かれるままに、ミセス・マーチはやけに分厚いその本のページを、ぱらぱらと最後までめくっていった。謝辞が綴られているページを開き、そこに挙げられている名前に視線を走らせた。編集者、エージェント、フランス史の教授、母親と父親（わたしたちの心と祈りのなかにつねに存在するふたり）。そして結びの一文は、こんなふうに締めくくられていた――〝最後に、尽きせぬインスピレーションの源である我が妻に、最大級の感謝を捧げる〟。

ミセス・マーチは自分の胸倉をぐっとつかみ、激しく息を喘《あえ》がせた。抑えようもなく嗚咽《お えつ》が漏れだすなか、涙が頬を流れ落ちていくのがかろうじて感じとれた。気づいたときには、手にした本を机に叩きつけていた。カバーに印刷されている著者近影を開いて、ジョージの両目をえぐりだし、背を綴じてある糸を引きちぎって、つかめるだけのページを破りとった。力任せに投げあげられた紙が、羽根のように宙を舞った。

宙を舞っていた最後の一枚がふわりと床に落ちたときになってはじめて、自分がしでかしたことに気がついた。ミセス・マーチははっと息を呑んだ。「ああ、なんてこと……」思わず声が漏れていた。「ああ、なんてこと……どうしよう……どうしたらいいの……」ミセス・マーチは両手の指を縒《よ》りあわせて、ぎゅっと握りしめはじめた。不安に駆られたときに、いつもあらわれる癖だった。できれば知りたくなかったけれど、おそらくはジョアンナもまた、同様の癖を持っているのにちがいなかった。

　自分がびりびりに引き裂いてしまった一冊の代わりに、床の段ボール箱から真新しい一冊を取りだして、机の上にそっと置いた。スカートをたくしあげてストッキングを膝までおろし、顔にかかる髪にも、垂れてくる鼻水にもかまうことなく、腰を深く折り曲げた。一方の足からもう一方の足へ、ふらふらと重心を移しながらストッキングを脱ぎ終えると、床に膝をついて、無傷のページも、ずたずたに千切れた切れ端も、厚紙製の表紙の残骸も、片っ端からストッキングのなかに押しこんでいった。艶やかな布にくるまれた紙屑の塊がそれなりに嵩張《かさ》ってしまうのは仕方ないにしても、ばらばらにほぐれることだけはないように、脚の部分をぐるぐる巻きつけ、きつく縛りあげた。こうするしかないのよと、心のなかで自分に言い聞かせた。ジョージが絶対になかをのぞきこむことのないキッチンのゴミ箱まで、誰にも見つかることなくこの証拠品を運ぶためには。最後にぐるりと室内を見まわしてから、なかに忍びこんだときと同じくらい静かに書斎を出た。

　壁に背中を押しつけるようにしてびくびくと廊下を進み、椅子の足が床にこすれるような音に縮みあがりながらも居間の前を通りすぎて、タイル張りの冷え冷えとした楽園——キッチン——にたどりついた。

　キッチンのゴミ箱は、流し台の下に隠されている。ミセス・マーチはいくぶん手間取りながらも、それを手前に引っぱりだすと、油ぎったケーキの空き箱の下に、ストッキングに包まれた球体を押しこんだ。達成感に酔いしれつつ、ゴミ箱から身体を起こしたまさにそのとき、マーサがキッチンに入ってきた。

「あれまあ」ミセス・マーチの姿に気づくなり、マーサは驚きの声をあげた。ふたりはずいぶんと昔から、暗黙の協定を結んでいる。第一に、キッチンはマーサの持ち場であるとして、ミセス・マーチのほうが譲歩すること。アパートメント内に双方が居合わせている場合は、呼吸を合わせて遭遇を避けること。ふたりは複雑なルールの椅子取りゲームでもしているみたいに、互いのいる場所をこそこそと迂回したり、ほかの部屋へ移動したりすることで、けっして同じ場所に居合わせないようにしてきた。少なくとも、ミセス・マーチはそう努めてきた。

「何かお困りのことでも、ミセス・マーチ？」マーサが訊いてきた。

「いいえ、何も」乱れる息を整えながら、ミセス・マーチは答えた。「ただちょっと、夕食にパスタを作ろうかと思って……ジョージが好きな、あのソーセージのパスタよ」

「それだと、材料がだいぶ足りませんよ、ミセス・マーチ。だいいち、お夕食にパスタってのは……言わせていただくなら、それはちょっといただけませんね。昨日の夕食にチキン・ポット・パイを出したばかりでもありますし」

マーサの年齢は五十前後。肩幅が広くて、頭髪はいついかなるときでも、見るからに痛そうなほどの小さなお団子にきっちり結いあげられている。うっすらとそばかすの散った顔に化粧けはなく、青い目の周囲はいつも赤く腫れていて、絶え間なく何かを耐え忍んでいるかのように見える。じつを言うなら、ミセス・マーチはマーサを恐れていた。自分のほうが立場が上であればとマーサが願っていること、本来なら部屋を掃除してまわるべきはミセス・マーチのほうだと考えていること――もしくは、それが事実であると知っていること――を、何よりも恐れていた。

「今日のお夕食には、メカジキがよろしいかと思いますよ」

「そうね、メカジキも悪くないけれど、ジョージはとってもあのパスタが――」

そのときマーサがこちらに一歩、ぐいっと近づいてきた。まさか、こんな暴挙に出ようとは！

「わたしなら絶対に、パスタは来週までおあずけにしますけどね、ミセス・マーチ」

ミセス・マーチはごくりと唾を呑みこみ、うなずきで応えた。マーサは厳《いか》めしい面持ちで、こちらを慰めようとしているようにも見える微笑みを浮かべてみせた。ミセス・マーチはキッチンをあとにしながら、スカートの裾からのぞくむきだしのふくらはぎにマーサが気づいていないことを祈った。

4

その晩、夕食をとるために集まった際、ミセス・マーチはひそかに夫を観察していた。ジョージは履いている靴に目を落としたまま、心ここにあらずのようすで顎を掻きつつ、部屋に入ってきた。ミセス・マーチは身体がこわばるのを感じながらも、こちらに視線が向けられるときに備えて、笑顔を保った。ジョージがちらとも目をあげることなく、椅子の背をつかんで着席すると、ミセス・マーチの笑みがしおれた。

ふたりはいま、こぢんまりとしたダイニングルームにいる。居間とは引きこみ式のガラスの格子戸で隔てられていて、音量を絞ったショパンの夜想曲《ノクターン》が流されている。食卓には料理がふんだんに用意されている。これは、ミセス・マーチが婚前に叩きこまれた〝母の教え〟による習慣だった。〝健全な結婚生活は外側から内側に向かって築かれていくものであり、その逆はありえない。仕事を終えて帰宅した夫は、きれいに身繕《みづくろ》いした妻に迎えられるべきであり、誇りを保てるような環境にきちんと整えられた家が用意されているべきである。それ以外のあれやこれやはみんな、そこを土台として芽生えでるものだ〟と、幾度となく母は語った。それから、〝もしも巧みに家庭を切りまわせないようであれば、それができる人間を雇いなさい〟と、特に語気を強めて言った。家政婦のマーサは毎日、昼も夜も、手際よく食卓を整える。銀の燭台や、組みあわせ文字《モノグラム》入りのナプキンや、銀のパンかごに盛った黒オリーブのパンや、ワインを満たしたカラフェ。それらすべてが、刺繡入りの麻のテーブルクロスの上に整然と並べられる（このテーブルクロスは祖母の代から受け継がれたものなのだが、離婚経験のある男のもとへ、ろくに式も挙げてもらえぬままに嫁ぐ娘を見兼ねた母が、しぶしぶ嫁入り道具として持たせてくれたものだった）。

　こうして食卓を整えるのは、食事をするのがミセス・マーチだけであったとしても変わらない。しかも、ひとりで夕食をとらなければいけないことはざらにある。ジョージは筆が乗りはじめると、あまり食事をとらなくなる。マーサが運んでいったサンドイッチを書斎で口にするのがせいぜいだ。そうでなければ、本の宣伝のために各地を旅していることも、大きな会合に出席していることも、美食家に知られるレストランで打ちあわせがてらディナーを済ませてくることも、エージェントや編集者とゆっくりランチをとってくることもある。そういうときでも、ミセス・マーチはショパンの調べに耳を傾けながら、銀の大皿や上等な陶磁器を使って食事をとり、繊細な細工のほどこされたグラスからワインをいただく。ダイニングルームの壁から厳しい視線をそそいでくる、ヴィクトリア朝時代ふうの肖像画に見守られながら。

マーチ夫妻は食事中、ほとんど口を利かない。ジョージは沈黙しているほうが、心が安らぐ質《たち》であるらしい。ミセス・マーチが横目で見やると、簡素な灰色のカーディガンに包まれた腹は大きく突きだし、伸び放題の顎鬚《あごひげ》はあちこちでむらになっていた。口を閉じているはずなのに、咀嚼《そしやく》音まで聞こえてきた。アスパラガスを噛み切る音も、ワインを飲みこむまえに軽く口をゆすぐ音も聞きとれた。口を開け閉めするたびに唇が立てる、唾液で湿った音も。加えて、ぎょっとするほど大きな音で、ときどき鼻をすする音も。そうしたすべてがミセス・マーチを辟易《へきえき》とさせた。するとそのとき、ジョージがこちらの視線に気づいて、微笑みかけてきた。ミセス・マーチが笑みを返すと、ジョージはこう訊いてきた。

「明日のパーティーだが、準備はすべて整っているかい？」

「ええ、そうね……そう思うわ」ミセス・マーチは応じる声に、心許なさをにじませた。準備が万端に整っていると、完全には確信できないとでもいうふうに。まだ準備が済んでいないのであれば、このまま倒れて寝込むわけにはいかないとでもいうふうに。それから、マーサの料理したメカジキの大皿に手を伸ばすと、自分の皿におかわりをよそいながら、何気ないふうを装いつつ、こう切りだした。「それはそうと、新作の評判はどうなの？

みなさん、何かおっしゃってる？」

ジョージはナプキンで口もとを押さえながら、口のなかのものをごくりと呑みこんだ。ミセス・マーチには、その行動が何かの印に感じられた。「ああ、評判はいいよ。上々だ。思うに、これはぼくの最高傑作になるかもしれない。少なくとも、最も売れゆきのいい一冊にはなるだろう。何はともあれ、ゼルダはそう言っている」

ゼルダというのは、ジョージのエージェントを務めている女性のことだ。ひっきりなしに煙草を吸っているせいか、ひどく声がしゃがれていて、かっちりした髪型と茶系の口紅をこよなく愛している。笑顔とは、威嚇するように歯をむきだすことだと思いこんでいる。働き者の助手たちをいつもお供にしたがえている。ひょっとすると、ゼルダはジョージの小説をひとつもまともに読んだことがないのではないかしら。始めから終わりまで通して読んだことは、きっとないにちがいない。

「よかった。すばらしいことだわ。でも、それなら……」慎重に言葉を選びつつ、ミセス・マーチはこう続けた。「それなら、わたしも読んでみようかしら。あなたがそうしてほしいのなら……」キッチンのほうから、マーサが夕食をとる音が聞こえてきた。金物と皿の触れあう音が、廊下を挟んでここまで響いてくる。

ジョージはひょいと肩をすくめた。「もちろん、きみからの感想や意見はいつだって大歓迎だ。ただし、今回にかぎっては、修正の余地がほとんどない。世に出してしまったあとだからね」

「そうね。そのとおりだわ。読むのはやめておきます。意味がないもの」

「いや、そういうことじゃなくてだな」

「大丈夫。ちゃんとわかってるわ」語気をやわらげて、ミセス・マーチは言った。「いますぐに読むのはやめておこうっていうだけ。読みかけの本を片づけてからにしようと思うの。一度に二冊の本を読むのが嫌いだってこと、あなたもご存じでしょう？　どっちの話にも集中できなくなって、内容があやふやに――」

何かが手に触れるのを感じて、ミセス・マーチは視線を落とした。ジョージの手がそこに、励ますかのように重ねられていた。「きみが読みたいときに読んでくれればいい」優しげな声でジョージは言った。

張りつめていた気持ちが少しやわらぎはしたものの、ここで引きさがりたくはなかった。そんなことをしたら、のちのち悶々とすることになる。「でも、少しだけならもう読んだわ」

「ああ、そうだったな」

「なんだかとても……写実的な感じがしたわ」

「そのとおりだ。それが近ごろの風潮なのさ。知ってのとおり、ぼくは下調べを怠らない主義でね」

ええ、もちろん知っているわ。フランスへの取材旅行。ナント市の大学図書館まで赴いたうえでの、歴史学者への聞きこみ調査。世界中の専門家から、一助になればと送られてきた書物。まるまる一年にもおよぶ調査の過程を、ミセス・マーチはすぐそばで見守ってきた。なのに、だいじなことは何も見えていなかった。こんな裏切りが働かれるだなんて、疑いもしていなかった。最後に繰《く》りだすひと突きに備えて、ミセス・マーチはきゅっと唇を引き結んだ。「その下調べをしたときには……娼婦のことも？」

「もちろんだとも」と、ジョージはうなずいた。「何もかもを調べつくした」

ジョージは平然と食事を続けている。ミセス・マーチは深く息を吸いこんだ。もしかしたら、パトリシアが間違っていたのかもしれない。ナント出身のあの主人公は、みじめな娼婦ジョアンナは、わたしをモデルになんてしていなかったのかもしれない。するとそのとき突如として、これはという考えがひらめいた。そうよ！　あの娼婦はあのひとを――ジョージの母親をモデルにしているのでは？　声高らかに笑いだしたい気持ちを、ミセス・マーチはぐっと抑えこんだ。

その後、ふたりは食事を終えると、玄関で待機していたマーサにおやすみと告げた。マーサは着替えを済ませたうえで、オリーブ色の四角いハンドバッグを手首にさげていた。マーサが出ていったあとで扉に鍵をかけると、ジョージは書斎に向かっていった。ミセス・マーチは寝室に——昼のうちに風に当てておいたシーツと、白いフランネルの寝間着と、ベッド脇の小卓に置かれたハードカバーの『レベッカ』が待つ寝室に——引きあげた。

枕に頭を沈めて、ほっと息を吐きだすと、不安がすべて解消したかのような錯覚をおぼえた。ハンドクリームの跡がつかないよう、指先で『レベッカ』をつまみあげ、表紙を開いた。ところが、親指の腹でページをめくろうとしたときに指がすべり、〝臆病〟という単語がひどくぼやけて、読みづらくなってしまった。ジョージの側の小卓に視線を移すと、そこには何冊もの本が山と積みあげられていた。ミセス・マーチはこれまでずっと、ジョージと本の深い結びつきに嫉妬してきた。ジョージが本に触れたり、書きこみをしたり、ふたつに折り曲げたり、角を折ったり、ひどく手荒にページを操ったりするときの、あの独特な親密感。ジョージは本というものを、完全に知りつくしているような気がする。どんなに頑張ってもわたしには見つけられない何かを、そこに見いだしているような気がする。

ミセス・マーチは首をひと振りして、手もとの小説に意識を戻した。ところが少しも経たないうちに、読書に集中できないことに気づいた。パーティーの招待客にうまく応対できるかしらとか、お出しする料理に粗相があったらどうしようなどという考えが、段落が変わるごとに浮かんできて、一文たりとも頭に入ってこなかった。ミセス・マーチは仕方なく、二週間ほどまえに薬局で買い求めておいた薬を服《の》むことにした。薬剤師の説明によれば、ハーブのみを原料とした効き目の弱い薬のはずなのに、どういう作用が働いてか、ほどなくするとミセス・マーチは深い眠りの世界をたゆたっていた。ジョージが寝室にいつ入ってきたのかも――そもそも入ってきたのかどうかも――いっさい知ることはなかった。

5

パーティーで出す料理は、ウェスト・ヴィレッジにある多国籍料理店のシェフに出張を依頼するつもりだったのだが、あっさり断られてしまった。そのレストランはいまや大人気店となっており、予約は二カ月先まで埋まっているのだという。マーチ夫妻は仕方なく、ケータリング業者を雇うことにした。ミセス・マーチが一軒ずつ電話をかけて、三軒めでようやく予約がとれた。当日やってくるスタッフたちは、誰よりもキッチンを知りつくす家政婦マーサの監督のもと、作業にあたることとなった。

当日の朝、居間のなかではミセス・マーチが、ステレオに不具合がないか確かめたり、室温を調節したりと、忙しく立ち働いていた。ジョージかエージェントのゼルダがスピーチをするようであれば、ほかのお客さまには着席してもらったほうがよかろうと、一方の壁ぎわにはずらっと椅子を並べておいた。テレビはキャスターを転がして、居間から寝室へ運びだしておいた。エドワード・ホッパーの原画の上に取りつけられた照明器具は電球を交換し、枝の先で揺れるリボンや金ぴかの飾りに気をつけながら、クリスマスツリーを部屋の隅に移動させた。この木はロックフェラー・センターのツリーをお手本にして、感謝祭の直後に入手したもの……いいえ、厳密にはジョージが編集者の手を借りて、家まで引きずってきたのだったっけ。「あのひとったら、いい歳をして子供みたいに大はしゃぎして……このツリーを家まで引きずってきたんですのよ……」と、ミセス・マーチは小さくつぶやいた。パーティーで交わす会話の予行練習をしておくのも、習慣のひとつとなっていた。なんでも準備しておくに越したことはない。

ゲストの邪魔にならないよう窓の前にツリーを据えたとき、本棚のひとつに飾られた大きな額入りの写真が目にとまった。ケータリング業者のスタッフがみなキッチンに引っこむのを待って、ミセス・マーチはその古ぼけた写真をつぶさに眺めた。ジョージが前妻とのあいだにもうけた娘。名前はポーラ。両親からはポーレットだなんて、げんなりするような呼び方もされている。

ミセス・マーチがジョージとひそかに交際するようになったのは、大学四年のとき、二十一歳のときのことだ。ジョージは当時三十二歳で、新進気鋭の作家として英文学と文芸創作の講義を受け持っていたのだが、ミセス・マーチがジョージの授業を受講したことは一度もなかった。ふたりが出会ったのは、大学構内にあるカフェテリアでのこと。ビュッフェ・コーナーでたまたま列の前後に並んでいたとき、ジョージがヨーグルトを取りあげて自分のトレイに載せながら、ミセス・マーチのいるほうに顔を向け、「おのれの欲求に打ち勝ちたまえ、親愛なるきみよ……」と、なんの気なしにつぶやいた。それがディケンズの一節を諳《そら》んじたものであることに、ミセス・マーチは気づいていなかったけれど、なんだかおかしくて笑ってしまった。笑みを浮かべたまま首を振りつつ、同じセリフを鸚鵡《おうむ》返しにしてから、ジョージの非礼をたしなめるふりをしてみせた。

〝ジョージ・マーチが大学内でいちばん魅力的〟だとの評判がルームメイトの口からミセス・マーチの耳にも届いたのは、まだ一年生のころのこと。実物をはじめて目にしたのは、それよりずっとあとのことだった。けれども出会いの瞬間から、ミセス・マーチには、ふたりのあいだに特別な何かが芽生えるのがわかった。以来、今日《こんにち》に至るまで、あのときのルームメイトの言葉を幾度となく思い起こしては、誇らしさに胸をふくらませてきた。あの言葉をかけがえのない家宝のように、大切に守りつづけてきた。

ジョージは長い時間をかけて、それとなくアプローチをかけてきた。あまりにもそれとなさすぎて、このひとは本当にわたしに気があるのかしらと、疑問に思うこともしょっちゅうだった。ミセス・マーチの行く先々に姿をあらわすわりに、いずれも単なる偶然であるような、自然現象であるような印象をおぼえさせられた。交際期間は六年にも及んだ。

その間に、ジョージは純文学界での評価を高め、文壇のスターの座へとのしあがっていった。ついには（気を利かせてか、交際のきっかけとなった）ヨーグルトを食べながら、結婚を申しこんできた。

ミセス・マーチは教会で挙げる伝統的な結婚式に憧れていたのだけれど、前妻との式がそうだったと知り、簡略的な人前式で我慢することにした。けれども母はいまに至るまで、ときおり思いだしたようにそのことを嘲《あざけ》り、物笑いの種にしてくる。

一度めの結婚式にも参列した人々の前で二度めの式を挙げるというのは、案の定、異様なものがあった。〝病めるときも健《すこ》やかなるときも、死がふたりを分かつまで、この女を愛する〟との誓いを、彼らはその目で見届けた。なのに、その誓いはわずか数年で破られ、幸せの象徴であったはずの写真は、壁の額縁や暖炉の上から取り払われてしまったのだ。この二度めの結婚が見劣りすると言われても、やむをえないことだった。ジョージと誓いを交わしているとき、ミセス・マーチの耳にはたしかに聞こえた。新郎側の招待客のひとりが「せめて前回よりは、料理が豪勢なことを祈るとしようぜ」と、誰かにひそひそささやく声が。

ミセス・マーチの新生活には、新築の共同アパートメントと、共同の当座預金口座に加えて、八歳のポーラが組みいれられた。式当日までの数カ月間は、ジョージの前妻と対面することを考えるだけでぞっとしていた。あからさまな嫉妬を向けられるのでは——少なくとも、隠しきれない敵意をひしひしと感じとることになるのでは——と覚悟していた。ところがありがたいことに、対面は終始、折目正しい雰囲気のなかで進められた。先代のミセス・マーチは近い将来のミセス・マーチをコーヒーに招いて、海外で教育を受けることのメリットなどといった、実のない内容の会話を二時間近くも交わした。会がお開きになるそのときまで、ふたりは順繰りにちらちらと横目で時計を見やりつづけていた。

がっかりさせられたのは、むしろ、娘のポーラのほうだった。ミセス・マーチが事前に思い描いていたのは、自分をもっと小さくして、もっと聞き分けをよくしたような子供の姿だった。刺繍生地の袖なしワンピースを着せたり、理想どおりに仕立ててあげたりすることのできる子供の姿だった。ところが、実際のポーラはひどく小生意気だった。意固地で聞き分けがなかった。あまりにも美しく可憐《かれん》だった。〝どうしてそんなに手がかさかさしてるの？〟だの、〝どうしてパパは働いてるのに、あなたは働かないの？〟だのといった、ぶしつけな質問を浴びせてきた。父親の注意と関心を懸けて、他人と張りあう癖が染みついていた。癇癪《かんしゃく》を起こしたり、膝を擦りむいたりするたびに、「パパあ！　パパってばあ！」と、（それほどの苦痛に見舞われている人間がそんなに声を張れるのかと疑いたくなるほどの大声で）悲愴感たっぷりに泣きわめいた。それから、ジョージが友人にポーラを自慢するさまも、内心、腹に据えかねた。毎回、ジョージに調子を合わせて、「本当に才能豊かで特別な子なんですよ」と型どおりに繰りかえしてはいたものの、心のなかでは、そんなわけないでしょと絶叫していた。

ポーラが家を訪ねてくる週末が、憂鬱でならなかった。ポーラが帰ったあとの我が家には、いくつもの痕跡が残されていた。マーサが畳んでクロゼットにしまってくれた洗濯物のなかに、フリルのついたピンク色のブラウスが紛れこんでいたり。愛用しているラクダ毛のブランケットに、チョコレートの指紋がべったり付着していたり。飲みかけの水が入った汚らしいグラスが、家じゅう至るところに放置してあったり。

ポーラがいなくなったあとでさえ、室内には残り香が漂っていた。花の香りと乳臭さが入り混じったような、子供ならではの独特なにおい。そのにおいは、ベルガモットのアロマスプレーをこれでもかと噴霧してまわっても、けっして消えてはくれなかった。

自分なら、もっと気立てがよくて、もっと聡明な子供を育てられる――そのことをみんなにわかってもらうには、ついでにポーラをどうにか懲らしめるには、自分自身の子をもうけるのがいちばんの手立てだった。生まれてきたのが女の子ではなく、男の子であることがありがたかった。自分の幼少期を生き写しにした姿を――純真無垢で、いっさいの衰えを知らなかったころの姿を――目にしないで済むことがありがたかった。

八歳になる息子のジョナサンがいま使っているのは、以前、ポーラが週末に寝泊まりしていた部屋だ。ミセス・マーチはその壁紙から何からをいったんすべて取り払い、見違えるほどに改装した。ラルフ・ローレンから取り寄せた格子柄の織物を張った壁は、冬には温かみを感じさせてくれる一方で、気温の高い時期には暑苦しくて、その部屋だけが熱帯気候に属しているみたいだった。ポーラが置いていったキャラクター物の玩具《おもちゃ》は、ミッキーマウスもディズニー・プリンセスも残らず処分して、木製の橇《そり》や木馬といった、昔ながらの素朴な玩具を買いそろえた。本棚には、『ハックルベリー・フィンの冒険』や『小公子』などの古典的な児童書の初版本を、目の玉の飛びでるような金額を払って取りそろえた。一方の壁には、《ナショナル・ジオグラフィック》の表紙をおさめた額を、一列に並べて掛けた。ジョナサンはまだ一冊もその雑誌を読んだことがないし、ミセス・マーチもそれを許可するつもりがなかった。上半身をあらわにした異国の部族の女性の写真に、出くわしでもしたら大変だからだ。重たげな数珠玉《じゅずだま》のネックレスを飾った鎖骨の下で、ぺしゃんこにしぼんだ乳房が、へそに届かんばかりに垂れさがっている――そんな写真を、息子の目に触れさせるわけにはいかない。とはいえ、招待客の誰かに尋ねられたなら、額に入れられたそれらの写真を息子がたいそう気にいっていることだけは、絶対の自信をもって断言できる。そしていま、息子の子供部屋は、必要とあらば雑誌に写真を掲載してもらってもかまわないほど、整った状態にある。

ジョナサンは整理整頓が苦手でわがままなところもあるけれど、物静かで、思慮深くて、洗いたての洗濯物とサッカー場の芝生のにおいをいつもふんわり漂わせている。いまは学校の合宿でニューヨーク州北部のレクリエーション施設に滞在していて、あと二日ほどで戻ってくる予定になっていた。あの子はいま何をしているんだろうと、ふと思いを馳せるたびに、ミセス・マーチは自分が誇らしくなった。それはきっと、息子の留守を寂しがっていることのあらわれにちがいなかったから。

問題のポーラはというと、二十三歳となった現在は、生得の権利だと言わんばかりに華やかなライフスタイルを満喫している。こともあろうに、あのロンドン——ミセス・マーチがいつか暮らしてみたいと長らく憧れていた街——に居をかまえて、〈ウォルズリー〉でステーキを食べたり、〈サヴォイ・ホテル〉のバーでお酒を飲んだり、土曜にはウェスト・エンド地区に芝居を観にいったりしているらしい。父親であるジョージには、たびたび電話で近況を知らせてくる。その際にはかならず、いまの奥さんも元気かと尋ねることを忘れないけれど、のぞき趣味や粗《あら》探しのたぐいだろうと、ミセス・マーチは踏んでいる。

本棚の前に立ち、十歳のポーラがポーズをとっている写真をしげしげと眺めた。ゆるやかな弧を描く眉と、カラメル色の潤んだ瞳。ふっくらと肉づきのいい唇を、軽くすぼめている。この歳でたいそうな色気だこと、とミセス・マーチは鼻を鳴らした。この写真がこの場所に飾られているのは、ポーラ自身が十歳のときに、ジョージにそうしてくれとせがんだからだ。理由はきっと、この棚が目の高さにあるから、居間に入ってすぐ、かならずみんなの目に入る場所にあるからに決まっている。ミセス・マーチは腕を伸ばし、その写真をもっと上の段に、下向きに伏せて置いてから、パーティーの支度を再開した。

まずはソファに近づくと、果実をついばむツグミの絵柄をモチーフにしたインド更紗のクッションが中心に来るよう、クッションの配置を整えた。カシミアの膝掛けを背もたれに放ってみては拾いあげて、理想の形になるまで何度も同じ動作を繰りかえした。時間を忘れて読書にのめりこんでいたかのような、パーティーのことも忘れてしまうくらいにすっかりくつろいでいたかのような、(普段より温和で従順な) マーサから遠慮がちに促《うなが》されてはじめて予定を思いだし、膝掛けを放りだして支度に取りかかりだしたかのような、そういう無造作な雰囲気を醸《かも》しだそうとした。

その日は朝のうちに、小さな温室が併設されていることを売りにしているマディソン・アヴェニューの高級生花店まで出かけていって、大ぶりなブーケをいくつか買いこんできた。なかには、ユーカリとモチノキの枝に赤いバラがくるまれているように見えるものもある。針みたいな葉にびっしりと覆われ、重みでしなだれている松の枝は、〈カフェ・カーライル〉でジャズの名手たちが使っていたドラムブラシによく似ている。買ってきたブーケのうちふたつを居間に飾り、もうひとつはゲスト用のバスルームまで運んでいった。そのついでに、マグノリアの香りのアロマキャンドルを灯し、輸入物の石鹸を見栄えがするようにいくつか積みあげてみた。愛用のハンドミルクも、金細工のほどこされたガラスのボトルのまま添えておいた。普段、このフランス製の保湿剤をベッド脇の小卓にしまいこんでいるのは、ハンドソープと間違えられてしまうことを懸念しての行動だった。〝レ・プール・マン〟というフランス語の表記がハンドミルクを意味することを、マーサが知っているとはかぎらない。

便器の奥の壁に手を伸ばして、そこに掛けられている絵画の歪みもまっすぐに直しておいた。小川で水浴びをしている数人の若い女を描いた、洒脱で遊び心のある一枚。川岸に降りそそぐ木漏《こも》れ陽が、女たちの髪や裸体を艶やかに照らしている。女たちは伏し目がちにはにかんだ笑みを浮かべつつも、揃ってこちらに顔を向けている。倒産の危機にあった老舗《しにせ》の画廊から二束三文で買いとったというけれど、これはたいへんな掘出し物だ。ミセス・マーチはつかのま惚れ惚れと、その絵画に見入っていた。この手のきわどい絵画も評価することのできる自分が誇らしかった。これを描いた画家の名前すら知りはしないし、裸体を眺めることに気恥ずかしさを感じないと言えば嘘になるけれど。ほどなくしてバスルームを出るころには、むっとするほどの松の香りが室内に立ちこめはじめていた。

続いてキッチンへ向かってみると、照明を絞って仄《ほの》暗くなった空間はまだ平穏そのもので、冷蔵庫の発する低いモーター音だけがかすかに聞きとれた。これからケータリング業者の猛攻が始まることを思うと、どうして侵入を許してしまったのかと、気が咎《とが》めそうになった。デザートのマカロンに関しては、悩んだすえに出すのをやめて、公園の反対側に店をかまえる小さなベーカリー（パトリシアのパティスリーからは、郵便番号ひとつぶん離れている）で売っているラズベリー・チーズタルトと、昔ながらの定番デザート、ストロベリー・アンド・クリームを出すことにした。キッチンの床に積みあげられた木箱のなかのイチゴは、目を見張るほどおいしそうな見た目をしている。真っ赤に熟した果実がきらきらと照り輝くさまは、まるで咲き誇るケシの花のよう。マダガスカル産の最高級ブルボンバニラと粉砂糖を加えてふわふわに泡立てられたクリームは、クリスタルガラスの大鉢のなかからいまにも雲のように浮かびあがってきそうだ。歓喜と、感嘆と、かすかな羨望に、顔を赤らめる客人たち。そのさまを思い浮かべるだけで、心が満たされていくようだった。

自分の采配がキッチンじゅうに行き届いていることに、我知らず悦に入った。このパーティーはまちがいなく、誰もがうらやむ最高の出来栄えとなる。いまだかつて経験したこともないような、最高に印象深いものになる。文学界において、今後長らく語り継がれることとなるだろう。

6

ミセス・マーチはこれまで一度も、格式高いパーティーに行ったことがないというわけではない。じつを言うなら、相当な数を経験している。

幼いころには、両親がしばしば自宅アパートメントで、派手やかなディナーパーティーを開いていた。タキシードに黒の蝶ネクタイを締めた紳士がたくさんやってきて、専属シェフが料理をふるまい、四人編成のジャズバンドが音楽を奏でる。そうしたたぐいの集まりだ。そういうパーティーが催される晩、ミセス・マーチと姉のリサには、キッチンで早めの夕食が与えられた。メニューはたいてい残り物の寄せ集めだったため、ふたりはいつもふくれっ面でそれを平らげた。調理台の上では、招待客にふるまわれる時を待つピンクサーモンのカナッペが、ふたりを嘲笑うかのようにつやつやと照り輝いていた。ぺっと唾を一度か二度、こっそり吐きかけたとしても仕方ないという気にさせられた。

夕食が済むと、両親は姉妹をそれぞれの子供部屋に閉じこめた。子供部屋はバスルームを介して自由に行き来できるようになっていたから、ふたりは大半の時間をリサの部屋で一緒にすごした。リサのほうが歳上で、部屋にテレビもあったから、そのテレビでホラー映画を観たり、ときにはヨーロッパのアート系映画を観たりもした。後半になればなるほど、息もつけないくらいの短い間隔で裸体が登場するたびに、ふたりでくすくすと笑いあった。

ときどき居間のほうからどっと歓声が沸き起こったり、廊下のほうから獣のような鼻息が聞こえてきたりして、そのたびにぎょっとさせられることもあった。あるときには、子供部屋の扉のノブがとつぜんゆっくりまわりだしたかと思うと、次の瞬間には、戸枠が震えんばかりの勢いで、ノブが乱暴に揺さぶられはじめた。ドアノブの動きがとまるまで、ふたりは床にへたりこんだまま、身じろぎもせずに身体を寄せあって、じっと一点を凝視しつづけた。

当時飼っていた猫もまた、トイレや餌や水入れもろとも、子供部屋に閉じこめられていた。ニャーニャーと騒がしく鳴き立てたり、客人のコートに抜け毛をこすりつけたり、（あろうことか）テーブルの料理に飛びかかったりを、未然に防ぐための策だったのだろう。閉じこめられた猫はそこから脱出しようと、扉をかりかり掻きながら、物悲しい声で鳴きつづけていた。あまりに必死なそのようすを眺めていると、ついつい身につまされた。

ミセス・マーチも一緒に扉を引っ掻いてから、しょんぼりとしてみせることで、自分もここに閉じこめられている仲間なのだと猫に理解させようとした。

パーティーの翌朝は、家じゅうにいつもとちがうにおいが漂っていた。白檀《びゃくだん》の香水と葉巻の煙のほかに、もう一種類、（うちにはひとつもないはずなのにどういうわけか）アロマキャンドルのにおいがした。

やがて十七歳になったときついに、おまえもパーティーに出席するかと尋ねられた。ある土曜の朝、広げた新聞の陰から、父親がそっけない声で訊いてきたのだ。

過剰に大人ぶっての行動か、過度の緊張による行動か、両方が組みあわさってのことなのか、その日、ミセス・マーチはガラス棚からシェリー酒をこっそり持ちだして、寝室でそれをラッパ飲みした。はじめのうちは恐る恐るためらいがちに少量を口に含んでいたのだが、しばらくすると、ぐびぐびと呷《あお》るように中身を飲みくだしはじめた。

その晩のパーティーで、ミセス・マーチは両親の友人たちを相手に、演劇や芸術に関する議論を舌鋒《ぜっぽう》鋭く戦わせた。理解できているのかも定かでないジョークに、けたけたと大笑いした。先天性と後天性を論題とした知的で奥深い議論に割って入ったうえに、当時の授業でとりあげられていたメアリー・シェリーの小説を引きあいに出して、持論を展開しはじめた。シェフが用意していたコース料理——鹿肉のローストやミートパイなどを含む、チューダー朝時代の晩餐を模した、ボリュームもカロリーも容赦のない料理——をすべて平らげたうえに、休みなくアルコールを摂取しつづけて、気づいたときには、来賓はみなとっくに引きあげており、自分は注いだおぼえのないポートワインのグラスを手にして、ひとり立ちつくしていた。

その日は、姉と共用のバスルームで冷たいタイルに膝をついたまま、夜どおし便器を抱きかかえる羽目になった。吐き気は翌朝まで続いた。ゆうべ体内に摂取された、主に肉類から成る大量の食物は、ねばねばと糸を引く小さな欠片《かけら》となって、すべて体外に吐きだされた。

昼時をずいぶんまわるころまで、ミセス・マーチは寝室に引きこもっていた。ようやく部屋を出て居間に入っていくと、そこに置かれた家具の位置がすべて二、三センチずつずれているように感じられた。本棚におさめられている父の蔵書も順序が乱れてしまっているし、ピアノの上に置かれた磁器製の花瓶には、白地に藍色で一羽の鳥が絵付けされていたはずなのに、いまは龍の絵が描かれている。

両親はソファの端と端にすわって、同じ題名の本をめいめいに読んでいた。アルコールの染みこんだベルベットから発せられる悪臭には、どちらも気づいていないふうを装っていた。娘が部屋に入っていっても、ふたりは顔をあげなかった。昨夜のパーティーについて、ひとこと触れようとすらしなかった。両親にとっては、沈黙をもって難色を示すというのが、醜態を演じた娘に対する意思表示の方法なのだろう。ただし、母だけはそのあと唐突に、いまから髪を洗ってあげると言って譲らなかった。娘の洗髪は母がずっと続けてきたことで、大学進学のためにミセス・マーチが家を出るまで、その習慣は長く続いた。

そうしてその日、あのパーティーの翌日に、ミセス・マーチがバスルームの床にひざまずくと、母はバスタブのへりに腰かけて、黙々とシャンプーを泡立たせはじめた。沈黙が垂れこめるなか、母はいつになく力を込めて、娘の髪を指で梳《す》いた。ミセス・マーチはとにかく必死で胃のむかつきに耐えていた。頭を逆さまに向けた状態では、吐き気をこらえるのは至難の業だった。きっとこれは、ゆうべの失態に対する罰なんだわ。母親に手荒く頭皮を揉みしだかれながら、大学を卒業するまではもう一滴たりとも酒を飲むまいと、ミセス・マーチは心に誓った。

その誓いはしかと守られた。大学内で開かれるパーティーに参加するときにも、お祭り騒ぎの当事者ではなく、傍観者という立場を貫いた。学生寮や学生会館のなかを亡霊のように徘徊《はいかい》しながら、酔っ払い同士の卓球対決や、暗がりでむさぼるようにキスを交わす男女を見物してまわった。

人生ではじめて真剣な交際をしたダレン・タープとも、そうしたパーティーのひとつで出会った。当時のミセス・マーチにはもうひとつ、みずから課した譲れないルールがあった。〝愛している〟と最初に言ってくれた相手に操《みさお》を捧げると、固く心に決めていたのだ。ミセス・マーチはルールを守った。出会いから一年半後、季節はずれの暑さに見舞われたある春の日に、学生寮のダレンの部屋（父親が学部長と親交を深めていたおかげで、一人部屋をせしめていた）でダレンとふたり、マットレスの上で汗だくになった。そのあとそのまま眠りに落ちて、日没後に目を覚ましたミセス・マーチは、閉じた瞼《まぶた》に当たるかすかな光や、足首をつかんで放さない人間の手みたいなシーツ以外の何かを、必死に思い浮かべようとした。できるだけ音を立てないようにベッドを抜けだすと、ボーイスカウトで最高位に達した際の記念品とおぼしき懐中電灯を使って、シーツを調べた。けれども、何も見あたらなかった。月経の経血が漏れたときのような、錆色の染みすらも。ミセス・マーチの処女膜は——世間で言われるところの〝純潔の証〟は——とうの昔に失われてしまっていたのにちがいなかった。

謙虚で心優しいダレンとの交際は、最終学年まで続いた。〝大学内でいちばん魅力的〟なジョージと出会い、熱をあげるようになると、ダレンにはいっさいの説明もなく、一方的に別れを告げた。ダレンは行かないでくれと、せめてもうひと晩よく考えてくれと、すがってきた。すげなくそれを拒まれると、今度は「ぼくの母に電話して、きみの口からこの件を報告しろ」などと言いだした。「少なくともぼくの母には、それなりの説明を受ける権利があるはずだ。きみにあんなによくしてあげたんだから」と、ひどい剣幕で言い張った。たしかにこれまで何回か、ボストンにあるダレンの実家で感謝祭をすごしたことはある。タープ家に滞在中は、古風であることを是《ぜ》とするミセス・タープに配慮して、ダレンとは隣りあう別々の部屋で眠りについた。ところがどういうわけか、夜明けと共に、ミセス・マーチの泊まっている部屋にミセス・タープが忍びこんでくるということが毎日続いた。はじめのうちミセス・マーチは、息子とその恋人が一緒に眠っていないことを確かめにきているのだろうと考えた。しかしながら、しばらくすると、そうではないということが判明した。ミセス・タープは、寝起きのシャワーを浴びるまえに乾燥機でタオルを温めておいてあげようと、ゲスト用のタオルを取りにきていたのだ。

そんなわけでミセス・マーチは、ダレンと破局した数分後に、カフェテリアの外に据えつけられた公衆電話ボックスからミセス・タープに電話をかけた。その日は雨が土砂降りで、三秒ごとに稲妻が走り、雷鳴が轟いていた。雷の音に掻き消されて、相手の声はかろうじて聞きとれる程度だった。

「ご報告がありまして、いろいろ考えた結果、ダレンとお別れすることに――」

「え？　なんですって？」

「ダレンとふたりで話しあった結果、こうするのがいちばんいいってことに——」

「聞こえないわ！」

「ダレンと別れます！」左耳に受話器を押しつけ、右耳を指でふさいだまま、ミセス・マーチは怒鳴るように言い放った。この感情の爆発は、沈黙のなかに吸いこまれていった。しばしのちに返ってきたのは、やけに歯切れのいい冷淡な声だった。「あら、そう。わざわざのご報告ありがとう。どうぞお達者で」言うが早いか、回線が途切れた。ミセス・マーチは受話器を置くと、公衆電話ボックスの外をずぶ濡れで行きつ戻りつしていたダレンにはひとことも声をかけずに、その場から立ち去った。別れを惜しんで涙を流すことを、十六分間だけ自分に許した。自分の寮に帰りつくと同時に、ぴたりと涙は引っこんだ。

みずから課した禁酒の誓いは、ジョージと結婚した暁《あかつき》に取りさげた。夫の作家としての評価があがるにつれて、同伴者として招かれる機会の増えたパーティーや式典では、ワインやキール・ロワイヤルをたしなむようになった。なかでも印象深かったのは、メトロポリタン美術館で閉館後に催された貸切りイベントだ。そのイベントでは、次期展覧会用の展示物を公開まえに見せてもらったあと、会員制のダイニングルームに通された。そこで催されたカクテルパーティーでは、パーティー慣れした人々があちこちのテーブルにふらりと立ち寄っては、救命ボートにしがみつくかのように、しつこく会話をせがんでいた。

ダレン・タープの姿を久々に目にしたのは、この会場でのことだった。あの雨の日の別れから八年か九年が経過していたというのに、ダレンの頬は相も変わらず出来物だらけで、癖の強い巻き毛も、縦縞のリネンシャツという服装もあのころのままだった（ただし、そのシャツの柄に見覚えがないことに気づいた瞬間、なぜだか裏切られたような気分になった。ダレンの簞笥《たんす》の中身を永久に把握しつづける権利なんて、自分にあるわけもないというのに）。

そのときジョージは、友人との会話に花を咲かせていた。ダレンに接触するなら、いましかない。ミセス・マーチは部屋の片隅まで歩いていって、ピンク色の飲み物を手にしたダレンに近づき、そっと肩に手を置いた。ダレンはこちらを振りかえるやいなや、途端に顔を曇らせて、「なんだ……きみか」とつぶやいた。

ひとえに人目があるというだけの理由で、ミセス・マーチはやけに大きな笑い声を警笛のようにあげてみせた。ダレンからジョークを聞かされたふりをしたつもりだった。

「きみがいることには気づいてたよ。マーチ教授と一緒なんだね。きみたち、本当につきあってるんだ？」ダレンはそう訊きながら、ジョージのいるほうを鋭く見やった。当のジョージはなおもおしゃべりに夢中で、こちらには目もくれていない。

「ええ……じつを言うと、わたしたち結婚したの」そう応じる声には、隠しきれない優越感がのぞいた。胸の高さに左手をあげて、大ぶりな石のついた指輪を見せながら、ジョージがいかに大成したかについて話すきっかけをもらえないかと期待しつつ、こう続けた。

「それにあのひと、もう教授ではないのよ」

「なんで気づかなかったんだろうな」怒りもあらわに、ダレンはひとこと吐き捨てた。

「気づくって、何に？」

「きみが教授と浮気してたことに」

ミセス・マーチはぐっと感情を抑えこんだ。「そんなことしてないわ」

「しらばっくれるなよ！　ぼくを捨てた翌日にきみたちが一緒にいるのを見たって、教えてくれた人間がいるんだからな。たったの四十八時間も待つことができなかったのか？」

ミセス・マーチは言葉を失った。こんなにも長いあいだ誰かに執着して、消息をこそこそ嗅ぎまわりつづけるなんて、愚かしいとしか思えなかった。その一方で、わたしのことをそうするに足るだけの人間だと考えているのかと思うと、まんざらでもない自分がいた。

「それからもちろん、アプローチをかけたのはきみだ。きみのほうから教授に近づいた。きみの行動は何もかも、虚栄心を満たすためだけのものなんだ」

「馬鹿を言わないで」

「ぼくのことなんて、本当はこれっぽっちも気にかけちゃいなかったろう？　ぼくに狙いを定めたのは、うちが裕福だからだろう？」

あなたの家なんかよりうちのほうがよっぽど裕福だわと、危うく言いかえしてしまうところだった。けれどもそれをぐっとこらえて、しぃっと人差し指を立ててから、ミセス・マーチはこう言った。「みんなが見てるわ」

「それなら、これだけは言っておかないとな。ぼくもずいぶん出世してね。《ニューヨーカー》を発行する企業に勤めてるんだ。知ってのとおり、いまじゃすっかり高給取りさ」

この知らせには、いささか打撃を受けた。ジョージがつい最近、あの雑誌社に原稿を持ちこんで、突きかえされたばかりだったから。

「それはおめでとう」平静を装って、ミセス・マーチは言った。本音では、手にしたグラスの中身を顔面に浴びせてやりたかった。いいえ、本当にしたいのは、わたしとジョージが一緒にいたという情報を誰に聞いたのか、ダレンから訊きだすこと。そのことを知っている人間が――こちらの評判を貶《おとし》めかねない小さな汚点を知る者が――本当に存在するのかどうかを、どうしても確かめたくてならなかった。ダレンのもとを離れるときには、アルコールのせいか、音楽のせいか、くらくらと眩暈《めまい》がした。自分がついさっき口にした〝おめでとう〟のひとことが、いまになって呪いのように心を掻き乱していた。パーティーがお開きになるまで、ミセス・マーチは屈託のない明るい笑みを懸命に保ちつづけた。

人込みのなかに見え隠れする忌まわしい巻き毛の頭を、片っ端から避けてまわった。

共通の友人たちにやんわり探りを入れることで、のちのち突きとめたところによると、あのときダレンの語ったことはすべて嘘っぱちだった。本当はただの雑用係で、安月給でこき使われる立場にいた。ジョージが作家として飛躍を続けている一方で、ミセス・マーチの知るかぎり、ダレンは文学界（のみならず、あらゆる業界）に足を踏みいれることすら叶わずにいた。この勝負はわたしの勝ちね、とミセス・マーチは悦に入った。そうなるといま心底願ってやまないのは、ジョージの新作がけっしてダレンの目に触れることのないようにという、その一点だけだった。あの小説の内容を知ろうものなら、ダレンは大いにほくそ笑むにちがいなかった。

7

新作の出版を祝うパーティーの当日は、時間が遅々として進んでくれなかった。パーティーを成功させなければならないという重圧が目に見える形をとって、霧のように視界を覆いつくしている気もした。その重圧はミセス・マーチが交わす会話のすべてに聞き耳を立て、立ちどまるすべての場所にひそんでいた。一方で、会場となる自宅アパートメントは、こちらの期待に懸命に応えようとしてくれているようだった。屈辱感のようなものをいくらかにじませつつも、部屋という部屋がすっかり身だしなみを整えて、家具の配置換えもしぶしぶ受けいれてくれていた。

緊張と不安のあまり、食欲はまったくなかったけれど、〝おなかが張るのを防ぐため〟だということにして、軽く口にできるものをマーサに用意してもらった。自分がどれほど不安に駆られているのかを、マーサには知られたくなかった。パーティーのことがどれだけ頭を占めているのかも、本来なら優先するべきその他の問題がすべて隅に追いやられていることも、絶対に知られたくなかった。

器に盛られた野菜を物憂げにつまみあげ、小さく齧《かじ》りとった欠片を大量の水で飲みくだしては、大きく息を吐きだした。幼いころから、食べたくないものを食べなければいけないときには、いつもこうやって乗りきってきた。玄関の間のほうから、振り子時計の針の音が聞こえてくる。どこか非難がましいその響きは、白いかつらをつけたヴィクトリア朝時代の裁判官が舌打ちでもしているようだった。時を告げる鐘の音《ね》は、裁判所の石段に立って、ミセス・マーチの有罪を告げ知らせているかのようだった。

ケータリング業者が派遣してきた料理人と給仕人たちは、すべての下準備を終えてから、制服に着替えるためにいったん持ち場を離れていた。ところがそのとき唐突に、突拍子もない疑念が脳裡をかすめた。本当はすでに全員が、ここに戻ってきているのではないか。もしくはそもそも、ここを出ていってなんかいないのではないか。玄関かどこかに身をひそめて、わたしを脅かそうと待ちうけているのではないか。ミセス・マーチは野菜の皿を奥へ押しやり、ほんの少量しか口にしていないことを隠そうと、上からナプキンをかぶせておいた。

テーブルを片づけはじめたマーサを尻目に、そそくさと小走りに寝室へ向かった。この時間帯の主寝室には、刃物を突き立てるかのような直射日光が幾すじも射しこんでくる。

頭痛が起きてはたまらないと、ミセス・マーチはカーテンを閉じた。靴を脱いでベッドに横たわり、スカートの皺を伸ばしてから、両手を腹の上で組んで天井を見つめた。少し仮眠をとろうと思ったのに、鼓膜に反響する鼓動がやけに大きく、気になって仕方がない。ケータリングの料理に関して、何か取りかえしのつかないミスを犯しているのではという猛烈な不安も、頭から離れない。今日招かれているひとたちもみんな、わたしと同じように期待に胸をふくらませているのかしら。今日のパーティーのことが頭を占めて、ほかのことが考えられなくなったり、何も手につかなくなったりしているのかしら。答えはおそらくノーだろう。喉が渇いて、違和感がする。ミセス・マーチはごくりと唾を呑みこんだ。かすかに震える手をあげて、カチカチと時を刻む腕時計を眺め、午後四時十五分まえになるのを待って腕をおろした。お客さまを迎えるための衣装に着替えるならこの時刻以降と、まえもって決めていたのだ。

　寝ていたベッドから跳ね起きて、作りつけのクロゼットの扉を開けた。ずっとまえからミセス・マーチは、とある考えに取り憑《つ》かれていた。わたしの持っている服はどれも、趣味がよくて上等なものばかりなのに、組みあわせ方や着こなしが悪いせいで、安っぽくて野暮ったい印象に仕上がってしまっているのではないか。同じことがわたしの選んだ家具にも、もっと言うならすべての所持品にも言えるのだけれど、その傾向が飛びぬけて顕著なのが衣服なのではないか。わたしにはこの世の服という服が、ほかの女性のようにフィットしてくれない。何を着ても、きつすぎたり、短すぎたり、ゆるすぎたり、変に皺が寄ったりして、どうにも不格好に見えてしまう。借り物の服を着ているみたいになってしまうのがつねなのだ。

クロゼットの前にしばらく立って、目線だけを左右に動かし、ドレスやスカートやパンツスーツの生地や柄をざっと眺めた。それにしてもおかしな話だわ。絶対に着る機会のないスーツばかりを選ぶだなんて。息をするたびに布地がよれてしまうブラウスや、食事をするたびにおなかが苦しくなるスカートばかりを買いあさってくるなんて。こういう服を着て死ねるともかぎらないし（たいていは入院患者用のガウンを着ているはず）、お墓に入れてもらえるともかぎらないのに（礼節に囚われた姉のリサなら、いちばん地味でくすんだ色合いの服を選ぶはず）。とはいえ、ここに並んでいるのは、いつか着ようと思って選んだ最新流行の服でもある。今日のパーティーを成功させるという念願を果たせないままでは、死んでも死にきれない。そして、今日一日のシナリオを休みなく思い描きつづけているかぎり、恐れが現実のものとなることはない。これは、ミセス・マーチがひとりでよく実行している、縁起担ぎのようなものだ。あるコーディネートが、絶対に似合わないと感じるものであるなら、現実にはそうではない。自分が今日中に死ぬ姿を思い描いていると、その日に死ぬことはない。馬鹿げた迷信ではあるけれど、実際問題として、恐ろしい何かが起きると予測しているときにそれが起きる確率は、いったいどれくらいだろう。その答えは〝きわめて低い〟。「思っていたとおりに、今日、妻が死んだ」だの、「予想どおりに、ひどい事故に遭った」だのと誰かが言うのを、聞いたことなどないはずだ。

ミセス・マーチは手早くハンガーを掻き分けて、パーティーの開催が決まったときからずっと念頭にあった、暗緑色《ボトルグリーン》のドレスを捜した。そのドレスには、長い袖がついている。年齢を重ねるにつれて、二の腕のたるみが目立つようになっていたため、絶対に腕だけは隠したかった。

千鳥格子柄のパンツスーツのあいだに埋もれていたお目当てのドレスを見つけて、引っぱりだした。この服に袖を通したことは、これまでに一度しかない。あれはたしか数カ月まえ、ジョージのいとこのジャレドとわたしたち夫婦とで、ディナーを囲んだときのことだ。今夜の招待客リストには何度も目を通してきたはずなのに、いまになってとつぜん、ジャレドの名前もリストにあったのではないかと、不安になって仕方なくなった。ジャレドと顔を合わせたことは、これまでに二度しかない。つまり、今日このドレスを着てジャレドに会えば、三回に二回の割合で同じ服を着ていたことになってしまう。あちらはもちろん気づかないふりをしてくれるだろうが、自慢のいとこであればこそ、その妻にも同様の期待を寄せているのは、まずまちがいない。それなのに、その妻が前回と同じドレスを着て、同じアクセサリーをつけ、同じヘアスタイルをしていると気づいたなら、ジャレドは瞬時に関心を失い、もっと華やかに着飾った女性のほうへ注意を向けてしまうだろう。

そのときふとクロゼットの隅に目をやると、紺青色《ロイヤルブルー》のドレスが目にとまった。このドレスは大胆に肩を露出させるタイプのもので、まだ一度も袖を通したことがない。値札までついたままになっている。それにしても、なんときれいな色だろう。目が覚めるようでありながら、じつにエレガントでもある。ほかのひとたちと色がかぶる可能性も、まずなさそうだ。しかしながら残念なことに、このドレスには袖がなかった。ミセス・マーチはこのドレスとボトルグリーンのドレスをそれぞれ左右の手に持って、目の高さにかざしたまま、どちらがいいかと見比べた。ロイヤルブルーのほうがたしかに見栄えはするけれど、誰かがカメラを持参した場合、二の腕を撮られるような事態だけは絶対に避けたい。ミセス・マーチはしばらく悩んだすえに、ブルーのほうをクロゼットに戻した。

ボトルグリーンのドレスのほうはハンガーからはずして、すやすや寝ている赤ん坊を運ぶかのように、慎重な手つきでベッドまで運び、上掛けの上にふんわりと広げた。それからその傍らに、金のブローチとフープ・イヤリングも並べておいた。

続いて、ヘアセットに取りかかった。髪の毛をひと束ずつすくいとっては、ホットカーラーにしっかり巻きつけていった。

カーラーをつけたまま、今度は、爪のやすりがけとマニキュア塗りに取りかかった。プロのネイリストには頼みたくなくて、爪の手入れはいつも自分で済ませている。爪の状態についてあれこれ言われるのがいやなのだ。実際、不快な思いをしたことが幾度もある。「どうしてこんなに爪が黄色いのかしら。マニキュアを塗ったまま、長いこと放置してました？」などと、ほかの客がいるところで訊かれたこともあった。

マニキュアが乾くのを待つあいだは、腕時計の秒針がチクタクと進んでいくさまを見守った。そのあとは、ホットカーラーをひとつずつ髪からはずしていった。ところが、きれいにカールした髪からカーラーを引きぬいているとき、熱を持ったままのカーラーが肌に擦れて、耳たぶの裏を火傷してしまった。鋭い痛みに、ミセス・マーチははっと息を吸いこんだ。トイレットペーパーを水で濡らしてきて、ひりひり痛む箇所にしばらく押しあてていなければならなかった。

それが済むと、鏡に映る自分の裸体を視界に入れないよう注意しながら、着ていた服を脱ぎ捨てていった。腹部の皮膚は、ジョナサンを妊娠していたときに伸びきったまま、ほとんどもとに戻っておらず、いまだにでこぼことたるんでいる。おなかの中央には縦に妊娠線が残ったままになっていて、それが枝分かれしながら、足の付け根にあるこんもりとした暗い茂みまで延びている。ミセス・マーチはたるんだ皮膚をやっとのことで寄せ集めて、ベージュ色の窮屈なガードルのなかに押しこんでから、ボトルグリーンのドレスに袖を通した。バスルームの鏡に映る姿をようやく真正面から眺めながら、笑みを浮かべてはみたものの、カメラの前でポーズをとっているみたいな、ぎこちない作り笑いにしかならなかった。グラスを掲げるかのように片手をあげて、身体をゆっくり揺らしながら、笑い声をあげてみた。「ようこそおいでくださいました。ようこそ、おいで、くださいました」と、鏡に向かって言ってもみた。

口紅もあれこれ試してみた。いずれも未使用のまましまいこまれていたので、新品のキャンドルみたいに表面がつやつやとしていて、形も崩れていなかった。ところが、どんな色を塗ってみてもまったくしっくりこなくて、そのたびに手荒く拭きとるものだから、唇のまわりには色がにじむし、ペーパータオルでこすりすぎたせいで顎はひりひりするしで、苛立ちが募るばかりだった。ついには、腹立ちまぎれに朱色の口紅をつかみとり、首を掻き切るような一本線を殴り書きまでしてしまった。それでようやく観念して、結局、いつも使っている当たり障りのないクリーム色に落ちついた。

するととつぜん、猛烈な迷いがぶりかえしてきた。ミセス・マーチは取るものも取りあえずドレスを脱ぎ捨ててから、クロゼットに引きかえした。ロイヤルブルーのドレスを取りだして袖を通し、鏡の前に立った途端、ガードルのウエストの上でたるんだ肉の凹凸《おうとつ》がひどく目立つことにたじろいだ。たるんで張りを失った二の腕も、オフショルダーの袖の下でやけに窮屈そうに見えた。ミセス・マーチは悲鳴を押し殺しながら、剝ぎとるようにドレスを脱ぎ捨てた。母のお古のラインストーン付きカフスボタンとよく合うシルクのブラウスをさっと身につけ、黒のスカートを合わせてもみたけれど、やっぱりそれも脱ぎ捨てて、ボトルグリーンのドレスを手に取った。

黄昏《たそがれ》時になって、ジョージがようやく帰宅した。ミセス・マーチはそのときちょうど、天井の照明とフロアランプの組みあわせをあれこれ変えながら、くつろぎの空間と明るく華やいだ雰囲気をどうにか両立させようと試みている最中だった。小さくハミングまでしながら、いかにも落ちつきはらったふうを装っていると、女主人が照明器具をあれこれいじくるさまもそれほどの奇行には思えなくなるのか、はたまた気を使ってか、給仕人はみな見て見ぬふりをしてくれた。

ミセス・マーチは苛立ちもあらわに、腕時計を一瞥した。招待客のなかには、すでにこちらへ向かっている者もいるはずだ。エレベーターのなかやタクシーの後部座席で口喧嘩をしている夫婦連れも、結い髪をめいっぱいに引っつめているせいで、美容外科の皺取り手術を受けたばかりのように見える女たちも、十年まえに買ったアルマーニのスーツが窮屈になってきたことをひた隠しにしている男たちもいることだろう。

最後の最後にもう一度、ドレスを着替えようかと迷っていると、バスルームでネクタイを結んでいるらしいジョージが、やぶからぼうに言いだした。「そういえば、ポーレットが祝いの電話をくれたんだが」

「あら……」

「おいおい、やめてくれよ」

「やめろって何を？　わたしはただ、あらと応じただけなのに」

「とにかく、本当に優しい子だよ。忙しいなか、わざわざ電話をくれたんだ。いまはとりわけ撮影が――」

「ええ、そうね。優しいうえに、才能豊かだこと」

「そうだとも。本当に、ひとりでよくやってるよ」

ジョージがパーティーの最中にまでポーラを褒めそやしはじめるのではないかと想像した瞬間、胃袋がずんと沈みこんだ。今日のパーティーを成功させるためだけに悪戦苦闘を重ねるにつれ、ミセス・マーチはいくつもの期待を胸にいだくようになっていた。ジョージがスピーチのなかでわたしに向けて、心のこもった言葉を投げかけてくれるのではないか。趣味のよさだのなんだのを、招待客が手放しに褒め称《たた》えてくれるのではないか。そうした期待は、いまや最高潮に高まっている。なのに今夜、ジョージの口から出る称讃の言葉を独り占めできないなんて、ほかの人間にも分け与えないといけないなんて、とうてい許せることではなかった。

「実際、本当によくやってるよ」カフスボタンをとめながら、ジョージは続けた。「最近は、ケンジントンにあるタウンハウスの購入を考えていて、売り手と交渉中らしい」

「それは素敵」

「ああ、そうとも。外観の美しい家だそうだが……おまけに、文化財にも指定されているんだとか。きみとふたりで、いつでも泊まりにきてくれてかまわないと言っていたよ」

ポーラに客人としてもてなされるなんて、何かしてもらうたびに感謝しなければならないなんて、考えたこともない。あまりにも馴染みがなくて、ありえない行為に思えて、片方の瞼がぴくぴくと引き攣《つ》りだした。ひとまず落ちつきを取りもどそうと、ジョージの指先に意識を集中した。その指はいま、もう一方のカフスボタンを留めようとしている。けれども、あんなカフスボタン、これまで見たことがあったかしら。

「本当に、ひとりでよくやってる……」ジョージがどこかうわの空で、小さくぼそっと繰りかえした。

やっぱり、あのカフスボタンには見覚えがない。そのことが気になってならなかった。ジョージの身のまわりの品なら、カフスボタンも、ネクタイも、ポケットチーフも、ひとつ残らず把握している。その大半は、長いつきあいを通してわたしがプレゼントしてきたものだから。それなら、あのカフスボタンは、いったいどこから湧いて出てきたの？　ジョージに一歩近づいて、口を開きかけたとき、玄関で呼び鈴が鳴った。

招待客の第一陣は、五人まとめて到着した。まるで事前に話しあって、どこかで落ちあってから来たかのように。〝いやはや困った。あの家にひとりで乗りこんで、あの奥さんと一対一で会話するなんて、まっぴらご免じゃないか？〟――ひとりが別のひとりに問いかける姿が、いまにも目に浮かんできそうだった。それはともかくとして、こちらとしても、早めに到着してしまった客の話し相手を務めることを想像するだけで、膝の裏に汗がにじんできてしまう。そうならなかったことに胸をなでおろしながら、五人を居間のほうに通したあとは、やることがあるふうを装ってその場を辞した。〝やること〟とやらには、この場合、主寝室専用のバスルームに引きもって、ドレスが皺にならないよう気をつけながら、蓋を閉めた便座に腰かけることも含まれていた。

しばらくすると、アパートメントのなかには、大勢の足音や、ＢＧＭ――冬のカクテルパーティーに最適だろうとミセス・マーチがみずから選んだ、アップテンポのジャズふうにアレンジされている《くるみ割り人形》——に加えて、ベースラインのように低くざわめく話し声と、ときおり打ち鳴らされるシンバルのような笑い声が溶けこんでいた。

古い友人だという数名の客からは、ジョージの祖父を写した額入りのモノクロ写真が贈られた。写真に写る男は厳めしい面持ちで、ぶち模様のイングリッシュ・セッターを足もとにしたがえており、片手にライフルを握りしめ、もう一方の手は鴨の死骸を逆さまにぶらさげている。ミセス・マーチはひと目見るなり、その写真が嫌いになった。全体に漂う厳粛な雰囲気も、男（と犬）が顔に浮かべた威厳たっぷりの表情も、何もかもが馬鹿ばかしい。額におさめるだけの価値がこんなものにあるだなんて、そう信じこんでいる人間がひとりでもいると思うと、なおさら滑稽に感じられた。あのひとたちがみんな帰ったら一刻も早く、忘れずに、クロゼットのなかの帽子入れの陰にあれを隠してしまわなきゃ。ミセス・マーチはそう頭に刻みつけた。

パーティーの開始時刻をまわってしばらくすると、新たな顔ぶれが続々と到着するたびに、ひといきれがひどくなっていった。ミセス・マーチはマーサを呼びとめてから、ゲスト用のバスルームをこまめにのぞいて、タオルを畳んだり、薄めたアンモニア水で便座や床を拭いたりするようにと言いつけた。つんと鼻を突く消毒剤のにおいが、癖の強い松ヤニのにおいと合わさって、なんとも独特なにおいを発生させていた。このままでは、このにおいを嗅いだ面々が、ふとしたきっかけで——病院を訪れた際や、商店主がモップ用バケツの水を通りにぶちまけているところへ出くわした際などに——マーチ家で開かれたパーティーのことを思いだしてしまうかもしれなかった。

8

ミセス・マーチの視線は会場内で、もっぱら女性客に引き寄せられていた。とりわけ目を奪われたのは、このなかでいちばん若いことが一目瞭然の、二十代半ばから後半とおぼしき女だった。光沢のある艶やかな髪は、たてがみのようにボリュームがつけられている。いっさいの装飾を排したワインカラーのドレスが、ほっそりとした身体のラインを見事に際立たせている。それに比べると、自分がひどく不格好に思えてきた。まるで晒《さら》し物にされているような感覚に襲われて、ミセス・マーチは心のなかで小さく身体を縮こめた。あの娘《こ》に比べてわたしのほうは、〝いかにも頑張っている〟ようすがありありと伝わってしまう。母が言うところの〝若づくりの大年増〟というやつだわ。髪型ひとつとっても、張りを失った髪がだらんと肩に垂れているだけ。この中途半端な髪色をなんと呼べばいいのかもわからない。汗をかいたせいで、せっかく巻いたカールもしおれはじめ、ひとすじの前髪が額にぺたっと貼りついてしまってもいる。

スモークサーモンのカナッペや、タマネギとブリーチーズのタルトを盛ったトレイを掲げ持って、給仕人たちが人込みを縫い進んでいる。ステレオからは、アナ・マリア・アルバゲッティが歌う幻想的なオペラ歌曲が流れている。ミセス・マーチはあらためて、さきほどの若い女をまじまじと眺めた。敬慕の色をにじませた男ふたりに囲まれて、会話を交わしているようす。はらりと垂れたブロンドの髪を、何気なく耳にかけるようす。その仕草を目にするが早いか、身体がそれを真似ていた。耳たぶの裏に指が当たると同時に、ホットカーラーで火傷した箇所の水ぶくれが割れて、鋭い痛みが走った。ミセス・マーチは食いしばった歯の隙間からかすかな悲鳴を漏らすと、悪事を働くつもりでもあるまいに、三人がいるほうへそろそろと近づいていった。「みなさま、何もお困りではございませんこと？」縒りあわせた両手の指をぎゅっと握りしめながら問いかけると、三人が一斉にこちらを振りかえった。女は洒落たデザインの煙草を吸っていた。形はほっそりと長くて、色は象牙色。まるでこの娘《こ》の首のよう。煙草が口へ運ばれるたびに、かぼそい手首にはめたブレスレットがシャラシャラと音を立てている。

「ミセス・マーチ、これはこれは、ご機嫌よう」男のひとりが口を開いた。うろ覚えながら、ジョージの資産管理を担当している銀行家のはず。名前は思いだせないけれど、ふたりでときどきテニスを楽しんでいることはまちがいない。

「みなさん、お楽しみいただけているかしら」若い女のほうへ顔を向けるようにして、ミセス・マーチは問いかけた。

「なかなかの盛況ぶりですな」と、銀行家が横から応じた。

「ええ、本当に、大勢の方にお越しいただいて……まだ面識のない方が、ほとんどと言っていいほどですのよ」言いながら横目で窺うと、若い女はそっぽを向いていた。とんでもなく長いシャンパングラスの中身を呷るかのように、大きく首をのけぞらせて、手にした煙草を吸っている。

「でしたら手始めに、ここにいるトムをご紹介しましょう」と銀行家は続けた。「それから、こちらのご婦人はミズ・ガブリエラ・リン。先月の《アートフォーラム》誌でとりあげられていたのを、あなたもごらんになったのでは？」

ミセス・マーチがそれを受けて、いくぶん大袈裟に微笑みかけてみせても、ガゼルによく似たガブリエラは煙草の煙を吐きだすばかりで、なんら言葉を発しなかった。

「ミズ・リンと言えば、いまを時めく装幀家ですからね」トムと呼ばれた男が意気込んで言った。

ガブリエラはやれやれと首を振った。ふたたび煙と共に吐きだされた呼気は、しだいに乾いた笑い声へと変化していった。「まったくもう。このひとたちときたら、とにかくなんにでも感激しちゃうんだから」まっすぐ自分へと向けられた言葉にひそかな喜びを感じつつ、ミセス・マーチはくすくすと笑ってみせた。「それはそうと、本当にすばらしいパーティーね。このような場にお招きいただいて光栄だわ」抑揚のない物憂げな口調で、付け足すようにガブリエラは言った。やけに艶っぽく、出自を推しはかることの難しい独特な訛《なまり》は、のちに判明したところによると、ヨーロッパ各地を転々としていたという少女時代に身についたものだった。

「まあ、そんなふうに言っていただけて、こちらこそ光栄ですわ」とミセス・マーチは応じた。「それに、夫のお友だちはわたくしのお友だちでもありますもの。装幀というと、ジョージの作品を手がけたこともありますの？」

「いいえ、残念なことに」ガブリエラが言いながら、キャビアとサワークリームを添えたパンケーキの食べ残しで煙草を揉み消すと、給仕人がすかさずその皿をさげていった。ガブリエラのふるまいに対して、こちらは気を悪くするべきなのかしら。食べ残されたパンケーキはどのみちゴミ箱行きになるとはいえ、それ自体を軽んずるような行為は、それを用意した人間に対する侮辱とも受けとめるべきなのか。いますぐ叫びだしたいという欲求に襲われた。そんな衝動に駆られること自体が、恐ろしくてならなかった。

「じつを言うと、今回の新作を手がけてみないかって、打診は受けたのよ」そう続けるガブリエラの声がした。「あいにく、そのときは別の仕事が入っていて。だけど、それでよかったのかも。わたしの代わりに採用された装幀家が選んだ、あの肖像画……あんなに打ってつけのものはないわ。作品の趣旨に完璧に合っている。あれ以上のものなんて、考えもつかない」

ミセス・マーチはうわの空でうなずいた。この繻子織《しゅすおり》のドレスに覆われた身体は、どんなふうなのだろう。乳首はどんな色をしているの？　そばかすやほくろはあるのかしら。いいえ、もしあったとしても、本人がどんなにそれを気にしていたとしても、男どもは口を揃えて、途轍《とてつ》もなく色っぽいと評するのに決まっている。

「あの小説は、もちろんお読みになったのでしょう？」まっすぐに目を見つめて、ガブリエラが訊いてきた。小首をかしげた仕草や、唇をかすかに開いた表情からは、冗談めかした好奇心がひしひしと伝わってくる。

「あの、それはもちろん……ジョージの作品なら、すべて目を通しておりますわ」そう答える声が、恐怖で震えた。この流れでいくと、あの忌まわしい主人公のほうへ話題が向かってしまうかもしれない。するとそのとき、別の男性客が――まだコートを着たままである点や、肩のあたりで雨粒がきらめいている点からして、たったいま到着したばかりであるらしい男性客が――颯爽《さっそう》と近づいてきて、ガブリエラに声をかけ、両頰にキスをしはじめた。ガブリエラの意識がほぼ物理的にこちらから引きはがされ、なおも脈打つ心臓のように肉体からもぎとられていくのが感じとれた。ミセス・マーチは傍らのコーヒーテーブルに視線を落とした。灰皿のなかに、紅《べに》のついた象牙色の吸い殻が三本、転がっている。灰皿の横には、ガブリエラのイニシャルが彫られた銀製のシガレットケースが置かれている。かつてない衝動に駆られて、ミセス・マーチはそのケースをつかみとった。左の乳房がつぶれるのもかまわずに、無理やりブラジャーのなかに押しこんだ。

断りを入れずにその場を離れても、注意を向けてくる者はなかった。突発的に働いた悪事のせいか、かすかな眩暈をおぼえつつも、どうにか作り笑いを浮かべようとした。ひとつには、周囲に不審感をいだかせないために。何よりも、たったいましでかしたことに対する罪悪感をごまかすために。するとそのとき、幸か不幸か、ジョージのエージェントがミセス・マーチを呼びとめてきた。

「ご機嫌いかが、ミセス・マーチ。今夜のパーティーときたら、それはもう華やかのひとことだわね」ゼルダはひと息にそこまで言うと、鋭く息を吸いこんだ。筋金入りのチェーンスモーカーであるため、この程度のセリフを口にするだけでも、ひと苦労であるらしい。長く声を出すたびに、肺がくたびれ果ててしまうみたいだ。声も、それこそ一秒ごとに、みるみるしゃがれていっている。パーティーが終わるころには、ひゅーひゅーという空気漏れのような音しか出なくなっているのでは？

「ありがとう、ゼルダ」と応じながら、ゼルダの口もとに目を向けた。隙間からのぞく歯は、長らく摂取しつづけてきたニコチンのせいですっかり黄ばんでいるうえに、あずき色の口紅が付着している。するとそこへ、飴色タマネギとイチゴのコンポートを添えたフォアグラのトレイを手にして、ひとりの給仕人が近づいてきていた。「ぜひともフォアグラをお試しになってみて。パリの郊外にある小さな農園で作られたものなんですよ。姉からの頂き物ですの。バカンスで訪れた際に、義兄が手ずから加工したのだとかで」

「それはそれは、なんともすばらしく鄙《ひな》びた趣《おもむき》だわね！」ゼルダは芝居がかった仕草で両腕を広げ、大きく天を仰いでみせた。

「フォアグラってのは、ガチョウの喉に無理やり餌を流しこんで作るもんじゃなかったかい？」

新たな声のしたほうへ、ミセス・マーチは首をまわした。声を発したのは、ジョージを担当している編集者のエドガーだった。両手を後ろで組み、背を丸めて頭《こうべ》を垂れたお馴染みの姿勢は、さながらクエスチョンマークのようだ。

「まさか！」ゼルダの口からは抗議の言葉が飛びだしたものの、こちらへ向けられた顔からすると、少しの疑念もいだいているようには見えなかった。弱りきった肺から笑い声を絞りだすたびに、身体は苦しげに震えていた。

「嘘なものか。強制給餌《ガヴァージュ》と呼ばれるやり方だ」エドガーは小さな口の端から苛立たしげに沫《あわ》を飛ばしながら、そのフランス語をやけに誇張して発音した。「ガチョウの胃までチューブを通して、無理やり餌を送りこむんだぞ」

「なんてこと！」とゼルダは応じた。しかめ面を作ってみせてはいるけれど、笑い声はやんでいない。肺から絞りだされるくすくす笑いの声はいま、苦痛を訴える憐れな犬の鳴き声みたいに、途切れ途切れにだけ聞こえてくる。

「だから、フォアグラってのは、ああいう独特な風味がするというわけだ」と、エドガーは続けて言った。

そのとき、合図を与えられでもしたように、さきほどの給仕人がふたたび姿をあらわした。トレイに盛られたフォアグラからは、ねっとりとした黄色い脂が周囲ににじみだしている。

エドガーはシャツの袖口をつと引いてから、トレイの上に添えられている切り分け用の小さなナイフを取りあげた。給仕人にトレイを支えてもらったまま、フォアグラを少し切りとると、小さくカットされたトーストにそれを塗りつけた。目線はまっすぐこちらへ向けたまま、口もとにはすかした笑みをたたえつつ、そのトーストを口に放りこんだ。ミセス・マーチは受けて立った。分厚い無色のレンズや、赤ん坊のように薄くてまばらな白みがかった髪を、じっと見つめかえした。エドガーの肌は薄気味が悪いほどに白く、ほんの一部――指の関節や、盛りあがったほくろや、鼻の表面にできたクモ状血管腫――にだけ、ところどころ赤みが差している。

スプーンがグラスにチリンチリンと打ちつけられる音がして、つかのまの睨みあいが断ち切られた。ふたりは揃って目線をはずし、音のしたほうへ顔を向けた。そこにいたのは、夫のジョージだった。不慣れなようすで暖炉の前に立って、本日はお越しいただきありがとうございますと、感謝の言葉を述べはじめていた。その傍らにはエージェントのゼルダが控えていたが、いつのまに移動したのか、この場から去ったことにすら、ミセス・マーチとエドガーは気づいていなかった。

「まずはここにいる全員に、お礼を言わせていただきたい」と、ジョージは語りはじめていた。「いまこの場にいるということは、みなさんが多かれ少なかれ、なんらかの形で今作に関わってくれたということだからです。ここ数カ月のあいだに、作品を編集してくれたり、宣伝してくれたり、筆の進まないときに発破をかけてくれたり……あるいは、物語の着想を与えてくれたり……」言いながら視線を向けられた瞬間、ミセス・マーチは恐怖にすくみあがった。

ところがそのとき、ゼルダが続く言葉をとつぜんさえぎって、こんなことをまくしたてはじめた。いわく、今冬の出版業界は話題作が目白押しと評されているようだけれど、そんななか、ジョージの新作だけが向かうところ敵なしの独走状態に入っており――「まあ、その、ファンの存在というのはありがたいもので――」シャンパングラスの脚を握りしめたまま、うつむき加減にジョージが口を挟んだ。「馬鹿をおっしゃい！　謙遜が過ぎるのも考えものだわ」ゼルダはふたたびそれをさえぎって、聴衆にくるりと向きなおった。「このひとときたら、本当に謙虚なんだから！」そう言って笑ってみせたが、ぜいぜいという喘鳴《ぜいめい》がかろうじて聞こえるのみだった。

ミセス・マーチは耳たぶに手をやった。水ぶくれの割れた箇所を親指でそっとなでたとき、豚皮の揚げ物がふと頭に浮かんで、気づいたときには親指を舐めていた。

「でも、現実には……」と、ゼルダはなおも続けていた。「この作品はまちがいなく、文学史に大きな爪痕を残すことになるわ。ジョージの既存のファンのみならず、万人を惹きつけて……いいえ、それだけじゃない」異を唱えようとするジョージに向かって、ゼルダはちっちっと人差し指を振った。「あえて言わせていただきますとね、このあたし自身も、この小説にはここ十年でいちばん楽しませてもらったわ！　この、読書嫌いのあたしがよ！」

会場がどっと沸いた。炉棚の花瓶がわずかに曲がっていることに気をとられていたせいで、ミセス・マーチはその輪に加わりそびれてしまった。

「前置きはこれくらいにして、才能と魅力の塊、ジョージのために、そろそろ祝杯をあげましょう！　エドガー、お願いできる？」

ゼルダの要請に応えて、エドガーは暖炉の前まで進みでた。何かひとことと囃《はや》したてる聴衆に向かって、軽く片手をあげてみせてから、おもむろに口を開いた。「それでは……諸君もおわかりのことだろうから……」水玉模様のシルクのスカーフを指先で整えながら、エドガーは言った。「ジョージの今作の成功を祈るのはやめておこう。率直に言って、そんな必要はないわけだから。となれば、ジョージの次回作のために、みんなで乾杯をしようじゃないか。最高のアイデアを絞りだせるように！」

「乾杯！　ジョージの次回作に！」誰もがほうぼうを振りかえりつつ、次々にグラスを打ち鳴らしていくなかで、こちらへ目を向けてくる者もちらほらいた。ところが、ミセス・マーチの顔に浮かべられたやけに大袈裟な笑みには、見るからに尋常でないものがあった。大きく見開かれた目は、ぎらぎらと光り輝いていた。シャンパングラスを口に押しあてて、ぐっと中身を飲み干すと、生ぬるくなった液体がぱちぱちと弾けながら喉を焼いた。

9

乾杯の合図から続く騒ぎに乗じて、ミセス・マーチは居間を抜けだした。キッチンでは、マーサがアイランド式の調理台に屈みこんで、残り物をラップでぐるぐる巻きにしていた。コックの姿はすでになく、給仕人たちも食後酒をあらかた配り終えたようすで、そろそろデザートを出す頃合いとなっていた。

きれいに水洗いしたイチゴは水切りかごに入れられて、流しのなかに置かれている。ミセス・マーチはそれをひと粒ずつつまみあげては、水に濡れた果実のみずみずしさにうっとりと見いりながら、磁器製の大皿に積みあげていった。クリームの支度をマーサに頼んでおいてから、イチゴの大皿を居間に運ぼうと手に取った。なんとおいしそうなイチゴなのかと、歓声があがることを期待しながら。

廊下に出ようと足を踏みだしたちょうどそのとき、いかにも冷ややかでよく通る女の声が、居間のほうから響いてきた。

「あの女《ひと》、ご存じなのかしら？　ジョアンナのこと」

ミセス・マーチは足をとめた。片足をキッチンに残し、もう一方を廊下に踏みだした状態のまま凍りついたとき、笑い声が聞こえた。ミセス・マーチはたしかに聞いた。ジョージが大笑いする声と、しいっと誰かを諫《いさ》める声、そして、くすくすと笑うまばらな声を。

恐怖が波紋のように全身を駆けぬけた。とつぜん耳鳴りがした直後、何かが耳に詰まったような感覚に襲われた。腕の力がみるみる抜けていき、イチゴの皿が大きく傾いた。まるで深紅の霰《あられ》のように、イチゴがばらばらとこぼれ落ちて、部屋の隅や家具の下にまで転がっていった（そのうちのいくつかは数週間も経ってから、ようやく発見されることとなる）。

ミセス・マーチはその場に立ちつくしたまま、まばたきを繰りかえすことしかできずにいた。しばらくして、背後から小さな物音がしたかと思うと、肉づきのいい染みだらけの手が伸びてきて、からになった皿を取りあげた。

「ああ、なんてこと……こんなに散らかって……すぐに片づけないと……」妙に眠たげな声で、ミセス・マーチはつぶやいた。マーサは床に膝をついて、イチゴを拾いはじめていた。

ミセス・マーチはよろめく足で居間の前を通りすぎ、主寝室に飛びこんだ。室内をぐるぐると歩きまわったすえに、隣接するバスルームに入り、扉を閉めて鍵をかけた。バスタブのへりに腰をおろし、ブラジャーのなかから銀製のシガレットケースを引っぱりだした。表面に彫られたイニシャルを指先でひとしきりなでてから蓋を開けると、カチッと小さな音がした。震える手で一本、煙草を取りだし、洗面台の引出しにあった箱入りのマッチを使って、火をつけた。一本、二本、三本と立て続けに、苦いばかりの煙を吸いこんだ。灰はバスタブのなかに落とし、吸い殻は排水口に捨てた。これが最後と決めた一本を吸い終えたとき、何やら黒いものがタイルの上を転がっていくのに気がついた。その動きを目で追ううちに、恐怖という名の暗いヴェールがじわじわと全身を包みこんでいった。あれはゴキブリだ。ゴキブリが床を這っているんだわ。ミセス・マーチはきゃあっと悲鳴をあげて、バスルームを飛びだし、扉を叩きつけるように閉めた。片手を口に押しつけて悲鳴を抑えこみつつ、もう一方の手を耳たぶの裏にやって、火傷した箇所に触れた。ベッドから枕をつかみとってきて、バスルームの扉と床の隙間をふさいだ。

疲労がどっと押し寄せてきた。ミセス・マーチは床にすわりこみ、ぐったりとベッドにもたれかかった。このまま居間に戻るのはやめてしまおうかと、一瞬考えてはみたものの、常識的に見れば、戻るべきなのはあきらかだった。それなら、体調不良を装ってみては？いいえ、そんなことをしたら、かえって噂の的になる。ジョアンナがわたしをモデルとしていることの証拠だとも、見なされてしまうはず。そのうえ、わたしがそのことを思いわずらっているにちがいないと、憐れまれることにもなるだろう。

「ミセス・マーチのこと、きみも聞いたかい?」例の銀行家が自宅で奥方に話しかけるさまが、頭に浮かんだ。「かわいそうに。このところずっと、自宅に引きこもっているそうじゃないか。気の毒なことだ」

銀行家の奥方(これまで一度も会ったことがないし、存在するのかどうかも怪しい)はきっと、見も知らぬ相手のことを気の毒がってみせるだろう。ひどく不器量(おおよその容姿は、銀行家である夫から手短に説明されている)だからといって、小説家のご主人から疎まれるあまり、おぞましい登場人物のモデルにされてしまうだなんて、いくらなんでもひどすぎるわ。「その主人公って、いったいどういう人物なの?」きめ細かでほっそりとした手を布巾でぬぐいながら、奥方は夫に尋ねるだろう。

すると、銀行家はにやりと唇をゆがめて、ジョアンナについての説明を始める。娼婦であること。常連客にすら見向きもされなくなってしまっていること。「とはいえ、あの小説自体はたしかに傑作だ。ジョージのやつときたら、うまくやったものだな。女房の尊厳と引きかえにして、ピュリッツァー賞をとるんじゃないかなんて、もっぱらの噂だぞ」

ふたりは受賞の可能性について論じあいながら、少しやましそうにしながらも、くすくす笑いあうことだろう。奥方のほうは、しきりに気の毒がってみせるにちがいない。まったくの悲劇だわ。素敵なおしどり夫婦だと思っていたのに。「でも、これが実情ということのようね」

ほかの誰かが同じような立場に置かれたなら、この屈辱をどうやって耐え忍ぶだろう。あの蒙昧《もうまい》なパン屋なら――ちりちりの髪とまん丸にふくれた顔の持ち主であるパトリシアならきっと、亭主からみじめな娼婦のモデルにされたとしても、大はしゃぎして喜ぶのだろう。他人からどう思われようと、気にもかけないのにちがいない。だけど、自分もそういう女性になりたいと、わたしは望んでいたのでは？　自分のイメージも、世間の目も、何ひとつ気にしない女になりたかったのでは？　若くて美しいあのガブリエラなら、どう受けとめるかしら。いいえ、悔しいけれど、ガブリエラがこうした苦境に陥る可能性は、万に一つもありえない。ガブリエラならばまちがいなく、繊細で脆《もろ》い部分がありながらも困難に敢然と立ち向かっていくような、彼女をめぐって男たちが死闘を繰りひろげたりするような、絶世の美女として描かれるはず。正直なところ、深みには欠ける。たぶん、いくらかは現実味（世の人々は〝現実味〟なるものをやたらに称讃するけれど、それの何がそんなに重要だというのだろう）にも欠ける。それでも、好感度の高い魅力的な登場人物であることはまちがいない。一方で、ジョアンナが真逆の存在であることはたしかだけれど、わたしを苦しめているのはその点ではない。問題は、みんながなんの疑いもなく、わたしとジョアンナを同一視していることだった。

居間にいるひとたちはいま、わたしの姿が見えないことにすら気づいていないのでは？　それとも、気づいたうえで、ほっとしているのでは？　こんな野暮ったいドレスは脱ぎ捨てて、もっとシンプルでセクシーな服に着替えようか。いいえ、そのことに気づかれたら、きっと、自意識過剰な女だと思われてしまう。とにかく、この恨みをどうにか晴らしたかった。ガブリエラのシガレットケース（いまはまたブラジャーのなかに戻してある）を盗みとることで、いくぶんの憂さは晴らせたものの、この程度ではまだまだ物足りない。それなら、ヒ素を盛るというのはどうかしら。ジョージから聞いた話によると、ヴィクトリア朝時代には、どの家庭にも毒物が常備されていたのだとか。チーズトーストか何か、ほかにデザートを用意して、そこに薬物を仕込もうか。ミセス・マーチはうっとりと想像をめぐらせた。居間にいるひとたちがばたばたと床に倒れていく。室内に静寂が垂れこめる。にぎやかな宴のあとに訪れた、異様な静けさ。足もとを埋めつくす死体をよけながら、呆然と歩を進めていく自分の姿。

そのとき、居間のほうが静まりかえっていることに気づいて、ミセス・マーチは我に返った。もしかして、みんないなくなってしまったのでは？　ジョージがくつくつと笑いながら、帰宅を促したのでは？　きみらのせいで、妻が動揺してしまったようだ。ひどく過敏なうえに繊細なものだから、この程度のことにも耐えられないのさ。あの小説を読んだなら、想像がつくというものだろう？

ミセス・マーチは床から立ちあがり、廊下へ通じる扉に近づいて、ほんの少しだけ開けてみた。パーティーはまだ続いている。音楽や、物音や、笑い声が、かすかに漏れ聞こえてくる。ミセス・マーチは深呼吸をひとつしてから、おずおずと足を踏みだした。左右の壁に交互に手をついて身体を支えながら、そろそろと廊下を進んでいった。そのとき、足もとでポキッと小さな音がした。足をあげてみると、西洋ヒイラギの小枝がふたつに折れていた。小さな赤い実が何粒か、床を転がっていくのも見える。

なんて馬鹿なのかしら。わたしのために何かが中止されることなんて、あるわけもないのに。パーティーは続いている。グラスの鳴る音が聞こえる。レコードもまだまわっている。玄関の間では、振り子時計がカチカチと時を刻んでいる。赤く頰を染めたお月さまが、文字盤から微笑みかけてくる。わたしが寝室に逃げこんだときのまま、何ひとつ変わりはない。

サイドテーブルの上に、イチゴの大皿が載っているのが見えた。余り物のイチゴが数粒、そこに散らばっている。クリームの飛沫《しぶき》を浴びているものもあれば、クリームのなかで溺れかけているものも、赤い汁を流しているものもある。かすかな悲哀が胸に込みあげてくる。しばらくそれを見つめてから、喧騒のさなかにひっそりと足を踏みいれた。まるで、海に沈みこんでいくかのように。海水浴を楽しむ人々の肢体を、水底《みなぞこ》から眺めるかのように。

まずは、おしゃべりに花を咲かせている一団に近づいてみた。〝あの小説〟だの、〝才能〟だの、〝彼の世代〟だのという単語が漏れ聞こえてきた。笑顔でうなずきかけてみても、誰ひとり、こちらの存在に気づきもしなかった。顔に笑みを張りつけたまま、ミセス・マーチは顔をそむけて、こめかみを伝う汗をぬぐった。ガブリエラの姿が目に入ったのは、そのときだった。ガブリエラは部屋の中央に、ジョージと並んで立っていた。自前のスポットライトにでも照らされているみたいに、ふたりの姿だけがまばゆく輝いて見えた。それ以外は何もかもが――誰も彼もが――ぼんやりと霞んで見えた。ガブリエラは片手をジョージの腕に添え、もう一方の手で口を覆っている。笑うなんていう失礼な行為は、欠伸《あくび》やげっぷみたいに、人前でするのが憚《はばか》られるとでもいうふうに。ミセス・マーチはふたりのようすを窺いながら、イチゴのそばにあったグラスを漫然とつかみとり、室温に温まったシャンパンを飲んだ。ジョージは満面ににこやかな笑みを浮かべている。謙虚なふうを取り繕っているのが見え見えで、あの笑顔にはいつも苛々させられる。するとそのとき、ジョージの友人が近づいてきて、ガブリエラに自己紹介をしはじめた。

アルコール（と、パーティーの主役としてまぎれもなく注目を集めていること）の影響で、ジョージはすっかり上機嫌になっていた。ミセス・マーチを認めるなり、肘をとって引き寄せて、二人連れの女性客に引きあわせた。ふたりのうちひとりはブロンドで、もうひとりは黒髪。執筆に専念するため大学を辞めることになったとき、最後に受け持った講義にいた教え子なのだと、ジョージは誇らしげに語った。どちらも招待した覚えはなかった。なんの断りもなく、ジョージがみずから声をかけたんだわ。だとしても、大学を辞めてからずいぶん経つというのに、どういう経緯で連絡をとりあうようになったのだろう。

「マーチ教授には――」

「おいおい、教授はやめてくれ。いまはもう、教師でも学生でもないんだ。ジョージと呼んでくれないか」

「わかりました……ジョージ」黒髪のほうが言って、くすくすと笑った。

ミセス・マーチはにこりともせずに、教え子だというふたりを見ていた。どちらも三十の坂を越えているようには見えないけれど、それだと計算が合わないような……ジョージが教職を退《ひ》いたのは、どれくらいまえのことだった？　あれは何年のことだった？

「どれほど誇らしいことでしょうね、ミセス・マーチ」いつか自分も同じ質問をされたいものだと言わんばかりに、瞳をきらきらと輝かせながら、ブロンドが訊いてきた。

「いやいや、現実には、何かとうんざりしていることだろう」ミセス・マーチに微笑みかけながら、ジョージが言った。「小説家を夫に持つと、耐えて忍ばなきゃならないことがごまんとあるものだ」

ふたりはふたたびくすくすと笑ってから、笑い声をあげただけで体力を消耗したとでもいうふうに、ほうっとため息をついた。そうこうするうちに、居間の反対側では、ちょっとした騒ぎが持ちあがっていた。シガレットケースがなくなっていることに気づいたガブリエラのために、数人の有志（男ばかり）が名乗りをあげ、あちこちで床に這いつくばっては、家具の下やクッションの隙間をのぞきこみはじめたのだ。ブラジャーと乳房のあいだに押しこめられている金属の感触をひしひしと感じながら、ミセス・マーチも一緒になって、棚の上を捜しているふうを装った。

それからほどなくして、パーティーはお開きとなった。アパートメントの壁は薄いし、住人たちは何かと口うるさい。最後の一団がおぼつかない足どりで、がやがやと玄関を出ていくころには、箱型の小さなハンドバッグを手にしたマーサも、すでに家路についていた。ケータリング業者のスタッフも、可能なかぎりの後片づけを済ませると、汚れた制服の上からコートを着こんで出ていった。

主寝室に引きあげたマーチ夫妻はどちらも黙りこくったまま、着ていた服を脱ぎはじめた。

バスルームの近くにいたジョージが、くんくんとあたりを嗅ぎまわって言った。「ここで誰か、煙草を吸ったのか？」

ミセス・マーチはごくりと唾を呑み、顔を引き攣らせた。声が震えているのはお酒のせいだと勘ちがいしてもらえるよう、内心ひそかに祈りながら、口を開いた。「ジョージ……あの女《ひと》は、わたしをモデルにしているの？」

ジョージは目をぱちくりとさせた。「なんのことだ？」

「ジョアンナのことよ……ジョアンナはわたしをモデルにしているの？」

「いいや、誰もモデルになんかしちゃいない。あの主人公は、ただ……」的確な表現を探しているのか、ジョージは両手を宙にあげて、ふと黙りこんだ。しばらくすると諦めたように、「ジョアンナは、ジョアンナだ」とつぶやいた。

「だったら、あのひとがそう言ったとき、どうしてあなた、笑ったりしたの？」

ジョージは眉根を寄せて、眼鏡のふちの上からミセス・マーチをまじまじと見つめた。

「あのひとって、誰のことだ？」

「あの女よ！　パーティーに呼ばれてきた、あの女性客！　あのひとがそう言うのを……

仄めかすのを、ちゃんと聞いたんだから！　ジョアンナはわたしをモデルにしてるって！」

ジョージはしばし考えこんだ。「いや……やはり、そんな考えは頭をよぎったこともない。嘘でもなんでもなく、執筆中も、誰が誰のモデルだとか、そういうことは考えもしなかった。きみとジョアンナのあいだに、いくつか共通点はあるかもしれないが——」

ミセス・マーチはふんと鼻を鳴らした。「あら、そう。それなら、教えてくださらない？　このわたしのどんな魅力が、あの娼婦と似ているの？」　腸《はらわた》は煮えくりかえっていたけれど、声のボリュームは強いて抑えた。こんな話を、隣人に聞かせるわけにはいかない。

ジョージはやれやれとため息をついた。「どうやらきみは、何か誤解をしているようだ。ジョアンナはどんな女性もモデルとしていない。言うなれば、これまでに出会い、影響を受けてきた多くの女性の特徴を、ひとつに織りまぜた存在なんだろう。そういう女性とジョアンナに共通する点なら、いくらでも列挙できる。リストにすることだってできるだろう。そしてきみもおそらくは、その大勢のなかに含まれる。だが、それは、小説家なら誰もがやっていることなんだ」

「それなら、やってみて」

「何を？」

「机に向かって、リストを作って。共通する特徴のリストを」

「本気で言ってるのか？」

「もちろんよ！　あなたの作品に影響を与えたっていう女性のことを、全部知りたい。わたしとジョアンナがどこでつながっているのか、それが知りたいの」

「どこでつながっているか、だって？　ジョアンナは実在しない。架空の人物なんだぞ？」

「それならどうして、向こうはちゃんと存在しているのに、自分は存在していないような気がするの！」

そう問いかける声だけは、どうしても抑えが利かなかった。ミセス・マーチ自身の尺度によれば金切り声としか言いようのない声が、静まりかえった室内に虚しく響きわたった。その声がどこから飛びだしてきたのかも、どんな感情を伝えようとしたのかも、よくわからなかった。けれども、まるで実体を伴った固形物が口からあふれでてきたみたいに、舌にはたしかな苦味が残った。

ジョージは顔をしかめて言った。「すまないが、そこまでするつもりはない。おそらく、きみは……そう、きみは疲れているんだ。きみも、ぼくも疲れている。いまはひとまず、睡眠をとろう。続きは明日の朝、話すとしようじゃないか」

「わたしは寝ない。あなたと一緒に寝るなんて、まっぴらよ」自分で自分を抱きかかえるようにして、ミセス・マーチは言った。

ジョージはまたもやため息をついた。「それなら、ぼくは書斎で寝よう」隅に置かれた肘掛け椅子からウールの毛布を拾いあげると、「おやすみ」とだけ言って、出口に向かった。ミセス・マーチの脇を通りすぎる際にも一瞥すらくれることなく、寝室を出て扉を閉めた。

背を向けて去っていくジョージの後ろ姿を、ミセス・マーチはぼんやりと見つめていた。白い板張りの扉に鍵をかけると、誰かがそれを斧で叩き壊そうとしているとでもいうふうに、そろそろと後ずさりした。大きく左右によろめきながら、窓側のベッドまでたどりつき、冷えきったシーツに顔から突っ伏した。

10

窓の外では、何羽もの鳩が窓台の上にとまって、騒々しい鳴き声をあげていた。その声はしだいに音量を増しており、そのうちの一羽に至っては、異様に声が甲高い。まるで絶頂に達しようとしている女の喘ぎ声のようで、聞く者が気恥ずかしくなるような響きがある。そういったこともあって、ミセス・マーチは目を覚ましたとき、自分しか寝室にいないことにほっとした。カーテンの隙間からは、陽の光がすじ状に射しこんでいる。ミセス・マーチはてのひらで目を覆いつつ、小さくうめいた。反対向きに寝返りを打って、キッチンにいるマーサに内線電話をかけた。朝食はベッドまで運んでもらえるかしら。フルーツサラダと軽くゆでた卵だけでいいわ。それと、アスピリンもお願い。

数分後、ドアノブがカタカタと揺れたあと、一瞬の間を置いて、扉がノックされた。ミセス・マーチはベッドから飛び起きて鍵をはずし、少しきまり悪そうな表情でマーサを迎えいれた。

「このお部屋、一刻も早く空気を入れかえなきゃいけませんね。ひどいにおいがこもってますよ」朝食を載せたトレイをベッドに置きながら、マーサは言った。

ミセス・マーチはくんくんと空気を吸いこんでみた。けれども、マーサが淹れてくれた目覚めのコーヒーの香りがかぐわしすぎて、それ以外には何も嗅ぎとることができなかった。「わたしにはわからないわ。どんなにおいがするの?」

「長いこと空気の入れかえをしていない部屋のにおいです」

「そう。でも、いまは体調がすぐれないの。冷たい空気は身体に障るわ。窓を開けるのは、もう少しあとにしてもらえるかしら」

「もちろんです。ほかに何かご用はございますか、ミセス・マーチ」マーサはそう尋ねながらも、両脇に腕を垂らした姿勢で、バスルームのほうをじっと見ていた。その視線をたどっていくと、ゆうべ、バスルームの扉の下にとっさに築いた、枕の要塞にたどりついた。

「いいえ、差しあたっては何も。ありがとう、マーサ」いささか険のある口調で、ミセス・マーチは告げた。

マーサが部屋を出ていくと、ふたたび扉に鍵をかけた。ミセス・マーチがさきほども口にした、ごく短い決まり文句——差しあたっては何もとか、いいえ、特にはとか、そうね、たぶんなど——は、マーサをつねづね苛立たせているにちがいなかった。あのマーサにしてみれば、そういう煮えきらない返答ばかりするのは、優柔不断で、無駄が多くて、躾のなっていない人間の最たる証拠であるにちがいないからだ。

ベッドに引きかえして腰をおろすと、朝食のトレイに注意を向けた。マーサに頼んだサラダと卵は、パリ郊外の市《いち》で買った野花の柄の皿の上に、美しく盛りつけられている。アスピリンは手塗りの小皿に、ぽつんと載せられている。それから、頼んでもいないのに、脂の乗った厚切りベーコンを焼いたものも、その横に添えられていた。自分でも驚いたことに、ミセス・マーチはそれを手づかみにすると、脂が手首を伝うのもかまわずに、夢中でかぶりついていた。

アスピリンはグラスの水に落とし、スプーンで混ぜて溶かした。その水を飲み終えたとき、ささやくような声が聞こえた気がして振りかえると、扉の下の隙間に封筒が差しこまれていた。たぶん、ジョージだわ。いまもまだ廊下にいるかもしれない。足音を忍ばせて、そろそろと扉に近づくなり気がついた。艶消し加工をほどこした紙と、赤褐色で刻まれたGMというイニシャル（ジョージにはミドルネームがない）。あれは十三年まえになるか、小説の前払い金としてはじめて大金が入った際、高級文具店の〈デンプシー&キャロル〉で便箋や封筒のデザインを選ぶのをミセス・マーチ自身が手伝ったのだから、見覚えがあって当然だ。それ以来一度も、ジョージはデザインを変えていない。

封筒に手を触れもせず、絨毯の上に放置したまま、永遠にも思える時間が過ぎた。ようやく意を決すると、乱暴にそれをつかみあげて、封を破った。なかにおさめられていたのは、ディナーへの招待状だった。〝休戦しないか？　〈ターツ〉に六時で予約をとっている〟。ミセス・マーチは封筒と便箋をくしゃくしゃに丸めて、火のついていない暖炉に投げこんだ。

その日の午前中は寝室にこもって、読書をしたり、爪を切ったり、ジョージに会わないようにしてすごした。バスルームに入るときには、扉を開けるなりすかさず照明をつけて、ゴキブリに不意打ちを食わせようとした。ところが、床をいくら見まわしても、洗面台の下をのぞきこんでも、一匹のゴキブリも見あたらなかった。

昼時に差しかかると、これ以上の籠城は無理だとあきらめがついた。昼食の支度が整ったことを知らせるマーサの声が廊下に響いた直後、主寝室の真向かいにある書斎の扉が、軋みながら開くのが聞こえた。ミセス・マーチは寝室の扉に耳を押しあてて、廊下の先へ吸いこまれていく足音に耳を澄ました。バスルームの鏡をのぞきこみ、まだ少しじゅくじゅくとして痛みの残る耳にほつれ髪をそっとかけてから、ダイニングルームに向かった。

堅木の床にはきれいにモップがかけ終えてあり、クリスマスツリーやソファも、もとの位置に戻されていた。ジョージはすでにテーブルの定位置について、グラスに水を注《っ》いでいる。ガラスの格子戸を抜けてダイニングルームに入ると、ミセス・マーチは無言のまま席についた。足を包む革製のローファーや、膝に広げた刺繍入りのナプキンに視線を落とすことで、夫と目を合わせないようにした。ジョージの姿は視界の端にぼんやりと映るだけだったけれど、なぜだか、こちらに歯をむいているように思えてならなかった。小さく咳払いをしてから、中央のかごに手を伸ばし、オリーブのパンをつかみとった。お気にいりのオリーブのパンは今後、パーティー用のデザートを調達した店で買おうと決めていた。ごく小さなそのパン屋は、外階段をおりた先の地下で営まれている。コインランドリーと安っぽいネイルサロンに両脇を挟まれて、ひどく窮屈そうな店構えをしている。素朴でありながらも趣味がよくて、舌がとろけるほどに味もいい、あのパティスリーとは似ても似つかないけれど、二度とパトリシアに会わずに済むなら、このくらいの代償はなんでもない。

「少しまえに、ガブリエラから電話があった」あまりにも出しぬけに沈黙が破られたため、ミセス・マーチはびくっと肩を跳ねあげた。「ゆうべ失くしたシガレットケースが、まだ見つからないそうだ」

ミセス・マーチは何も答えなかった。あの銀製のシガレットケースは、念のため薄手のショールでくるんでから、下着の引出しに押しこんであった。それほどだいじなものを酒の席なんかに持ちこんだうえ、他人の家のテーブルに置きっぱなしにしておきながら、こんな大騒ぎをするなんて、いくらなんでも身勝手が過ぎる。自業自得としか言いようがない。

たったいま投げた会話のボールが返ってくることはないと気づいたのか、ジョージは早々に話題を変えた。「それで……今夜のディナーの誘いには、応じる気になったかい？」

パンにバターを塗りながら、ミセス・マーチは肩をすくめた。「別に、無理してわたしを連れだす必要なんて――」

「無理なんかしちゃいない。きみとどこかに出かけたいだけだ。自分がそうしたいから誘ってるんだ」

「そうかしら。わたしにはなんだか、こちらを丸めこもうとしているように思えるわ。親が子供にするみたいに、わたしを言いくるめようとしているだけじゃないのかしら」

「もういい、わかった」ジョージは降参の印とばかりに、両手を持ちあげてみせた。「それなら、こうしよう。きみがぼくのために準備してくれたパーティーの成功を祝うために、ディナーを囲もうじゃないか」

「つまりは……祝いごとを祝おうってわけ？」

自分の間抜けっぷりを痛感させるつもりで言った言葉に、ジョージは顔を輝かせた。

「祝いごとを祝うだって？　いいね、気にいった！　ぼくら夫婦というものをあらわす、ぴったりの表現だと思わないか？」ジョージはそう言ってミセス・マーチの手をとると、手の甲に軽くキスをした。

そんな表現が自分たちにぴったりだとは、ミセス・マーチにはちっとも思えなかった。かといって、どういう表現が自分たちにぴったりなのかもわからなかった。ただし、その謎には不安を掻き立てられるというより、むしろ興味をそそられた。わたしたちはいったい、どういう人間なのか。かつてのふたりは共に笑い、ときに争い、夜を徹して語りあったものだった。以前のわたしは、うなじにキスをされれば、「きゃっ」と悲鳴をあげてみせたはず。地下鉄の階段をのぼっているときに尻を叩かれれば、怒ったように舌打ちをしてみせたはず。それとも、わたしの記憶がまちがっているの？　どれもこれも、映画や小説のなかの出来事だったの？　横目でちらっとようすを窺うと、ジョージはキノコのソテーを頬張って、もぐもぐとそれを嚙みしめていた。このひとは誰？　本当はどういう人間なの？

11

レストランにはタクシーで向かった。〈ターツ〉ならば歩いていけないこともないけれど、今日は路面が濡れているし、空気も冷え冷えとしていて、湿りけを帯びている。ハイヒールで歩くには不向きな夜だった。

車内では、ほとんどの時間を無言のままますごした。

「〈モンキー・バー〉には、すっかり興醒めしてしまったなあ」五十四丁目を走っているとき、ジョージが不意につぶやいた。

「ふうん」とだけ、ミセス・マーチは応じた。

〈モンキー・バー〉の壁一面に描かれたアニメーションふうの大胆なイラストは、若かりしころのディナーデートを長らく華やかに彩ってくれていた。時が経つにつれて、ジョージは友人や仕事仲間までも、あの高級レストランへ連れていくようになった。しかしながら、ジョージという人間には、ひとつのことに過度に入れこんでは、目新しさが失せたと見ると、しだいに興味を失ってしまう質《たち》がある。そういったわけで、近年はもっぱら、赤い革張りのボックス席や鏡張りの柱の〈モンキー・バー〉ではなく、シックな壁紙の〈タトーツ〉で、落ちついた雰囲気のなかディナーを囲むようになっていた。

タクシーが水飛沫《しぶき》をあげながら、歩道ぎわに停止した。ジョージが料金を払い終えもしないうちに、お仕着せをまとった駐車係が傘を手にして駆け寄ってきた。ふたりは六時きっかりに入店した。油でてかてかにまとめた髪と、つんと反りかえった鼻をした、青白い顔の支配人が入口でふたりを迎えいれ、ご予約の名前をお伺いできますでしょうかと訊いてきた。ジョージがフルネームを口にした瞬間、ミセス・マーチは支配人の顔をつぶさに眺めていたけれど、相手が著名な作家であることに気づいたそぶりを、そこに見いだすことはできなかった。支配人は表情ひとつ変えることなく予約台帳を確認すると、ふたりをテーブルに案内した。

「どうして個室じゃないのかしら」案内されたテーブル席につき、支配人が声の届かない距離まで離れたときを見計らって、ミセス・マーチはジョージに言った。ここに来たときにはかならず、玉房飾りのついた分厚いカーテンでメインフロアから仕切られた、小さな個室に通されていたのだ。あの個室で食事をすると、自分が特別な存在だと感じることができた。安心してくつろぐこともできた。

「今夜の予約は、今朝になってとったんだ。予約がとれただけでも儲け物だろう?」

「だとしても、あなたがあのジョージ・マーチだってことさえ教えていれば、もう少しいいテーブルを用意してくれたんじゃなくて?」

「よさないか。このテーブルだって、文句のつけようもないくらいにいい席だろう? だいいち、自分で自分をいけ好かない人間に見せるような言動はしたくない」

「そうね、きっとあなたの言うとおりだわ」と、ミセス・マーチは思ってもいないことを口にしながら、椅子にすわったまま首を伸ばして、ざっとあたりを見まわした。仄暗い店内のしつらえは、じつに品よく整えられている。すでにテーブルを埋めている客だけでも相当な数がいて、その全員が美しい装いに身を包み、髪もきちんとセットされている。こちらに注意を向けている者も、ジョージの存在に気づいている者も見あたらない。後者の人間がいた場合、以前のわたしなら辟易《へきえき》としていただろうが、いまならいい憂さ晴らしになってくれたかもしれないのに。ミセス・マーチは手もとのメニューを見おろした。カタバミに、マルサラワインのザバイオーネに、トウナス……? ジョージのべっ甲縁の眼鏡が、首から垂らしたグラスコードの先でときどき揺れては、シャツのボタンにコツコツと当たっている。ミセス・マーチはメニューを開いたまま、上目遣いに夫を見やり、小さく咳払いをしてみたが、ジョージはそれに気づきもしなかった。ようやくジョージが眼鏡をかけて、ワインリストに目を通しはじめると、ミセス・マーチは椅子に背をあずけて、メインディッシュのリストにある難解な名前に視線を戻した。「どれも全部、おいしそうね。わたしには決められそうにないわ。あなた、代わりに選んでくださる？」

「いいとも」目をあげもせずに、ジョージは言った。「ついでに、それに合いそうなワインも頼んでおくよ」

テーブルにやってきたウェイターは赦《ゆる》しを乞いにきたわけでもあるまいに、うつむきがちに背を丸め、両手を腹のあたりでぎゅっと組んでいた。そして、〝よろしければご説明いたしましょうか？〟とか、〝ご不明な点はございませんか？〟とかいった問いかけを適宜に差し挟みつつ、巧みに注文を聞きとっていった。ジョージとウェイターのそうしたやりとりを傍《はた》で聞いているうちに、意識と視界がぼんやりと霞んできた。周囲のざわめきや食器の触れあう音が掻き消えて、あたりがしんと静まりかえった。どこか遠くのほうから、ウェイターの声が聞こえてくる。食後に、ベイクド・アラスカはお召しあがりになりますでしょうか。お仕度にかなりの時間がかかりますもので、できればお早めにお申しつけくださいませ。水面から顔を出すかのように、突如として、ジョージの姿が目に飛びこんできた。ジョージが承諾の印に、ウェイターにうなずきかけている。こちらにはひとことの相談もなかったけれど、それでよかったのかもしれない。いつだってわたしは、デザートを頼んでおけばよかったと後悔するか、頼まなければよかったと後悔するかのどちらかなんだもの。ジョージに決めてもらうのが正解なんだわ。ダイエットは何年もまえにあきらめていた。長く続けられたためしは一度もなかった。歯止めとなるマーサがいないときは、子供のころからのひそかな好物――ライスクリスプ入りのクッキーや、トマトソースをかけたヨーグルト――の誘惑に、いつも屈してしまっている。

ふと視線を落とすと、いつのまに運ばれてきたのか、真珠に似た光沢のある細長い魚が置かれていた。これが今夜のお薦め料理であるらしい。それじゃあ、前菜はもう食べ終えたということ？　そもそも前菜を注文していたかどうかも、思いだせない。皿に盛られた魚はまるでアニメで描かれているみたいに、縞模様がやけにカラフルで、目の虹彩も真っ黄色に見えた。どうにも食べる気になれなくて、豪快に料理を嚙みしめているジョージのようすを盗み見ながら、ミセス・マーチは魚をつつきまわしてばかりいた。魚の目玉は、じろりとこちらを見すえている。その中央で、鮮やかな色彩の輪が幾重にも重なりあっている。すると次の瞬間、その目がぱちんとまばたきをした。ミセス・マーチは弾かれたように立ちあがり、ちょっとごめんなさいと声をかけて、テーブルを離れた。

〈ターツ〉の化粧室は婦人用ですら、驚くほどに飾りけがない。壁はオーク材の羽目板張りで、薄ぼんやりと明かりの灯された室内には、シナモンとシトラスの香りが漂っている。

片隅には、金網戸のついた木製の本棚が据えられている。奥の壁には、途轍もなく長い磁器製のシンクが取りつけられていて、蛇口は白鳥の首のような形をしている。いまはその前に女性客がひとり立って、鏡をのぞきこみながら化粧直しをしている。ミセス・マーチは礼儀正しく会釈をしてみせたけれど、向こうはこちらが化粧室に入ってきたことを気にもとめていないようだった。個室の扉をノックして、返事がないことを確かめてから押し開けた。個室のなかは、外よりは飾りけがあると言っても差し支えがなさそうだ。壁にはオリエンタルな図柄のシルクの壁紙が張られており、金色の小ぶりなシンクが取りつけられていた。スピーカーからは、穏やかな英国訛の男性が小説か何かを朗読する声が響いてくる。その内容に断片的に耳を傾けつつ、タイトスカートをずりあげると、伝線しないよう気をつけながらストッキングをおろした。

あたりには、直前にここで用を足したらしい女性の残り香が立ちこめていた。女の体内から漏れだしたにおい。生肉のようなにおい。ミセス・マーチは唾を呑むことで吐き気を抑えこみ、母親から教えこまれたとおりに、便座すれすれまで腰を落とした。こうすれば素肌が便座に触れることなく、用を足すことができるのだ。腰を宙に浮かせたまま、膀胱がからになるのを待つうちに、脚が疲れて、身体が揺らぎそうになる。ミセス・マーチは意識を集中しようと、朗読の声に耳を澄ました。

女は乳房を締めつけていた彫り物入りのコルセットを取りはずした。吹き出物だらけの胸の谷間は汗に濡れ、それを吸ったコルセットはひどく黄ばんでいる。鯨のひげを使った骨組みには、B・Mというイニシャルが彫られている。そうとも、これは女の持ち物ではない。女の名はジョアンナというのだから。

ミセス・マーチははっと息を喘がせた。尿が的をはずれて、床に撥ねる。そんな、まさか。もうオーディオブックが発売されているの？　震える手でトイレットペーパーを丸めて汚れをぬぐい、ストッキングをずりあげたとき、爪が引っかかって伝線させてしまった**——コルセットは盗品だった。遡《さかのぼ》ること数年まえ、憐れな女が夜の闇にまぎれて、同業の娼婦から盗みとってきたもの**——脚に撥ねた尿が一滴、肌を伝っていくのもかまわずに、金色の栓をひねって水を出した——**ある船乗りがB・Mのために彫ってくれたというそのイニシャルは、ジョアンナがいまだかつて誰からも、常連客からすらも向けられたことのない、慈《いつく》しみという感情のあらわれだった**——慌ただしく手を洗い、ペーパータオルを取ろうとした次の瞬間、スピーカーから流れる声が急激に音量を増し、脅しつけるようにこう告げた——**そこにいることはわかっているぞ、ジョアンナ**——ミセス・マーチは短く鋭い悲鳴をあげた。扉に飛びついて、金色のドアノブをがちゃがちゃとまわした。

個室から駆けだすと、化粧室のなかに人影はないのに、蛇口のひとつが開けっぱなしになっていた。くしゃくしゃのペーパータオルを屑かごに投げ捨てて、ミセス・マーチは化粧室を飛びだした。

化粧室を出てみると、先刻とは打って変わって、店内が静まりかえっていた。ナイフやフォークが皿にこすれる音も、グラスの触れあう音も、会話の声も、ソムリエが穿いている糊の効いたスラックスの衣擦れの音も、聞こえてこない。完全なる静寂。ミセス・マーチが自分の席に向かって歩きだすと、周囲のテーブルを囲む客たちが、じっと視線をそそぎはじめた。審査か評価でもしているような厳粛な面持ちで、こちらの動きに合わせて、ゆっくりと首をまわしていく。客だけでなく、ウェイターたちまでもがこちらを見ている。ワゴンに載せたローストビーフを切り分けていたウェイターは、その手の動きをわざわざとめて、横目でこちらを窺っている。奥まった隅のテーブルにいる男女だけはこちらを見ていなかったが、ふたりで顔を見あわせて、くすくすと笑いあっていた。そのあとこちらを振りかえった女の顔は締まりなくにやけたままで、唇はワインの色に染まっていた。ミセス・マーチは夫の待つテーブルまで駆け戻った。ジョージは我関せずといった風情で、のんきに食事を続けていた。

トングを手にしたウェイターがどこからともなくあらわれて、いきなり腕を振りあげた。トングの先を目の前に突きつけられて、ミセス・マーチは縮みあがり、ぎゅっと瞼を閉じた。恐る恐る目を開けてみると、ウェイターがトングを使って、新しいナプキンを膝に置いてくれていた。ほかのテーブルのほうへ視線を戻すことが怖くてできない。仕方なく、銀のスプーンのへこんだ側を鏡代わりにして、じっとそこに目を凝らした。そこに映るダイニングフロアは、上下が逆さまに見えた。自分の像を中心にして、外に行くほど間延びして見えた。判決をくだそうとしてくる陪審員の顔は、はっきり捉えることができなかった。

ベイクド・アラスカはワゴンに載せられたままフロアの中央を突っ切って、厳《おごそ》かにこちらへ運ばれてきた。ウェイターは脚付きの台座に飾られたケーキをマーチ夫妻のあいだに置くと、仰々しい手つきで火をつけた。幻想的な青い炎に、ミセス・マーチはしばし見いった。日照りでしおれてゆく一輪の白バラのように、艶やかなメレンゲがどろりと融けだしていく。

ミセス・マーチはワイングラスをつかみとり、大きくひと口、中身を呷った。ジョージが嘘をついたことが赦せなかった。夫がわたしのためにならないことをするはずがないと、たやすく信じこんでしまう自分が赦せなかった。けれども、これからはそうはいかない。疑わしき点はわたし自身に有利になるよう、すべて解釈していくものとする。ふたたびグラスを傾けて、もうひと口ぶんのワインを喉に流しこみながら、天井に模《かたど》られた円形の装飾を見あげた。わたしはもっと、自分の考えを真剣に受けとめなくちゃいけない。もっと自分を重んじなくちゃいけない。わたしにはそれだけの価値があるはずなんだから。自分で自分を欺いてどうするの？　ウェイターを待つ手間を省いて、手ずからグラスにおかわりをそそいでいると、自分自身に対する慈しみという温かな感情が、どっと胸に込みあげてきた。そうよ、わたしは憐れで、美しい。みんながつつがなくすごせるよう、つねに心を砕いてきた。でも、いまこの時をもって、わたしは生まれ変わるのよ。誇りに胸をふくらませて、ミセス・マーチは自分に誓った。

12

あのとき固めた決意はすべて、白々《しらじら》とした朝の光のもとに跡形もなく消えていった。ことさらに意気を挫《くじ》かれたのは、ふたたびゴキブリに遭遇したことが大きかった。〈ターツ〉でワインをがぶ飲みしたせいで、真夜中に尿意をもよおしたミセス・マーチは、しぶしぶながらベッドを起きだし、バスルームに向かった。すると、明かりをつけた瞬間、白い床の中央付近にぽつんと浮かびあがる、黒い物体に目が吸い寄せられた。まるまると肥えた小さな胴体が、触覚をひくつかせながら床を這っている。ミセス・マーチは悲鳴をあげて、ジョージに助けを求めた。ジョージがベッドにいないことを思いだすと、スリッパをつかんで、何度もゴキブリに叩きつけた。ようやく手をとめたとき、大理石の上には黒いゼリー状の染みが広がっていた。その残骸をトイレットペーパーでぬぐいとり、水洗便器に流したあとは、必要以上に時間をかけて、スリッパの底とタイルをごしごし洗った。

「何よ、この染み。しつこいったらありゃしない」知らず知らず声が出た。引き攣った笑い声まで飛びだして、自分でもぎょっとした。

翌朝、目が覚めると、スリッパをかまえてバスルームに突入した。目を血走らせ、髪をぼさぼさに乱した自分の姿が鏡に映り、我ながら情けなくなった。防護服に身を包んだ害虫駆除業者が一階のロビーに足を踏みいれるなり、ドアマンに呼びとめられて質問ぜめにされるさまを想像すると、とてもじゃないけれど実行する気になれなかった。ジョージと朝食を囲んでいるあいだも、さまざまな選択肢をあれこれ比較検討した。ジョージは黙りこくったまま、新聞を読んでいる。ミセス・マーチも無言のまま、紅茶を掻きまぜていた。物思いに耽《ふけ》りながら、テーブルの中央飾り《センターピース》を見つめているとき、ジョージが齧ったトーストのパン屑がぱらぱらと紙面にこぼれ落ちる音が、地面を打つ雨粒のように耳に響いた。そうこうするあいだも、たゆむことなく時を刻む振り子時計の音が、玄関のほうから漏れ聞こえていた。

時計の針の音と、トーストを嚙み砕く音と、新聞紙を打つパン屑の音が一緒くたに押し寄せてくるなか、唐突に、ある考えがひらめいた——今日は美術館に行こう。ニューイングランド地方の大学に通っていたころは、美術史（父は〝まるで無意味〟な学問と見なしていた。きっと、娘が日がな一日、複雑に編みこまれたクラスメイトの髪をスケッチしている姿や、未来の夫候補を待ちながら爪の手入れをしている姿ばかりを想像していたのだろう）を学んでいた。あの大学はかなり田舎にあって、周囲を取りかこむのは赤や黄色に色づく樹木ばかり。外の世界とは完全に隔絶されていたため、なんだか絵画のなかに閉じこめられているような気にさせられたものだった。当時のわたしは、芸術という概念に——要は、芸術というものに——心を奪われる一方で、恐れをなしてもいた。中世の絵画的表現法から、カンディンスキーが創始した抽象絵画に至るまで、はたまた前衛的なオペラや、バロック様式の建築物に至るまで、芸術という概念ひとつにどれほどのものが含まれてしまうのか。それを思うと、圧倒されずにはいられなかった。四年時には、副専攻していた映画科の講義を通じて、自由奔放で知られる演劇科の学生たちと知りあった。彼らは講義中にも煙草を吸い、それを消しなさいと命じられると、ふらりと教室を出ていった。

一方のミセス・マーチはというと、勤勉で、物静かで、従順な学生だった。好成績はおさめるものの、首席に立ったり、注目を集めたりすることはけっしてない。本人も、傍観者でいるのがいちばん気楽だった。〝芸術の本質とは〟だの〝芸術の真価とは〟だのについて繰りひろげられる熱の入《い》った激しい議論を、傍《はた》で見守り、聞き惚れているほうが、ずっと性に合っていた。

「芸術とは〝意志〟だ」と、尊敬する教授があるとき言った。「芸術は、それに触れる者の感情を揺さぶらなければならない。それが正の感情であっても、負の感情であっても、かまわない。芸術を味わうという行為は、その作品がなんのために作られたのかを理解することにほかならない。それを居間の壁に飾る必要は、かならずしもないんだよ」

それからというものことあるごとに、チャリティー晩餐会や、出版記念パーティーや、授賞式などのさまざまな席で、まるで自分が言いだしたことのように、ミセス・マーチはその言葉を繰りかえしひとに語ってきた。教授の言葉の意味をじっくり考えてみたことは一度もないし、そうしたくてもできないのだという事実を、自分自身にすら認めようとはしなかった。それでも、知識として得たものを反芻すること自体は嫌いじゃない。ひとより少しでも知性でまされば、そのぶんだけ優位に立てる。それに、美術館を訪れるのはとても楽しい。しんと静まりかえってひんやりとしたホールをそぞろ歩くときは、期待に胸が躍ってしまう。誰か知りあいに出くわすかもしれない。芸術を味わうわたしの姿に、気づいてもらえるかもしれない。

やっぱり、今日、行ってこよう。そうすれば、すべての悩みが消え去ってくれるはず。にっこりと顔をほころばせて、ミセス・マーチは紅茶を口に含んだ。

空気は冷え冷えとしていたけれど、空にはずいぶんと久しぶりに、太陽が顔をのぞかせていた。にわかに楽観的な気分になって、美術館まで歩いてみようと思い立った。普段は念のため持ち歩いている傘も、今日は自宅に置いてきた。もしも雪が降りだしたら、タクシーを拾えばいい。こういう短い距離でタクシーに乗るのは、いつもなら申しわけない気持ちにさせられるのだけれど。

朝の空気は肌を刺すように冷たくて、みるみるまに頬が紅潮し、鼻水が垂れてきた。今朝はニューヨークの街並みが、はじめて眺めるもののように目に映る。通りの先では、道端に放棄されていたソファに微笑みかけた。中身のあふれたゴミバケツの横に打ち捨てられたソファは、張り地が破けて綿が飛びだしていた。足場のようなものを支えにして積みあげられたモミの木の山の前は、かぐわしい香りを鼻いっぱいに吸いこみながら、のんびりと通りすぎた。温かな吐息を手に吹きかけつつ、そこに寄りかかってたむろしている販売人たちに向かって、手を振ってみせもした。通りの反対側では、ホットドッグ売りの男が馬のような血管をいくすじも顔に浮き立たせながら、縞柄のパラソルがついた手押しカートを押していた。ほかのカートでは、遠赤外線ランプの熱で保温された調理済みのプレッツェルが売られている。ミセス・マーチは手持ちの現金をすべてはたいて、焼き栗を買った。スコップで山盛りにすくいとられ、茶色い紙袋に入れて手渡された栗は、そのままハンドバッグに押しこんだ。これを食べるつもりははじめからなかった。焼いた栗の香りが好きなだけだった。

しばらくすると、洒落た毛皮のコートをまとい、小さな子供を乗せたベビーカーを押している、年配のご婦人とすれちがった。見事な白髪《はくはつ》を少年のように短く刈りそろえて、つんつんに立たせた髪型に、ミセス・マーチは目を奪われた。年老いた自分をあんなふうに堂々とさらすことなど、わたしにはとてもできそうにない。ショートヘアというのはどのみち、華奢《きゃしゃ》な女性にしか似合わないものだし、自分がどれだけ歳をとろうと、ほっそり痩せることだけはないものと思えた。

過分な自尊心が胸に込みあげるなか、正面に大きく美術《ボザール》と記された荘厳たる建物に近づいた。古代ギリシャふうの円柱のあいだには赤い垂れ幕が吊るされていて、企画展の開催などを格式張った文面で知らせているのだが、その威容に敬服させられる一方で、自分にはふさわしくない場所に入りこもうとしているような、後ろめたい気分にもさせられた。この時間帯の美術館にはほとんど人影がなく、数人の観光客や、引率の先生に連れられた学童の一団がちらほら目につくのみだった。するとそのとき、ぞろぞろと出口へ向かう集団とすれちがう瞬間、めいめいに異なる衣服のなかに、見覚えのあるテニスラケットのマークがちらっと見えたような気がした。心の奥底にあるどこか暗い場所で、警報が鳴り響きだした。冷蔵庫の奥にしまいこまれて、悪臭を放ちはじめた果物みたいに、埋もれていた記憶がふたたび顔を出そうとしている。ところが、とっさに後ろを振りかえってみると、その服を着ているのは男ですらなく、イチゴ柄のレインコートを着た女性客だった。ヒールの音をコッコッと響かせながら、ミセス・マーチは階上の展示室へ向かった。

ここでは、面と向かうものすべてが、肖像画のなかに閉じこめられている者みなが、わたしを必要としてくれている。わたしが展示室のどこへ行こうと、その目はつねに、あとを追ってくる。わたしの姿を確かめようと、首を伸ばしているように見える者もいる。こっちを見てと、訴えかけられている気がする。細い通路から成る果てしのない迷宮は、どこへ行っても、壁を埋める目と、手と、渋面とに迎えられた。さきほど目にした油彩画には、ぐったりと力の抜けた身体を十字架からおろされ、赤と青を基調とした雅《みやび》やかな織物の上に横たえられるキリストの姿が描かれていた。その宗教的な一場面は、ミセス・マーチにとっても馴染みの深いものだった。子供のころに教会ですごした日曜の朝を思い浮かばせた。両親は毎週かならず、自宅アパートメントと同じ通りに面しているセント・パトリック大聖堂に通っていた。司祭がする説教はいつも退屈なだけだった。あるときミサの最中に、母のほうへ顔を近づけ、小声で尋ねたことがある。どうして女のひとは司祭になれないの？　母は同じくひそめた声で、こんな答えを返してきた。「女は妊娠するからよ」

いま視線の先には、キリストの磔《はりつけ》を描いた一枚がある。十字架にかけられたキリストは天を仰いでいて、眉は吊りあがり、唇はかすかに開いている。劇的にゆがめられたその顔つきからは、途方もない苦痛に耐えていることが伝わってくる。そう考えてみると、じつに女性的だという気がした。

その展示室を抜けると右に曲がって、おめあての絵が展示されている部屋に入った。ごてごてとした金塗りの額におさめられているのは、フェルメールの代表作《真珠の耳飾りの少女》の片割れとも言われているが、そこまで世に知られていない一枚だ。こちらの少女は、少し光沢のあるショールを肩に巻いていて、その顔貌は見るからに醜い。顔の造作《ぞうさく》が、どうにも不自然に感じられる。異様に広くて肉づきのいい額。左右に離れた目。うっすらとしか生えていない眉。もしかしたら、この少女は微笑んでいるのではなく、怯えているのかもしれない。その笑顔には、見る者の心を乱す何かがある。この少女には、わたしの未来に待ちうける恐ろしい運命が見えていて、それを面白がっているのではないか――そんな気にもさせられてしまう。

「こんにちは、キキ」と、ミセス・マーチは語りかけた。

この少女に出会ったのは、思春期を目前にしたころ、両親とこの場所を訪れたときのことだった。ひと目見るなり、この子は少し頭がとろいのではないか――もしくは、意地悪な生徒に校庭でよくからかわれている子たちのように、なんらかの障害があるのではないか――と感じた。眼球の向きが微妙に合っていないし、どこか虚ろな表情には、状況をよく理解していないような雰囲気がある。あのときミセス・マーチは父親の陰に隠れて、大きなジャケットの端からそっと絵をのぞき見た。絵のなかの少女はまちがいなく、こちらににやにやと笑いかけていた。

まだ幼いミセス・マーチは、自分と少女がとてもよく似ていることに、すぐさま気づいた。どちらも顔色は青白く、不器量なうえに、見るからに間の抜けた薄ら笑いをたたえている。その裏づけとなる写りの悪い写真が、自宅にいくらでも揃っている。

その晩、明かりを落とした子供部屋で、夜中にふっと目が覚めた。喉に痰《たん》が絡んだような、少ししゃがれた呼吸の音が聞こえる。あの肖像画の少女だ。あの子を連れてきてしまったんだ。最初はパニックに襲われた。ところが、それから数日が過ぎると、その呼吸音が耳に馴染み、心地よく感じられるようになった。気づけば、少女に話しかけるようになっていた。

しばらくすると日中にも、少女と触れあうようになった。毎日のように少女と遊んで、一緒に入浴し、眠れば少女の夢を見た。そうしてついには少女の顔が、自分の顔と一緒くたに溶けあうようになった。少女はもはや、肖像画から抜けだしてきただけの存在ではなくなっていた。ふたりは双子の姉妹となった。その子はキキと名づけられた。会話のほとんどない夕食の席で、ミセス・マーチは両親にキキを紹介した。すると両親は、〝そういう時期〟なんだろうとのひとことで、問題を一蹴《いっしゅう》した。ところが、食事のたびにキキがあらわれるようになると、両親は知りあいの心理学者を頼った。要らぬ憶測を呼ばぬよう、話のついでにと相談を持ちかけると、そのキキというのは娘さんが苦心して作りあげた感情表現や意思表示のための手段ではないかと、心理学者は推察した。たとえば、自分と同じようにキキも苦手だからという理由で、パンプキン・パイをデザートに出さないでとお願いしてみたり。キキは寒いのが苦手だから、空気の入れかえが済んだらすぐに窓を閉めてと、メイドに頼んでみたり。

ミセス・マーチはどこにでもキキを連れていった。算数のテスト中には、キキが答えを耳打ちしてくれた。百貨店で母親がオーダーメイド・カーテンの生地見本を眺めているあいだは、面白い話をして笑わせてくれた。学校の友だちに電話をかけて、いとこのキキが遊びにきているから代わるわねと告げてから、舌足らずな声でしゃべりだすこともあった。筆跡でバレないよう左手を使って、自分を褒めちぎる内容の手紙を書いてから、キキからだと言って友だちに見せびらかすこともあった。それからほどなくして、クラスメイトのひとりからこう告げられた。もうわたしたちの輪に入ってこないで。嘘つきは嫌いよ。

「嘘なんてついてない！」ミセス・マーチは憤慨して言った。自分が嘘をついてきたことはもちろん自覚していたけれど、それを白状するなんて屈辱には、絶対に耐えられなかった。どうしてそんな馬鹿げたことをしたのか、説明することもできなかった。こうした記憶を掘りかえすのは、恥辱以外の何物でもない。自分が架空の友だちを作りだすほどまで病んでいたという過去を、他人にあかしたことは一度たりともなかった。

ミセス・マーチは最後にもう一度、肖像画の少女の顔を――キキの顔を――探るようにまじまじと眺めた。キキは唇を引き結び、うんざりしたような、がっかりしていると言ってていいような目つきで、こちらを見つめかえしていた。

13

翌日は一日がかりで、合宿から帰宅する息子を迎えるための支度にいそしんだ。チョコレート牛乳や、裂けるチーズや、ウィンナーソーセージを冷蔵庫に詰めこみ、タフィーやヌガークッキーを貯蔵庫に補充した。子供部屋のぬいぐるみを大きいものから小さいものへ、背丈の順に棚に並べた。あれ以来、ゴキブリの気配を感じたことはない。耳たぶの裏はかさぶたがむけて、新しい皮膚ができていた。最近のミセス・マーチのようすを平易な言葉で伝えろと言われたなら、誰もが〝心安らか〟と表現することだろう。

ジョナサンの枕をぽんぽんと叩いてふくらませながら、ミセス・マーチは小声で口ずさみはじめた。「巣を作ろう、巣を作ろう、素敵な巣を作りましょう……」歌なんて歌うのは、ジョナサンがおなかにいたとき以来だわ——そんな連想をしたせいで、不快な記憶が次々と呼び覚まされてきた。妊娠を祝うベビーシャワー・パーティー。その日のために、紙製のコウノトリや青色の紙テープで居間を飾りつけたこと。大学時代のルームメイトだったメアリー・アン――〝ジョージ・マーチが大学内でいちばん魅力的〟だとの評判を教えてくれた張本人――を招待したのは、ミセス・マーチがジョージを射止めたことをうらやんでくれるかもしれないと考えたからだった。ぐずで冴えないジルは、高校時代、いつもつきまとわれているうちに、周囲から仲良しだと決めつけられてしまった。ジョージのほうはいとこ二人のほかに、かつての教え子を一人招いていたのだけれど、その青年は終始ぶすっとした顔をしていた。ミセス・マーチのほうの身内は、誰も予定が合わなかった。

まだつわりが続いていたせいでひどい吐き気に襲われたミセス・マーチは、パーティーの途中でゲスト用のバスルームに引きこもった。やがて、少しだけ吐き気がおさまったとき、扉の向こうから女の声が聞こえてきた。「みんなも本当はわかってるんでしょう？　彼女に赤ん坊なんてまだ早いってこと。だって、自分の世話もろくにできちゃいないんだから」続けて、ほかの誰かが言った。「しかもお相手は、ほかの誰かさんとのあいだに、すでに子供をもうけてるんでしょう？　わたしなら、そんなの絶対にお断り。旦那のほうはきっと、今回の妊娠のことも、赤ん坊のことも、屁とも思っちゃいないわよ。何もかも、ひとりめのときに経験済みなんだから！　何を大騒ぎすることがある、ってなもんでしょうね」コックをひねってトイレの水を流したときには、たしかに笑い声を聞いた気がした。

水で濡れた口もとをぬぐいながら、ミセス・マーチは居間に戻った。満面の笑みを顔に張りつけて、「ただいま戻りました！」とやけに陽気に告げたとき、その声はひどく震えていた。そのあとは不本意ながらも、何種類かのくだらないゲームにしぶしぶ参加させられた。たとえば、みんなに囃《はや》したてられてやむなく応じた〈ママのおなかを測ってみよう〉なるゲームでは、誰もが指の関節が白く浮きあがるほど夢中になって、毛糸と鋏を握りしめていた。そうしたゲームが一段落したところで、また吐き気がしてきたと断りを入れたミセス・マーチはひとり静かに子供部屋に立って、天井のフックを見あげた。モビールを吊るすつもりで取りつけてもらったのに、これまでずっと手がまわらずにいる。子供部屋を出たあとは、料理の食べ残しも、紙製の飾りも、赤ちゃんにと贈られたプレゼントも、片っ端から特大サイズの黒いポリ袋に放りこみ、すべてまとめてゴミに出した。

そうしてついに、出産の日が――あの恐ろしい日が――やってきた。どんなに頭から締めだそうとしても、あの日のことは忘れられるものではない。医者は汗だくになったミセス・マーチの脚を大きく開かせようとしていた。ミセス・マーチは硬膜外麻酔の影響で朦《もう》朧《ろう》としつつも、煌々《こうこう》と照らしつけるスポットライトの光から陰部を隠そうと、必死の抵抗を見せていた。尻の下に敷かれていた脱脂綿のパッドが小さく折りたたまれ、看護師の手で片づけられていったとき、ミセス・マーチは声を殺してすすり泣いた。それは、肛門から便が漏れたことの隠しようのない印だった。ホルモンの作用で起きる自然現象なのだから気にするなと医者や看護師は言うけれど、だいじな場所を何時間も露出させられたり、突つかれたりするという辱《はずかし》めは、心に大きな傷を残した。しかも、みんなが望んでいるのは、赤ちゃんが無事に生まれてくることだけ。わたしに何が起きようと、誰ひとり気にしちゃいないんだわ。

麻酔が抜けきらない状態のなか、術後回復室のベッドでふと目を覚ますと、父がベッド脇の椅子にすわって新聞を読んでいた。これは本当に、思いも寄らないことだった。父はそれより二年もまえに、すでに他界していたのだから。ミセス・マーチは何度も何度も、「お父さま?」と呼びかけた。けれども、父は一度として顔をあげてはくれなかった。

出産後は、髪がごっそり抜けるようになった。血のまじったどろっとした液体の分泌も続いた。生理用ナプキンでは、肉のような塊を受けとめきれなかった。箱から取りだして、ゲスト用タオルの陰に隠してある大人用のおむつは、身体を動かすたびにかさかさと大きな音がした。分娩時に切開した箇所を縫った痕は、なかなか癒えてくれなかった。四週間で治ると言われていたのに、それが過ぎても、不快感が長く続いた。とはいえ、最悪なのはそんなことではない。妊娠している最中は、特別な存在になれた。友人も、家族も、通りや商店やレストランで出会う見知らぬ人々も、誰もがわたしに笑顔を向けてくれた。愛情を示してくれた。目を向けてくれた。なのに、ひとたび赤ちゃんが生まれて、大きかったおなかがへこんでしまうと、店員たちが興奮ぎみに近づいて、〝予定日はいつ？〟などと質問ぜめにしてくることもなくなった。食料品を詰めこんだ紙袋を家まで運びましょうかと申しでてくれる者も、タクシーの順番を譲ってくれる者もいなくなった。

　はじめのうちはみんなが家まで、赤ちゃんの顔を見にやってきた。アパートメントの住人たちは同じエレベーターに乗りあわせると、息子さんはお元気かと尋ねてきた。けれども、息子が歩きはじめるころには、息子に対する興味すら薄らいでいくのがありありとわかった。無関心という名の無音の霧が、ふたたびミセス・マーチを包みこむようになった。何もかも息子のせいだと、ミセス・マーチは考えた。急にちやほやされなくなったのも、わたしの肉体が衰えてしまったのも、わたしとジョージがお互いに対する興味を失ってしまったのも、すべてあの子が悪いんだ。無性に腹が立った。それが罪悪感を生みだし、不安を生みだした。息子が脆《もろ》く弱々しいことが、血管が透けて見えるほどに儚《はかな》いことが怖かった。強迫観念に衝き動かされて、一日に三十回から四十回も、息をしているかどうか確かめたこともある。バレエの上演中に席を立って、自宅に駆けもどったこともある。あのときは、《白鳥の湖》をハミングしながら薄暗いセントラル・パークを走りぬけていく女を目にしたホームレスが、跳びあがって驚いていた。胸をぜいぜい言わせながら子供部屋に飛びこんでいったときには、ベビーシッターも目を丸くしていた。

ときには夜深くまで、ベビーベッドのそばを離れられなかった。しばらく洗濯していないガウンを着て、脂でごわついた髪を垂らしたまま、上下する小さなおなかを見つめた。おなかが持ちあがって沈むのを目にしても、それが空想にしか思えずに、もう一度動くかどうか、息を殺して見守りつづけた。真夜中に亡霊のように出没する妻に何度か遭遇したあとで、いかなる説得も通用しないと見るや、ジョージは住みこみのベビーシッターを雇った。赤ちゃんの無事を確認したいという欲求はなおも続いていたけれど、いまは自分よりよっぽど子育てに詳しい人間の保護下にあるのだと思うと、以前ほど強烈ではなくなった。

そしていま、ジョナサンの子供部屋で毛布をたたみなおしながら、ふと思った。あんなふうに息子のようすを確認しなくなって、どれくらい経つだろう。ジョナサンはけっして手のかかる子供ではなかった。夜のあいだはぐっすり寝て、悪夢で目を覚ますこともほとんどなく、ベッドの下やクロゼットのなかにお化けがいるだなんて妄想に怯えることもない。たぶん、ジョナサンのそういうところに、わたしも順応していったんだわ。そう結論づけた瞬間、良心の咎《とが》めという鋭い刃《やいば》が胸を刺した。いいえ、わたしがジョナサンの世話をおろそかにしていただけだとしたら？　今回の合宿だって、わたしが自分でお迎えにいくべきだったのでは？　子供同士がクラスメイトだからといって、数階上に住むミラー夫妻にお願いしたのは、まちがいだったのでは？　だけど、ほかに方法があった？　わたしは運転が苦手だし、ジョージはミッドタウンでサイン会をしている。

ミラー家はみんないいひとたちだと思う。シーラ・ミラーがときどき憐れむような笑みを投げかけてくるところが、少し癇《かん》に障るけれど。髪をベリーショートにして細い襟首をさらしているところが、鼻につくけれど。夫婦でいるときは、つねに手をつないだり、相手の肩を揉んでみせたりと、そうせずにはいられないとばかりにボディタッチを見せつけてくるところも、気に食わないけれど。だけど、たぶんあれは愛しあっているふりをしているだけじゃないかしら。そうでないなら、ご主人のほうがじつは同性愛者であることを隠していて、奥さんのほうは毎晩さめざめと涙を流しているのかもしれない。寝室でふたりきりのときには、どうして人前にいるときのように触れてくれないのと、涙ながらに訴えているのかもしれない。そんな想像をめぐらせた途端、背すじを電流が走りぬけたかのようにぞくぞくとした。

結局、シーラ・ミラーは夫を伴うことなく、ひとりで６０６号室にやってきた。色鮮やかで光沢のあるスノーブーツのなかにオーダーメイド・ジーンズ（ミセス・マーチの目には、いずれも年甲斐がなく見える）の裾をたくしこんだ姿は、クールでモダンな母親像を作りあげようとしていることが伝わってきた。そして、シーラが易々《やすやす》とそれを成し遂げているという事実が、ミセス・マーチを何より苦しめ、腸《はらわた》を煮えくりかえらせた。たしかにシーラは、ナイフでオレンジの皮をひとつなぎにむくことができるというだけの理由で、子供が周囲に自慢するようなタイプの母親だった。〝友だちみたい〟と言われるタイプの母親だった。一方のミセス・マーチは子供のころ、たびたび母から言い聞かされてきた――〝わたしはあなたの友だちじゃないし、友だちになりたいとも思わない。あくまでも母親だということを忘れないでちょうだい〟。ミセス・マーチは聞き分けがよかった。だから、友だちで済ませられるような問題を、母親に持ちかけることはけっしてなかった。

ミセス・マーチが扉を大きく開け放つと、シーラはいつものようにまっすぐ目を見て、にっこり笑いかけてきた。ミセス・マーチは目を逸らして、足もとに視線を落とした。シーラのあとから、ジョナサンも玄関に入ってきた。つんと上を向いた鼻や、黒目がちな瞳のせいか、ジョナサンはつねにどことなく物憂げな雰囲気を漂わせている。ジョージはあるとき、文学者に特有の奇想天外な気まぐれを起こして、そんな息子に〝ポー〟というあだ名をつけた。ジョナサンは物静かな子供だった。同じ年頃の男の子と比べると、並はずれて無口な子だった。それでも、友だちといるときには、年相応のやんちゃな一面をのぞかせることもあった。友だちとふたりきりで子供部屋にいるときだけは、げらげらと笑ったり、わーっと歓声をあげたり、怒ったふうにわめいたりと、普段は絶対に出さないような声を出す。そうした声が、荒れ狂う亡霊がもたらした怪奇現象のように壁を通して、アパートメントじゅうに響きわたるのだ。

ミセス・マーチは腰を折って、帰宅した息子を抱きしめようとした。口からまっぷたつに裂けてしまいそうなほどに大きな笑みを浮かべ、ふたりきりのときには出すことのない歌うような声で話しかけようとした。ジョナサンの髪は、冷たい外気とかすかな煙が入りまじった、焚き火のようなにおいがした。ジョナサンはやはり無口だった。「楽しかった？」だの、「素敵なところだった？」だの、「ずっと雪が降っていたの？」だのと、やけに甲高い声で質問ぜめにしてくる母親の声に、黙ってうなずくだけだった。シーラの息子のアレックからもらったという（説明をシーラから聞かされた）ルービックキューブを、ずっといじくりまわしていた。玄関の外をうろうろしているアレックに向かって、チョコレート牛乳はいかがと声をかけると、アレックは首を横に振った。

「ふたりとも、ここ何日かは甘いお菓子やフライドポテトばかり食べていたせいで、しばらくそういうものは食べたくないみたい」シーラは咎めるふうな声色《こわいろ》をつくって言うと、こちらにウィンクをしてみせた。どんな反応を期待されているのか、ミセス・マーチにはわからなかった。

「とにかく、息子を送り届けてくれて助かったわ、シーラ。何か召しあがっていかない？お茶とか、お水とか」

「いいえ、大丈夫。今日はこのままお暇《いとま》するわ。親子水入らずですごしてちょうだい」

「ありがとう。そうさせていただくわ」これ以上の会話をしなくていいことに、ミセス・マーチはほっとした。「何か力になれることがあったら、いつでもおっしゃってね」

「ええ、それじゃ、また！　アレック、ふたりにバイバイして！」

言いながら振りかえったとき、アレックはすでにエレベーターへ向かっていた。〝男の子ってやつは！〟とばかりに肩をすくめて、シーラもそのあとを追っていった。ミセス・マーチは扉を閉めた。振りかえったときにはもう、ジョナサンの姿はなかった。きっと、自分の部屋に駆けこんだんだわ。見慣れた家具や、お気にいりの玩具に触れたくなったのね。ところが、廊下を進んでいくと、ジョナサンが子供部屋にはいないことがわかった。ジョナサンはキッチンでマーサに向かって、小声ながらも興奮をあらわにして、旅の報告をしていた。「ぼくね、虫を食べたんだよ。絶対無理だってからかわれたから、むきになって食べてやったんだ」

あいだに割って入ることがためらわれて、ミセス・マーチはその場を離れた。

14

かつてカービー家の娘であったころも、結婚後も、ミセス・マーチは生涯を通じて、使用人のいる家庭で暮らしてきた。幼少期に入れかわり立ちかわり実家にやってきたメイドや、料理人や、ばあやたちのことは、人数が多すぎてほとんど覚えていないけれど、ただひとりだけ、忘れられない人間がいる。

アルマはカービー家が最後に雇った、住みこみのメイドだった。アルマが寝起きしていたのは、キッチンの奥にある、窮屈で窓のない小部屋。そもそもは洗濯室にするつもりで造られたものに、ミセス・カービーの指示のもと、狭苦しいシャワースペースと壁付けの洗面台があとから取りつけられたらしい。

アルマはずんぐりとした体形で、オリーブ色の肌をしていた。長い黒髪は、船を係留するためのロープみたいに太い三つ編みにして、頭に巻いた三角巾のなかにきっちりしまいこまれていた。ミセス・カービーが身だしなみにうるさいひとで、髪の乱れを目の敵《かたき》にしていたからだ。アルマはいつも、優しく感情豊かな声で歌でも口ずさむみたいに、ときおりメキシコ語をまじえながら話した。当時のミセス・マーチはまだ、十かそこらの年齢だった。身分が低く、なんの取り柄《え》もないような女が自分の失敗をあっけらかんと笑い飛ばすところなど――それどころか、これ幸いと笑いの種にするところなど、それまで一度も目にしたことがなかった。「アルマって、本当に食いしん坊なのね」キッチンのカウンターに向かって、サモサをむしゃむしゃと平らげていくアルマを眺めながら、あるときミセス・マーチは言った。

「ええ、ええ、そうですとも！　だから、わたしゃあ、こんなに丸ぽちゃなんですよ！」アルマはそう応じながら、おなかの脂肪を指でぐりぐりと絞ってみせた。アルマは食に貪欲だった。自分にとっては食道や胃袋こそが性的快感をつかさどる器官なのだと言わんばかりに、快楽に溺れるかのように、食事を楽しんでいた。そうした姿を眺めていると、自分のまわりにいるほかの女のひとたちはみんな、年中無休でハンガーストライキでもしているようだとの印象を、幼いミセス・マーチはいだくようになった。姉のリサも子供の時分は、ずっとぽっちゃりとしていた。ところが、大学から戻ってきたときには、身体についた肉が半分に削《そ》ぎ落とされていた。ゆでた芋を主食とし、ジョギングに取り憑かれるようにもなっていた。うちを訪ねてきた母の女友だちが（「朝食を食べすぎてしまったの」

だの、「この時間帯はいつもおなかがいっぱいなの。夕食ならご一緒できるのだけれど」だの、「休暇中に食べすぎてしまったから、少し節制しないと！」だのと）ことごとく言いわけを並べたてて食事を断るさまも、しだいに痩せ衰えていくさまも、ずっと傍から眺めてきた。彼女たちの行なうダイエットは、終わりのない苦行のように、自分自身を大いに苦しめていた。たとえば母は食べ物を前にしても、まるで反撃を恐れるかのように、フォークを突き刺すことすら滅多にしなかった。子を身ごもっているあいだもその調子だったせいで栄養が行き渡らなくなったため、ミセス・マーチは臨月を待たず、相当早くに生まれてきた。実家のアルバムに綴じられず、挟まれたままになっている一枚の写真には、保育器に横たわる新生児の姿が写しだされている。小さな桃色のボールのような頭。手首に巻かれた識別用のタグが、笑えるほど巨大に見える。この皺くちゃの物体が、大きな目玉がいまにも飛びだしそうになっている赤ん坊が、自分であるとはとうてい思えない。昔はよく、こんなふうに怪しんでいた。この赤ん坊こそが、両親の本当の子供なのでは？　この子は本当は、保育器のなかで死んでしまったのでは？　わたしと両親のあいだに血のつながりはいっさいなく、死んだ子の埋めあわせとするために、やむなく引きとっただけなのでは？

アルバムのなかには、妊娠中の母を写した写真も何枚かある。たとえば、骨と皮ばかりに痩せこけて、青白い顔をした母が煙草をくわえている写真。サマードレスに包まれたおなかのふくらみは、ほとんど目立たない。生まれたての我が子を抱いた写真では、木の幹に生《は》えた小枝のように、がりがりの肘が頼りなく腕から突きだしている。

一方で、アルマの身体はどこもかしこもまるまると肥えていたけれど、手の指だけは例外だった。アルマの指は関節のところだけ色味が濃くて、やけにひょろ長く、その先に生えた爪もほっそりとしていて、少し紫がかっていた。ミセス・マーチはいつもアルマについてまわった。アルマが掃除をしているあいだも、そばにひっついて話しかけた。ダイニングルームに用意された夕食を大急ぎで掻きこんで、キッチンで食事をとるアルマのもとへ駆けつけることも、よくあった。アルマはいろんなお話をしてくれた。子供のころの思い出話や、メキシコに古くから伝わる民話。ボローニャソーセージの包みを上手にむくやり方や、食洗機に刃物を入れるときは安全のために刃を下に向けたほうがいいことも、アルマから教わった。

じきにアルマは、ミセス・マーチが朝食をとるときの話し相手にもなってくれるようになった。それ以前はいつも、巨大なダイニングテーブルにひとりで向かって、寂しく朝食をとっていた。姉は大学進学を機に家を出ていたし、父はすでに出勤していたし、母はカッテージチーズとグレープフルーツをベッドで食べるのが習慣になっていた。でも、アルマは朝食をとるミセス・マーチに付き添いながら、「学校は楽しい?」とか、「友だちはたくさんいるの?」とか、「お気にいりの先生は誰?」とか、「意地悪をしてくる女の子はいない?」などと、あれこれ質問をしてくれた。そのうえ、どんな答えにも、心からの関心を示してくれているように見えた。

自分と出会うまえのアルマの人生には、これっぽっちも興味がなかった。給金の大半を送っているという、メキシコに残してきた子供たちのことにも。アルマはベッドぎわの壁に、子供たちの写真を貼っていた。その写真を何度も眺めてみたけれど、どの子もぶかぶかのTシャツを着て、ボウルをかぶったみたいな髪型をしているせいで、性別すらも見分けがつかなかった。「あなたはわたしの特別な女の子《チカ》よ」と、アルマはいつも言ってくれたけど、アルマを独り占めできないなんて、ほかの誰かのものでもあると認めなきゃならないなんて、絶対に我慢がならなかった。ある日、ミセス・マーチはその写真を壁から剝がしとり、にこにこと屈託なく笑いかけてくる顔をびりびりに引き裂いた。

アルマがとつぜん部屋に戻ってきたとき、ばらばらに千切られた写真の残骸はミセス・マーチの足もとに散っていた。アルマはわっと泣きだした。てのひらに顔をうずめ、前後に身体を揺らしながら号泣した。こんなふうに感情をむきだしにされると、どう接すればいいのかわからなくなった。この家のなかでこんなふるまいをする人間には、これまで出会ったことがなかった。ミセス・マーチは忍び足で扉に向かい、ひとことも声をかけることなく部屋を出た。

翌朝、朝食の時間に顔を合わせたとき、アルマは胸に何かを秘めたようすで、いっさい口をきいてくれなかった。どうして何も話してくれないのかと、ミセス・マーチは何度も尋ねた。はじめのうちは穏やかに。最後のほうは脅しつけるかのように、シリアルの皿に唾を飛ばしながら、大声でわめきたてた。アルマは弱々しく微笑むだけだった。

それから数週間が経過すると、すべてが過去の出来事として水に流されたかのように思えた。ミセス・マーチは以前のようにキッチンカウンターのスツールにすわって、ラジオの音声やフライパンの熱せられる音を背景に、アルマの話に耳を傾けるようになった。雷の鳴る晩には、アルマの部屋に駆けこんで、緑豆に似た湿っぽいにおいを嗅ぎながら眠りについた。ところが、翌朝目を覚ますと、自分の部屋のベッドにいた。どうやってそこまで運ばれたのか、いっさい覚えていなかった。わたしが眠っているあいだにも、わたしを抜きにして、アルマの人生は続いていくのだと思うと、居ても立ってもいられなくなった。

アルマに暴力をふるうようになったのは、このころからだった。つねったり、引っ掻いたりがしだいにエスカレートして、ついには嚙みつくようにまでなった。それでも最初は、ガムを嚙みながら軽く嚙みつく程度だった。それがだんだん激化して、唾液と血の混じった歯型が残り、皮膚が炎症を起こすほどになった。それでも、アルマが苦痛を訴えることはほとんどなかった。静かにミセス・マーチを押しのけるか、相手が落ちつくまで肩をつかんで待つかのどちらかだった。

そんななか、アルマの首に残された三日月形の歯型に気づいたミセス・カービーは、時を移さず手を打った。当の本人にすらどこへ向かっているのか気づかせないほど秘密裡に、下の娘を心理学者のところへ連れていった。心理学者がくだしたのは、〝親から向けられる関心の欠如〟および〝行きすぎた空想を抑えこむための、感情を吐きだす手段の欠如〟との診断だった。ミセス・カービーは冷厳たる面持ちで分析結果に耳を傾けていたが、そのあとは二度と、娘をセラピーに連れていくことはなかった。そうする代わりに、アルマを解雇した。そのほうがよっぽど世話がないからだ。

ミセス・マーチは一連の出来事を記憶から消し去ろうと努めてきた。自分がひどく世話の焼ける子供であったのだと、ひどく甘やかされた、意地の悪い子供であったのだと認めることは、自尊心が許さない。いまとなっては、すべてが空想の産物だったのではないかという気もする。いまのわたしはこんなにも従順で、道理をわきまえた大人に成長できたのだから。

アルマが暇を出されたあとも、その後の行先を親に尋ねることはしなかった。その程度の分別はついていた。両親がなんら感情をあらわにすることなく、黙ってすべてをあきらめたという事実が、ミセス・マーチを恥じいらせた。ミセス・マーチはそれ以降、メイドというメイドをあからさまに無視するようになった。両親が住みこみのメイドを雇うことは二度となかった。数年後、キッチンに隣接する不思議な造りの侘しい小部屋は、食料貯蔵庫として使われるようになった。時が経つにつれて、ミセス・マーチはひとりで静かに朝食をとるほうを好むようになった。

アッパー・イースト・サイドに建つアパートメントに夫婦で移り住んだとき、姉のリサのたっての願いで、ミセス・マーチはマーサに連絡をとった。リサは長年にわたってマーサの世話になっていたのだが、余命わずかだという義理の母の看病のため、州外へ引っ越すことになり、マーサと泣く泣くお別れすることになったのだ。姉はいまメリーランド州ベセスダで、赤煉瓦の壁と暗緑色の鎧戸《よろいど》が特徴的な一軒家に暮らしている。そのあたりは一風変わった土地柄で、自宅プールにかぶせた防水シートの下で野生動物が溺死しているのがちょくちょく発見されたり、黄昏どきに夕食に呼ばれるまで、子供たちが歩道を行進する蟻を気絶させて遊んでいたりするらしい。

リサの義母が亡くなったあとほどなくして、今度は実の母であるミセス・カービーが、認知症の兆候を見せるようになった。父が数年まえに他界していたため、そのとき母はマンハッタンのあのアパートメントにひとりで暮らしていたのだが、最初は、キリストの教えを記したギフトカードの束が冷蔵庫に押しこまれていたり、とんでもない量の地下鉄のトークンやばらばらにされたマトリョーシカが下着の引出しにしまいこまれていたりするのを、メイドが見つけるようになった。しばらくすると、雇い人が出勤してきても、見も知らぬ人間だと言い張って、アパートメントに入れるのを拒むようになった。リサがカービー家の長女として、母の面倒を見るべきだとの使命を感じているのは、傍目にもあきらかだった。母はいま、ベセスダで余生を送っている。庭木を装飾的に刈りこんだトピアリー・ガーデンや洒落たパティオを敷地内に有する、高級介護施設で暮らしている。かかる費用はすべて、姉妹ふたりで折半している。正直なところミセス・マーチは、リサがこの事態に率先して対処してくれたことにほっとしていた。母の病はミセス・マーチを不安にさせた。これまでに何度か、ベセスダの施設に母を訪ねていったけれど、できればもう二度と行きたくない。芳香剤のレモンの香りや、ごまかしきれない加齢臭には鼻が曲がった。入居している老人たちが、誰彼かまわずすがりついてくるのも不快だった。先に立って歩くリサは、まるで自宅にいるかのように、ずんずんと廊下を突き進んでいった。見も知らぬ認知症患者が何ごとかを訴えようと手を伸ばし、カーディガンの裾をつかもうとしてきても、気にもとめていないようだった。そのとき、ミセス・マーチは心に決めた。母の面倒を姉に押しつけているのではないかと、気に病むのはもうやめよう。リサはいまの状況に充分満足しているように見える。夫婦でしょっちゅう（ミセス・マーチに言わせれば、あまりにもしょっちゅう）旅に出てもいる。ということは、姉のほうだって年がら年中、母の介護に明け暮れているというわけじゃないはずだわ。

リサはメリーランドへ移り住むとき、家政婦のマーサも一緒に連れていこうとした。マーサは独り身で子供もいないのだから、この土地を離れられない理由など何もないはずだと考えていた。ところが、どんな説得にも、マーサは頑《かたく》なに応じなかった。あたしはニューヨークを離れません。理由なんて、理解してもらえなくてもけっこうです。

最初に面談で顔を合わせたとき、ミセス・マーチは即座にマーサに気圧《けお》された。けれどもよくよく考えてみると、それは家政婦というものに対して人間がいだく、当たり前の感情だった。ならばこのひとは、厳格で、自制心もあって、ずばぬけて有能な家政婦であるにちがいない。そうした流れを経て、マーサはマーチ家の自宅と人生に足を踏みいれるようになった。マーサはつねに毅然《きぜん》とした態度を崩さず、遠慮のない率直な物言いをした。肩はがっちりとして肉づきがよく、白いものの交じった髪はお団子に結ってあって、分厚い爪はいつも長く伸びていた。ミセス・マーチはマーサに感謝していた。あらゆる点において、アルマとは正反対であることに感謝していた。この場所へ、このアパートメントへ、我が家のキッチンへ、いまマーサがジョナサンに何ごとかを耳打ちしている場所へ、ミセス・マーチには知る由《よし》もないことを耳打ちしている場所へ、マーサを遣わせてくれたすべてのものに感謝していた。

15

寝室の壁にとまってこちらをじっと見ているゴキブリにふたたび相まみえたことで、ついにミセス・マーチは駆除業者を呼ぼうと決意した。自分たちの部屋だけでなく建物全体にゴキブリがはびこっている可能性はないかと、このまえこっそりドアマンに尋ねてみたときには、そんなわけはないと一蹴され、もっとこまめに、丁寧に掃除をしてはどうかとまで言われてしまった。そのときは引き攣った声で笑いかえしてみせたけれど、不潔でだらしのない人間だと見なされているのかと思うと、高級アパートメントに住むには値しない人間だと思われているのかと思うと、悔しくてならなかった。それ以来、他人に相談を持ちかけることはせずにいた。

しかしながら、あのいけ好かないのぞき魔が寝室にまで忍びこんできたとなれば――革のように固くなった皮膚にくっきりと血管が浮きあがった老人の手を思わせる、靴墨色の頑丈な外皮を寝室で目にしてしまったからには――もう一刻の猶予もならない。これを限りに、この問題にきっぱりけりをつけなくては。ただし、我が家にゴキブリが跋扈《ばっこ》しているることは、誰にも気取《けど》られてはいけない。ゴキブリが巣食う家というものは、映画や小説のなかでは、貧困と怠惰の象徴として描かれる。ゴキブリというのは、ヤクびたりの連中がねぐらにする汚らしいあばら家で繁殖するもの。趣味よくしつらえられた高級アパートメントや、質素ながらも汚れひとつない知的職業人の住まいに巣くうものではない。実家でも、ジョージが以前住んでいたアパートメント――ふたりが出会ったころ、大学の近くに借りていた部屋――でも、ゴキブリを目にしたことは一度もない。何かを断じられるのがいやで、マーサには話すのを避けてきた。マーサもバスルームでゴキブリを目撃したことがあるのではないかと考えるたびに、居たたまれない気分になった。

駆除業者に電話をかけた日の翌朝、ミセス・マーチは作業員ひとりを自宅に迎えいれた。派遣されてきたのは血色のいい顔色をした男で、濃緑色のつなぎと頑丈そうなブーツで身を包んでいた。作業員はただちに殺虫剤の缶を手にかまえ、何かを倒したりしないようにと注意を払いつつ、主寝室のバスルームへ直行した。便器のそばで床に膝をつき、物陰やら排水口のなかやら家具の隙間やらを隅々まで調べつくしたすえに、お宅にゴキブリは棲みついていませんよと請けあった。「一匹も姿が見えませんし……フンだの痕跡もない。たまたま排気管か何かを通って、二、三匹入りこんできただけじゃないですかね？」壁と床の境目に張られた幅木の割れ目を調べながら、作業員は続けた。「たぶん、建物の外か、ほかのお宅から……」その可能性を耳にするなり、ミセス・マーチははっとなった。「……とにかく、こちらのお宅では大量発生は起きてませんよ。となると、いまできるのは、ここに毒を仕掛けておくくらいですね。まだ何匹かひそんでいたとしても、四隅にちょっとずつ毒を塗っておけば、二日後には死骸になっていますよ。死骸が見つかったとしても、心配は要りません。数週間もすれば、いっさい見かけなくなるはずですから」作業員は床に片膝をついたまま、部隊に戦略を伝える指揮官さながらに、これだけのことを説明した。

作業員が茶色い粘液をバスルームの四隅に塗りつけているあいだ、ミセス・マーチはマグカップに淹れた紅茶を味わっていた。〝すばらしい一日にきっとなる！〟とプリントされたマグカップは、ずいぶんと使いこまれていて、ふちも欠けている。これは、誕生日に姉から贈られたかご入りの詰めあわせギフトに入っていたものだった。自分では、こんなカップを買うことはなかったろう。ぞっとするほどの希望に満ち満ちたメッセージは、ミセス・マーチの趣味とはあまりにも懸け離れている。プレゼントが詰めこまれていたかご自体は、籐《とう》製の美しいピクニック・バスケットで、そのなかに、真っ赤に熟したみずみずしいラズベリーや、紫色のブドウや、搾りたてのオレンジジュースを満たした蓋付きのガラスボトルや、砂糖をまぶしたスコーンや、ヒナギクの小さなブーケがおさめられていた。姉のリサは昔から、プレゼントに凝ることで知られている。選びぬかれた最上のものをみんなに贈ることを、心から楽しんでいるようだ。本音を言うと、それがミセス・マーチには煩わしかった。何かを競《せ》りあっているような気分にさせられてしまうから。あのピクニック・バスケットはたぶんまだ、この家のどこかにあるはずだ。もしかしたら、寝具用のクロゼットの奥に埋もれているのかもしれない。探せば見つかるだろうし、それに花を飾ることも、棚や冷蔵庫の上などの目につく場所に出しておくこともできる。なんなら、キッチンをそっくり模様替えすることだってできる。籐の背もたれがついた椅子を置いたって、赤いギンガムチェックのテーブルクロスをかけたっていい。ドライフラワーを古びたブリキのジョウロに活けても、木の梁から逆さまに吊るしてもいい。

そのとき、駆除業者の作業員がバスルームの床から顔をあげた。「これで、やつらを完全に退治できるはずです。手についた汚れを、ここで洗わせてもらってもかまいませんか？」

作業員を見送ったあとは、可能なかぎり何気ないふうを装って、ぶらぶらとキッチンに入った。作業員の使ったタオルをゴミ箱に放りこんでから、昼食にチキンカツレツはどうかしらと、マーサに声をかけた。もしも訊かれた場合には、業者を呼んだのは単なる予防のためだと――隣の建物で大量発生が起きたという噂を耳にしたものだからと――答えるつもりだった。ところがマーサは、チキンカツレツの要望に対して首を縦に振っただけで、すぐさまジャガイモの皮むきを再開した。

昼食後は、爪にやすりをかけながら居間ですごした。特に観るでもなくつけているテレビは、あまり会話の多くない家庭において、よき話し相手のようになっていた。息子のジョナサンは学校から戻ったあと、ずっと子供部屋にこもっているし、ジョージはシャワーを浴びている最中だった。マーサはその隙を狙って、書斎をばたばた歩きまわっている。ジョージが日中に書斎をあけることは滅多にないため、いまが掃除のチャンスなのだ。

「十一月十八日から行方がわからなくなっていたシルヴィア・ギブラーさんが、遺体となって発見されました。死因はまだ特定されておらず、司法解剖が行なわれる見通しです」

削りかけの爪から顔をあげて、テレビのほうにはっと目を向けた。見覚えのあるモノクロの写真が、画面に映しだされている。ジョージのノートに挟まれていた新聞記事のものと同じ笑みが、にっこりと微笑みかけてくる。

「警察当局は現在、友人や近隣住民、シルヴィアさんが姿を消すまで働いていたというこちらのギフトショップの常連客などへ、訊きこみを進めているとのことです」いささか演出過多に感じるほどの勢いをつけてカメラがぐるりと向きを変え、紫色を基調とした商店を写した。ショーウィンドウのなかには、無計画に置かれていったものとおぼしき商品が並んでいる。古めかしいティーポットやクッキージャーなどの雑貨が、色調の統一感もなくごた混ぜに陳列されており、天井からはけばけばしいラメのパーティーモールが吊るされている。紫色に塗られた戸枠の上には、金色の筆記体で〈希望の収納箱《ザ・ホープ・チェスト》〉との文字が綴られている。その光景に、リポーターの声がかぶさる。**「ほぼ全員が顔見知りだというこの小さな町では、住民たちが深い悲しみに沈んでいます。シルヴィアさんにもう一度会いたいという希望は、永遠に絶たれてしまったのです。現場からは以上です。スタジオにお返しします。リンダ?」**

ミセス・マーチはテレビの電源を切った。卵から孵《かえ》った蛆虫《うじむし》のように、不安がおなかのなかを這いまわりだしている。ふと思い立って、書斎に向かった。ジョージがシャワーを浴びているあいだに、ノートのあいだに隠されていたあの切りぬきをあらためて読みかえしてみよう。ところが、廊下に出てみると、ジョージはすでにシャワーを終えて、書斎と寝室を行き来しながら、ベッドの上に広げた小型の革製スーツケースに荷物を詰めこんでいるところだった。

「ジョージ? いったい何をしているの?」

「荷造りだよ。ジェントリーに行ってくる」

「行くって、いまから？」

「ああ、そうだよ」少し驚いたふうに、ジョージは妻の顔を見やった。「もしかして、忘れたのかい？　まえもって言っておいたはずだが」

「本当に？　今日だってことも言ってあった？」

正直、何も覚えていなかった。ジェントリーというのは、メイン州の州都オーガスタの近くにある鄙《ひな》びた町の名前で、編集者のエドガーがそこにコテージを所有しているため、ふたりはときどき狩猟の旅に出かけていくのだ。ミセス・マーチはその旅に同行したことはない（行ってみたいと思ったことも、一緒に行こうと誘われたこともない）ものの、これまでに見せてもらった写真などから、おおよそのようすは把握していた。狩猟シーズンがいつごろなのかも、自分の月経の周期にも負けないくらい把握できていると言っていいほどだった。

荷造りを続けるジョージを見つめたまま、ミセス・マーチはこう尋ねた。「エドガーも一緒なの？」

「一緒じゃなきゃ、おかしいだろう？　あれはエドガーのコテージなんだから」

ふと両手を見おろすと、ささくれができていることに気づいた。それをむしりとろうと指先でつまみながら、ミセス・マーチは言った。「ただなんとなく、エドガーといると、粗探しをされているような感じがするの。なんだかときどき……落ちつかない気分にさせられるのよ」

「何を馬鹿なことを！　エドガーがきみを嫌うわけがないだろうに。いつだってきみのことを、たまらなく愛らしいと褒めちぎっているんだから。いっそ食べてしまいたいくらいだと、一度ならず言っていたぞ」

あの気どり屋のエドガーが、黄ばんだ歯でフォアグラにかぶりつく姿。その記憶が蘇るやいなや、喉の奥にすっぱいものが込みあげてきた。「わたしはただ、嬉々として動物を殺してまわるような人間と、どうしてそんなに多くの時間をすごしたがるのかが理解できないだけ。狩猟は残酷なスポーツだわ」

「ああ、わかるよ。言いたいことはわかる。もちろん、理解できるとも。狩猟はどうにも野蛮だし、する必要のないことに思えるというのも、もっともだ。あれは……優越感を満たすためだけの究極の手段なんだろうな」

「それがわかっていながら、どうして狩りに行くの？」

ずりさがった眼鏡のふち越しにミセス・マーチを凝視したまま、ジョージは軽く腰を曲げて、タータンチェックのマフラーをスーツケースに入れた。「そりゃあ、刺激や興奮を得るためさ。狩りには、原初的な何かがある。〝本能を刺激する何か〟と言ってもいいかもしれない。むろん、青銅器時代とは比べ物にならないだろうがね」そう言って、ジョージは微笑んだ。「動物のことを思いやってやれるなんて、きみは本当に優しいな。だからといって、向こうも同様の情けをかけてくれるなんてことは、ゆめゆめ考えちゃいけないよ。もっと残酷なことが起きる」

後ろの二本足で立つアメリカヘラジカがライフルを片手に握りしめ、たったいま仕留めた人間の死体を抱えあげつつ、カメラに向かってポーズをとる姿が、不意に脳裡をよぎった。もしかしたらジョナサンの持っている漫画本か何かで、そういうイラストを目にしたことがあるのかもしれない。

「大丈夫だ。心配は要らない」スーツケースのジッパーを締めながら、ジョージは軽口を叩きはじめた。「そのあたりは、しっかり規制がなされている。なんなら、やりすぎと言ってもいいくらいにだ。昨今は、人間を狩るのもそんなに手間じゃないらしいからね」くつくつと忍び笑いを漏らしながら、ジョージは妻に近づいた。「ぼくに代わって、留守を守ってくれるね?」

ジョージはミセス・マーチの額にキスをしてから、スーツケースを転がしつつ寝室を出た。途中で子供部屋に立ち寄って、ジョナサンの髪をくしゃくしゃになでながら「じゃあな」と声をかけた。夫を玄関で見送ったあとも、ミセス・マーチはその場に立って、ご主人がどこかへ行ってしまったことを理解できずにいる飼い犬みたいに、閉ざされた扉を見つめていた。指先でそっと扉に触れた瞬間、鼓動のように鋭いリズムでノックの音が響き渡り、ミセス・マーチはびくっと跳びあがった。冬用の帽子か何かをうっかり忘れて、ジョージが引きかえしてきたのにちがいない。（鍵穴に鍵が差さっていたほうが錠前破りはしにくいらしいと、義理の兄に聞かされてから）つねに差しっぱなしにしている鍵をまわして、即座に扉を開けると、そこにいたのはシーラ・ミラーだった。

ふたりはそれぞれに異なる理由で仰天し、相手の顔をまじまじと見つめた。先に沈黙を破ったのはシーラのほうだった。「ああ、よかった。いらしたのね。じつは、ジョナサンが今日、うちにお泊まりに来られないかと思って、お伺いしたの」

どういうわけか今日に限って、シーラはミセス・マーチと目を合わせようとしなかった。しきりに手首を掻いていて、うなじのあたりが赤くなっている。子供部屋の扉が開いたことに物音で気づきながら、ミセス・マーチはこう答えかけた。「ええと、どうかしら。わたくしの一存では――」

「アレックに頼みこまれてしまったの。合宿のあいだに、ずいぶんと仲よくなったらしくて」

首を一方にかしげながら、ジョナサンが玄関口に近づいてきた。

「こんにちは、ジョナサン」と、そちらに声をかけてから、シーラはミセス・マーチのほうに顔を戻した。「こんなふうにとつぜん押しかけてしまって、ごめんなさいね。まずは電話でお伺いを立てるべきだったわ。まったく、何をやってるんだか！」シーラは大きく目をむいてみせてから、やれやれと微笑んだ。「それで、どうかしら。お泊まりには来られそう？」

ジョナサンは口をつぐんだまま、シーラのそばまで歩いていって、すぐ横で立ちどまると、落ちくぼんだ黒い瞳で母親を見あげた。

「でも、明日も学校が――」

「そのことなら大丈夫」ジョナサンの肩に手を置きながら、シーラは言った。

「それでなくともお忙しいでしょうに……」きまりの悪さを感じながら、ミセス・マーチはこう訊いた。「本当にご迷惑ではありませんの？」

「迷惑だなんて、とんでもない！」

返ってきた答えのスピードと声量に気圧されて、選択の余地はなくなった。通学用の鞄《かばん》と、歯ブラシと、新しいシャツと、清潔な下着を持たせて、ジョナサンをシーラに引き渡した。シーラと手をつないで遠ざかっていく我が子を見送るあいだ、ミセス・マーチは鞄に留められた校章を見つめていた。徐々に小さくなっていくスクールマスコットの梟《ふくろう》（以前はアナグマではなかったかしら？）も、こちらを見つめかえしていた。廊下を端まで進んだところで、ふたりはエレベーターに乗りこんだ。

16

その日はアパートメントにひとりきりの夜をすごした。マーサは約束があるとかで、早退を願いでていた。マーサの望みを聞きいれるという寛大な行為に酔い痴れていたため、細かいことはよく覚えていないが、ミセス・マーチはマーサに向かって手をひと振りしてみせてから、うわの空でこう告げた。「ええ、もちろんかまわないわ。わたしのことなら心配しないで。今夜の夕食はわたしひとりだし、何か軽いものを用意して、キッチンに置いておいてちょうだい。あとから自分で温めなおすわ。使った食器は流しに出しておくわね」

そのあとは早めに入浴を済ませた。十二年まえにパリへ旅行した際に買った高価なバスソルトを、ほんの少しだけ浴槽に入れた。ずっと手つかずのまま放置していたせいで、バスソルトはガラス瓶のなかで粉状になってしまっていた。

息子を送りだしてから午後じゅうずっと、妙な違和感が続いていた。あのときのシーラの何かが――ジョナサンの肩に手を置いたときの機械的な動作や虚ろな表情が――どうにも引っかかる。いまこうして、暗がりに沈んだ家のなかにひとりきりでいると、それを頭から払いのけることも難しい。タオル地のバスローブの腰紐を、おなかが苦しくなるくらいにきつく締めて、恐る恐る寝室を出た。スリッパが触れた途端に床が液状化することを危ぶむかのように、その液体にとぷんと全身が沈みこむやいなや寄木細工の床がみるみるもとに戻っていって、誰にも見つけてもらえなくなることを恐れるかのように、そろそろと慎重に足を踏みだした。

廊下の突きあたりまで歩いていって、居間に入ると同時に、天井の照明をつけた。室内をきょろきょろと見まわして、家具の下やカーテンの隙間から見覚えのない男物の靴が突きだしていないかどうか確かめた。するとそのとき、カーテンの一部が不自然にふくらんでいるのが目にとまった。ミセス・マーチはその前まで歩いていって、こわごわと腕を伸ばした。この布の向こうに、どんな顔がひそんでいるの？　意を決してカーテンを開けようとした次の瞬間、自分にため息が出た。振り子時計が時を刻む音に合わせてクリスマスツリーの電飾が灯り、黄色く光っては消え、黄色く光っては消えを繰りかえしはじめたのだ。そのリズムに合わせて舌を鳴らしているうちに、新たな不安が頭をもたげた。この音は、侵入者の足音を覆い隠すためのカモフラージュなのでは？　弾かれたように後ろを振りかえったが、そこには誰の姿もない。胸を締めつけるような痛みに襲われて、ミセス・マーチはコンセントから電飾のコードを抜いた。

なんだか無性にむしゃくしゃする。ソファに腰をおろし、誰が見ているわけでもないのに平静を装おうと、舌打ちを繰りかえしながらテレビをつけた。何かないか、何かしら見つからないか、見せかけだけの平静さを本物にしてくれるような面白いものはないかと、めまぐるしくチャンネルを替えていった。さまざまな場面が、目に映っては消えていく。イチゴ風味のソフトドリンクに、真っ黄色のアヒルのアニメ。後部のマフラーから火を噴いているパトカー。悲鳴をあげている白黒の顔。ひしと抱きしめあう男女。リモコンを握りしめ、柔らかなゴム製のボタンに親指の爪を食いこませながら、ミセス・マーチはチャンネルを替えつづけた。するとそのとき――

「シルヴィア・ギブラーさんの訃報に接し、北東部全域が悲しみに沈んでいます。警察や市民ボランティアによる数週間の捜索も虚しく、シルヴィアさんは帰らぬひととなってしまいました」

瞼がぴくりと痙攣《けいれん》した。ほかの番組に替えようと思いつつも、そこから目を離すことができない。テレビの画面から、しかつめらしい顔つきのリポーターがこちらを見つめかえしている。赤褐色のツイードのコートを着ていて、唇には同じ色味の口紅が塗られている。

背景には雪に覆われた通りが映しだされており、ときおり車が走りぬけていく。リポーターの手があまりにもきつくマイクを握りしめているものだから、一本の木からマイクごと彫りだされたかのように見える。「**シルヴィアさんの遺体は、メイン州ジェントリーの森の奥で狩りを行なっていた二人組のハンターによって、偶然発見されました**」

不意に喉が絞めつけられた。視界がぼやけ、黒い斑点がインクの染みのように広がっていった。頭蓋骨の内側で、さまざまに異なる無数の声が鳴り響きはじめる。偶然よ、ただの偶然だわ！――と声が叫ぶ。もしも、偶然じゃないとしたら？――と、別の声が訊く。これだけの偶然が重なりながら、それを見逃すことなんてできる？　殺人犯というのは、こういうふうに突きとめられていくものではないの？　何ごとも見逃すことのないひとりの人間によって、ばらばらのピースがひとつにつなぎあわされていくものなのでは？

被害者には両親がなく、数年まえから祖母と暮らしていたことを、リポーターが伝えてくる。その声をぼんやりと聞きながら、ミセス・マーチは自分に言い聞かせた。いいえ、ちがう。ジョージが犯人だとしたら、その現場にわざわざ戻っていくはずがない。警察やマスコミが群れをなしている場所へ平然と向かっていったこと自体が、犯人ではないことの証だわ。ところが、そうして胸をなでおろしたのもつかのま、次なる疑念が頭をもたげた。遺体が発見されてしまったことを受けて、証拠を隠滅しに向かったのだとしたら？

素人らしいちょっとしたミスが、逮捕につながることもある。だとしたら、エドガーもこれに嚙んでいるの？　それはまだわからない。あのコテージの鍵は、ジョージもひと揃いもらっている。陶器製の鉢に入れて、いつも書斎に置いてあった。あれを使えば、エドガーに知られることなく行き来ができる。

「さきほど司法解剖の結果が発表され、シルヴィアさんの殺害された時期は数週間まえであることが判明いたしました。これは、シルヴィアさんが行方不明になった時期とも一致しており——」

ジョージも前回はひと月まえくらいに、狩りに出かけていったのではなかった？　ちょうど感謝祭の直前で、帰宅時には大きな七面鳥をぶらさげていて、ひどく上機嫌に鳴き声をまねてみせていた。その記憶がやけに鮮明に残っているのは、七面鳥の扱いに困らされたからだ。ぐったりとした身体にびっしり生えた羽根も、だらりと垂れた赤い鶏冠《とさか》も、どう処理すればいいのかわからなかった。最終的には、ブルックリンで肉の解体の仕事をしているという兄弟にマーサが頼みこんでくれて、羽根や内臓をきれいに抜きとってもらうことができたのだった。

ごくりと喉が鳴った。脈拍が異様に速くて、やけに荒い。手首の皮膚を透かして、脈打つ血管が目に見えそうなほどだ。

「――死因の特定にはさらなる検査の結果を待たなければなりませんが、検死官の話によれば、おそらく絞殺でまちがいないだろうとのことです」この悲劇を報じるのに緊迫感をにじませるのは無粋だとでも言わんばかりに、平板な声でリポーターは続けた。内に隠された感情の痕跡は眉毛にのみ残されていて、おぞましい詳細を伝えるときにだけ、それが弓形に吊りあがった。**「遺体には性的暴行を受けたらしき形跡があり……」**ひときわ長く間をとって、リポーターは続けた。**「……鈍器による傷痕が残されていました」**

襲いくるパニックのなか、記憶のリールを巻きもどして、アパートメントの住人と交わした世間話を片っ端から思いかえしていった。ジョージがジェントリーまで狩りに出かけていくことを、知っている住人はいるだろうか。たとえば、シーラはどうだろう。ひょっとしたらシーラはいまこのニュースを見て、夫にもしやと懸念を伝えているのでは？　その夫が警察に通報しようとしているのでは？

「……腕を後ろにまわした状態で、手首をコードで縛られており……された掻き傷からは、抵抗を試みたことが窺えるとの……」

ジョージが教壇に立っていたころのあだ名は〝美女と野獣〟だった。その名はそれこそ数十年まえ、ジョージ自身が学生であったころに名づけられたものだという。教師としてのジョージは、学生や職員の多くからおおむね好感を持たれていた。革表紙の古典書だの、バタークッキーだの、名入りの万年筆だのといった贈り物が、教員専用ラウンジの郵便受けに押しこまれていることもしばしばあった。人気の秘訣は、特有のドラマチックな教授法にあった。たとえば有名な逸話があって、講義でブロンテの作品を扱っていた際には、バケツ何杯ぶんもの苔《こけ》や紫色の花をつけた低木を階段教室の床にぶちまけることで、イギリスのヨークシャー州に広がるヒースの荒野を再現してみせたという。その一方で、ジョージは烈火のように激昂することでも知られていた。ときには学生を叱りつける声がお隣の物理学部にまで轟いて、講義の妨げになることもあったという。それから、ほんの些細なことで法外な罰を与えるという傾向も、ジョージにはあった。論文の典拠がひとつ抜けていたというだけで、受賞歴のある学生を停学処分にしたという逸話は、毎年欠かさず、新入生に恐怖心を植えつけていた。

「……遺体は一部が雪に埋もれており、こうして発見できたのは、鼻の利く猟犬のおかげであると……」

長年にわたって、教職員のあいだで繰りかえし語られてきた小話がある。つぶらな瞳の女子学生がお願いすれば、〝評価のアップ〟や〝マンツーマンでの指導〟がしてもらえるにちがいないなどという内容のものだったが、あくまで笑いの種として、面白おかしく語られるのがつねだった。ほかの教授たちがどうかはいざ知らず、ジョージが色仕掛けに屈したことは一度もないものと思われた。少なくとも、実際に試した人間がいるとの噂が出まわることはなかった。そもそも、なんらかの疑念をいだくに足るだけの理由がなかった。ジョージを恐れるに足るだけの理由もなかった。ジョージは年々、〝物静かで感受性の強い知識人〟然としてきている。のんびりランチを囲んだり、ときどきテニスの腕前を競いあったり、エドガーと狩りに出かけたり、会員制の高級社交クラブでスコッチと葉巻をたしなんだり、友人と楽しくすごす時間はいまだに持ちつづけているけれど、陰で背徳行為に及んでいると裏づけるものは何ひとつない。事実、連絡をとる必要が生じた場合にはいつでも、社交クラブなりレストランなりで、ジョージを見つけることができた。

そうよ、ジョージがある種の異常嗜好の持ち主で、女性を食い物にしているのであれば、その兆候なり証拠なりが、せめて噂のひとつなりがあって然るべきだわ。まえの奥さんなら、ジョージが残忍なモンスターに豹変する姿を目にしたことがあるかしら。いいえ、だとしたら、新たにミセス・マーチとなる相手に対して警告を与えるためではないにせよ、何かしら打ちあけてくれたはず。少なくとも、狂暴で危険だとわかっている男に娘のポーラを近づけはしなかったはずだわ。

そうよ、こんなの馬鹿げてる。あの憐れな娘の殺害に、ジョージが関わっているはずなんてない。リモコンの〈切〉ボタンを押すと、ブツッという小さな破裂音と共に電源が切れ、白くなった画面が小さな点にまで収縮してから、真っ黒になった。あとには、口を半開きにしてソファにすわる自分の姿だけが残された。

「やめて」とひとこと、ミセス・マーチはつぶやいた。「やめてちょうだい」と繰りかえしながら立ちあがり、こうすれば自分を守れるとでもいうように、バスローブの腰紐をきつく締めなおした。キッチンへ向かうまえに、ゲスト用のバスルームに立ち寄って手を洗った。濡れた手をタオルでぬぐいながら、鼻に皺を寄せてくんくんとにおいを嗅いだ。薬草のような松の香りがいまだに染みついているようだ。壁越しに、隣家のテレビの音声が聞こえる。あのリポーターの平板な声だわ。指のあいだがまだ湿っているのもかまわずに、ミセス・マーチはバスルームを飛びだして、扉を叩きつけるように閉めた。

調理台の上でアルミ箔をかぶされていた舌平目《したびらめ》のソテーを、食べるぶんだけ温めなおすことにした。ところが、この電子レンジとかいう代物をいくらあれこれいじくってみても、どういうわけだかぶつぶつと電源が落ちてしまう。マーサの早退を許すという慈悲深い行ないから得た自己満足がいかばかりか残されていたとしても、いまやすべてが苛立ちに置き換わっていた。

マーサはダイニングテーブルも普段どおりに整えてくれていた。ナプキンに、銀の燭台に、カトラリー。ミセス・マーチの好物である黒オリーブのパンも、きちんと薄切りにされている。キャンドル（これがないと、光の加減に物足りなさを感じてしまう）に火をつけてから、ショパンの夜想曲《ノクターン》のレコードをかけた。夕食時にはいつもこれがかかっているし、ジョージの膨大なコレクションのなかから別の一枚を探しだそうとすれば、永遠とも思えるほどの時間がかかる。

　軽やかなピアノの音色が室内を満たしているにもかかわらず（もしかしたら、だからこそ）家のなかがいつもよりひっそりと感じられた。室温に冷えたままの魚をフォークで刺して口に運ぼうとしたとき、とつぜん、若い女の笑い声が静寂を切り裂いた。酒に酔った女が目の前の道路を通りすぎていくところらしい。びっくりして落としてしまったフォークを拾いあげなら、あんなに跳びあがるほど驚くなんて馬鹿ねと自分をたしなめた。

　ダイニングルームの壁に並ぶ肖像画が、じっとこちらを睨《ね》めつけている。ひとりで食事をとるときは、いつもこうだ。そのうちの一枚には、頭にボンネットをかぶり、首にベルベットのチョーカーを巻いた中年女が描かれている。もう一枚のほうには、聖職服をまとって眼鏡をかけた男が描かれている。どちらもこちらを見つめている。ミセス・マーチもそちらを見つめかえした。

　声を発する者は、ひとりもいなかった。

17

ミセス・マーチはいつもの癖で、あれこれ想像をめぐらせはじめた。この舌平目がわたしにとって、最後の晩餐になったとしたらどうだろう。シルヴィア・ギブラーが最後に口にしたものは、なんだったのだろう。犯人が用意したものかしら。味わって食べることはできたのかしら。ひと目惚れしたドレスを着られるようになるために、ダイエットをしている最中だったとしたら？　だとしても、もうシルヴィアはそのドレスを着て、パーティーに行くことはできないんだわ。どんなにかがっかりしているでしょうね……

食事を終えると、テーブルのキャンドルを吹き消した。サイドボードの上のキャンドルを消したときには勢いあまって、赤い蠟《ろう》の飛沫を壁に吹き散らしてしまった。天井の明かりを消したあとは、必要以上に暗がりのなかにとどまるのを嫌って、足早にキッチンへ向かった。汚れた食器を流しに置こうとして、思いなおした。これ以上、ゴキブリに入りこまれてはたまらない。食洗機のドアを閉じながら、気持ちを静めるためにカモミールティーでも飲もうかと考えていたとき、とつぜん、壁付けの電話が鳴りだした。ジリジリと大音量で鳴り響く音にぎょっとなったミセス・マーチは、左手の小指をドアに挟んでしまった。

ジョージに何かあったのかしら。ずきずき痛む小指をしゃぶりながら考えた。ジョージの姿が頭に浮かぶ。メイン州のコテージのなかで、両手を血に染めて立ちつくすジョージ。その足もとには、エドガーの死体が転がっている。恐怖でおののきながら、受話器をとった。「もしもし？ ジョージ？」

「もしもし」品のいい声が返ってきた。男のものだが、ジョージではない。

「あの……どちらさまでしょう？」用心深くも朗《ほが》らかな声音《こわね》で、ミセス・マーチは男に尋ねた。もしかしたらジョージの親しい友人か、仕事上のつきあいのある方かもしれない。

「……ジョアンナ？」

そう問いかけてくる声を耳にした瞬間、稲妻が全身を貫いた。ふらつく身体を支えようと、壁に手をついた。はあはあと荒い息が聞こえてきたけれど、それが自分のものなのかどうかは、判断がつかなかった。「何をおっしゃっているの」問いかけるというよりもたしなめるように、抑揚のない声でミセス・マーチは言った。

「ジョアンナなのかい？」

「あなた、誰なの?」そう問いただす声にはいま、ありありとした恐怖がにじんでいた。くつくつと忍び笑うような声が、受話器を通して、どこか遠くから聞こえてくる。送話口をてのひらで覆うか、顔をそむけるかしているみたいな声だ。

「この番号に、二度と電話をかけてこないで。いいわね?」声にわずかなりとも威厳を持たせようと努めながら、ミセス・マーチは言った。返事をする隙も与えず、受話器を架台に叩きつけると、大きなベルの音がして、その音にも肩が跳ねた。壁から伸びている電話線をつかんで、力任せに引きぬいた。電話機なら、ほかの部屋にもある。寝室にも一台あるけれど、念のため、あそこの線を抜くのはやめておいたほうがよさそうだ。息子に何かあったときのために。あるいは夫に。あるいは——

シルヴィアが殺された場所の近くに、電話機はあったのかしら。シルヴィアの姿が、一度も会ったことのない女の姿が、頭に浮かんだ。うちによく似たアパートメントの中で、首を絞められている。すぐそばにある電話機を見つめて、助けてくれと目ですがっている。いますぐ鳴れと希《こいねが》っている。たとえ鳴ってくれたとしても、受話器をとることはできないのに。「もうやめて」ミセス・マーチは自分に言って、シャワーを浴びたあと肩に垂らしたままになっている髪の束を、後ろになでつけた。しばらく電話機を見つめてから、キッチンを出た。

玄関扉の鍵をかけてから、ノブを引いてみた。いったん鍵をはずしてから、もう一度かけ、最後にもう一度ノブを引いてみる。グラスのなかのワインを呷ったところで、キッチンからずっとグラスを持ち歩いていたことに気づいた。それを手にしたまま寝室に向かおうとしたとき、今度は、目の前に伸びた廊下の明かりがすべて消えていることに気がついた。闇に沈んだ長い廊下が、なんだか恐ろしげに見える。わたしが無意識に消してしまったのだろうか。不意に、とある記憶が蘇ってきた。ジョージが前妻とのあいだにもうけたポーラは子供のころ、この廊下をひどく怖がっていた。悪夢で目が覚めたときも、ひとりで廊下に出るのをいやがって、子供部屋から大声でジョージを呼んだ。それに苛立ったミセス・マーチはいつも主寝室から顔だけ出して、こうわめきかえしていた。「馬鹿を言うのもたいがいになさい！」あのポーラを懲らしめることのできる、またとない機会を逃す手はなかった。

小走りに廊下を進むと、古ぼけた船の甲板のように床板が軋んだ。どの部屋の前を通りすぎるときも、けっして振りかえらないように、なかをのぞかないようにと自分に言い聞かせた。誰かがそこに立っているような気がしてならなかった。

主寝室にたどりつくなり扉を閉め、もたつく手で鍵をかけた。扉にもたれかかりながら、毛羽の立ったウールのスリッパを見おろした。心臓がどくどくと脈打って、胸が苦しい。

シルヴィアもこんなふうに尾《つ》けまわされて、寝室に逃げこんだのだろうか。そこから犯人に引きずりだされていったのだろうか。悲鳴をあげながら床を掻いた指先には、無数の棘《とげ》が突き刺さったのだろうか。殺害されたあとの遺体は、捨てられたのだか埋められたのだかわからないけれど、何週間も屋外に放置されていたという。発見されたときにはきっと、蛆が湧いていたのにちがいないわ。

腕時計をはずそうと、ベッド脇の小卓に近づきながら、さらに想像をめぐらせた。シルヴィアの死体には、コヨーテやカラスなどの野生動物に噛まれたり、引っ掻かれたりした痕が残されていたのかしら。子供のころに一度、窓の外に飛んできたスズメが飼い猫に生け捕りにされる瞬間を目撃したことがある。猫は前足をすばやくひと振りしただけで、こともなげにスズメを捕らえた。地上十一階のアパートメントではなく、草深いサバンナにでもいるように、ネコ科の生き物に特有のいかにも淡々としたようすで、狩りを終えた。そのあとは、獲物を前足でしばらく弄《もてあそ》んでから、幼いミセス・マーチの見ている前で、がぶりとスズメに食らいついた。鋭い牙で羽根をむしり、肉を食いちぎった。いまもミセス・マーチには、微動だにしなくなったシルヴィアの頬に、その柔肌に、肉食獣の牙が突き立てられ、ずたずたに切り裂かれていくさまが、吹きかけられる熱い息で睫毛が揺れるさまが、ありありと目に浮かぶようだった。

気がつくと、肉に爪が食いこむほど強く、こぶしを握りしめていた。煙草でも吸って気持ちをやわらげようかとも考えたけれど、ショールでぐるぐる巻きにされているシガレットケースを取りだすのも、あとから部屋の換気をするのも、億劫《おっくう》だった。だいいち、なんのために気持ちをやわらげる必要があるというの？　そこで代わりに、顔を洗うことにした。蜘蛛の巣みたいに唇の皺に染みこんでいたワインを洗い流して、歯も磨き、フェイスクリームを顔に塗ってから、読みかけの本を手にしてベッドに入った。顔を洗ったおかげで、少し気分がすっきりした。足に擦れるシーツの感触も、フェイスクリームに含まれるジャスミンだかラベンダーだかの香りも心地いい。読書を始めてしばらく経ったとき、邪魔が入った。上階の床を踏み鳴らす靴音。上の住人がまたハイヒールを履いている。真上の部屋に誰が住んでいるのかは、まだ知らない。ハイヒールを履いている住人をロビーで見かけるたびに、声をかけてお近づきになろうかとは考える。そうやって仲よくなっておけば、そのうち何かの折にさりげなく、スリッパのすばらしさを説くことができるかもしれないから。すると、そうした物思いに応えるかのように、ひときわ音量を増した靴音が天井を通して伝わってきた。

読みかけの本をベッドに置いた。小さな文字に目を凝らしていたうえに、ワインのせいもあってか、頭痛がする。ベッドから起きだして、アスピリンを服《の》みにバスルームへ向かった。

ベッドのほうへと戻る途中、ふと何かが目にとまった。向かいの建物にある何か。窓ガラスの向こうに、赤い光が見える。一瞬、火事かと思ってはっとなった。そのあとよくよく眺めてみると、鮮紅色の薄絹をかぶせたランプが放つ、温かみのある光だった。同じ建物にあるほかの窓は、大半の明かりが落ちている。テレビの画面から発せられているとおぼしき光が、弱々しく明滅している部屋もある。

ミセス・マーチは窓に近づいて、鼻がつきそうなほどすれすれまで、ガラスに顔を寄せた。雪片がふわふわと舞い落ちていく。あの窓の前に降ってきた雪がほんの一瞬だけ、燃えあがる石炭のように赤く染まっては、また下へと落ちていく。夜の闇が朱に染まり、不気味に揺らめく。

さきほどの部屋に視線を戻した。どうやら寝室のようで、赤い布をかけたランプを残して、明かりは落とされている。何秒間か目を凝らすと、こちらに背を向けて何かに覆いかぶさっている女の姿が、うっすら見えた。女は薄桃色のシルクのスリップしか身につけておらず、乳白色の太腿がすっかりあらわになっている。ミセス・マーチはひとつ咳払いをした。盗み見を誰かに見咎められるのではないかとでもいうふうに、肩越しに後ろを振りかえってから、向かいの窓に目を戻した。あのひと、何に覆いかぶさっているのかしら？

マットレスの端か、ソファのクッションのようなものがかろうじて見てとれる。もっとよく見ようと首を伸ばしたとき、窓の上枠に額をゴッンとぶつけてしまった。すると、その音を聞きつけたわけでもあるまいに、薄桃色のスリップの女がぱっとこちらに顔を向けた。喉の奥から、思いも寄らぬ声が飛びだした。息切れと悲鳴の中間に分類されるような、拷問にかけられた人間が発するような、がらがら声。血だわ。おびただしい量の血が、女のスリップを濡らし、髪を固め、両手を赤く染めている。その手はいま窓ガラスに押しつけられて、真っ赤な手形をかたどっている。ミセス・マーチは窓からぱっと飛びのいた。背中からベッドに倒れこむと、置いてあった本が背すじに食いこんだ。肩から指先まで伝わった痺《しび》れを払おうと、ぶんぶんと両手を振りながら、ジョージの側の小卓のほうへ必死に腕を伸ばし、そこにあった電話機を引き寄せた。そろそろと窓のほうへ戻ろうとしたが、途中で電話のコードがぴんと張って、それ以上進めなくなった。

その場所に立ったまま、受話器を耳に押しあてた。いまは発信音が、警笛のように耳に障る。窓に目をやり、中庭を挟んだ向かいの建物を見渡した。赤い光が消えている。女の姿も見あたらない。

受話器を耳に押しあてたまま、女の部屋の窓に目を凝らした。独特なにおいのする汗が、首すじを伝っていく。気持ちが焦《じ》れて、胃がよじれる。その状態のまましばらく待つと、汗もとまり、呼吸の乱れもおさまってきた。

雪は雨へと変わっていた。中庭の地面を叩く雨音が騒がしい。どこか近くにある金属製の何かに雨粒があたって、やけに大きな音が響き、ミセス・マーチはぎょっとした。

向かいの窓にしっかりと視線を固定したまま、受話器を架台に戻した。窓の向こうは明かりが消えたままだというのに、いまだに赤い光が見える気がした。太陽を見たあとに目を閉じると、瞼の裏に残像が見えるときのように、闇に揺らめく人魂《ひとだま》のように、視線の先で赤い光が躍っている。

電話機を胸に抱きしめたまま、警察に通報するべきだろうかと考えた。いまになってみると、自分が目にしたものに確信が持てない。あの血も、窓越しにこちらを凝視してきた女も、血に濡れたスリップも……わたしは本当にそんなものを見たのだろうか。それと、もうひとつ問題がある。じつを言うならこちらのほうこそが、通報に踏みきれない本当の理由だ。ミセス・マーチには、あの女が……そんなことはありえないはずなのに、あの女が……あの女の顔が、自分の顔に見えた。あのとき、あの女のことを自分自身だと思ったのだ。

18

陰鬱で物悲しい夢からミセス・マーチを叩き起こしたのは、隣室で鳴り響く目覚まし時計の音と、重低音のドリルの音と、片頭痛のように一定のリズムで刻まれる、天井越しの重たげな靴音だった。

ベッドの上でのろのろと身体を起こし、くすんだ朝の光に照らされた窓に目を向けた。カーテンの隙間から、向かいの建物が見える。ひっそりと静まりかえっている。なんら動くものはない。

身体を倒して枕にもたれかかった。心臓が早鐘を打っている。ゆうべのことを思いかえすと、汗が噴きだしてきた。いや実際は、夜どおし汗をかいていたらしい。いまさら気づいたけれど、マットレスがびしょ濡れになっているみたいだ。ところが、毛布とアッパーシーツを持ちあげて、なかをのぞきこんだ途端、ミセス・マーチははっと息を呑んで、ベッドから飛び起きた。シーツに染みこんだ液体は淡い黄褐色で、シーツの中央にのみ、輪郭のはっきりした円形の染みができている。薄いクリーム色の無地のシーツがその部分だけ黒ずんで見える。ここに染みこんでいるのは、尿だわ。

「ああ、どうしよう……」ミセス・マーチは涙声で言って、自分で自分の胸を抱きしめ、前後に身体を揺らしはじめた。「どうしよう……どうしよう……どうしよう……」

最後にベッドを濡らしたのは、いつだったか。もしかしたら、キキがはじめて子供部屋にあらわれた晩のことかもしれない。あのときキキは、眉毛のない顔に不安を掻き立てるような笑みを浮かべて、この世の物とは思えない不気味な目つきで、ひと晩じゅうわたしを見つめていた。

時刻を確かめようと、ベッド脇の小卓に飛びついた。マーサがやってくるまで、あと三十分はある。このシーツの交換をマーサに頼むわけには、絶対にいかない。ワインをこぼしたと言ってみるのはどうかとも考えたけれど、その場合には、ワインをボトルごと取ってきて、上からどばどばそそがなきゃならない。ナイトガウン姿でカベルネ・ソーヴィニヨンをシーツに浴びせている自分の姿を想像すると、それだけで笑いたいような、泣きたいような気分になった。

ベッドからシーツを引き剝がし、それを腕に抱えて、廊下に通じる扉を開けた。ゆうべはこの廊下があんなにも近寄りがたく、不気味に思えてならなかったなんて、なんだか不思議に感じられる。いまは扉が開けっぱなしになっている部屋から柔らかな光が射しこんで、床板の上で交錯する光線のなかを埃の粒子が舞っている。

ミセス・マーチは小走りに廊下の端まで進んで、寝具用のクロゼットに駆け寄った。クロゼットのなかは、上半分が収納棚になっていて、下には洗濯機が据えつけられている。自宅に専用の洗濯機があるというのは本当にありがたいことだと、以前は口癖のようにジョージに話していた。おかげで、地階にある共用の洗濯室を使う必要も、街なかのコインランドリーなんかへ出かけていく必要もないのだから。とはいえそのありがたい洗濯機も、マーサが来るようになってからは、一度も操作していない。

はあはあと息を喘がせながらシーツを丸めて、洗濯槽に詰めこんだ。ナイトガウンも汚れていることを思いだし、手早く脱いで、それも一緒に押しこんだ。ついているダイヤルを片っ端からぐるぐるまわし、ボタンをあれこれ押すうちに、機械が息を吹きかえした。汗ばんだ身体をぶるぶる震わせながら寝室に戻り、バスローブに袖を通すが早いか、玄関扉の開く音がした。マーサがいつもの不愛想な声で、おはようございますと声をあげる。

心臓が大きく跳ねあがり、あばらに直撃したかのような衝撃に襲われた。ミセス・マーチはバスローブ姿のまま廊下に出るなり「あら……」とつぶやき、マーサがほぼ毎日ここで働いていることなどすっかり忘れていたとでもいうふうなようすで、「おはよう、マーサ」と挨拶した。

廊下を進みかけたマーサが不意にぴたっと足をとめると、手首にかけたオリーブ色のハンドバッグがぶらんと揺れた。「昨日、洗濯し忘れていたものでもありましたか?」マーサの目線はミセス・マーチを通り越し、ごうんごうんと音を立てる洗濯機のほうへ向けられている。寝具用クロゼットの扉をうっかり閉め忘れてしまっていたのだ。

「いいえ、そうじゃなくて……」ミセス・マーチは両手の指をぎゅっと縒りあわせた。「ちょっとシーツを洗っているの……あとでわたしのベッドに、新しいシーツをかけておいてもらえるかしら……じつはその……いいえ、理由なんて別にいいわね……単に、汚れてしまっただけなの……シーツと、ナイトガウンが……それで……」

マーサの顔つきが急にやわらぎ、すべて合点がいったと言わんばかりの表情になった。

「わかりました。あとはちゃんとやっておきますよ、ミセス・マーチ。ただ、洗濯機を冷水でまわしてくれてるといいんですけどねえ。それか、事前にホワイトビネガーで染み抜きをしておいてくれないと。血液の汚れには、あれがいちばんですからね」

その瞬間、あの女の姿が――自分と同じ顔をした女の姿が――脳裡に蘇った。血まみれのてのひら。血で汚れたナイトガウン。どうしてあのことを、マーサが知っているの?

「あたしの育った家じゃ、女が六人も住んでましてね。おかげでこういうことが、四六時中起きてましたよ。なんにも気に病むことはありません。染みならあたしがきれいに落としておきますんでね」そう言って、ぶっきらぼうに（あるいは、母性愛的な何かを示そうとしてか）うなずきかけてから、マーサはキッチンに引っこんでいった。

バスローブの前がはだけた状態で廊下にひとり取り残されてから、ようやく気づいた。マーサは、経血でシーツが汚れたと思っているんだわ。頬がかっと熱くなった。母が言うところの〝忌み物〟――つまりは月経なら、もう何カ月も周期が乱れていて、間隔が徐々に開くようになってきた。このごろでは、急に顔が火照りだしたり、乳房が痛んだりといった症状も出はじめている。ようやく月の物が来たとしても、出血は少なく、痛みも軽い。遠い昔、月経という悩みの種が人生の足枷《あしかせ》となっていたころの苦労を、思いだすのもひと苦労だ。休暇のイベントも、ひとに会う約束も、結婚式でさえ、生理の周期を考慮して予定を組まなければいけなかったこと。鎮痛剤をがぶ服みしていたこと。激痛を少しでもやわらげようと、一日じゅう下腹部に湯たんぽを押しあてていたこと。そうした苦悩も、いまとなっては懐かしいばかり。時の流れとは、こんなにも多くのものを忘却の彼方へ押し流していくものなのか。

その日はとにかく居ても立ってもいられず、寝室の窓から向かいの建物のようすをひっきりなしに窺った。こちらの存在を気取《けど》られぬようカーテンの陰に隠れては、ゆうべ目にしたものを解明するための手がかりを、どうにか見つけようとした。くだんの部屋はずっと明かりが消えたままで、窓ガラスには、こちらの建物が映しだされているばかりだった。薄桃色のスリップの女どころか、女性の姿自体がいっさい見あたらない。ミセス・マーチが目にしたかぎりでは、下層階でスーツ姿の男がひとり、非常階段の踊り場に立ったまま、アルミ箔に包んだサンドイッチを食べているのみだった。

その日は二回、電話が鳴った。一回めは無言電話だった。二回めは、電話機のところに駆けつけたときには、すでにマーサが受話器を耳にあてていた。ミセス・マーチは顔をこわばらせながら、かすれた声でマーサに訊いた。「なんなの？　何を聞かされているの？　やめて、聞かないで！」ひどい剣幕で詰め寄ると、マーサは困惑もあらわに受話器を差しだしてきた。ミセス・マーチは震える両手でそれを握りしめ、耳に押しあてた。けれども、何も聞こえない。忍び笑う声も、呼吸の音すらも。「どこの誰だか知りませんけど、もう二度とかけてこないで！」ミセス・マーチはそれだけ叫ぶと、受話器を架台に叩きつけた。マーサはやれやれと首を振って、つぶやいた。「ただの電話営業ですよ」

午後には、上階のミラー家まで、ジョナサンを迎えにいった。シーラはゆったりしたセーターに男物のスポーツソックスといういでたちで、扉を開けた。これから伺うと電話で伝えておいたというのに、「まあ、いらっしゃい！　どうぞお入りになって！」と、驚いたふうな声をあげた。

ミセス・マーチはおずおずとなかに入った。これまで一度も、ミラー家に足を踏みいれたことはない。お迎えに来たときはいつも、すでにジョナサンが玄関まで出てきていたから。

「何かお飲みにならない？　コーヒーか、お茶はどう？」シーラが訊いてきた。

「お茶をいただけると嬉しいわ」とミセス・マーチは答えた。シーラというひとは、とりたてて美人なわけではない。なのに、えも言われぬ魅力がある。高い頬骨にはそばかすが散っており、なめらかなブロンドの髪は、いつ見てもつやつや輝いている。いまは読書用の眼鏡をかけているせいで、いつもとちがう雰囲気を漂わせている。シーラはその眼鏡をはずすと、無造作な手つきでセーターの首もとに引っかけた。ちなみにミセス・マーチの場合、眼鏡はどんなタイプのものも似合ったためしがない。何をかけようと、かえって欠点が目立ってしまうのだ。

キッチンへと案内されていくあいだ、シーラの後ろ姿をしげしげと眺めた。華奢な背中や、細いウエスト。うなじを覆い隠すものは何ひとつなく、綿毛のように軽やかで、神々《こうごう》しいきらめきを放つショートカットのブロンドは、照明の光に照らされていると、まばゆすぎて直視できない。ときどき、こんなふうに感じる。わたしの身体は、世の女性たちに比べて、ひどくバランスが狂っているのでは？　わたしは太りすぎで、見苦しい。すらりと痩せたシーラとは、何ひとつ共通するものがない。

ミセス・マーチはキッチンまでの短い道のりを最大限に利用して、アパートメントの内部のようすも細大漏らさず観察し、そのすべてを記憶した。モダンで遊び心のあるモロッコふうのラグや、カモメ柄の辛子色《からし》のベルベットを張った長椅子からは、肩の力の抜けたくつろぎの空間を演出していることがはっきりと見てとれた。天井には窪みに埋めこむタイプの洒落た間接照明が設けられており、壁に取りつけるタイプの突きだし燭台や、頭上に吊りさげるタイプの電球や、フロアランプなどよりも、幻想的な雰囲気を醸しだしている。足もとに敷かれた陽気な色柄のロングカーペットのおかげか、同じ造りのはずの廊下がひときわ明るく、短く感じられる。間取りや造り自体はうちのアパートメントと変わりないはずなのに、どうしてこうもちがうのか。ミラー家のほうが遥かにモダンで、遥かにすぐれている。ここのドアマンが――特に、いつも値踏みするような目で見てくるあの日勤のドアマンが――この部屋に入ったことはあるかしら。ここで目にしたものを、うちの部屋と比較したことはあるかしら。

「キッチンを移動なさったの？」キッチンに足を踏みいれながら、ミセス・マーチはシーラに訊いた。マーチ家ではキッチンが玄関近くにあるのだが、ミラー家では、廊下をもっと進んだ先の、廊下を挟んだ反対側——ジョージの書斎にあたる場所——に位置していたのだ。

「ええ、そうなの。居間をもっと広くしたかったものだから、キッチンの壁をぶちぬいて、ひとつの空間にしたのよ。おかげで、陽当たりがとってもよくなったわ」

ミセス・マーチは唇をぎゅっと引き結び、ぎこちなく椅子に腰をおろした。どうぞと勧められたのはアイランドキッチンの一角に据えられた丈の高いスツールで、そこにすわると、スカートがずりあがって太腿がのぞいてしまう。シーラは赤いマニキュアを塗った細い指で薬缶《やかん》をつかみ、それを火にかけた。シーラの爪のマニキュアは、つねに塗りたてのように見える。気どりがなく、ざっくばらんなイメージからすると、爪の手入れも自分でやっていそうなものだけれど、それにしては仕上がりが完璧すぎる。できることなら、ネイルサロンで毎回数百ドルを叩《はた》いているのであってほしかった。そんな思案をひとりめぐらせているうちに、シーラが食器棚からティーカップをふたつ取りだしてきた。デザインはそれぞれ異なるのに、不思議と統一感がある。もともとはセットになっているものの一部であるのにちがいない。

「ミルクは?」シーラが訊いてきた。

「ええ、お願い」とミセス・マーチは答えた。

シーラが冷蔵庫を開けると、ガラスや陶器がかすかに触れあう音が聞こえた。庫内には、丁寧にラベルを貼られた保存容器が整然と並べられている。こんなにも効率的かつ芸術的に収納された冷蔵庫は、いまだかつて目にしたこともない。シーラは牛乳パックを取りだしてからドアを閉めると、中身をミルクピッチャーに移しもせずに、パックのままミセス・マーチの前にとんと置いた(このパックは艶やかな天板の上に最後まで置かれたまま、ずっと汗をかきつづけることとなる)。

乾燥した茶葉を入れたティーカップにシーラが薬缶の湯をそそぐと、球根のような形をした茶葉がふわりと広がって、花が咲いた。ミセス・マーチが驚きに目を見張り、ぐっと顔を近づけると、それに気づいたシーラがにっこりと微笑んで言った。「中国のもので、花茶というの。きれいでしょう? 先月、北京に旅行したときに買ったものなの」

「ええ、とってもきれい。でも、北京までだと、移動時間がずいぶんかかるでしょう? アレックは機内でどうしていたの?」

「アレックは連れていかなかったから。ボブとわたしだけで行ったの」

「そうだったの」ミセス・マーチは内心、辟易とした。ミラー夫妻にとっては、一緒に暮らしているというだけでは充分でないらしい。結婚してから少なくとも十年は経っているだろうに、いまだに、夫婦水入らずで世界中を飛びまわらなければ気が済まないなんて……そうは思いつつも、「それは素敵ね」と無難に感想を述べるにとどめた。

「とてもいい旅だったわ。泊まっていたホテルの隣にある、こぢんまりとした可愛らしいお店で売っていたの。この茶葉はね、ひと目見るなり、買わずにはいられなくって」

「でしょうね」と応じる声には、わずかながらも辛辣《しんらつ》な響きがにじんだ。脳みそをフル稼働してはみたけれど、ボブ・ミラーの職業がなんであったかは思いだせなかった。とりあえず、中国に旅行できる程度の稼ぎはあるわけね。

しばらくは沈黙のなか、ふたりで熱い茶を飲んだ。ティーカップに視線を落とし、しだいに花弁を広げていく花を眺めていると、だんだん、小さく縮こまっていた太っちょの蜘蛛が脚を広げようとしているみたいに見えてきた。外気に触れて浮かんだ水滴が、牛乳パックの表面を伝って、テーブルの天板に垂れていく。するとそのとき唐突に、シーラが着ていたセーターを脱ぎだした。いまから目にするもののことを思うと、我知らず頬が引き攣った。シーラの鎖骨は見るからに美しい曲線を描いている。両腕をあげると、Tシャツ越しでも、肋骨のでっぱりが見てとれる。ほっそりとした腕には、ほどよく筋肉がついている。ミセス・マーチは椅子にすわったまま、もぞもぞと身じろぎをした。少しめくりあげてあった袖を、無意識に手首までおろしていた。これ以上の沈黙に耐えられなくなり、自分から口を開いて、こう言った。「お宅のインテリアは、あなたが整えたのでしょう？　とっても素敵ね」

シーラがにっこり微笑むと、わずかに欠けた前歯がのぞいた。「お褒めにあずかり光栄だわ。だけど、わたしたちが越してくるまえの状態も、ぜひ見ていただきたかったわね。それはもうひどいありさまだったのよ。まえに住んでたっていう老婦人ときたら、原始時代からここで暮らしていたんじゃないかしら。最後のほうは、ほとんど外出もなさらなかったみたいだし」

「ここで亡くなったの？」

「いいえ、まさか。そういうわけじゃないわ。ただ、だとしてもおかしくないようなにおいはしていたわね。クロゼットを開けるのがためらわれるような……」

「何か見つけたの？　たとえば虫とか」お茶を口に運びながら、期待を込めてシーラに尋ねた。

「どうかしら。なかを確かめもせずに、クロゼットごと処分してしまったの。でも、おかげでせいせいしたわ。代わりに、モダンなしつらえの衣裳部屋も造れたし。マツ材を使って」

期待はずれな返答に、ミセス・マーチは目をすがめた。

「だけど、そうね、虫は一匹も見かけたことがないわ」最後に付け加えながら、シーラは軽く爪を噛んだ。なのに、赤いマニキュアはこれっぽっちも欠けていない。それがミセス・マーチには、不可解でもあり、腹立たしくもあった。

「幸いなことに、この建物にはゴキブリが棲みついていないみたいね」と、ミセス・マーチは鎌をかけてみた。

「ええ、その点は本当に助かったわ」とシーラは答えた。「もし一匹でも見かけようものなら、心臓がとまってしまうかも。心底、虫が苦手なんだもの」

「それじゃ、ただの一匹も見かけたことがないのね？」

「ええ、ありがたいことに」それから出しぬけに、シーラは顔をしかめた。「ううん、待って。もしかしたら……わたしがきれい好きなおかげかも」そう言って笑うと、開いた唇の隙間から、わずかにふちの欠けた前歯と、乳首みたいなピンク色のガムがのぞいた。ミセス・マーチもシーラに合わせて、ヒステリー発作を思わせる甲高い笑い声をあげてみせた。

「ああ、いけない！　ついうっかりしていたわ。うちのなかをまだご案内していなかったわよね。もしよかったら、いまからでもごらんにならない？」

「ありがとう。でも、今日は遠慮させていただくわ。済ませなきゃいけない用事がいくつもあるの。ごめんなさいね」ミラー家自慢の品々をこれ以上見せつけられるだなんて、想像するだけでも耐えがたい。

「そんな、気になさらないで」とシーラは言って、ふたりぶんのティーカップを流しに置いた。ミセス・マーチもスカートの裾に気をつけながらスツールをおりると、シーラのあとを追ってキッチンを出た。シーラは廊下に出るなり、声を張りあげた。「アレック！　ジョナサン！　お母さまがお迎えにいらしたわよ！」

廊下の端の扉が開いて、そこからふたりが飛びだしてきた。ミセス・マーチはハンドバッグの革の持ち手に爪を食いこませながら、入念に練習を重ねてきたとっておきの笑みを浮かべた。「それじゃ、お茶をごちそうさま、シーラ。とってもおいしかったわ」

ミセス・マーチが手を取ると、ジョナサンは腕をよじってその手を引っこめた。人前で（だけでなく、いかなるときも）手をつながれるのをいやがるのだ。玄関から駆けだしていくジョナサンを追って、ミセス・マーチも外廊下に出た。エレベーターまで歩いていくあいだずっと、シーラの視線を後頭部に感じていた。

19

その晩は、家じゅうの扉という扉、窓という窓に鍵をかけてまわった。バスルームの天井近くに設けられた小さな窓にまで施錠してみたものの、そんなところから入ってこられる人間など誰ひとりいるはずもなかった。ひとが通れる大きさでないのはもちろんのこと、バスルームの開口部は建物の正面側に位置しているうえに、パイプやでっぱりのたぐいも手の届く範囲にはないのだから。

それから、ふとした瞬間に猛烈な衝動に駆られて、子供部屋の扉を出しぬけに押し開けてみると、小さな子供が壁のほうを向いて、床にすわりこんでいた。とっさに駆け寄りながら名前を呼ぼうとしたけれど、喉から絞りだされてきたのはひどくしゃがれた、声にならない声だけだった。両肩をつかんで振り向かせてみると、そこにいるのは、たしかにジョナサンだった。つんと顎をあげ、こちらを見あげているのは、どこか悲しげなジョナサンだった。「ちょっとひと休みしてるだけ」と、ジョナサンはひとこと言った。ミセス・

マーチはそのあとも、夕食のまえとジョナサンの就寝後に、息子の無事をこっそり確認せずにはいられなかった。

　その晩も、翌朝になっても、母と子どちらの身にも、災いは降りかからなかった。それでもミセス・マーチはその日一日、もしもの時に備えつづけた。何げないふうを装いながらも、背すじや首のこわばりからは、神経を極限まで張りつめさせていることが見てとれた。

　居間のソファにすわって雑誌を読もうとしてみても、ピンクのマスカラを塗ったり、そばかすをわざわざ描き足したりと、風変わりな化粧をしたモデルのページを開いたまま、〈ティファニーのピンクダイヤモンド・ティアラをつけたカタリーナ〉というキャプションを何度も繰りかえし眺めるばかりで、意識はしきりに窓のほうへ吸い寄せられてしまう。ただし、居間の窓からも向かいに建つ建物を望むことができるとはいえ、距離が開きすぎているため、なかのようすまで窺い知ることはできなかった。

　浮かぬ顔で雑誌のページをぱらぱらめくるたびに、口をあんぐり、目をぱっちりと開け、ありえない体勢でポーズをとる人気モデルたちが、あらわれては消えていく。やがて、クリスマスプレゼントみたいな服装をさせられたモデルが目に入った瞬間、唐突にあることを思いだして、ミセス・マーチはちょっとしたパニックに陥った。なんとも恐ろしいことに、クリスマスのための買いだしをすっかり失念していたのだ。家のなかの飾りつけも、ツリーのほかは何ひとつしていない。ジョージの出版記念パーティーが終わるまでは抑えようと、心に決めていたからだ。今年のクリスマスイブは家族をディナーに招いており、姉夫婦とやもめ暮らしの義母から、出席との返事が届いている（クリスマス休暇は異国のどこかですごすのをつねとしているため、ポーラは来ない。今年も美男美女揃いのお仲間と、どんちゃん騒ぎを繰りひろげるのだろう）。こんなだいじなことを、どうして忘れていられたのだろう。

両手の指を縒りあわせながら、いますぐ百貨店に出かけようと決心した。ジョナサンをサンタクロースの列に並ばせておいて、その間に買い物を済ませてしまおう。これまでは毎年かならず、クリスマスがみんなにとって忘れがたく、特別なイベントとなるように、全力を尽くしてきた。リンゴや松ぼっくりをあしらった大きなオブジェをテーブルの中央に飾ったり、相手がいまいちばん欲しがっているものをプレゼントに用意したりしてきた。金箔をあしらった蔵書票を夫に贈ったのは、子供のころに欲しかったけれど贅沢品だと一蹴されて親に買ってもらえなかったという話を、何かの折に聞かされたことがあったからだった。万年筆を贈った際には、夫が好きなメーカーのなかから洒落たデザインのものを選んで、デビュー作の刊行日を彫ってもらった。いずれの場合も、悩みに悩んだからこそ思いつくことのできた贈り物だ。でも今年にかぎっては、頭を悩ませている時間はない。心身ともにくたびれ果てているし、頭もくらくらとして働かない。

ただちに百貨店へ向かわなければ、何か恐ろしいことが起きる——そんな確信めいた予感が、むっとする腐敗臭のようにあたりに立ちこめだしている。ミセス・マーチは大慌てで子供部屋に駆けこんだ。ジョナサンはそのときしていたこと——とにかく、何かしらのこと——を邪魔されたせいか、ぐっとすがめた非難がましい目を向けてきたけれど、そんなことにかまってはいられない。ミセス・マーチは息子を急《せ》き立てるようにして、ほどなく自宅をあとにした。

通りに出ると、救世軍が寄付を募って鳴らす鐘の音が、四方八方から聞こえてきた。五番街では、各店舗のショーウィンドウにクリスマスに向けたディスプレーがなされていて、あちこちに人だかりができている。毛皮やベルベットを身にまとったのっぺらぼうのマネキンが、雪景色の背景幕の前やクリスマスをテーマにしたミニチュア模型のなかに立って、小粋なポーズをつくっている。とある店では、切れかけた電球が青白い光をちらちらと揺らめかせるさまが、迫りくる嵐を思わせた。オーガンジーのドレスと鍔広《つばびろ》の帽子をかぶったマネキンがそのなかに凜と立っていた。

ジョナサンを連れて慌ただしくタクシーをおりたとき、白いミンクのけばけばしいコートを着た少女と危うくぶつかりかけた。少女は髪を左右のお団子に結っており、ラブラドール・レトリバーの子犬を散歩させていた。子犬が引き紐を嚙んだまま、ぐいぐいと引っぱっているようすからすると、子犬のほうが少女を散歩させているのかもしれない。その証拠に、革表紙のスケジュール帳と睨めっこをしている母親が、何歩かあとをついてきている。横断歩道を挟んだ先には、ずんぐりとした身体つきの薄汚れた男が立っている。ずたぼろのコートに、指先のない手袋といういでたちで、道行く人々に金をせびっている。

「ママ、あのひとにお金をあげてもいい？」ジョナサンに問いかけられて、ミセス・マーチははっとなり、パニックに衝き動かされていた足をとめた。

「まあ、ジョナサンったら」とだけ、ミセス・マーチは答えた。場合によってはこれだけで、こちらの意向が伝わることもある。

ホームレスのそばを通りすぎるとき、ジョナサンはぐるっと首をめぐらせて、しげしげと男を眺めてから訊いてきた。「どうしてもだめ？」

「ええ、いまは……小銭がないの」

ミセス・マーチにはいつだったか、ホームレスの老女に道端で声をかけられたことがある。老女は靴下にサンダルを履いていて、何度も折りたたまれたみたいな皺くちゃの顔をしていた。鼻のまわりには白い粉のようなものが吹いていて、あばたまみれの頰は舞台用の頬紅を塗りたくったような赤みを帯びていた。老女に呼びとめられたミセス・マーチは、余分な小銭を持ちあわせていないのだと、正直に打ちあけた。老女を無視することもできたけれど、当時のミセス・マーチは情に厚い人間であることを自負していた。大学の入学志願書の長所の欄にも、そう書いたくらいだった。

するると、老女はこう返してきた。「金なんて要らないよ。だけど、薬が必要なんだ。薬さえありゃあいい。金なんてくれなくていいから、薬を買っとくれよ」

近くの薬局で、自分が言うとおりの薬を買ってくれればいい、薬局はすぐそこの角を曲がったところにあるからと、老女は言った。そのときは買い物を終えて、家に帰る途中だった。買い物袋はずっしりと重たかったけれど、ミセス・マーチはわかったと答えた。断る口実は何もなかった。これだけ会話を重ねてしまうと、ある種の暗黙の合意がすでに結ばれつつあって、いまさらそれを反故《ほご》にするとは言いだせなかった。薬局の薬剤師は、近づいてくる気配に気づいて顔をあげるなり、眉をひそめた。目線は、ミセス・マーチの後ろによたよたと続く、ホームレスの老女に向けられていた。老女は盛大に鼻をすすりながら、ぼってりとしたサンダルを引きずるようにして歩いていた。

「薬の名前は?」と、ミセス・マーチは老女に訊いた。

老女が名前を口にすると、薬剤師はミセス・マーチをじろりと睨みつけてから小箱を取りだし、それをカウンターに置いて言った。「十九ドル五十セントよ」ミセス・マーチはごくりと唾を呑んだ。十九ドル五十セントといったら、思いつきで寄付するにしては相当な額だ。だいいち、この箱に入っているのは、いったいなんの薬なの？　カウンターの上に置かれた小箱を眺めてみても、そこからわかることはなかった。わかっているのは、いいように操られたのだということだけ。いまこの瞬間に考えを改めて、支払いを拒むことはできる。でも、そんなことをすれば、きっと老女が大騒ぎをする。ミセス・マーチはぎゅっと奥歯を嚙みしめたまま、クレジットカードで代金を支払い、小箱の入った紙袋をつかみとった。それをこぶしに握りしめたまま出口に向かい、店を出てから、老女に手渡した。ただし、手を離すまえに、ほんの少し焦らしてやった。老女は紙袋の行方を、目のみならず全身全霊で追っていた。このとき両者のあいだでは、力関係の逆転が起きていた。いま優位に立っているのは、ミセス・マーチのほうだった。まわりにはわからないようにちょっとした意地悪をすることで、老女を懲らしめてやるつもりだった。薬剤師の注意がまだこちらに向けられているのであれば、実権を握っているのは自分のほうなのだと示したかった。あの薬の代金はみずから望んで支払ったのだと、この薬はこちらのタイミングで引き渡せるのだと、示したかった。

次に同じようなことがあったら、どうすべきかは決めていた。数週間後、（切断されていないほうの）片手に紙コップを握りしめたホームレスの男が近づいてくると、ミセス・マーチはこう告げた。「ごめんなさい。今日はうちの母が父を撃ち殺したから、それどころじゃないんです」

男は目をすがめて「へ？」とつぶやいた。ミセス・マーチが肩をすくめると、男はくるっときびすを返し、ぶつぶつ独りごとを言いながら離れていった。あとを追ってくるのではないかと案ずるかのように、横目で何度もこちらを見やっていた。

そしてこの日、ミセス・マーチはジョナサンを連れて百貨店の入口へ向かいながら、通りの反対側に立つホームレスの男をこっそりと盗み見た。男がこちらに顔を向けてにやりと笑うと、二本だけ残されている黒ずんだ前歯がのぞいた。ミセス・マーチはジョナサンの手をしっかりとつかんで引っぱりながら、ずんずんと足を速めた。

ジョナサンの手を強く握りなおしてから、百貨店に踏みこんだ。泣き叫ぶ子供たちや、髪を振り乱した販売員たちや、商品を手当たりしだいに買い物かごに放りこんでいく女性たちから成る混沌《こんとん》の世界では、各所に設置されたスピーカーから、甲高い声が軽快に歌うクリスマスキャロルの合唱が鳴り響いている。売り場の片隅に立つ女の頰には、マスカラの流れ落ちた跡がすじ状に残っている。何を泣いているのかと思ったら、単に大汗をかいただけのようだ。

香水売り場のディスプレーを破壊しているティーンエイジャーを制止しようと、警備員が脇を駆けぬけていったちょうどそのとき、とつぜん、あいているほうの手を誰かにつかまれた。馴染みのない肌の感触に、一瞬で背すじが凍りついた。ぱっとそちらに目をやると、小さな女の子がその手にしがみついている。少女は大きく息を弾ませながら、顔をあげた。そこにいるのが母親ではないことに気づくと、針にでも刺されたかのように、触ってきたのはミセス・マーチのほうだとでもいうふうに、つないでいた手を振り払い、〝知らないひと〟から後ずさりして、いきなりわっと泣きだした。

ミセス・マーチはジョナサンの手をぐいぐい引いて、磨きあげられた大理石の床から成る迷宮のなかを突き進んだ。ジュエリーや、革手袋や、カシミアのスカーフを展示したガラスケースを迂回し、色とりどりのキャンディーみたいに陳列された口紅のコーナーをまわりこんだ先に、それが見えた。〈サンタさんに会おう〉という看板の下に押し寄せたおびただしい数の母親と子供が、ジグザグに張られたロープに沿って、順番待ちの列をつくっている。その人垣の奥に、気持ちが折れそうになるほどの遠くに、木製の椅子にすわったサンタの姿が見える。泣きわめく子供を膝に乗せて、カメラに笑顔を向けている。

ミセス・マーチも、列の最後尾に並んだ。つま先立ちになって、手近に並ぶ母親たちをざっと見渡してから、すぐ後ろに並んでいる母親——毛皮のコートと真珠のアクセサリーを身につけた母親——に顔を向けた。

「たいへん申しわけありませんが……」人間にできうるかぎりのにこやかな笑みを浮かべながら、ミセス・マーチは話しだした。「……少しのあいだ、うちの子を見ていていただけないかしら……」いったい何を言っているのかとばかりに、母親は眉を吊りあげた。少しでも親近感を与えようと声をひそめつつ、ミセス・マーチは矢継ぎ早に言葉をつないだ。「ほんの数分……本当に、数分でいいんです。ちょっと列を抜けて、プレゼントを買ってきたくて……息子を連れていったら、ほら、秘密がバレてしまいますでしょう?」そう言って片目をつぶってみせた瞬間、マスカラが流れ落ちていくのを感じた。

母親は訝《いぶか》しむような表情で、毛皮のコートの襟を立てた。ミセス・マーチもそれを受けて、自分のコートの襟を立てた。「きっかり何分後にお戻りになる?」さも迷惑そうに母親が訊いてきた。ミセス・マーチはその反応を、見込みありと受けとめた。頭っから拒絶されてはいないということだ。長くはかからないからと念押ししながら、ミセス・マーチはそそくさとエレベーターに向かった。

階上のフロアでは、最高級品のみを集めた売り場でさえもが混雑をきわめていた。その輪に加わった瞬間に、ミセス・マーチもまた、パニックと極度の興奮が入りまじった精神状態へと引きずりこまれてしまった。何十という手が身体をかすめたり、小突いたりしていく。スピーカーから流れる陽気なクリスマスソングが、ただの騒音に聞こえてくる。煌々と照りつける光に目がくらむなか、ミセス・マーチは手っ取り早く、ジョージのために銀製のネクタイピンを、ジョナサンのために列車や線路がセットになった玩具をつかみとった。

それから最後に数分かけて、室内を飾りつけするための材料も選んだ。シナモンスティックの束。スライスしたオレンジを乾燥させたもの。金色のスプレーで着色された松ぼっくり。本物のマツの枝を使って、タータンチェックのリボンをあしらったリース。出遅れたとはいえいまからでも、クリスマスを美しく演出することは可能かもしれない。

支払いを済ませてから、プレゼント用に包装された商品をサービスカウンターで受けとるまでに、しばらく時間がかかった。腕時計を確かめると、ジョナサンを階下に残してきてからすでに四十分が経過していた。大急ぎでエレベーターまで走りはしたものの、一台だけやってきたエレベーターに乗りこもうと押しあいへしあいしている人波をひと目見るなり、階段に向かうべきだとわかった。大きくふくれた重たい紙袋を両方の手首にぶらさげたまま、方向転換をしようと後ずさりした途端に、背中から誰かにぶつかってしまった。慌てて謝ろうと振りかえった瞬間、そこに見えたのは、顔を突きあわせて立っていたのは、あろうことか、あの窓の向こうにいた薄桃色のスリップの女だった。女の表情は、こちらと同じくらいに怯えて見えた。大きく見開いた目には、恐怖の色がありありと浮かんでいた。自分が姿見の前に立っていることに気づいたのは、しばらく経ってからのことだった。ミセス・マーチは大きく深呼吸をしながら、鏡を見つめた。そこに映る像がまばたきをすることも、歩きだすこともないとわかると、ようやく覚悟を決めたようにきびすを返し、階段に向かって歩きだした。

一階にはぎりぎりのタイミングで戻ってくることができた。ミセス・マーチは人垣を掻き分けて進んだ。サンタの膝をおりたところで声をかけると、ジョナサンはいつものように、覇気のない冷ややかな態度でそれに応えた。ありがとうございましたとお礼を言うと、サンタは付け髭に覆われた口もとをゆるめて、こちらを見あげた。

「こちらこそ！　よく会いにきてくれたのう！　坊やとは愉快なひとときをすごさせてもらったぞ。なあ、坊や？」サンタがそう言って笑いかけても、ジョナサンはすでにうわの空で、何ごとかを考えこんでいるようすだった。すると、サンタはミセス・マーチに顔を戻し、にやりと笑って、こう言った。「なかなかたいした息子さんをお持ちだのう、ジョアンナ？」

ミセス・マーチはじっとサンタを見すえて訊いた。「……いま、なんておっしゃったの？」

「たいした息子さんをお持ちだと言ったんじゃが？」

ミセス・マーチは食いいるようにサンタを見つめた。サンタも目線を逸らすことなく、なおも笑みをたたえたまま、「ほう！　ほう！　ほう！」と笑い声をあげた。

ミセス・マーチは写真を受けとるのも忘れて、ジョナサンの腕をつかんだ。あまりにも強くつかみすぎたせいで、ジョナサンが痛いよと泣き声を漏らした。ミセス・マーチも子供のころ、よく母親に腕をつかまれた。ギリシャ神話に登場する半人半鳥の怪物みたいに鋭く尖った爪が食いこんで、本当に痛かった。なのにいまは、自分も息子に同じことをしている。あたりには、子供のようすを見守る母親たちがひしめいている。唇に塗りたくった口紅が照り輝き、イヤリングがきらめいている。化学薬品で作られたヘアスプレーのにおいが、喉の奥を刺激する。ジョナサンを見ていてくれるようお願いした真珠のアクセサリーの女性に会釈《えしやく》をすると、あちらも、にこりともせずに会釈を返してきた。女性の連れていた幼い坊やはサンタの膝に乗るのをいやがって、腕を振りまわしながら奇声をあげ、鼻から鼻水を垂らしている。

ミセス・マーチはジョナサンの腕をつかんだまま、買い物袋の重みに足を引きずるようにして、百貨店をあとにした。通りに立って、真冬の冷気を深々と吸いこむと、張り手でも食らったみたいに意識がしゃんとした。次にやってきたタクシーをとめ、崩れ落ちるように後部座席に乗りこんだ。

20

荷物をお部屋まで運びましょうとのドアマンの申し出を、ミセス・マーチは断った。クリスマスのための買いだしにしては、しみったれていると思われるのがいやだった。かといって、無駄遣いが過ぎると思われるのも――堕落した物質主義者の証だと思われるのも――いやだった。なのに、断ったら断ったで、高慢なやつだと思われるのではないかと不安になった。それどころか、不信感のあらわれだなんて受けとめられたら、いっそう心象が悪くなるかもしれない。

買い物袋の重みで、手首に真っ赤な縞模様をつくりながら玄関を抜けると、目の前にジョージが立っていた。

ミセス・マーチはその場でぴたりと足をとめた。「あら。帰ってらしたの」

続いてなかに入ってきたジョナサンは、父親のハグにおざなりに応えると、まっすぐ子供部屋に駆けこんでいった。その後ろ姿を目で追うジョージは笑みをたたえているけれど、服装はずいぶんと乱れていた。シャツの裾は出しっぱなしになっているし、髪もくしゃくしゃにもつれている。旅を早めに切りあげたのも、いったいどういうわけなのか。「いやはや、時間の無駄だったよ」シャツの袖口で眼鏡をぬぐいながら、ジョージは言った。「向こうに着くのが遅すぎたんだな。獲物の一匹も見あたらなかった。それにしたって、キジの一羽も獲れないとはな」

「残念だったわね」

「今シーズンは、どうやらどこも不猟のようだ」

「きっと来年は大猟になるわよ」買い物袋を手首にさげたまま、ミセス・マーチは言った。

「そうだな」

「あのことはお聞きになった？」夫の目をまっすぐ見すえて、ミセス・マーチは切りだした。「行方不明になっていた女性のこと」

なんらかの反応があるものと思っていた。たじろぐなり、笑みを凍りつかせるなり、ぎらぎらした目でにたりと笑ってみせるなり、洗いざらいをぶちまけだすなり、とにかく何かしらの反応があって然るべきだと思いこんでいた。ところが、ジョージはまばたきのひとつもすることなく、こう答えた。ああ、もちろんだとも。そこらじゅうでビラが配られていたからな。警察の職務質問を受けないことには、給油もできないようなありさまだったよ。

「あなたも……警察に話を訊かれたの？」

「そりゃあ、まあ、全員に訊いてまわっていたからな」

「それで、警察に何を話したの？」

「何を話したかだって？　そんなのわかりきってるだろう。もちろん、何も知らないと話したさ。ここには狩りに来ただけだとね」

ジョージはいつもと変わらぬ毅然としたまなざしでこちらを見すえたまま、行く手をふさいでいる。その瞬間、ある考えが脳裡をよぎった。ひょっとしてこのひとは、わざとこうしているのでは？　やんわり脅しをかけようとしているのでは？　自分の話を信じろと、このひとの目は訴えている。さもなくば承知しないぞ、と。ミセス・マーチはごくりと唾を呑んで、買い物袋を床におろした。この光景を傍《はた》から見たら、さぞや間抜けに感じることだろう。両手をポケットに突っこんで、妻の前に立ちはだかる夫と、コートも帽子も身につけたままで荷物を足もとに置いて、玄関にぼんやりとたたずむ妻。本来ならとっくに夫の脇をすりぬけて、会話を交わしながら廊下を進み、荷物を寝室に運びこんでいるはずなのに。本当はそうしたいのに、実行しようと思えば思うほど、自然にできる気がしなくなってくる。まるで、動かし方を忘れた筋肉みたい。

やがて、不自然に思えるほどの長い間を置いて、ジョージがようやくこう切りだした。

「さてと。ぼくはシャワーを浴びるとしよう。長旅の垢《あか》を落とさないとな」

ミセス・マーチがうなずきを返すと、ジョージはほんのかすかな笑みを浮かべて、もうしばらく目を見あわせてから、寝室に引きあげていった。

ミセス・マーチはそのあとも玄関に立ちつくしたまま、新たに芽生えた感情の正体を探ろうとした。それを心の奥底へ葬り去ろうとした。ところがそのとき壁のなかから、うら悲しい泣き声のような音が響きだして、ミセス・マーチは肩を跳ねあげた。最近はシャワーのコックをひねるたびに、この音が——水道管が軋むような、小刻みに震える鋭い音が——鳴りはじめる。

すると今度は、すぐ左手にぬっと人影があらわれて、ミセス・マーチはきゃっと跳びあがった。「ああ、驚いた。マーサだったの」

マーサは布巾で手をぬぐいながらキッチンから出てくると、ミセス・マーチの足もとに視線を落とした。「その袋、運びましょうか？」

「ええ、お願い。ひとまず、居間の物入れにしまっておいてもらえるかしら。助かるわ」

マーサが買い物袋をさげて廊下を進みはじめると、ミセス・マーチもそろそろとあとに続いた。書斎の前を通りすぎるとき、開いた扉の向こうに目をやった。中国ふうの風景をモチーフにした暗赤色の壁紙が、光という光を呑みこんでいる。ソファの上には、錠を解いた小型のスーツケースが載せられている。

ジョージの書斎にいるところをマーサに見られると、いつも気まずい空気になる。ミセス・マーチがそこに立ちいるべきでないということをマーサが知っていて、適宜にパトロールを行なっているのではないかと思えることもある。だから、マーサがキッチンに戻るのを待って――フライパンがコンロに当たる音や、食器が触れあう音が聞こえることを確認してから――ミセス・マーチは書斎に足を踏みいれた。

おずおずとスーツケースに近づき、震える指で蓋をあげた。だけど、わたしはいったい何を探しているのだろう。夫が強姦魔であり、殺人鬼であることを示す、確固たる証拠？馬鹿ばかしい。それとも、夫が犯行現場に戻って、証拠を隠滅してきたことを示す何か？やめてちょうだい。とにかく、これだというものに行きあたれば、きっと何かしらぴんと来るはず。そう考えると、覚悟が決まった。まずはスーツケースの内張りをてのひらでなでてみる。ひょっとしたら、なかに何かが差しこまれているかもしれないと思ったのだけれど、どこにもふくらんだ箇所はなく、布地と革をつなぐ縫い目もしっかりしていて、いくら引っぱろうとしても、ほつれてくる箇所はない。そこで今度は、なかにおさめられている品々をざっと調べていくことにした。マフラー、手袋、靴下、洗面用具が数点、眼鏡拭き。するとそのとき、一枚のシャツが目にとまった。何か汚れがついている。袖のところを持ってシャツを取りだし、光のもとでよくよく眺めた。赤褐色の染みになった箇所を爪でかりかりと掻いてもみた。ワインかしら。それとも、動物の血かもしれない。だけど、今回は一匹も獲れなかったと、ジョージ自身が言っていたじゃない。キジの一羽も獲れなかったと。

机のところまで歩いていって、天板の上をあちこち掻きまわしていった。不審なものも、おかしな場所に置かれているものも、何ひとつ見あたらない。あらゆるものがあるべき場所に雑然と配置されている。前回ここで盗み読みをした例のノートを拾いあげて、シルヴィア・ギブラーに関する新聞記事の切りぬきを探した。ところが、いくらページをめくってみても、それがどこにも見あたらない。背をつまんで下向きに揺すってもみたけれど、はらはらと舞い落ちてくる紙片はない。ノートに書かれている内容をちょこちょこ拾い読みしてみた。とりとめも脈絡もなく綴られた、注釈のようなもの。次回作の構想やフレーズをメモしたもののようだ。次に引出しを開けて、なかを掻き分けていく。ペン、封筒、ばらばらに放りこまれたペーパークリップ、小箱入りのホッチキスの芯。

「何か探し物でも？」

あまりの驚きに、はっと小さな声が漏れた。腰を折って引出しをのぞきこんだ体勢のまま、ミセス・マーチは顔をあげた。ジョージが腕を組んだ姿勢で、入口のところに立っている。シャワーを浴びた髪が、なおも濡れそぼっている。水なのか、汗なのか、ひと粒の雫《しずく》が垂れ落ちもせず、こめかみにぽつんとついている。

「あの、わたし……」ミセス・マーチは引出しに視線を戻し、ホッチキスの芯の小箱をつかみとった。「ジョナサンの宿題に、ホッチキスが必要なんですって。ただ、芯ならここにいくらでもあるのに、どこにもホッチキスが見あたらなくて……わたしには一生かけても見つけられそうにないわ……」

ジョージがこちらに向かってくる。こめかみの雫はまだ同じ場所で持ちこたえている。ジョージが机に手を伸ばしつつ、触れあわんばかりに身体を近づけてきたとき、ミセス・マーチは全身にかすかな震えが走るのを感じた。ホッチキスはすぐそこに――ひと目で見てとれるところにあった。天板の隅に積まれた本の山の上に、ちょこんと載っていた。ジョージからそれを手渡されたあとも、ミセス・マーチはその場を離れようとしなかった。ジョージもその場を離れようとしなかった。互いに何かを言いたがっているような、気まずい空気が流れるなか、しばらく目を見つめあった。先に口を開いたのはミセス・マーチのほうだった。「そうだわ、いけない、うっかりしてた……ジョナサンが飲む牛乳を買いにいかなくちゃ」

ジョージは軽く首をかしげた。「マーサに頼んだらどうだ？」

「いいえ、大丈夫。マーサには、いろいろアイロンをかけてもらわなきゃいけないから」

「しかし、いま帰ってきたばかりだろうに」

「いやあね、わたしったら忘れっぽくて」

ミセス・マーチはそのまま玄関まで歩いていって、小さなクロゼットを開けた。コートと帽子を探そうとしてようやく、まだ身につけたままだと思いだした。クロゼットを閉めて、玄関扉を開け、外に出て扉を閉じた。エレベーターまでは後ろ向きに歩いて、いま出たばかりの扉を目の端におさめつづけた。もしかしたら、ジョージがのぞき穴からようすを窺っているかもしれない。万が一、ジョージがあそこから飛びだしてきて、あとを追ってくるようであれば、走って逃げなくちゃいけない。

扉は最後まで閉じたままだった。それがわかると、だいぶ冷静に考えられるようになった。ああ言ったからには、本当に牛乳を買ってきたほうがいい。手ぶらで帰ったりしたら、いよいよおかしく思われてしまう。

スーパーマーケットの店内では、コートをまとった女性客たちがカートを押しつつ、通路を行き交っていた。頭上のスピーカーから流れてくるチャイコフスキーの《金平糖《こんぺいとう》の精の踊り》は、テンポを落としたうえでジャズふうにアレンジされていて、酩酊バージョンとでも呼ぶべき代物だった。

ミセス・マーチは店の奥まで進んで、低いモーター音を発する冷蔵庫からパック入りの牛乳を取りだしながら、ほかの買い物客を観察した。誰もがこれといった目的もなく、カートを押してまわっているように見える。目に見えない碁盤目の上で、等間隔に引かれた線に沿って、定められた動きをしているみたいだ。誰かと衝突することはけっしてない。すれちがうときでさえ、目を合わせることもけっしてない。

牛乳パックを手にして通路をぶらぶら歩いているとき、缶詰売り場の一角に、カートがぽつんと放置されているのが見えた。すぐ後ろの棚には、キャンベルのスープ缶が山と積まれている。何かがおかしいとは思いつつ、ミセス・マーチはカートに近づいた。いまにも棚の陰から一斉に買い物客が飛びだしてきて、店内に轟くような大声で「見いつけた!」と叫ぶのではないか。彼らに代わって、亡霊のように店内をさまよわなければならなくなるのではないか。いずれ誰かが罠にかかって、〝鬼〟を代わってくれるまで。

放置されたカートには、いっけん不審なところはなかった。かごのなかに入れられていたのは、ソーセージと、豆の缶詰と、網の袋に入ったジャガイモとタマネギ。それからなんと――ジョージの新作。あまりの衝撃に動転して、ミセス・マーチはとっさに目をつぶり、ぱっと背を向けた。ほかの本に変わっていることを願いながら恐る恐る振りかえってみたけれど、そこにあるのは、やはりあの本だった。赤と白から成るキャンベル缶の壁が、周囲に押し迫ってくる。ミセス・マーチはカートに手を伸ばした。後先も考えず、かごのなかから本をつかみとると、コートの内側にすべりこませて、腋の下に挟みこんだ。

牛乳の代金を支払うため、足早にレジへ向かった。列に並んでいるうちに、腋の下がみるみる汗ばみ、挟んだ本がすべりはじめた。順番がまわってくると、ぐっと腋を締めたまま、可能なかぎりの慎重な手つきでオーストリッチ革の札入れを取りだし、青ざめた笑みをレジ係に向けつつ、支払いを済ませた。

店を出ると、腋に挟んでいた本を取りだし、何度かぱらぱらとめくってから、道端のゴミバケツに投げいれた。

その晩は早めにベッドに入ったものの、なかなか寝つけずにいた。暗闇のなか身じろぎもせず、何時間も横たわっていると、不意に寝室の扉が軋みながら開いて、すぐに閉じた。ジョージがベッドに入ってくる気配を感じるやいなや、ミセス・マーチは身をこわばらせた。最近では、夫がベッドに入ってくるころ、ミセス・マーチはすでに眠っているのがつねだった。そして翌朝、目を覚ますときには、夫はすでに起きだしている。いいえ、もしかしたら、あのひとはベッドに寝てさえいないのかもしれない。ところがいま、瞼を閉じたまま眠ったふりを続けていると、恐ろしい考えが頭をよぎりだした。ジョージがとつぜん首を絞めてくるのではないか。レイプしようとしてくるのではないか。最後に愛しあったのは、いったいいつのことだったかしら。去年の春、ゼルダの自宅で催されたパーティに夫婦で出席した日？　出会ってまだ間もないころ、ふたりの関係はかなり濃密だった。ジョージは毎日のように身体を求めてきた。同じ相手に対して何年も性欲を失わずにいられることに、ミセス・マーチはいくぶん驚かされた。ジョージとのセックスは、何ひとつ我慢をする必要がなかった。無理強いされることもなかった。ジョージと身体を重ねていると、心をからっぽにすることができた。そして、心が安らいだ。ところが、あるとき変化が起きた。あれはジョナサンがまだよちよち歩きだったころ、ある日の交わりの最中に、ミセス・マーチは妙な確信を募らせはじめた――いまわたしに触れているのは、ジョージではないのではないか。肩をつかんでいる手が、いつもよりほっそりとしていて、関節がごつごつしている気がした。暗がりに目を凝らしてみると、顔の皮膚も、いつもより肌理《きめ》が粗く見えた（当時のジョージはきれいに髭を剃っていて、どこもかしこもつるつるだった）。ミセス・マーチはしだいに動揺を募らせた。わたしの身体を愛しげになでまわしているこの男は、いったいどこの誰なのか。どんな顔をしているのか。落ちくぼんだ頬と、薄緑色に光る目をしていたらどうしよう。ベッド脇の小卓に手を伸ばし、思いきってランプをつけると、自分に覆いかぶさっていたのは（当然ながら）、まぎれもなく夫のジョージだった。ミセス・マーチは見え透いた言いわけ――「足もとの花瓶を蹴飛ばしてしまったんじゃないかと思って……」――を口にした。何ごともなかったかのように、ジョージは行為を続行した。ミセス・マーチは心からジョージを愛していた。だから、自分にこう言い聞かせた。ほかの男に抱かれる姿なんて、想像すらもするものじゃない。

結婚して数年が経過すると、ジョージからの求めに対して、ミセス・マーチはますます曖昧《あいまい》な態度をとるようになった。そうしてついには、セックスそのものに嫌悪感をいだくに至ってしまった。あの独特な気まずさも、不器用な手つきも、湿っぽい汗のにおいも、太腿のあいだに割りこんでくるじっとりとした皮膚の感触も、何もかもがたまらなく疎《うと》ましかった。身体を求められそうな気配を感じとるだけで、肉体が拒絶反応を示すようになった。時が経つにつれて、ジョージが求めてくることも少なくなっていった。この問題をどうにかしたいと思ったことはない。相談を持ちかけることのできる専門家の存在はなんとなく知っていたものの、足を向ける気にはどうしてもなれなかった。ひとりで思い悩むだけでも充分につらい日々をすごしてきたというのに、夫に打ちあけるくらいなら死んだほうがましだった。

隣から響きだした鼾《いびき》の轟音に、物思いを破られた。いま一瞬、自分は眠っていたのだろうか。なおも鼾は続いていたけれど、それが聞こえているうちは、安心して眠ることができる。今夜、ジョージに殺される恐れはないということだから。

21

その後の数日間は、ことさらに激しい大雪が——マスコミが言うところの〝歴史的な大吹雪〟が——続いた。最低でも六十センチの積雪が見込まれており、学校という学校が臨時休校となった。一部の地域では停電が発生し、交通機関にも大幅な混乱が生じた。北西部に暮らす人々は一時的なロックダウンに備えるため、食料を買いこんで自宅に引きこもった。

一日めは夜どおしずっと、しんしんと雪片が舞いおりていた。パニックを煽るような予報をさんざん耳にしていたために、なんだか拍子抜けした。ところが雪は、その後いっときもやむことなく、弱まることもなく降りつづけた。ついには視界を埋めつくすほどの勢いで降りしきって、街を銀色に埋めつくし、マーチ家の家族を三人きりで、アパートメントに閉じこめた。

そうして夜が明けるころ、雪は駐車場や道端にとめられた車をすっかり呑みこんだあとも、はらはらと物思わしげに降りつづけていた。三人でエレベーターに乗りこみ、一階におりてみたところ、ドアマンは出勤できなかったらしく、どこにも姿が見えなかった。ロビーは深閑《しんかん》としていて、ひどく寒い。コンシェルジュ・デスクの上方に取りつけられた照明も、消えたままになっている。ガラス越しに外を眺めると、あたり一帯がまぶしすぎるほどの白一色に染まった世界が広がっていた。道沿いに立つ街路樹は白銀の世界に溶けこんだまま、指を突きつけるかのように、枝をこちらへ向けていた。

ジョナサンの通う小学校が休校になったため、クリスマス劇の上演も取りやめとなった。それを知ったジョナサンはずっとふくれっ面をしていた。ミセス・マーチもこれには正直、がっかりした。劇の本番にまにあわせるため、あれほどお針子をせっついて作らせた衣装を、ほかの母親たちに見せつけることができないなんて。自分の息子なり娘なりのために、最高級品のメリノウールを三メートル近くも使って、一夜かぎりの舞台の衣装を仕立てさせる母親など、きっとほかにはいないはずなのに(ちなみに、ジョナサンは熊の役を演じるはずだった。意欲に燃えた国語教師が書きあげたオリジナル脚本で、森の動物たちが力を合わせて、一本の気弱なヒノキを勇気づけるというものだった)。

クリスマスに予定されていたディナーパーティーも、軒並み中止となっていた。もちろん、マーチ家も例外ではなかった。姉のリサは地元の空港から電話をかけてきた。ワシントン郡からの便はすべて欠航になっているため、今回は残念ながら遠慮するけれど、大晦日にはかならず伺うと伝えてきた。ジョージのお義母《かあ》さんも、断りの電話を入れてきた。ブルックリンのパーク・スロープからでさえ、この大雪に立ち向かう気にはなれないとのことだった。

マーサの不在が、状況をいっそう悪化させた。ミセス・マーチが電話をかけて、どうにか来てほしいと頼みこんでも、マーサは〝無理です〟の一点張りだった。最寄りの地下鉄の駅にたどりつくすべすらないのだと言って譲らなかった。やけに陽気な声をつくってジョージがしゃべりだしたときには、いやな予感しかしなかった。案の定、その口から飛びだしたのは、イブのディナーを自分たちで用意しようとの提案だった。これですべてが解決とばかりに、ジョージは意気揚々と胸を張って、「丸焼き用のチキンも、冷蔵庫にあることだし」とまで言いきった。

首のない赤ん坊の両腕をつかむかのように、ジョージが鶏の両脚を持って宙にあげると、ピンク色のドリップがぽたぽたと流しに滴り落ちた。ミセス・マーチが見ている目の前で、ジョージは切り裂いた腹の切れ目を指先でなぞり、それから強引にこじ開けた。調理台に前屈みになって鶏肉と夢中で格闘するそのさまは、どこか陶然としているようにも見えた。下唇を噛んだ表情は、性的興奮に似た何かを思わせた。眼鏡のレンズにはいま、腹の切れ目にこぶしが押しこまれていくようすが映りこんでいる。そこから、紫がかった肝臓と、心臓が抜きとられていく。どちらも血を吸ったヒルのようにふくれていて、ぬめぬめと照り輝いている。

三人で囲むディナーのあいだ、会話はほとんど弾まなかった。ミセス・マーチは食事中ずっと、ナプキンで口をぬぐうふりをしては、途中まで嚙んだ鶏肉をこっそりナプキンに吐きだしていた。汚れにまみれたナプキンは、あとでゴミ箱に放りこんだ。

クリスマスの当日がやってきて、去っていった。ジョナサンは列車と線路の玩具のセットに満足しているようだった。ジョージからはいかにも値が張りそうなキャメル色のスカーフをもらった。ビクーナというラクダ科の動物の毛で織ったものであるらしい。その包みを受けとるとき、指と指が触れあった。ミセス・マーチはにっこりとジョージに微笑みかけながら、頭のなかでは別のことを考えていた。ジョアンナがビクーナの毛で織ったキャメル色のスカーフを身につけているという記述がないかどうか、あとでこっそり調べなくては。

暗くなりがちな空気をやわらげるために、どうせ閉じこめられているのならと、四人ごっこをやってみた。四人役のふたりは居間のなかを四つん這いで動きまわっては、（ジョージが演じる）謎の追っ手から逃れるため、物陰に身をひそめた。ところが、いっこうに凪《な》ぐことのない波のような時間が何時間か過ぎたころ、ミセス・マーチに異変が生じた。自分は本当に囚われの身なのではないかという気がしてきたり、スイカの果肉のように真っ赤な発疹が首まわりにぽつぽつ吹きだしたりもした。外出を試みる必要はなかった。食料や日用品など、必要なものはみんなあるし、吹雪はあと二日ほどでおさまるものと予測されている。なのに、刻一刻と時が過ぎ去っていくごとに、この生活がいつかは終わるということが、だんだん信じがたくなっていく。本当にいずれは、もとの生活に戻れるのかしら。通りを歩いたり、クリーニング店に出向いたり、オリーブのパンを買ったりすることができるようになるのだろうか。

ありとあらゆる出来事が待ち遠しくてならなかった。この単調な生活を一瞬でも乱してくれるなら、どんなに些細な出来事だろうとかまわなかった。たとえば、三時のお茶を用意するあいだは、最も気持ちが浮き立つひとときとなった。ただし、ティーバッグのなかで蜘蛛がかさかさ動いているのが見えたような、そんな気がすることはときどきあった。小さな網目の隙間から毛むくじゃらの脚が突きだしていると思ったのに、よくよく眺めてみたら、単なる緑茶の葉だったということも一度あった。

それから、ジョナサンが階上のミラー家に遊びにいくことも、アレックがマーチ家に遊びにくることも何度かあった。子供部屋の扉が閉じていても、その下に開いた細い隙間からは、しょっちゅう笑い声が漏れ聞こえてきた。その声を聞いていると、もっと大勢の人間がなかにいるんじゃないかと思えることも、ときどきあった。

一方のジョージはというと、何時間も書斎にこもることもあれば、居間のテレビでモノクロ映画を鑑賞することもあった。事件の謎が解きあかされる場面では、ジェームズ・ステュアートのもったいぶった声がアパートメントじゅうに響き渡った。

ミセス・マーチはそのときふと、昔読んだ本のことを思いだした。あれはたしか、学生寮のトイレの個室に置き忘れてあった図書館の本で、十八世紀に大西洋で座礁したペギー号という帆船について書かれたものだった。大海原《おおうなばら》を当て所もなく漂ううちに食料が底をついてしまうと、船員たちはボタンや革を噛みしめながら、くじを作って全員で引いた。それが〝海の習わし〟だから。それほどの餓えを、ひとつところに閉じこめられる恐怖を、すべての望みを絶たれたすえの絶望を、想像してみる。自分が徐々に正気を失いつつあることに、それを食いとめるすべが何もないことに、気づいたときの絶望を。果てしのない水平線と、薄暗い船室と、生き残った船員たちの虚ろに落ちくぼんだ顔のほかは、何ひとつ視界に入ることのない絶望を。

もしもそういうことになったなら、わたしとジョージも自分たちが生き残るために、我が子を食らうのだろうか。ジョージとジョナサンも、わたしを食らうのだろうか。

ある晩、ミセス・マーチは浴槽のへりに腰かけて、羽音は聞こえているのに姿の見えない蠅を叩きつぶしてやろうと、空中に目を凝らしていた。羽音は一瞬たりともやむことなく聞こえている。それなのに居場所を見つけられずにいる人間を蠅が嘲笑っているような気がして、苛立ちが募った。

お湯のコックに腕を伸ばしかけて、動きをとめた。浴槽のなかに、何かがいる。けれども動きだすようすはない。何度かまばたきを繰りかえして、気づいた。鳩の死骸だ。羽はだらしなく広がっている。鱗《うろこ》のような模様のあるメタリックグリーンの首は、おかしな方向にねじ曲がっている。瞳は明るい琥珀《こはく》色をしている。その目に触ってみたくなった。こんな近くで鳩を眺めたことは、一度もなかった。ミセス・マーチは鳩に向かって、そっと鳴きまねをしてみせた。

この新たなハプニングについて考えていると、居ても立ってもいられなくなった。ミセス・マーチはバスルームを飛びだし、居間に駆けこんだ。「ねえ、あなた、寝室のバスルームに鳩の死骸があるみたいなの」ジョージには小声で耳打ちした。床に寝転んでテレビを観ているジョナサンに聞かせたくなかったから。生き物の死骸をいじらせたくなかったから。

「本当にそんなものが？」妻からの知らせに、ジョージは開いていた新聞を閉じた。

「あなた、あの死骸を片づけてくださらない？　わたしには、手で触れることすらできそうにないの」

ジョージは任せておけとばかりにシャツの袖をまくりあげつつ、居間から出ていった。

「なんの番組を観ているの？」ミセス・マーチが尋ねても、ジョナサンは振りかえりもせず、肩をすくめるだけだった。

ジョージが読んでいた新聞を拾いあげ、きれいに畳みなおしているとき、端に記された日付が目に入った。吹雪が来る前日に発行された新聞だわ。そのとき、寝室のほうから大声で呼びかける声が聞こえた。「おーい！　ちょっと来てくれ！」

寝室のバスルームで、ジョージは腰に手をあてて、浴槽の脇に立っていた。ミセス・マーチが来たと気づくと、そちらを振りかえって、こう告げた。「別に何もないぞ」

ミセス・マーチは浴槽に近づいて、そっとなかをのぞきこんだ。浴槽は新品同様に真っ白で、汚れも傷も、ひとつとして見あたらない。血の一滴も、羽根の一本も見つからない。浴槽の真上に開いている小さな窓を見あげてみた。それもいまは閉じている。さっきまで開いていたかどうか、思いだそうとしたけれど無駄だった。

ミセス・マーチはてのひらにぐったりと顔をうずめた。「本当に……ついさっきまで、ここにあったのよ……」

「どこかへ飛んでいったのかもしれないな」

「ちがう、そうじゃないわ……」どうしてそれがありえないのかを、どうして自分がこんなに怯えているのかを、ジョージに説明したかったけれど、すんでのところで思いとどまった。顔をあげて横を見やると、両手をポケットに突っこんだジョージが探るようにこちらを見ていた。眼鏡のレンズ越しに見える瞳は、ビーズのようにきらめいていた。ミセス・マーチはそのまま黙って、親指を噛んだ。

「疲れてるだけかもしれないぞ。こんなふうに長期間、家に閉じこめられているわけだし」いかにも言葉を選びながら、ジョージが言った。

ミセス・マーチはぼんやりとした目つきでジョージを見つめた。ジョージも目を見つめかえしてきた。

「そうね……あなたの言うとおりかもしれない」

ジョージがわたしを悩ませようと、死骸を隠した可能性はあるかしら。わたしが苦しむ姿を見ることで、快楽を得ている可能性は？　それともあの鳩の死骸は、〝余計な首を突っこむな〟との警告だったとか？

そうして迎えた最後の夜、そろそろ眠ろうかと寝室に向かっているとき、居間のほうから乾いた笑い声が聞こえてくることに気づいた。恐る恐る居間に入っていくと、ジョージがお気にいりの肘掛け椅子にすわって、ひとりウィスキーを飲んでいた。

「何がそんなにおかしいの？」自分のことを笑っていたのではないかと身構えながら、ミセス・マーチは問いかけた。

「ふと思いだしたんだ。父さんがよく言っていたことを……」

「どんなことをおっしゃってたの？」

ジョージは妻を見やりながら、ウィスキーのグラスを揺らした。氷がグラスのなかを転がって、カランと小さな音を立てた。「さあ、なんだったかな。忘れちまった」ジョージは言って、にやりとした。

背を向けて立ち去ろうとする妻に、ジョージは続けてこう言った。「あまり愉快な男ではなかったんだ……うちの父は」

どうやらわたしが笑われたわけではなさそうだわ。そのことに安堵したミセス・マーチは、もう少し踏みこんでみようと決めて、バスローブの腰紐をゆるめつつ、大きく息を吐きだした。「お義父《とう》さまはたしか、長いこと糖尿病を患っていらしたんじゃなかった？」

「ああ。そりゃあひどいものだったよ。父の手にはとうてい負えないほどの重症だった。足が腐っていくことすら、感じとれなくなっていた。皮膚は黒鉛みたいに黒ずんで、感染症は骨にまで及んだ。あの病はまるで、父の肉体をじわじわと切り刻んでいくかのようだったよ。そういえば、ぼくがはじめて書いた小説は、父さんが手術で足を切断されたときのことを綴ったものだったな。タイトルは『五本の足指』といったっけ」ジョージはそう言ってくつくつ笑いだしたかと思いきや、不意に表情を曇らせた。「ぼくという人間は、ときどき、とんでもなくおぞましいものから創作のヒントを得ることがある。こんな人間のことを、きみは邪悪だと思うかい？」

ミセス・マーチは夫の顔を見おろした。真意の読みとりづらい探るような目と、曖昧な笑みを見すえたまま、静かな声でこう答えた。「いいえ、思わないわ……」

ジョージはミセス・マーチの手を取って、薬指の指輪をそっとなでた。

「きみはいつだって、ぼくのなかの最良のものを見てくれる」ジョージはそうつぶやくと、ミセス・マーチの指にできたささくれをしばらく指先でいじってから、おもむろに口を近づけ、優しくそれを噛み切った。

22

一面に降り積もった雪が融けだすと、埋もれていた車や、電柱につながれたオートバイがようやく姿をあらわした。路面を覆いつくしたぬかるみは歩行者の足どりを鈍らせ、街の機能を蝕《むしば》んだ。新聞に掲載された写真のなかでは、ハドソン川沿いのレッド・フックという町に住む一家が浸水した地下室の階段に並び立って、物思わしげな表情を浮かべていた。セントラル・パークでは、落ちてきた木の枝が直撃したという男性が命を落としていた。

一方のマーチ家では、ミセス・マーチの姉夫婦、リサとフレッドを大晦日のディナーに迎えるべく、着々と準備が進められていた。ジョージの母親は、姉妹のうちの誰かと年越しを迎える約束をしているらしい。ポーラも案の定、気前のいい友人のお金でどこだかのリゾート地に滞在し、あのすらりと長い脚をタフィー色に焼いてすごすとのことだった。

リサとフレッドが玄関扉をノックしたとき、準備は万端に整っていた。家族のみが集う内輪の会であるにもかかわらず、仰々しいほどに整えられたテーブルは、いかにも荘厳な雰囲気を醸しだしている。食事を終えた姉がホテルに戻ったあと、「うちに比べるとイマイチだったわね」などという感想を述べるような事態だけは、絶対に我慢がならないから。料理のほうは、三週間もまえに〈ターツ〉への予約を済ませてあった。マーサがきれいに盛りつけてくれたデザート——シルクのリボン付きドレスをまとって社交界デビューする少女のように、ほんのりバラ色に染められたマカロン——は調理台の上で、出番を待つだけになっている。

アパートメントのなかは、息が詰まるほどのにぎにぎしさに満ちていた。剪定《せんてい》を済ませたツリーはきれいに飾りつけられており、ステレオからは、ビング・クロスビーがささやくように歌うハワイアン調のクリスマスソングが流れだしている。炉棚には今年送られてきたクリスマスカードが展示品のように並べられているけれど、この日ばかりは、リサから送られてきた幼稚で安っぽいカード——ラメがきらめくスノーマンのイラスト付きカード——が最前列に移動させられている。

ノックの音が聞こえると、ミセス・マーチは少し間をとってから扉を開けた。玄関付近をうろうろしながら待機していたことに、気づかれたくなかったから。なんだかいやな予感がして、身体が汗ばんでいた。何が起きるというのかは皆目《かいもく》見当もつかなかったけれど、とにかく不安でならなかった。

姉夫婦を温かく迎えいれているときには、ウールの野暮くさいタイトスカートに包まれたリサの尻が以前よりも厚みを増していることに気づいて、心ひそかに快哉《かいさい》を叫んだ。姉の肉体の劣化を目にすると、それがどんなに些細な変化であろうとも、ついつい喜びを感じてしまう。子供のころから、母はことあるごとに娘ふたりを比較した。母にとってのミセス・マーチは、いつも決まって〝だめなほう〟だった。「どうしてちゃんとできないの？　リサをごらんなさい。あの子だって、お祖母《ばあ》さまを亡くしたばかりなのよ」祖母の葬儀で泣きじゃくるミセス・マーチを、母は小声でこう叱責した。

たしかに、あのころのリサは何ものにも動じず、いつだって冷静だった。表面をニスで塗り固められているかのようだった。どんな物事もじかには体験しておらず、すべてを遠くから眺めているふうだった。

姉妹の母であるミセス・カービーには、そもそもから下の娘を疎んじているふしがあった。ひどく毛嫌いしていた実母から名をとったことが、何よりの証拠であるようにも思われた。そんなある晩、そうした疑念が確信に変わる出来事があった。シェリー酒に酔った母が、おまえは産むつもりのなかった子だと、本来なら堕《お》ろすはずの子だったと、うっかり口をすべらせたのだ。

ジョナサンがひとりっ子なのは幸いなことだ。おかげで、誰と比べられることもない。母にとって唯一の孫であることも幸いだ。おかげで、ほかの孫と比べられることもない。姉のリサは子をもうけないことを選んだ。身軽なおかげで世界中を飛びまわれるのが嬉しいと、よく口にしている。母の世話で手一杯だとも言っている。けれども、ミセス・マーチはこう疑っている。本当は過度なダイエットが祟《たた》って、妊娠できない身体になってしまったのではないか。大学時代に激痩せして以来、生理が来なくなってしまったのではないか。そうこうするうちに歳をとりすぎて、子を望めなくなってしまったのではないか。

ミセス・マーチははじめのうち、ジョナサンを産んだことで姉に勝てたと考えていた。姉にできないことを成し遂げたわたしを、母もようやく褒めてくれるだろうと思いこんでいた。母は口癖のように言っていた——子供を産むこと、家族を増やしていくことこそ、女がなしうる最大の偉業なのだと。ところが、ジョナサンが生まれたころの母は、すでに夫を亡くしていたせいか、ずいぶんと弱気になっていた。初孫の誕生からほとんど時を置かずして、認知症の兆候まで示しはじめた。はじめてジョナサンを抱いたときに発したのは、「リサは本当にかわいいねえ」とのひとことだった。

「外はとんでもなく冷えこんでるわ。この寒ささえなければねえ！」鼻を真っ赤にして、リサが言った。

義兄のフレッドは間の抜けた笑みを浮かべて、よたよたと近づいてくる。横柄なでぶっちょのフレッド。いけ好かないったらありゃしない。はじめて会った瞬間から、この義兄には嫌悪をおぼえた。フレッドには、相手が返答に困るような言動を人前でおおっぴらにするきらいがある。たとえば、我が家に招かれておきながら、シダー材を使ったアンティークのティーテーブルを〝時代遅れ〟などと言ってのけるたぐいの人間だった。「十八世紀に作られた骨董品なんぞ、いまじゃあ叩き売られてるぞ。こんな代物に、いったいいくら払ったんだ？」などと、平気でのたまう人間だった。

フレッドは世界各地を旅してきたという。チベットの僧院で修行僧に交じって石にマントラを彫ったことも、バリ島でサメと泳いだ（「それほど怖くなかった」とうそぶいていた）ことも、そしてもちろんフランスの農園で、憐れなガチョウからとった肝臓をフォアグラに加工したこともある。欧米諸国のほかには行ったこともなければ、行きたいと思ったこともないミセス・マーチにとって、フレッドから聞かされる土産話はどれも、ぞっとさせられるか、ただただ退屈なばかりのものだった。加えて、フレッドが世界各地でいかなる体験をしようとも――ひとを謙虚な気持ちにさせてくれそうな体験や、啓発してくれそうな体験をどれほど重ねても――そうした効果があらわれたようすはいっさい見うけられなかった。

そしていま、マーチ家の敷居をまたいだフレッドは、ジョージの背中をばんと叩き、ミセス・マーチの頰にキスをしてきた。その瞬間、たるんだ下顎に浮かんだ汗が、ぺったりと頰に付着するのがわかった。ミセス・マーチはその日ふたりが帰るまでずっと、気を引きしめていないといけなかった。少しでも気を抜くと、無意識に頰を手でぬぐってしまいそうになった。

「ようやくこうして会えたんだ。今宵はうまいワインでも酌み交わそうじゃないか。なあ、ジョージくん」フレッドはくつくつと笑いながら、とんでもなく巨大なボトルを取りだした。「そしてだな、前回きみらがふるまってくれたのがどんなワインだったかは忘れたが、今回はこんなものも持ってきてみたぞ。わたしが手作りしたニワトコ酒だ。ご婦人方にはこっちを召しあがっていただこう」言いながら、小さめのボトルも一本取りだした。

「ニワトコ酒もいいけど、そっちの赤ワインも試してみたいわ」玄関間の姿見に映る自分に目をやりながら、リサが言った。

「いやいや、きみら女性陣には、ニワトコ酒のほうが口に合うだろうよ。赤ワインの良し悪しなど、女の舌にはわかるまい」

「いいえ、わかりますとも！」感情のこもらない声でリサは言った。

「きみが自分でそう言ったんだぞ。ハウスワインとヴェガ・シシリアのちがいがわからないと」

ミセス・マーチは横目でちらりとジョージを見た。ジョージは差しだされた二本のボトルを受けとりながら、いかにも人当たりのいい声で笑っている。一方のミセス・マーチは納得がいかず、ぎゅっと唇を引き結んだ。メリーランド州にある姉夫婦の家をジョージと一緒に訪れた際には、なんだかんだと言いくるめられて、ひどく酸っぱいワインを飲まされた。キッチンに置かれたワインラックには、これはと思える年代物のワインだってあったのに、フレッドがわたしたちにふるまったのは、開封してから少なくとも四日は経過しているものとおぼしきワインだった。

冷ややかな視線の先ではいま、飛行機の格安チケットをいかにして手に入れたかについて、フレッドが滔々《とうとう》と語っている。「まったくの掘出し物だ。それこそ大安売りだよ」フレッドはそう言って言葉を結ぶと、コートを受けとろうと手を伸ばしたミセス・マーチに顔を向け、「ああ、ありがとう。それはそうと、マーサはどこだね？　あの男勝りの大年増は？」と訊いてきた。

「マーサでしたら、休みをとっておりますわ。今日は大晦日ですから」と答えながら、ミセス・マーチは姉からもコートを――あまりにも年甲斐のない、淡いピンクのウールのコートを――受けとり、コート用の小さなクロゼットに仕舞った。

「うちの家政婦は休みなんぞとったりしないがね。大晦日だろうが、クリスマスだろうが」とフレッドは言った。「そういう問題には即座に対処しておかないと、下の者《もん》につけこまれるぞ」

「あらあ、これ、すごくきれいねえ」ミセス・マーチが胸もとにつけたブローチを指差して、リサが言った。こういう大袈裟な物言いをするときは、まずまちがいなく嘘をついている。その証拠に、同じようなブローチを何年かまえにプレゼントしたけれど、それをつけているのを見たことは一度もない。

どうにかこうにかさりげなく、ミセス・マーチは姉夫婦を居間へと誘導した。すると、居間に足を踏みいれるなり、フレッドが感嘆の声をあげた。「おお、なんと！　これはすごい！　今回の新作は、売れに売れたようじゃないか。なあ、ジョージ？　この部屋を見れば一目瞭然だ」

「実際に、かなり評判がいいのでしょう？」とリサも言った。「大絶賛している書評を読んだわ。小説のほうは、まだ読む時間がとれていないのだけれど――」

「読むと言ったって、リサのやつは単にふりをしているだけでね」フレッドは言って、ふんと鼻を鳴らした。

「わたしだって読書くらいするわ」怒りの火花を瞳に散らしながら、リサが言った。

「それなら、そういうことにしておこう。ところで、あそこに飾ってあるエドワード・ホッパーは原画かね？　いったいどれほどの金を注《つ》ぎこんだんだ？」

「あの絵なら、何年もまえからあそこに飾ってありますわ。前回うちにいらしたときも、同じことをおっしゃっていたじゃありませんか」記憶を呼び覚ます手助けをしているふうを装いつつ、ミセス・マーチは質問の答えをはぐらかした。

「いや、この絵を見るのは人生ではじめてだ」

「いいえ、ごらんになりましたわ」

「いや、見たことがあれば覚えているはずだ」

「ひとまず、すわりませんか。腹が減って死にそうだ」ジョージがあいだに割って入った。

全員で居間からダイニングルームへ移動した。晩餐の用意が整えられた食卓は、荘厳な輝きを放っている。テーブルの中央にはマグノリアの枝を編んだ花輪飾りが据えられており、手描きの磁器の皿や蓋付きの鉢には、焦がしバターをかけた帆立のソテーや、パイナップルのローストを添えた自家製ハムが、美しく盛りつけられている。ジョナサンがパイナップルを苦手としていることはさておくとして、今夜ここに用意されているのは、ミセス・マーチがいまふるまうことのできる最高の料理だった。〈ターツ〉の自家製ハムは、美食と調理学を極めた逸品と言って過言ではないのだが、至ってシンプルな見た目のおかげで、くつろぎの雰囲気も醸しだしてくれている。ジョージがみんなのためにそれを切り分ける姿は、さながら、絵筆を握るノーマン・ロックウェルのためにポーズをとっているかのようだった。パイナップル嫌いのジョナサンには気の毒だけれど、帆立の料理でどうにかおなかを満たしてもらうしかない。

「まあ、とっても素敵だわ」食卓をひと目見るなり、リサが感嘆の声をあげた。

「正直に話してくれたまえ。ここに並ぶ料理のうちどの程度を、きみが自分で作ったんだい?」フレッドはまた例によって、笑えない冗談を口にした。

「もちろん、多少のお手伝いはしましてよ」と、ミセス・マーチは受け流した。

「ま、そう答えるしかなかろうな」フレッドが言ってにやりとすると、乳歯みたいに小さくて白い前歯がのぞいた。

全員がめいめい席についた。男性陣は腹ぺこの男たちの習性にならって、黙々と料理を詰めこみだした。女性陣は水で胃袋を満たしたうえで、ほんのときおり茹で野菜をつまんだ。ミセス・マーチは食事のあいだじゅうリサから目を離さず、その行動を逐一まねた。リサが野菜を口に運ぶタイミングに合わせて、自分も同じものを口にした。

フレッドは遠慮も慎みもへったくれもなく、騒々しい音を立てながら料理をむさぼりだした。フレッドにはひと口ごとに大きく口から息を吐きだすという悪癖があって、口にものを入れたまま、耳障りな高笑いを差し挟むこともあった。

「ねえ、あなた。わたしたちのぶんもちゃんと残しておいてくださいね？」軽い口調ながらも、いくぶん警告めかした声で、リサが言った。

ミセス・マーチはワイングラスを手にしたまま、姉は次に何を口にするだろうと思案をめぐらせていた。姉の行動を細大漏らさず観察していた。パンを小さく千切っては、ちびちびと口に運ぶようす。何を食べたわけでもないのに、しきりにナプキンで口もとをぬぐうようす。思えばリサは、子供のころからきっちりしていた。ごっこ遊びをしているときでさえ、リサが思い描く理想の結婚相手は、毎回かならず同じ特徴を有していた。背が高くて、長めの髪を無造作に垂らしていて、ヨーロッパの出身で、少し不器用なところもあるけれど、紳士的で優しい男性。要は、内気なインテリタイプ。そこまで考えたところで、ミセス・マーチは視線を義兄へと移した。真ん丸に禿げかけた頭頂部。じっとりと汗ばんだ二重顎に走る、剃刀《かみそり》負けの痕。テーブルの上に置いた両手はぎゅっと丸められている。

ミセス・マーチは空想のなかで時空を遡《さかのぼ》り、両親と暮らしていたアパートメントへ、バスルームでつながった姉妹の子供部屋へと意識を飛ばした。そうして少女時代のリサを捕まえて、現実に結婚することとなる相手のことを伝えたとしても、絶対にリサは信じないだろう（かくいうわたしだって、いまだ信じられずにいるのだから）。それからきっと、妹のほうの結婚相手は著名な作家だと聞かされたなら、あまりの妬ましさに身悶えすることだろう。もしかしたら……強姦魔でもあり、殺人犯でもあるかもしれないけれど。そんなことを考えた途端に、顔にたたえていた笑みが消えた。

「ポテトを取って」小さな声が横から聞こえた。ミセス・マーチは声のしたほうに首をまわした。息子のジョナサンも食卓を囲んでいるということを、そういえばすっかり忘れていた。ミセス・マーチは目を見張るほどに巨大なポテトの大皿を持ちあげるというひと仕事で、我が子の存在を忘れていたことの埋めあわせを済ませると、あきらかな愛情表現に見えることを願いつつ、息子の髪を後ろになでつけてやった。ジョナサンは特に反応を示すこともなく、食事を再開しはじめた。

「その子はいったいどうしちまったんだね？」フレッドが出しぬけに口を開いた。どうやら、母子のやりとりをじっと観察していたらしい。フレッドとは、こんなふうに不意に目が合うことがときどきある。わたしに気があるんだろうかなどと最初は思っていたけれど、時が経つにつれてわかってきた。フレッドがわたしを見る目つきは、もっと悪意に満ちている。

「別にどうもしてませんわ」そう答える声は、少しばかりつっけんどんになってしまった。本当はそれと同じことを、ミセス・マーチ自身もつねづね感じていたから。

「わたしがその子くらいの時分には、もっとわんぱくだったがね」ロいっぱいにハムを頬張ったまま、小さな瞳をぎらつかせて、フレッドは言った。「年から年中、喧嘩ばかりしていたな。子供ってのは、喧嘩を通して学び育つもんだ。そうやって大人の男に成長していくんだ」

リサがもごもごと異を唱えると、フレッドはこう反論した。「いいや、これが事実ってやつだ。喧嘩のひとつもしないで大人になったら、おのれを守るすべすら身につけられなくなっちまう」

「それよりも、セラピーか何かを受けさせたらどうかしら」とリサは言った。

この裏切りとでも言うべき発言にミセス・マーチは凍りつき、けっして見紛いようのない純然たる憎しみのまなざしを姉に向けた。「そんなものが必要だとは思えないわ」ぴしゃりと言いきると、さっきよそったぶんも食べ終えていないというのに、大皿から野菜のおかわりをよそった。

「あら、どうして?」リサはしつこく食いさがった。

「そうとも、セラピーなんぞ行くだけ無駄だ」とつぜんフレッドが横槍を入れてきた。「子供のうちから、自分で問題に向きあうことが重要なんだ。でなけりゃ、自分の力で人生を切り拓《ひら》いていけなくなっちまう。つねに他人の助けを必要とするようになっちまうぞ」

「ねえ、セラピーに連れていきたくないのはどうしてなの?」フレッドを無視して、リサは続けた。「実体験のせい? 自分にはセラピーが役に立ったとは思えなかったから?」

「馬鹿を言わないで」顔がかっと熱くなるのを感じた。「わたしの経験なんて、この件とはなんの関係もない。何十年も、思いだしたことすらないわ。いま言われるまで、すっかり忘れていたくらいよ」

本当は忘れてなどいなかった。ドクター・ジェイコブソンのもとで受けた診察のこと。待合室にあった、手垢まみれの子供向け雑誌のこと。すでにマス目が埋められていたパズルのこと。診察室に通じる長い廊下。閉ざされた扉。扉越しに漏れ聞こえてくる、くぐもった声。ドクター・ジェイコブソンからあれこれ質問されたこと。相手が喜ぶ答えを返さなきゃと、必死に頭を働かせたこと。

「セラピーに通っていたことがあるのかい。それはいつごろ?」ジョージが訊いてきた。

「いつって……ずっと昔の話よ。子供のころのこと。だけど、そんなに大袈裟な話ではなかったの。一度か二度、通っただけ。家政婦に嚙みついたことがあったらしくて、それで……」ミセス・マーチは参ったわねとばかりに微笑んでみせた。

「家政婦に嚙みついたってだけのことじゃなかったはずよ。自分でもわかってるでしょう?」リサがふたたび余計な口を挟んだ。

ミセス・マーチはとっさに目を逸らした。食いいるように見つめてくる姉の視線がひしひしと感じられる。ジョージは自分の皿に視線を戻して、食べかけのエビのベーコン巻きを平らげにかかっている。

フレッドはおのれの体重を支えることにうんざりしたかのように、テーブルにだらしなく肘をついた姿勢で、唐突に乾杯しようと言いだした。新たな年の幕開けと、おもてなしの精神に満ちたマーチ家の面々に——脂でぎとぎとになった唇をぎゅっとすぼめて口上を述べながら、フレッドがこちらを横目で見てくる。その視線を真正面から受けとめなければとわかっているのに、どうしてもそれができなかった。

そうして迎えた翌朝——新たな一年の始まりの朝——に、ミセス・マーチは一杯の紅茶を淹れると、寝室の窓辺に立ったまま、立ちのぼる湯気に優しく息を吹きかけた。向かいの建物に並ぶひとけの絶えた窓を見つめるうちに、ささやくような声が漏れた。「黙れ、黙れ、黙れ……」同じ言葉を繰りかえすうちにどんどん声量が増していき、ついにはガラスを曇らせるほどの大声で、ミセス・マーチはわめいていた。「黙れ！　黙れ！　**黙れ！**」と。

23

冬休みが明けて一週間後のある日、ミセス・マーチのもとに小学校の校長から呼出しの電話がかかってきた。「じつを申しますと、ちょっとした問題が生じまして。電話口でお話しするには、内容が少々……デリケートと申しますか……」

通話を終えたミセス・マーチは、カリスマ性に満ちあふれたスタイリッシュな母親、子供のことは心から案じつつも教職員に対しては毅然とした態度をとる母親、温かみを感じさせつつもどこか謎めいた母親を演じるべく、念入りに身支度を整えた。いちばん上等なイヤリングをつけてタクシーに乗りこみ、アッパー・ウェスト・サイドまで向かう車中では、万全の状態で意気込んでいた。ところが、運転手が何度もしょっちゅう急ブレーキを踏むものだから、セントラル・パーク・ウェスト通りに差しかかるころには車酔いになりかけてしまった。

子供のころは学校まで、父のお抱え運転手が車で送ってくれていた。同じ運転手が十年ものあいだ学校の送り迎えをしてくれていたはずなのに、ミセス・マーチはその顔をろくに見たことがなかった。ただし、運転手のうなじ——運転席のヘッドレストに開いた穴からのぞく、棘のようにつんつんとした髪と、がっしりした首——だけははっきりと記憶に残っている。仕事に出るのがいつもより少し遅い日には、父も一緒に車に乗った。オーダーメイドのスーツをまとった父は、後部座席に用意されていた新聞を広げて、いつも経営欄を読んでいた。そのせいか、ガソリンにも似た新聞のインクのにおいを嗅ぐと、吐き気を催さずにはいられない。あるとき吐き気をこらえきれずに、革製のシートや木製の内装に反吐《へど》を吐きかけてしまったことがある（窓から顔を出そうとして間に合わなかったのだけれど、父が先に車をおりるまで我慢するだけの分別はあった）。ところが、運転手はいつもと変わらぬ慎み深い態度で、大丈夫ですよと優しく声をかけてくれた。そのときはじめて、運転手に申しわけない気分になった。翌朝、アパートメントの前にやってきた車は、まるで何ごともなかったかのようにぴかぴかで、異臭すら残っていなかった。

　車酔いを少しでもやわらげようとてのひらで顔をあおぎながら、ジョナサンの通う小学校の手前でタクシーをおりた。校舎に隣接するバスケットボール・コートでは、二年生が体育の授業を行なっているらしく、にぎやかな歓声と、ときおりの悲鳴が聞こえてきた。生徒はみな学校指定の体操服をきちんと着用していた。

そのとき、フェンスの付近をうろうろと歩きまわっている男の姿が目にとまった。学校や公園の周辺をうろつくのがどういうたぐいの人間なのかは、ミセス・マーチもよく知っている。母からはずいぶんと早い段階で、はじめて教会の告解室へ送りこまれた九歳のときに、こんな警告を与えられていた——〝男という生き物を完全に信用してはいけない〟。

「お父さまのことも？」とミセス・マーチは尋ねた。何ごとにも例外はありますという答えが返ってくるものと思っていた。母が称讃の言葉を口にする対象は、唯一、父だけだったから。

ところが、返ってきた答えはこうだった。「相手が誰であろうと、けっして警戒をゆるめてはなりません」

校舎のなかに入った途端、金属と湿った木のにおいが漂ってきた。それが子供の体臭でないことが、ミセス・マーチにはありがたかった。刑務所を思わせるのっぺりとした緑色だの、糖蜜みたいな褐色だのに塗られた壁には、そこかしこに大きなコルクボードが張られていて、色彩豊かな作品が飾られていた。あたりには教会を彷彿《ほうふつ》とさせる厳粛な静けさが満ちていて、聞こえてくるのは、教師のものとおぼしき単調な低い話し声だけだった。肝斑のような模様が浮きでた人造大理石の廊下を進んでいくと、その声がしだいに大きくなってきた。

校長に関しては、新入生の保護者に向けた学校案内の際の記憶が、ぼんやりと残っている程度でしかない。覚えているのは女性だということと、逆毛を立ててうずたかく結いあげた栗色の髪と、見え透いた作り笑いと、スズメみたいにつんと尖った小さな鼻くらいのものだった。扉をノックしたミセス・マーチを、校長はにこやかに迎えいれた。通された校長室は、色とりどりのラグやちぐはぐな家具が、狭苦しい空間のなかにひしめいていた。どうぞと勧められた応接セットには、一方がペイズリー柄、もう一方は格子柄の、ずんぐりとした肘掛け椅子が向かいあわせに置かれていた。

「わざわざお越しいただきまして、本当にありがとうございます」脚に飾り彫りがほどこされた椅子に沈みこむミセス・マーチに向かって、校長は言った。「急にお呼びたてして、申しわけございません。この件に関しましては、直接お話しするべきかと思いまして」

不意に沈黙が垂れこめた。心配は無用とばかりに、校長が笑みを浮かべると、細めた目の端にカラスの足跡のような溝が刻まれた。

ミセス・マーチはここでようやく口を開いて、「もちろんですわ」とだけ答えた。

「ご存じのとおり、こちらへお母さまをお呼びたてするのは今回がはじめてのことですし、こういう事態が二度と引き起こされないことを願うからこそ、お尋ねするのですが……」そう前置きをしてから、校長はひとつ深呼吸をして言った。「ジョナサンがご家庭内で、なんらかのストレスにさらされている可能性はございませんか？　たとえば何か……心理的な負担がかかるような何かが……休暇中に起きたということは？」

ミセス・マーチは目をぱちくりとして言った。「いいえ、ありませんわ」

「でしたら単に、純粋な好奇心によってとった行動なのかもしれません。あの年頃の子供というのは、どうしても理解できないことがあって、頭のなかがそれでいっぱいになったりすると……思いも寄らない〝探索〟に乗りだすことがありますので。その結果、誰かを……傷つけることになるなんて、思ってもいないんですわ」膝の上で組んだ手を握りしめて、校長ははあと息を吐きだした。「あるいは感情を抑えきれずに、ついかっとなってしまったのかもしれません。冬休み明けに学校に戻ってきた際は、何も問題はないように見えました。学校生活にもすっかり慣れたようすを見せていました。それが今日になって、とつぜん……」

校長が話す声を聞きながら、ミセス・マーチは漫然と室内を眺めていた。一方の角がめくれたままになっている、擦り切れたラグ。スキー旅行の際に撮った写真をおさめた、机の上の写真立て。棚に並べられた、児童心理学の本。子供のころ校長室へ連れていかれたことが、自分にも一度だけあった。クラスメイトの女子生徒に意地悪な手紙を書いたことが、あかるみになったあとのことだ。文面はこんなふうだった。〝ジェシカへ。みんな、あんたのことが大嫌いだって。早く死んだほうがいいよ。神さまもそれを望んでる〟。差出人は〝とある四年生より〟となっていた。それ以来、ジェシカという名前が大嫌いになったのだけれど、あのときどうしてジェシカに矛先《ほこさき》を向けたのか、いまとなってはわからない。客観的に見て、ジェシカは特に目立ったところのない平凡な少女だった。ところがあるとき、校庭で遊ぶジェシカの靴下が足首までずり落ちていることに気がついた。真冬の冷気に触れて赤みを帯びたふくらはぎを目にした瞬間、猛烈に腹が立った。ほかの子たちがコーデュロイのズボンや毛糸のタイツを重ね着しているなか、ひとりだけ素肌をさらしていることが赦せなかった。ミセス・マーチが見つめる先で、ジェシカは無邪気に遊んでいた。両手を左右の腰に当てたポーズでおかしなダンスを踊りながら、甲高い悲鳴のような笑い声をあげていた。胸まで垂れたホワイトブロンドのおさげ髪が、動きに合わせて弾んでいた。教室に戻ってからも、ミセス・マーチはジェシカの観察を続けた。ジェシカが爪を噛むようす。うつむいてノートをのぞきこむようす。かすかに開いた口からのぞく、かすかに隙間の開いた前歯。授業中に手をあげるときの、やけに勢いこんだようす。憐れっぽい声を出すことで、〝わたし！　わたし！　わたしをあてて！〟と暗に訴えながら、腕をめいっぱいに伸ばすようす。それから、講堂でバレエの発表会が開かれたときには、舞台上のジェシカを観客席から眺めた。ホワイトブロンドの髪は、可憐なシニョンにまとめられていた。ピンク色のレオタードの下で、小さな乳首がつんと立っていた。身を焦がすほどの嫉妬の念が、体内を駆けめぐる血液のように、全身に満ちていくのを感じた。その感情は数学の授業が終わったあともまだ、全身の血管を駆けめぐっていた。ミセス・マーチは机に向かったまま例の手紙を書き殴り、よく考えもせずに、ジェシカの通学バッグのなかにそれをすべりこませた。

当然のことながら、手紙が見つかったあとにはひと悶着あった。これを問題視した担任教師が手紙のコピーをとり、四年生の全クラスの担任教師に配ってまわったのだ。みずから嬉々として学年をばらすなんて、何をとち狂っていたんだろう。だけどあのときは、ジェシカが手紙を誰かに見せるなんて、密告などという汚いまねをするなんて、思ってもみなかったのだ。

「ジョナサンのことはよく存じあげています」と、校長の言う声がした。「これまで一度も、ジョナサンがあのような行動をとったことはありません。だとしても、これだけはご理解いただかないといけません。わたくしとしましては、ひとりの生徒によって他の生徒が堕落させられるような事態だけは、断じて看過するわけにいかないのです……」

そのとき不意に、身体が震えだした。空腹時に吐き気をおぼえることはよくあるし、今朝は朝食もろくにとれなかった。だけど、どうしてあんなにちょっぴりしか食べなかったのかしら。それがどうしても思いだせない。

「ですから、おわかりのことと思いますが……」と、校長はなおも話を続けている。「わたくしどもとしましては、校内におけるこうした行為を見過ごすわけにはいかないのです。ご理解いただけますね？」

「もちろんですわ」

「ああ、よかった。安心いたしました。当然ながら、ジョナサンが学校に戻ってくる際には、温かく迎えいれるつもりです。停学期間が明けましたらすぐにでも――」

「停学期間？」

校長は訝るように眉をひそめた。「ええ、そうです、ミセス・マーチ。たったいま申しあげたとおり、ジョナサンのとった行動に対して、罰を与えないわけにはまいりません。これを見過ごすとあっては、本校の……ひいてはわたくしの名折れとなります。くだんの女子生徒のご両親に対しても、申しわけが立ちません。きちんと罰を与えることで、戒《いまし》めとしなければならないんです」

「ええ、わかります」とは応じたものの、本当は何ひとつわかっていなかった。分厚いコートにくるまれたままの身体は大汗をかいていたけれど、いまさら脱ぎだすというのもきまりが悪い。加えて、ブラウスの腋にはきっと、大きな汗染みができているにちがいなかった。

「さきほども申しあげたとおり、ジョナサンには今週いっぱいの停学処分をくだしました。学校には週明けから通わせるようにしてください」

校長がおもむろに立ちあがると、ミセス・マーチはそれを面談終了の合図と受けとめて、同様に椅子から立ちあがった。そこからしばらくは感謝の言葉が、交互に何度も繰りかえされた。それにしても、こんなに重ね重ね礼を言いあわなければならないほどに、どちらが何をしたというのだろう。しかも、校長室の出口に立ってミセス・マーチを見送る際、校長の顔には笑みがたたえられていた。

コロンブス・アヴェニューでタクシーを拾おうと手をあげたとき、ひとりのホームレスがふらりと近づいてきて、いきなり罵声を浴びせはじめた。「てめえなんぞとは、寝《や》る気も起きねえ！」その声を背に浴びながら、ミセス・マーチは逃げるようにタクシーに乗りこんだ。ドアの閉じる音が背後に聞こえた。

24

自宅アパートメントが近づいてきたとき、歩道に人だかりができていることに気がついた。寒さを凌《しの》ごうと身を寄せあっている者たちもいれば、ひとつところをぐるぐる歩きまわっている者も、少し離れたところにぽつんと立って煙草を吸っている者もいる。誰もがもこもこの冬用コートを着て、防寒用の帽子を目深にかぶっているため、顔をしっかり見ることも、性別を見きわめることも難しい。そんななか、はっきり見てとれる特徴がひとつだけあった。全員とは言わないまでもほとんどの者が、同じ本を——ジョージの最新作を手にしていたのだ。こちらでは手袋をはめた手のなかから、あちらではコートのポケットのなかから、日光を反射した光沢仕上げのカバーがちらちらと目配せを送ってくる。きっと、あのなかのひとりがジョージの自宅を探しあてるか、建物に入っていく姿を目撃するかしたのにちがいない。それでいまは、ジョージが建物から出てくるのを待っている。写真を撮らせてもらおう、サインをもらおうと待ちかまえているんだわ。

正面入口に駆け寄っていくミセス・マーチの姿を、数人が目で追っていた。ドアマンは硬い表情で口を閉ざしたまま、大きく扉を開け放った。

「ありがとう」と声をかけても、返事は返ってこなかった。足早にロビーを突っ切りながら、ミセス・マーチは首をひねった。ひょっとして、わたしの声が聞こえなかったのかしら。ちゃんと声に出したつもりだけれど、もしかしたら、わたしがそう思いこんでいるだけなのかしら。

その晩のマーチ家では、家族三人が全員揃って食卓についた。ミセス・マーチの向かいの席では、ジョナサンがむっつりと黙りこんだまま、皿の料理をちびちびと口に運んでいる。ミセス・マーチはときおりそちらを盗み見ては、落ちくぼんで隈《くま》のできた目や、よそよそしい態度をじっくり観察したすえに、こう結論づけた。あの校長がジョナサンについて語った話のなかに何がしかの真実が含まれる可能性など、どう考えてもありえない。なのに〝堕落〟というあの言葉だけが、どろどろに腐った臓器のように、心に重くのしかかっている。それを払拭《ふっしょく》するために、ミセス・マーチは藁《わら》にもすがる思いで、こんな仮説を立ててみた。もしかしたら堕落させられたのは、むしろジョナサンのほうなのではないか。ジョナサンはクラスメイトの少女にそそのかされて、悪しき行為に及んだだけではないのか。あるいは、この子をそそのかしたのは……物思いを断ち切って、ミセス・マーチはジョージを見やった。夫はいま、ごくんと喉を鳴らしながら、せっせと料理を呑みこんでいる。そうよ、息子を堕落させたのはこのひとだわ。この怪物がわたしの可愛い息子を堕落させたのよ。

「ポテトをくれないか」皿から顔をあげもせずに、ジョージが言った。

「ぼくもポテト」と、ジョナサンも言った。

ふたりのいるほうにポテトの皿をすべらせてやっているとき、まるで雷に打たれたかのように、ミセス・マーチはあることに気づいた。夫と息子には、あきらかな共通点がある。これまでは一度もこの点について、深く考えてみたことがなかった（ジョナサンはどちらの遺伝子も受け継ぐことなく、ひとりでに生まれてきたような気がしていた）。けれどもいま、ミセス・マーチの目には、見紛いようもなく似通った点がいくつか見えていた。額の盛りあがり具合。生え際のライン。それから、眉毛の角度もよく似ている。ただし、目だけはまったく似ていない。そのことにミセス・マーチは安堵をおぼえた。〝目は心の窓〟ということわざが事実であるとしたら、ジョージとジョナサンの心もまた、まったくの別物だということになる。長い睫毛に縁どられたジョナサンの目が大きくて、虚ろな光を宿しているのとは対照的に、ジョージの目は小さくて、射るような鋭さがあるうえに、ありありと知性がにじみだしている。いいえ、ジョージの目がそういうふうに見えるのは単に、近視のせいかもしれない。何十年ものあいだ分厚いレンズ越しに目をすがめて、原稿を睨みつづけてきたせいかもしれない。ジョージも幼い子供のころは、ジョナサンのように目が大きくて、表情も乏しかったのかもしれない。義母から聞いた話によると、かつてのジョージは人並はずれて聡明な少年であったという。ジョージは母親から溺愛されて育った。おそらくは義父の死をきっかけにして、母子が特別な絆で結ばれるようになったのだろう。共通の悲しみによって、強く結びつけられたのだろう。とはいえ、ジョージ本人の言によれば、亡き義父はかなり厳格な人物であったらしい。それから、冷淡な人物でもあったという。いまこうして考えてみると、ジョージにトラウマを植えつけたのは、父親を亡くすという経験ではなかったのかもしれない。もしかしたら、誰にも気づかれることなく、義父は息子を虐待していたのかもしれない。酒に酔っては幼い息子を殴りつけることで、服従を強いていたのかもしれない。つらい過去を隠していた夫のことを、ミセス・マーチは心のなかで叱りつけた。ジョージはきっと、そうした過去を恥じているのにちがいない。あるいは、虐待を受けた子供たちの多くがそうであるように、ジョージも自分を責めているのかもしれない。あるいは、ひょっとしてひょっとすると、虐《しいた》げられることをいやがっていなかったのかも……はっと息を呑みそうになるのをぐっとこらえると、その拍子にアスパラガスが喉に詰まって、激しくむせてしまった。もしかしたら、義父がジョージを怪物に変えてしまったのかもしれない。ジョージは自分がされたことをいま、ジョナサンにしているのかもしれない。祖父から父へ、父から息子へ。三世代にわたって受け継がれてきた、怪物の血。

ミセス・マーチは食いいるようにジョージを見つめてから、ジョナサンに視線を移した。どちらもこちらには見向きもしない。わたしは本当に、ここに存在しているのかしら。ほんの一瞬よぎった不安を、すぐさま慌てて打ち消した。そんなわけないわ。ついさっきだって、ポテトをまわしてと頼まれたじゃないの。何かしゃべりたかった。しゃべらなきゃいけない気がした。ふたりにこっちを見てもらいたい。わたしはたしかにここに存在しているのだと、確信させてほしい。ミセス・マーチはひとつ咳払いをしてから、こう切りだした。「ねえ、ジョナサン。今日、学校で何があったのか、あなたの口からお父さまにお話ししてみたら？」

その問いかけに、ジョナサンはついと目だけをあげた。その表情は計りがたく、眉間には皺が寄せられている。ジョージはグラスのふち越しに息子を見て、「何かあったのか、ポー？」と愛称で呼びかけた。

「停学になったんだ」自分の皿に目を伏せたまま、ジョナサンは答えた。

ジョージはふうとため息をついた。驚いたというよりも、あきらめたふうだった。

「学校で何かしでかしたらしいの……女子生徒に」ミセス・マーチはそう言い添えながら、口のなかがからからに乾いていくのを感じた。

ジョージはレンズ越しにジョナサンを見すえた。「そうか、それはよくないな。家の外でどんなふうにふるまうべきかは、しっかり教えてきたはずだぞ」いつになく厳しい声で、ジョージは息子を叱りつけた。「今日おまえが学校でしたことは、断じて赦すわけにいかない。正直なところ、お父さんはがっかりさせられた。お母さんも同じ気持ちだろう。おまえはそんなに愚かではないはずだ」

「悪いのはぼくじゃない……」悔恨の念をありありとにじませて、ジョナサンが切々と訴えだした。「アレックがほかの男子をけしかけて――」

「アレックが？」ミセス・マーチは新たな希望の兆しに色めき立った。それが本当だとすれば、階上に住むあのシーラ・ミラーも、わたしと同じ試練に耐えることになるのでは？

「……それなら、アレックも停学処分を受けたの？」

なおも皿に目を伏せたまま、ジョナサンは首を横に振った。「ううん。アレックは校長室にも呼ばれなかった。けど、あれは全部アレックが――」

そのとき出しぬけに、ジョージがてのひらをばんとテーブルに叩きつけた。ミセス・マーチは肩をびくっと跳ねあげた。

「そんな言いわけが通用するか！　八歳で停学になるなんて、そのうえ、自分がしでかしたことの責任を他人になすりつけようとするなんて、情けないにもほどがある！　こうなったのはおまえのせいだ。おまえひとりの責任だ。このことについて、しばらくじっくり考えてみなさい。そして、二度と同じ過ちを繰りかえすんじゃないぞ」

目の前で繰り広げられる光景を、ミセス・マーチはなすすべもなく見守っていた。ジョージは険しい面持ちで、ぐっと顎を引いている。鼻の穴が広がっている。食塩入れが横ざまに倒れている。ジョージがこんなふうに声を荒らげるのを、最後に見たのはいつのことだったか、そもそもそんなことが一度でもあったかどうか、まるで思いだせなかった。ジョージは手厳しく躾をしたり、重い懲罰を与えたりするような父親ではけっしてない。なのにいま、ミセス・マーチの脳裡には、シルヴィア・ギブラーを前にして激昂するジョージの姿が、まざまざと浮かびあがっていた。寝室の床に倒れこんだシルヴィアが命乞いをしている。ジョージはシルヴィアを上から見おろして、にべもなくこう告げる。これから起きようとしていることの責任は、すべてきみ自身にある。ひとを弄んだらどうなるか、ひとを挑発したらどうなるか、いまから身をもって知ってもらうとしよう。やがて、激しい暴行を受けた肉体から命の灯火《ともしび》が消えゆくなか、シルヴィアは最後の力を振りしぼって、慈悲を乞う。ジョージはそれを笑い飛ばす——みずからめぐらせた恐ろしい想像に、ミセス・マーチは戦慄《せんりつ》した。知らぬまに頬の内側を嚙みしめていたらしく、気づいたときには血の味が口内に広がっていた。

「話は済んだ。自分の部屋に戻っていなさい」ジョージが命じると、ジョナサンは椅子から立ちあがり、両親の顔を見ることもなく、部屋を飛びだしていった。

横目でちらっとようすを見ると、ジョージは食事を続けていた。アスパラガスの若芽を小さく切りとっては、少しずつ口に運んでいた。最後のひと切れをようやく呑みこむと、眉間に皺を寄せて言った。「今日は誰かの誕生日じゃなかったか？　きみのお姉さんか誰かの」

「いいえ」と短く答えてから、そっけなさすぎたかもと不安になって、ミセス・マーチは言葉を足した。「姉の誕生日は九月よ」

「ああ、そうだったな。にしても、誰かの誕生日のはずだが、誰なのかが思いだせない」

きっとシルヴィアの誕生日なんだわと、ミセス・マーチは推測した。

「それ、食べないのならもらってもかまわないか？」ミセス・マーチの皿を顎で示して、ジョージが訊いてきた。

ミセス・マーチは目の前の皿をジョージのほうへ押しやった。ジョージはたいてい食事を軽めに済ませることが多い。満腹になりすぎると頭が働かなくなって、執筆が捗《はかど》らなくなるのだという。きっと今夜は、ひどく憤《いきどお》ったせいで、食欲を掻き立てられてしまったのだろう。ジョージという人間は、怒りを原動力としているのかもしれない。ミツバチが花から蜜を吸うように、ジョージも大気から吸いとる恐れや不安を糧《かて》としているのかもしれない。


その晩、ミセス・マーチが寝室で寝ていると、ジョージがふらりとやってきて、ベッドの端に腰かけた。いいえ、ジョージじゃない。そこにいるのは悪魔だった。「あなたの言うことなんて、何ひとつ信じないわ」と、ミセス・マーチは悪魔に告げた。悪魔は長く伸びた黄色い爪でミセス・マーチの頰をなでつつ、こう言った。「どうやらここには、多くの悪魔がひそんでいるようだ」

「ええ」

「知らぬまに入りこんできたんだな」

「月曜に業者が来るわ。入りこんできたやつらを駆除してくれる」

「耳をどうしたんだい？」頰をなでていた黄色い爪で今度は耳たぶをなぞりながら、悪魔は言った。

「ちょっと火傷をしてしまったの。でも、もう治ったわ」

「本当に？」

不審に思いつつも耳たぶに手をやってみると、指先にかさぶたが触れた。「変ねえ。どうしてかしら。すっかり治ったと思ったのに」

するると次の瞬間、かさかさに乾いたかさぶたが、ぐらぐらになった歯が抜けるみたいに、ぽろっと剝がれ落ちてきた。おかしなところがないか見てもらおうと差しだすと、悪魔はそれを口のなかに放りこみ、しばらく嚙みしだいてから、ごくんと呑みこんだ。いくらなんでも無礼が過ぎる。なんだか無性に腹が立って、ミセス・マーチはきっぱりと言った。

「失礼させていただくわ。誰かに呼ばれているようだから」

悪魔は不思議なものでも見るような目つきで、こちらを見た。「別に誰も呼んでいないが」

「呼んでるわ。廊下で声がしているもの」

「廊下には誰もいやしないぞ」

重たい瞼を強いて開けると、いつのまに移動したのか、扉の前に立っていた。右手はてのひらで包みこむようにドアノブをつかんでいる。あたりはほとんど真っ暗闇で、無造作に引かれたカーテンの隙間から射しこむ月明かりと、扉の下の隙間から漏れだしている廊下の明かりのほかに、室内を照らすものはなかった。

ゆっくりとノブをまわして、扉を開けた。すぐ目の前に、誰かいる。暗がりのなか、黒い人影が身じろぎもせずに、こちらを向いて立っている。ミセス・マーチははっと息を喘がせながら、とっさに一歩後ずさりした。それからぐっと目をすがめて、暗がりに目を凝らした。そこにいるのはジョナサンだった。ジョナサンが不自然に直立した姿勢で、その場に立ちつくしていた。大きくて虚ろな瞳はこちらを通り越して、どこか遠くを見すえていた。

ミセス・マーチはジョナサンの前に膝をつき、何も見ていない目をのぞきこみながら肩を揺すった。ジョナサンはびくっと身体を引き攣らせたあと、目をぱちぱちとしばたたいたかと思うと、わんわんと声をあげて泣きはじめた。ミセス・マーチは我が子を抱きしめた。ジョナサンも母親にしがみついてきた。震えのとまらない小さな身体をしっかりと受けとめたとき、書斎に明かりが灯っていることに気づいた。ジョナサンとふたり、ひしと抱きあったまま、長い時間が過ぎていった。そうしているあいだもミセス・マーチの目は、書斎の扉の下から漏れだす光に釘づけになっていた。

25

それから数日のあいだは、家のなかでジョナサンと出くわすたびに、ぎょっとさせられてばかりいた。どこからともなくあらわれでたかのように、ジョナサンがいつも唐突に目の前に立っていたからだ。その後ようやく停学処分のことを思いだして、自分なりに会話を試みてはみたものの、あちらもまた母親同様、生来の話し上手ではなかったため、話が弾むことは一度としてなかった。ジョナサンは会話だけでなく、相手の目を見ることも苦手なようだったけれど、珍しく目が合ったときには、校長がそれとなく仄めかしてきたことを思いだして、あれこれ考えさせられた。それにしたって、八歳の子供の心の内など、いったいどうやったら知ることができるのだろう。

息子にどう接すればいいものか、途方に暮れたミセス・マーチは、ひとまず色鉛筆と塗り絵を買い与えた。それからマーサに指示をして、サンドイッチと果物を山盛りにしたトレイを子供部屋に運ばせた。またあるときは午前中に、セントラル・パークのウォルマン

・リンクまで、アイススケートに連れだした。一月の朝の空気はひんやりとしてすがすがしく、晴れ渡った空の色が街並みを青く染めていた。

ジョナサンがスケート靴を履き終えるのを待っているとき、とつぜん近くの物陰で、誰かが大声をあげだした。するとその直後、周囲の木立から男がひとり飛びだしてきたかと思うと、猛り狂った獣のような咆哮《ほうこう》をあげながら、こちらに向かって突進してきた。ミセス・マーチは恐怖に凍りついた。アーミンの毛皮のストールをしかと握りしめたとき、気がついた。男は幼い息子を胸に抱きかかえていた。獣が唸《うな》るような声まねをしてやるたびに、その子はきゃっきゃっとはしゃいだ声をあげていた。ミセス・マーチは親子に微笑みかけた。心臓は肋骨を押し破らんばかりに、どくどくと早鐘を打っていた。とにかく動揺を鎮めるべく、毛皮をくしゃくしゃに握りしめたこぶしをゆっくり開いているうちに、ジョナサンはよろよろと氷の上にすべりだしていった。

リンクぎわから息子のようすを見守っているとき、同じくリンクを眺める人垣のなかに、見覚えのある顔を見つけた。あれはたぶん、ジョナサンのクラスメイトの母親だ。ミセス・マーチはひとまず身を隠そうとした。陽射しをさえぎるふりをして、てのひらを額にかざし、顔を隠した。ところが、そうした試みも虚しく、すぐさま相手に見つけられてしまった。

「こんにちは！　覚えていらっしゃるかしら？　マーガレットよ。マーガレット・メルローズ。ピーターの母親の」そう名乗ってきたずんぐりむっくりは、夫と幼児を連れていた。そのことを知った途端、ぐんと気分が浮き立った。だって、夫が平日のセントラル・パークをぶらついているということは、仕事を馘《くび》になった可能性があるということでは？

「今日はジョンがわたしたちとすごすためにって、わざわざ休みをとってくれたの」マーガレットは得意げに言って、にっこりと微笑んだ。

「それはよかったわね」と、ミセス・マーチはそつなく応じた。

「あそこにいるのはジョナサンよね？　学校はどうしたの？」

「それがじつは……」ミセス・マーチは切なげにため息をついてみせた。「あの子の祖母がいま、かなり危ない状態で……あの子は相当なお祖母ちゃま子ですから、学校を二、三日休ませてあげることにしたんですの」それからマーガレットにぐっと顔を近づけ、声をひそめてこう続けた。「病状から見て、おそらく日曜は越せないんじゃないかと……」大袈裟に息を呑むマーガレットにうなずきかけてから、ミセス・マーチはさらに続けた。「ですから、あの子がお祖母ちゃまとすごせるのは、今週いっぱいが最後になるかもしれませんわ」

「まあ、そうでしたの。お気の毒に……」マーガレットは言って、表情を曇らせた。「それにしても、こんなふうに気晴らしまでさせてあげるなんて、本当にお子さん思いでいらっしゃるのね。ジョナサンは幸せね」

ミセス・マーチはいかにも慎ましやかに目を伏せ、控えめに微笑んでみせた。マーガレット・メルローズがこの日の午後、小学校から帰宅した息子を迎えいれ、あれこれ報告するさまが目に浮かぶ。アイススケートリンクでジョナサンを見かけたわ。ジョナサンのお祖母さまが重いご病気なんですって。これから数週間のあいだは、ジョナサンに優しくしてあげなきゃだめよ。絶対にお願いよ。息子は当惑しきったようすで、おずおずと真相を打ちあける。いいえ、運がよければ、そうはならないかもしれない。ジョナサンが停学を食らった理由を、その子が詳しく知っているとはかぎらない。けれども、子供というのは残酷だ。噂はすぐさま広まるし、平気でデマも撒き散らす。

「ジョージは一緒にいらっしゃらないの？　いまはお仕事中かしら」明るい話題に変えようと、マーガレットが訊いてきた。

「ええ、そうなの。つい最近、新刊が出たばかりなものですから、取材だのなんだのって、あれこれ忙しくしてるんですのよ」

「今回の新作、本当にすばらしかったわ」

「そう……わたくしはまだ読んでいないから……」気づいたときには口がすべっていた。

ついさっき大嘘を並べたてたせいで、くたびれ果ててしまったらしく、新たな嘘をひねりだすだけの気力がなかった。

「あら、絶対にお読みになるべきよ」マーガレットは片目をつぶってみせてから、さらに続けてこう言った。「絶対の絶対に、お読みになったほうがいいわ」

絶対の絶対に、お読みになったほうがいいわ――この言葉を発したときのかさかさにひび割れた唇の動きが、目に焼きついて離れない。マーガレットが家族のもとへ引きかえしていくと、ミセス・マーチもスケートリンクに視線を戻した。すると、いったいどうしたことか、氷上に立つすべての者が、ぴたりと足をとめていた。その場に突っ立ったまま、まばたきもせずに、じっとこちらを見すえていた。リンクのなかにいる者だけでなく、周囲の見物客までもが次々と首を伸ばして、じっとこちらをのぞきこみはじめた。まるで美術館の壁に並ぶ肖像画のように、どこにいようとも一瞬たりとも、目線がはずされることはない。ジョナサンもまたリンクの中央に立って、前歯がのぞくほどの満面の笑みを浮かべたまま、じっとこちらを見つめている。

ミセス・マーチはふらふらと後ろによろめいた。てのひらに顔をうずめると、ミントグリーンの手袋に向かって、激しく息を喘がせた。そこは暗くて、柔らかで、安心のできる隠れ場所だった。ところがしばらくすると、自分の呼吸音だったものが、誰かほかの人間のものように聞こえてきた。

鳥のさえずりと、スケート靴の刃が氷を掻く音がして、ミセス・マーチは顔をあげた。すべてがもとの状態に戻っていた。（さっきまでは気にもしていなかった）陽気なBGMまでもが、にぎやかに流れだしていた。ほうっとため息が口から漏れた。ジョナサンの注意を引こうと手を振りながら、「そろそろ帰る時間よ！」と声を張りあげた。

ジョナサンはむすっと拗《す》ねた顔をして、帽子をかぶるのをいやがった。家路につこうと歩きだしたとき、マーガレットの声が聞こえた。自分たちを呼びとめようとしていることはわかっていたけれど、ミセス・マーチは気づかないふりをして、そのまますたすたと歩きつづけた。

公園のなかを突っ切って、遊歩道をぶらつく旅行客や、水彩画のスケッチをしている素人画家のそばを通りすぎた。ジョナサンがとつぜん何かを指差したので、そちらに目を向けてみると、からになったヴーヴ・クリコのシャンパンボトルがゴミバケツに捨てられていた。ガラスにひびが入っていたため、触っちゃだめよと諌めながら、さらにずんずんと歩を進めた。

おぼろな人影があとを追ってきていることは、それとなく感じとっていた。人影は何メートルか離れたところ――視界の隅のぎりぎりのところ――を、つかず離れずついてくる。

なのに、何度振りかえってみても、そこには誰も見あたらない。しだいに呼吸が乱れはじめた。不安が強まるにつれて、足首がねじくれたようになって、歩みはどんどん遅くなった。気のせいよ。被害妄想に囚われているだけ。そう自分に言い聞かせた。ミセス・マーチは長いあいだ、あの男がふたたび姿をあらわすことを恐れてきた。食料品店や、花屋や、それこそありとあらゆる場所で、ばったりあの男に出くわすのではないかという不安の種を、潜在意識に蒔《ま》いてきた。いまでもときどき瞼の裏に、あの男の姿が浮かんで見えることがある。両手をポケットに突っこんで、太陽を背にして立つ、真っ黒なあのシルエット。

「明日もここに来られる？」どこか下のほうから、ジョナサンの声がした。

「さあ、どうかしらね」とミセス・マーチははぐらかした。

あの男は、小さなテニスラケットのマークが刺繡された半袖のシャツを着ていた。木々の合間にいま見えたのは、あの半袖シャツだった？　いいえ、こんな寒い季節に、半袖のシャツなんて着ているわけがないじゃない。でも、あのシャツを着ることで、わたしに存在を気づかせようとしているとしたら？

「夕ごはんにホットドッグを食べてもいい？」

「いいえ、ジョナサン。今夜はだめよ」

「アレックは年がら年中食べてるよ」

そのとき左のほうから、何かがぽきっと折れるような音がして、ミセス・マーチは縮みあがった。いまのは、がっしりとした男物の靴が小枝を踏んだ音なのでは？　ミセス・マーチは歩みを速めた。小走りになりながら、もっとゆっくり歩いてよと訴える息子の声も、耳に入ってこなかった。

あれは十三歳かそこらのときの出来事だ。あのころの自分のことはあまりよく覚えていないけれど、唯一、脚についてだけは鮮明に記憶している。自分自身に関して記憶に焼きつけるにはちょっと笑える箇所だけれど、事実なのだから仕方がない。思春期に入って身体つきが変わる以前、ミセス・マーチの脚はひょろひょろとして長かった。カトンボみたいな脚だった。あの年の夏はスペイン南部を訪れていたため、例年にも増して日焼けしていて、そこに金色の産毛《うぶげ》が生えていた。あのカディスという街のことは、まるで夢で見たかのように、映画館のスクリーンで観たかのように、記憶に色濃く残っている。カディス湾を取りかこむ砂丘と、その頂《いただき》に茂る灌木。海岸でエビを呼び売りする裸足の男たち。真っ白に砕ける波頭と、まばゆくきらめく海面。波音は絶えることなく、つねにつきまとって離れない。深くて荒い息遣いのような音が、夜のあいだも響きつづける。

カディスに滞在中は、一日が長く感じられた。あまりにもやることがなさすぎて、ミセス・マーチはしだいに暇を持てあますようになった。はるばる五千五百キロメートル以上も旅したすえに両親がようやく悟ったのは、あまりビーチが好きではないという事実だった。両親はときおり子供たちも連れて、海岸沿いをそぞろ歩いた（十三歳のミセス・マーチはむっつりと黙りこんだまま、最後尾をのろのろと進んだ）。とはいえ両親は一日の大半を、プールサイドのビーチベッドに寝そべって、ひとことも口をきくことなくマティーニをちびちびやりながら、大きなサングラスの陰にあらゆる感情を押し隠し、面白くもなさそうにすごすのがほとんどだった。誰かに声をかけて、お友だちにでもなりなさいなと両親からは促された。けれども、当時のミセス・マーチは、友だちを作るという行為がやけに難しく感じられる年頃だった。もっと小さい子供たちほど無邪気にはなれないし、大人の輪に入れてもらえるほどの歳でもない。成熟した大人の世界では、礼儀作法くらいはわきまえていないと、対等に扱ってももらえない。だから、ミセス・マーチは大半の時間、虚しさに押しつぶされそうになりながら、あてもなくほうぼうを歩きまわっていた。ひとり寂しく海に向かっては、水面下にひそむ危険――鱗の生えた生き物でも、ハサミのある生き物でも、棘に覆われた生き物でもなく、ほかの海水浴客が残していった赤い染み付きのバンドエイドや、温かな黄色い液体がじんわり広がりかけている一角――に怯えながら、水浴びもした。少し離れたところで泳いでいるグループのにぎやかな話し声や楽しそうにはしゃぐ声が、海風に運ばれて、途切れ途切れに聞こえてきた。陽が高くなると直射日光を避けて、もっぱらホテルの客室ですごした。ときには思いきってロビーに忍びこみ、ほかの宿泊客が棚に残していった本をぱらぱらめくってみたり、土産物店のラックに吊るされている麦藁帽子をあれこれ試着してみたりもした。客室のテレビで観ることのできる番組は、すべてドイツ語のものだった。そういえば、ホテルやビーチで見かける旅行客は、全員がドイツ人のようだった。男のひとたちはみんな、ぴちぴちのブーメランパンツを穿いていていた。女のひとたちはみんな、限りなく白に近いブロンドで、日に焼けた背中や太腿は真っ赤に腫れあがっていて、ビキニの紐の跡が何本も白く残っていた。

日が暮れて、漁船が沖に漕ぎだすと、サーモンピンクやラベンダー色に染まった水平線で、無数の小さな光がちかちかとまたたきだした。遥か遠くの沖合を眺めるうちに、巨大な乳房をした女のひとが波に揺られているような気がして、よくよく目を凝らしてみると、海面に浮かぶブイだと気づくことが何度もあった。ただのブイだとわかっているはずなのに、なぜだか毎回、目が騙された。

最初にその男の視線に気づいたのは、ホテルのデッキテラスにいたときだった（よくよく思いかえしてみれば、それ以前にもあちこちで男を見かけていたけれど、そのことに気づいたのはずっとあとになってからだ）。そのデッキテラスは、浜辺を眼下に見晴らす位置にあった。周囲を取りかこむヤシの木々は、パイナップルの表皮に似た幹がフットライトに照らされていた。ミセス・マーチが夕食を終えたとき、両親はまだビュッフェ形式のパーティーを楽しんでいた。一角に設けられたステージではフラメンコのショーが催されていて、大きくふくらませた髪と悩ましげな表情の女がひとり、歌と手拍子に合わせて踊りながら、力強く床を踏みしめていた。にぎやかに浮かれ騒ぐ人々の歓声と笑い声が、大気に満ち満ちていた。あまりの騒ぎようが異様に思えて、ここにいる全員が麻薬をやっているか、催眠術にかけられるかしたんじゃないかと、だんだん不安になってきた。両親は何日かまえに若い夫婦とお近づきになっていて、毎日のようにさまざまな席で、楽しげに酒を酌み交わしていた。ミセス・マーチはそれが気に食わなかった。つねに冷ややかでよそよそしい態度しか見せてこなかった母が、出会って一週間にも満たない相手とあれほど親しくなれるなんて。愛想よくふるまうことができるなんて。やろうと思えばできるのに、娘にはそうしてくれないことが、腹立たしくてならなかった。

あの楽しげな人々の輪に無理をして加わる気には、どうしてもなれなかった。ミセス・マーチはため息まじりにその場を離れ、海に面したデッキテラスへ向かった。こちらのテラスでは、大人たちが煙草を吹かしながら、めいめいにカクテルを楽しんでいた。自分もバーテンダーにヴァージン・サンフランシスコをつくってもらい、欄干《らんかん》にもたれて砂糖漬けのチェリーを口に含んだ。それを舌の上で転がしていたとき、あの男の視線に気づいた。

男は、小さなテニスラケットの刺繡が入ったシャツを着ていた。唇を小さくすぼめた、なんとも形容しがたい表情でこちらを見ていた。「ごめんなさい」ミセス・マーチはそう謝りながら、しゃぶっていたチェリーを欄干の向こうの砂浜に投げ捨てた。音を立ててしゃぶっていたことを咎められるものと思ったのだ。

「それ、アルコールは入ってるのかい?」ミセス・マーチが手にしているオレンジ色のカクテルを顎で指しながら、男が訊いてきた。

「いいえ、まさか。もちろん入ってないわ」十代の少年少女に特有の、信じてくださいと切実に訴えるような声で、ミセス・マーチは答えた。

「だろうね」とひとこと、男は言った。近づいてくるそぶりはいっさい見えなかったのに、気づけばぐんと距離が縮まっていた。男はすぐ隣で欄干に肘をつきながら、続けてこう訊いてきた。「あのパーティー、ちょっと退屈だったと思わない?」

ミセス・マーチはこくんとうなずいて、カクテルを口に含んだ。肌に突き刺さるような視線を感じる。何か気の利いたことを言わなくてはと、必死に思案をめぐらせるうちに、男はとつぜん目を逸らし、肘を引いてまっすぐに立った。もうわたしに興味がなくなってしまったの? ミセス・マーチは焦るあまり、気づけばこう口走っていた。「じつはこれから、浜辺へ花火を見にいくつもりなの」

「花火？」

ミセス・マーチはうなずいた。「毎晩十時に打ちあげられるの。下の浜辺におりたほうが、ずっときれいに見えるのよ。光が海に反射して。それに、迫力も段ちがいだし」以前、美術館の館内ツアーガイドがとある絵画を解説するのに使った〝迫力〟という言葉が、ミセス・マーチの琴線《きんせん》に触れた。何かを褒めるときにこの言葉を使ったら、とっても大人っぽく聞こえる気がしたのだ。

男はポケットに両手を突っこんで、こちらを見ていた。

「それじゃ……もう行くわね」

飲み残したカクテルを置いて、ミセス・マーチはデッキテラスを突っ切り、浜辺までおりることのできる長い木製の橋に向かった。あのひと、あとを追ってきてくれたらいいのに。ひとりぼっちでいるのは、もう飽き飽きだもん。だけど、ひとりぼっちで花火を眺めることになったとしても、テラスから見られているかもしれないから、楽しそうなふりをしなくっちゃ。でも、そんなのって、どこからどう見たってみじめすぎる。

ところが、男はあとを追ってきていた。ミセス・マーチは男と連れだって橋を渡り、砂浜におり立ったところでようやく間近に男を眺めた。ことさらに暗い夜だった。漆黒の空に月が映え、星々がきらきらとまたたいている。橋の欄干に巻きつけられた電飾の黄色い光だけが、薄ぼんやりとふたりを照らしている。砂浜にたどりつくと、ふたりは足をとめて、互いにこっそり相手を見やった。男の薄緑色の瞳と、げっそりこけた頬が見えた。半袖からのぞく腕に目をやると、黒い毛に灰色のものが入りまじっていた。

手をつないだカップルが、すぐそばを通りすぎていく。女のほうが煙草を吸っていることに気づいた瞬間、急に大人ぶってみたくなった。ミセス・マーチは女に駆け寄って、煙草を一本もらえないかと頼んでみた。女は快く一本分け与えたうえに、手ずから火までつけてくれた。ついさっき知りあった男のもとへ悠然と引きかえしていくあいだ、ミセス・マーチは未知の感覚に酔いしれていた。ついに大人の仲間入りを果たせたような気がした。

「きみ、名前は？」男が訊いてきた。

「友だちからはキキって呼ばれてる」

「なんだかエキゾチックだな。歳はいくつ？」

「十六。来月、十七になるの」はじめての煙草に咳きこみながら、ミセス・マーチは嘘を答えた。

「大学に行くのが楽しみだろう？」

ミセス・マーチは宝石の鑑定でもするように、その質問の意味するところをじっくり検討しつくしてから、男の顔に煙を吐きかけつつ、こう答えた。「うん、もちろん。ただ、大学に進学するいちばんの目的は、これまでにない刺激的な経験を積むためだけど」

答えを聞いた男がにやりとすると、頬がますます落ちくぼみ、鼻の穴が広がった。「そうだろうとも。おれも、大学時代のことはたいして覚えちゃいない。飲んだくれてばかりいたせいかもな」

ミセス・マーチは煙草の吸いさしをぽとりと砂に落としてから、もったいぶった口調で「お気の毒さま」と告げた。

「ああ、本当に」と男は答えた。

海岸線に沿ってゆっくり砂丘を歩いていくと、橋の光が背後に遠ざかっていった。どういうわけかこのときだけは、海が見たこともないほどに凪いで、打ち寄せる波も優しく岸を洗っているように見えた。

並んで歩いているときに一瞬、男の腕と腕が触れあったけれど、ミセス・マーチは気づかないふりをした。いたずらっぽい笑みを浮かべつつ、下唇を上向きに突きだして息を吹きかけると、前髪がふわりと浮かびあがった。男は声をあげて笑った。ミセス・マーチもくすくすと笑った。男が少し背を曲げて、ミセス・マーチの顔に息を吹きかけてくると、ふたたび前髪がふわりと舞った。「やめてったら」と言って、ミセス・マーチは笑った。

「この街へは、親御さんと一緒に？」

「うん」

「昼間は何をしているんだい」

「小説を書いたりとか」

「小説を？　本当に？」このとき男の口から飛びだしたのは、まるでチョコレートボンボンを齧ったときのような、嬉しい驚きの声だった。

「本当よ。小説なんて書いたって、なんの役にも立たないけど」足もとに視線を落として、ミセス・マーチは続けた。「それでも、来年には仕上げるつもり。たぶん春までには」

「いやはや、すごいな。感心した。おれにも、筆をとる時間がありゃあいいんだが」

「本当にやりたいことがあるなら、無理にでも時間を作らなきゃ」ミセス・マーチは言って、微笑んだ。

男は不意に波打ち際へ近づき、履いていた靴を脱ぎだした。

「何をしてるの？」とミセス・マーチは尋ねた。

「砂や水の感触を、もっとじかに味わいたいんだ」片足立ちになって靴をつかみ、ぐらぐらと身体を揺らしながら男は言った。「ちょっと飲みすぎたかもな。よし、脱げた」言いながら、丸めた靴下を靴のなかに押しこんでいく。「砂浜を靴で歩くのは嫌いなんだ。どうにも窮屈な感じがして。そう思わないかい？」

ミセス・マーチは相槌を打って、自分も靴を脱ごうと腰を折った。この旅のために母親が買ってくれた、おろしたての白いテニスシューズ。本当はビーチサンダルが欲しかったけれど、あんな品のない代物を流行に乗って買うものではないと、ただちに却下されてしまっていた。その靴紐をほどいているとき、どういうわけだか、突き刺さるような視線を感じた。それに応えるようにして、ミセス・マーチは恥じらうふうを装いながら、ゆっくりと靴下を脱いでいった。

「きみは信じられないくらいにきれいな足をしているな」と男は言った。ミセス・マーチが立ちあがると、その肩に手を置き、「自分がどれほど魅力的か、わかっているかい？」と訊いてから、ぐっと顔を寄せてきた。間近に迫った男の目は、猫の目のような薄黄緑色の光を帯びていた。

「いやっ」と声をあげたとき、何かが一瞬のうちに変容を遂げた。ついさっきまで気分を軽やかにしてくれていたはずのものが、砂浜から一歩も足を動かせなくなるほどの重みをもって、肩を押さえつけていた。

いまふたりがいる場所は、ホテルとホテルのあいだに広がる砂丘の片隅で、光はいっさい届かなかった。潮の流れが変わったらしく、水ぎわがじわじわと近づいてきている。素足に伝わる砂の感触は、冷たくて、硬くて、容赦がない。昼のあいだに見せていた顔とは、まるで表情が異なっている。

その晩、打ちあげられる花火の下で起きたことを、まったく覚えていないわけではない。どうせ忘れられないのであれば、できれば他人の身に起きたことととして――たとえば同じ学校の生徒であるとか、姉の友だちか誰かの体験談として――記憶したいというだけだ。あるいは、あんなことは誰の身にも起きなかったのかもしれない。あれはもしかしたら、いつかどこかで耳にした単なる寓話なのかもしれない。無理に大人ぶった愚かな少女がひどい目に遭うという教訓を込めた、単なる寓話なのかもしれない。

セントラル・パークの出口をめざしてジョナサンの手を引きながら、馬車馬の列の合間をすりぬけた。視野を制限するための遮眼帯を両脇につけられているというのに、磨きあげられたマホガニー材みたいな瞳がじっとあとを追ってくる。大きく突きだした眼球は、白目がひどく血走っている。

きっとあの晩、カディスの浜辺で、悪魔がわたしのなかに入りこんでしまったんだわと、ミセス・マーチは驚くほど冷静に結論づけた。そしていま、その悪魔はなんらかの方法で、我が家にまで忍びこんでこようとしている。まるでゴキブリのように、目では捉えられないほどの隙間をすりぬけようとしている。すでに亀裂を見つけていて、いまにもそこを通りぬけようとしているのにちがいない。

26

その晩はほとんど熟睡できなかった。眠りが浅いせいで、同じような夢ばかりを見つづけた。夢のなかのミセス・マーチは、鏡に映る女たちの姿を借りて、女たちの家に入りこんでは、その女のふりをして暮らしながら、夫婦関係や社会的地位を維持しようと、死に物狂いでもがいていた。夢と夢の合間に一度、猛烈な尿意に襲われてベッドから起きだし、バスルームに行ってみると、あることに気づいて愕然とした。あれは全部夢で、また最初からすべてやりなおさなければいけないのだと思うと、心の底から虚しくなった。

そういうわけでその翌日のこと、ふと我に返ったミセス・マーチは玄関の間に立っていて、帽子とコートを身につけていた。なのに、これから出かけるところなのか、それとも帰ってきたところなのかもわからない。そのとき、背後から物音が聞こえてきた。廊下の奥の居間かどこかで、マーサが家具を動かしたり、窓を開けたりしているんだわ。ミセス・マーチはとりあえず、一日の行動を時系列順に振りかえってみることにした。朝食をとったこと。シャワーを浴びたこと。マーサとビーフ・カルパッチョについて会話をしたこと。それ以外にも細かいことをいくつか覚えているけれど、合間あいまの記憶はごっそり抜け落ちている。コート用のクロゼットの横に掛けられている金塗りの姿見をのぞきこむと、ひどく怯えた自分の顔がじっと見つめかえしてきた。隣家と接する壁越しに、軽快なジャズの調べが聞こえてくる。弾むようなピアノの音色と、小気味好いアレンジを利かせたサックスのメロディー。なんとなくだが直感にしたがい、いまから出かけようとしていたことに決めて、ミセス・マーチは扉を開けた。

建物の外に出てみると、光の具合に違和感をおぼえた。なんというか、昼間という設定で組まれた、映画のセットみたいな感じがする。いまにも書割が倒れてくるのではないか、この景色のすべてがボール紙でできているのではないかと、一瞬だけれど不安になった。

ぼうっとしたまま自動操縦のように食料品店まで歩いていって、自動ドアを通りぬけた。店内では、星形のネオンサインが〈週替わりセール〉の文字を躍らせていた。拡声器のひび割れた声が、従業員に招集をかけていた。口をぱっくりと開けた魚の死骸が、氷を敷きつめた寝床の上から、じっとこちらを見あげている。ミセス・マーチはシリアル売り場の通路をぶらぶらと進んだ。パリのシャンゼリゼ通りでウィンドウショッピングを楽しむかのように。かねてから感じてきたことだが、シリアル売り場というのは、ほかの売り場に比べてかなり異質で、なんとも不可思議な空間だ。形状だけは画一的な箱に、けばけばしい色彩が氾濫していて、そこに描かれたキャラクターたちが〝自分を選べ〟とわめきたてながら、いまにも飛びだしてきそうに見える。

棚の端まで進んで向きを変え、隣の通路に入った直後、ひとりの女性客のそばまで来たところで、とつぜんぴたりと足がとまった。女性客はこちらに背を向けていたけれど、着ている毛皮のコートにも、少し猫背ぎみで肉づきのいい肩にも、なんとなく見覚えがある。両手の指を縒りあわせてでもいるのか、腕を曲げて両肘を横に突きだした姿勢も、どこかで目にしたような気がする。そのとき不意に肩をぽんと叩かれて、ミセス・マーチは跳びあがった。弾かれるように振りかえると、そこに立っていたのは同じアパートメントの住人だった。ただし、どうしても名前が思いだせない。

「こんにちは。お元気でいらっしゃいました？　ジョージもいかがおすごしかしら。こうしてお話しするのも、ずいぶんと久しぶりですわねえ！」住人は返答を差し挟む隙もないほどの早口で、ぺらぺらとまくしたてた。「たしか、最後にお見かけしたのは、ミリー・グリーンバーグのお宅で開かれたパーティーのとき……いいえ、あそこにはいらっしゃらなかったわね。そうそう、グリーンバーグのご一家といえば、もうお聞きおよびかもしれないけれど……」

グリーンバーグ家とは表面的なつきあいしかなかったが、ゴシップ好きの女があかしたところによると、どうやら妻のミリー・グリーンバーグは目下、離婚協議の渦中にあるらしい。原因はご主人の浮気だそうだけど、それほど同情の余地はない。それというのも、あそこのご夫婦はかつて不倫関係にあって、それぞれの結婚相手を裏切ったすえに再婚したそうだから……。なんという名前だったかはいまだに思いだせないが、とにかく隣人ではあるその女が大袈裟な手ぶりをまじえながらあれこれ噂を振りまくうちに、袖口からちらっと手首の毛がのぞいた。黒くて濃い毛の一部は、腕時計のベルトにまで絡んでいる。それで思いだした。この女は、あの住人だ。子供たちの歯を守るためだのなんのと屁理屈をこねて、ハロウィンに各戸を訪ね歩くのを禁止するよう訴えた住民。大型犬だというだけの理由で、住人の飼い犬を危険だと触れまわるたぐいの住人。

「……とまあ、そんなことになってしまってるんですのよ。信じられないかもしれないけど」

「とっても仲睦まじいご夫婦のようでしたのに……」

「あらあら、そんな初心《うぶ》なこと、言うもんじゃないわ。心から愛しあっているように見えて、そんなの全部嘘っぱちだって夫婦なんか、それこそごまんといるんですからね。たとえば、わたくしの友だちのアンだって……ううん、こっちが勝手に友だちと思っているだけかもしれないわね。だって、向こうもそう思ってくれているなら、なんでも打ちあけてくれたはずですもの」

「そうしたくても、できなかったのでは？」

「馬鹿ばかしい。こっちは何もかも打ちあけたっていうのに。姑が受ける手術をめぐって、どれだけ親族が揉めたかってことも。火曜になると気持ちがふさぐのは、父が毎週火曜に大酒を食らっては、わたくしたち家族に罵声を浴びせていたからだってことも」

「なんてひどい」

「でしょう？　軽々しくは打ちあけられない、深刻な話ばかりよ。こっちは心の内を全部さらけだしたっていうのに、あのひとからは何が返ってきたと思う？」

つかのまの沈黙が流れた。ミセス・マーチは返答に詰まった。いまのは、単なる反語的な疑問文と受けとめるべきなのか、そうではないのか。するとありがたいことに、女がチッと舌打ちをしてから、勝手にふたたび話しだした。「アンは結局、これまでよりもずいぶん狭いアパートメントに引っ越さなきゃならなくなってしまったようよ。ひどく気落ちして、誰とも口をきこうとしないらしいわ。そりゃまあ、どんな人間だって、一度でも誰かにのけ者にされたら、二度と関わるまいと思うものですからね。うちの姉も、口癖のようによく言ってるわ」

「引っ越し先のお家賃はどうするのかしら。お仕事はしてらっしゃらないのでしょう?」

純粋な好奇心にせっつかれて、ミセス・マーチは女に尋ねた。

「もちろん、仕事は探さなきゃならなかったでしょうね。いまは弁護士事務所でアルバイトをしているらしいわ。勤め先を紹介してやるだけの礼儀は、ご主人もわきまえていたみたいね」

「優しいご主人なのね」

「とんでもない。だって、その事務所にいる全員に知られてしまっているのよ、ご主人の浮気のこと。だいたい、浮気相手の愛人までもがその職場で働いてないかどうか、わかったもんじゃないでしょう?」

「まあ、そんな……そんなことって……」

「こんな状況から立ち直るすべが見つかるとは思えないわ。あんな男と結婚しなければ、いまごろは一流の画家として認められていたかもしれないのに。アンはものすごく絵が上手だったのよ。なのに、すべてをあきらめてしまった。あんな男のために」

ミセス・マーチはふと思った。わたしも何者かになれただろうか。妻や母親以外の何かになれただろうか。じめじめとした薄暗いアパートメントにひとり暮らしている、自分の姿を思い浮かべてみた。朝になるたび憂鬱に耐えつつ、とぼとぼと職場へ向かう姿も。誰かのためにオリーブのパンを買うこともない。どこへ行くべきかも、何をするべきかも、どうあるべきかも、よくわからない。「かわいそうなアン……」と、思わず声に出していた。

「ふん。あなたにはわかりっこないわ。あなたは生まれてこのかた、他人を憐れみながら生きてきたんでしょうからね。だけどどんな人間も、あなたに憐れまれるには値しなかった。ひとによっては、ありがたく思わないどころか、逆恨みする者もいるでしょうね。うちの姉の知りあいにね、アンと同じ年頃の女性がいて、以前は広告関連のお仕事でかなり成功していらしたんですって。お給料がいいのはもちろんのこと、あれやこれやの役得にもありつけていた。ところがあるとき、その方はぷいと仕事を辞めて、役者をめざすと言いだしたそうよ。いい歳をして、考えられる？」

「それで、うまくいきましたの？」

「まさか！」きらきらと目を輝かせて、女は答えた。否定的な結果となることを同様に願っていたミセス・マーチも、おいしいものを味わったときのような昂揚感に満たされた。

「いったい何を期待していたのかしらね？　姉が聞いた噂によると、どうやらとうとう困った挙句に……ほら、おわかりになるでしょう？」女が大きく目を見開きながら、秘密を打ちあけようとするようにぐっと顔を近づけてくると、ビーフステーキのにおいとゲラン

・シャリマーの香りが鼻孔をくすぐった。

「ずっと年嵩《としかさ》の男性たちといるところを、何度も目撃されているそうよ」小さくひそめた声で、女は言った。「いかにも裕福そうな年上の男性を、取っかえ引っかえしているみたい。本当を言うならわたくしだって、人様の噂なんてしたくはないわ。だけど、そのひとがそうした男性たちをひとりでも愛しているとは思えないもの。わたくしが言いたいのはそれだけよ」それから女は近づけていた顔を戻すと、一瞬の間を置いて話題を変えた。

「それはそうと、ご主人の本といえば……」ここに至って女ははじめて、ミセス・マーチの顔をまっすぐに見すえた。それまでの数分間はずっと、ミセス・マーチのいるほうをなんとなく見ているだけだったのだ。

「主人の本が何か……？」とミセス・マーチは問いかけた。心構えもないままに、あまりにも唐突に強い関心を向けられて、思わず取り乱しそうになった。

「ちょっとおかしなことがあって。先日、ここで買い物をしているとき、持ち歩いていたジョージの本をひとまずカートのなかに入れておいたの。でも、ソーセージを……ジミー・ディーンのポークソーセージを買い足そうと思って、食肉売り場に取りにいって戻ったら……信じられる？　本が盗まれてしまっていたのよ！　通路にとめてあったカートから！」

「なんてひどい！」ミセス・マーチは物思わしげに首を振った。

「ひどいなんてもんじゃないわ！　きっといま、あの本は品薄の状態なのね。だけどまさか、ひとから盗んでまで――」

「ジョージに言えば、一冊お譲りできるかと――」

「お気遣いなく。すでにもう一冊買いましたから。ページをめくる手がとめられなくて、あとちょっとで読み終えてしまうわ」次に何を言うべきか決めあぐねているみたいに、女はぐっと目をすがめ、眉間に深く皺を寄せた。「あの小説は……あれは本当に……特別な一冊ね」

「ええ」

女は急に黙りこんで、じっとこちらを見つめてきた。何かとても訊きづらいことを訊こうとしているんだわ。そう思うと、皮膚がぞわぞわと粟立った。けれども、その問いかけがひどく無礼なたぐいのものであるならば、ふたりが隣人同士であることも考えあわせれば、あえて危険を冒すことはないと考えるのが妥当だわ。だってそれは、本当は妊娠していない女性におめでとうと告げるようなものだから。ミセス・マーチは弱々しい笑みを浮かべつつ、女の顔を見つめかえした。

「ああ、いけない。長くお引きとめしてごめんなさいね。きっとお忙しいでしょうに。いいえ、暇な人間なんてそうそういやしないわね。今度ジョージをお見かけしたら、新作の成功をお祝いしなきゃ」

「ありがとうございます。主人に伝えておきますわね」と、ミセス・マーチは最後に言った。

何も買わずに店を出て、風に抗うように自宅まで歩いた。顔を隠すようにコートの襟を立てたまま、公園に面した煉瓦造りの四角い建物の前を通りすぎるとき、入口の上方をふと見あげると、〈自分を愛するようにあなたの隣り人を愛せよ〉との聖句が刻まれていた。

エレベーターに乗りこんで、〈6〉のボタンを押すとドアが閉じた。ミセス・マーチは夢でも見ているかのようにゆっくりと、すべるようになめらかに手を動かして、残りのボタンも片っ端から押していった。すべてのボタンが点灯した操作盤は、まるでクリスマスツリーのように見えた。

〝特別な一冊〟だと、あの住人は言った。たしかに特別な一冊だわ。作者が公然と妻を貶《おとし》める小説なんて、そうそうこの世に存在しない。色欲の悪魔《アスモデウス》が他人の家の屋根を吹き飛ばすかのように、妻が心の最奥部に秘めてきた秘密を暴きたてるなんて。強くこぶしを握りしめたせいで、関節が臼歯《きゅうし》みたいに白く浮きでた。あのひとは相応の罰を受けるべきだわ。

まずはシルヴィア・ギブラーを殺した廉《かど》で、牢獄行きにしてやらなくては。そうすればきっと、あのすかした笑みを顔から掻き消してやれるはず。

606と記された扉を開けてなかに入ると、ジョージがひとり、居間のソファにすわって新聞を読んでいた。ステレオのスピーカーからは、プッチーニのオペラのアリアが大音量で鳴り響いている。

ミセス・マーチは入口に立ったまま、不興の色を隠しもせずに、こう声をかけた。「今夜のお夕食、ラムチョップはいかがかしら」

「いいんじゃないか」とジョージは答えた。

ミセス・マーチはつかのまためらってから、廊下を引きかえして寝室に入った。耳につけていた大ぶりなイヤリングをはずして腕を組むと、ジョージの側の小卓に置かれた電話機を見すえたまま、室内をうろうろと歩きまわった。覚悟を決めて受話器を取りあげると、九一一の緊急通報ダイヤルをまわした。呼出し音が鳴らないうちに、すぐさま受話器を架台に戻した。馬鹿ね。何をやってるの？　通報なんてしたところで、話せることなど何もないのに。いったい何を言うつもり？　〝夫のノートに挟んであった新聞の切りぬきを見つけました〟とでも？　ミセス・マーチはもう一度、受話器を取りあげた。あいているほうの手でコードをつかみ、人差し指に絡ませながら、通報すべきかどうかを検討した。

受話器から流れる警告音すら気にもとめず、受話器を耳に押しあてたまま考えこんでいると、背後で床板の軋む音がした。振りかえった視線の先に、寝室の入口に立つジョージの姿が見えた。ミセス・マーチはかろうじて悲鳴を抑えこんだ。

「どこかで手袋を見かけなかったかい？　ロンドンに持っていきたいんだが」

「ロンドン？」

「ああ。まえに話したろう？　有志の作家が数名集まって、慈善イベントを開催するって。それから、テレビ局の取材も入ってる。かなり大きくとりあげてくれるらしい。まあ、ほんの数日で戻る予定だがね」淡々とそう語る声は、練習を重ねたかのように淀みがなかった。

「そういえば、そうだったわね」とミセス・マーチは答えた。そんな会話をした覚えは微《み》塵《じん》もなかったけれど、話を合わせておいたほうが無難だという気がした。

「誰に電話をかけるんだい？」ジョージが訊いてきた。

ミセス・マーチはぽかんとした表情でジョージを見つめた。それからようやく、受話器を耳にあてたままだということに気づいて、首を振った。「いいえ、なんでもないの」

ジョージは曖昧な笑みを浮かべ、探るような目つきで妻を見た。「そうか。それならいいんだ」

「姉にかけてみたのだけれど、留守だったみたい」慌てて受話器を架台に戻すと、勢いあまって、驚くほど大きな音が鳴った。ジョージはまだこちらを見つめている。手のやり場に困ったミセス・マーチは、寝室に入ってきたとき肘掛け椅子に放りだしてあったスカーフと、ミントグリーンの手袋と、分厚いセーターを手にとっては丁寧に畳んで、きれいに積みあげていくことにした。

「この家にひとりにしてしまうが、大丈夫かい？」セーターと格闘するミセス・マーチを見つめたまま、ジョージは尋ねた。

「あら、そんな経験は一度もなかったみたいな口ぶりね」

「そうだな、すまない。本当はきみも連れていきたかったんだが、誰かがジョナサンについていてくれたほうが安心だと思ってね。週明けにはまた通学できるようになるわけだから。きみもそう思うだろう？」

「ええ、もちろん。わたしも今回は一緒に行くべきではないと思うわ」

ジョナサンの停学が明けたあと、ジョージもいない数日を、いったいどうやってすごそうか。ゆっくり美術館を訪れたり、がらんとしたダイニングルームでひとり静かにランチをとったり。いいえ、それもこれも、いつもやっていることじゃない。

「そもそも、こんなせわしい旅にきみを巻きこみたくなかったんだ。時差ボケを克服している暇もなく、トンボ帰りしなけりゃならないんだから」

時差ボケ？　そんな単語がジョージの口から飛びだしてきたことは、これまで一度たりともない。鋼《はがね》のように重く冷たい確信が、ずしんと腹にのしかかった――この男はジョージではない。でも、それならいったい何者なの？　この男には、何かおかしなところがある。見た目はたしかにジョージだけれど、ジョージではない。直感がそう告げている。ジョージの顔をして、ジョージのカーディガンを着てはいるけれど、でも、絶対にジョージではない。直感がそう告げている。

「そう聞くと、やっぱり家で待っているほうがよさそうね」一語一語を大袈裟すぎるほどにはっきりと発音しながら、ミセス・マーチは言った。

ジョージは両手をポケットに突っこんだまま微笑んだ。ポケットに手を入れて歩く習慣なんて、本物のジョージにはなかったはずなのに。「ぼくもそうじゃないかと思ったんだ」ジョージは言いながら片手をあげて、耳の後ろをぽりぽりと掻いた。「夕食まで書斎にいるよ。ラムチョップができたら呼んでくれ」

ジョージがくるりと背を向けた瞬間、ミセス・マーチはわけもなく、とっさに夫を呼びとめていた。「待って！」振りかえったジョージに向かって、声を震わせながらこう尋ねた。「あなたに訊きたいことがあって……あの小さな町の名前はなんといったかしら……ほら、夏の休暇で訪れた、イタリア南部のあの町……ホテルの客室にはエアコンがついていなかったけれど、窓から海が一望できて……あなたは毎晩のように夜更かしをして、テラスで葉巻を吸っていたわ……覚えてる？」

「おいおい、なんだって急にそんなことを訊くんだい？」とジョージは言った。きっと、時間を稼ごうとしているんだわ。

「なぜって、上階にお住まいのミラーさんご夫妻が、イタリア旅行を検討されているらしいの。夫婦水入らずで、あちこちご旅行をされてるんですって。それで、わたしたちが旅行したときの話をしたら、町の名前を是非教えてほしいと言われてしまって……」

ジョージは床に視線を落とした。その瞬間、ミセス・マーチは確信した。ついに尻尾をつかんだわ。やっぱりこのひとはジョージじゃない。ところがその直後、ジョージはぱちんと指を鳴らし、ぱっと顔をあげたかと思うと、得意満面にこう告げた。「思いだしたぞ！　ブラモシーアだ！」

誰かは知らないけれど、よくやったものだわ。こんな些細な情報まで、しっかり共有しあっているなんて。ジョージの皮をかぶった男が寝室を出ていく姿を見送りながら、ミセス・マーチはこの可能性について——ついさっき気づいたばかりの、あまりにも危険な可能性について——慎重に思案をめぐらせた。たしかに突拍子もない考えではあるけれど、妙に理屈が通ってもいる。ただし、わたしの考えが正しいとするならば、ジョージが偽者にすりかわっているとするならば、ことさらに恐ろしい結論が導きだされてしまう。もうひとりのジョージがこの世に存在するのなら、もうひとりのわたしも存在したって、おかしくないのでは？　その可能性に思い至った瞬間、ミセス・マーチはさっと窓を振りかえっていた。そうよ、はじめからわかっていたわ。

27

マーサという存在は、きわめて顕著な影響をミセス・マーチに与えていた。ジョージが家を留守にしている数日間、マーサが毎朝うちに出勤してくることになっていなかったなら、ミセス・マーチはベッドから起きだすことも、服を着替えることも、あえてやろうとはしなかっただろう。怠惰な生活がマーサの目に触れれば、無言の審判をくだされてしまう――そう考えることが、寝床から起きあがるだけの動機となった。近ごろでは、マーサの手を煩わせそうなものを事前に片づけておくという習慣まで身についてきた。毎朝マーサがやってくるまえに、床に這いつくばって家具の下をのぞきこんだり、バスルームを隅々まで見まわしたりして、ゴキブリがいないことを確かめた。煙草の灰が落ちた跡を、きれいに布で拭きとった（ミセス・マーチはいまでもときどき、ガブリエラから盗んだ煙草をこっそり吸っていた。箱入りのトリュフチョコを毎日ひと粒ずつ味わうように、隠し場所から一本ずつ取りだすのだ）。ドレッサーや小卓の上に置きっぱなしになっていたワイングラスをさげると、コースターを敷かなかったせいで、天板には黒っぽい輪が残された。床に散ったパン屑や食べかすを、きれいに掃きとりもした（ゴキブリをひどく恐れるくせに、夜分にベッドで軽食をつまんでしまうという、マゾヒスト的な癖がついてしまっている。おかげで、このごろは同じ服を着ていても、鳩尾《みぞおち》のあたりが若干窮屈に感じるようになってきてしまった）。そうしてひととおりの片づけを終えたあとは、以前よりゆっくりと、熱めのお湯に浸かるようにもなった。そうすれば、バスルームのなかにこもった湯気で鏡が曇ってくれるため、浴槽から出るときに身体のラインを直視しないで済んだ。

毎朝の散歩は続けていたけれど、頭のなかにはぼんやり靄がかかっていた。寒風に吹かれながらとぼとぼ歩いて、パトリシアのパティスリーの代わりに仕方なく通うようになった店でオリーブのパンを買うこともあれば、美術館を訪れることもあった。そんなある日、手袋を持って出るのを忘れてしまったせいで指がかじかみ、玄関扉の鍵を開けることができなくなってしまった。ミセス・マーチはなすすべもなく廊下に立ちつくした。すると数分後、桃色に赤切れした手指がじんじんと痺れだし、ようやく感覚が戻ってきた。

あれは、そうしたある日の朝、いつものように真冬の散歩に出かけた際のことだった。七十五丁目をめざして歩いていたとき、通り沿いに建つ店のショーウィンドウに飾られているヘアバンドが目にとまった。ひと目見るなり、マスコミが公表した最新の写真のなかで、シルヴィア・ギブラーがつけていたものに似ていると感じた。写真のなかのシルヴィアは、森のなかの空き地のような場所に敷いた毛布にすわり、自然な笑顔をカメラに向けていた。桃をひとつ手にして、黒無地のベルベットのヘアバンドを頭に巻いていた。

ミセス・マーチはショーウィンドウの前を通りながら、買ってみようかと思案した。これを家のなかでつけてみようか。がらっと雰囲気を変えた姿を、鏡に映して眺めてみようか。きっとシルヴィアが見つめかえしているように感じるはず。想像をめぐらせているうちに、ショーウィンドウの前を通りすぎ、ヘアバンドが背後に遠ざかっていった。なおも考えこんだまま、ミセス・マーチは三番街の雑踏を縫うように進みつづけた。

横断歩道の手前で立ちどまり、信号待ちをしている歩行者の群れに加わった。M86系統のバスが巻き起こしたつむじ風にも、人々は誰ひとりひるむことなく、直立不動で立ちつくしている。じきに信号が変わろうかというころ、ふと気づいた。目の前に立つ女。毛皮のコートを着て、ぴかぴかに磨きあげられた房飾り付きのローファーを履いている。ひとつに束ねた髪にはボリュームがなく、だらんと背中に垂れている。その後頭部をじっと見つめているうちに、信号が青に変わった。女は人込みを押し分けるようにして、横断歩道を渡りだした。あまりにも性急に飛びだしていったため、上下に跳ねる帽子や前後に揺れる鞄の波に掻き消されて、女の姿はすぐに見えなくなってしまった。ところが数秒もすると、ふたたび女の姿が見えた。通りの角に建つ軽食堂の前を通りすぎようとしていた。ミセス・マーチは足を速めて女を追った。相手に気取《けど》られないよう、何歩か距離をとって歩いた。目下のところ、ふたりは同じ方角をめざしていた。それなら、このちょっとした〝追いかけっこ〟を続けていても、特に害はないはずだった。女は一定のペースを保って歩いている。女のローファーが立てる靴音は、ミセス・マーチのローファーが立てる靴音と、リズムがぴったり合っている。女が横に首をまわして、ショーウィンドウを見た瞬間、心臓が早鐘を打ちだした。あの頬骨のふくらみ具合にも、あの鼻すじの盛りあがり具合にも、見覚えがある。追いかけっこはその後も続いた。まるでアヒルの親子のように、一方のミセス・マーチがもうひとりのミセス・マーチのあとを、脇目も振らずについてまわった。やがて十字路に差しかかったとき、前方を行く女が角を左に曲がった。ミセス・マーチは反対の方角へ曲がるつもりだったため、その場でぴたりと足をとめた。遠ざかる背中を見つめるうちに、妙な感覚に陥った。赤ワインのぬくもりが胸に広がって、多幸感としか言いあらわしようのない感情が花開いていくかのように、どうとでもなれという楽天的かつ向こう見ずな感情が胸に込みあげてきた。ここで引きさがるわけにはいくまいと覚悟を決めて、くるりと左に進路を変え、巨大な花束を抱えた通行人をかろうじてかわして足を速めた。

毛皮の女を追ううちにたどりついたのは、似通った外観のタウンハウスが道沿いに並ぶ一画だった。一定の距離を保って歩くミセス・マーチの視線の先で、女は一軒の褐色砂岩造りの建物に近づき、石段をのぼった。どこかに手を入れて鍵を手探りすることもなく、いきなりドアノブをつかんでまわし、玄関扉を押し開けると、そのまま家のなかに入って、扉を閉めた。ミセス・マーチはそのあともしばらく扉を見つめてから、閑静な通りの左右を見まわしたのちに、近づいてみようと心を決めた。紫がかった褐色の色合いがどこか眠たげなその建物には、ついつい近寄ってしまいたくなる引力のようなものがあった。扉や窓は上部がアーチ形に丸みを帯びていて、壁と軒《のき》の境には、コーニスと呼ばれる凝った装飾がぐるりと帯状になされている。見ているだけでも、親しみが湧く。石段をゆっくりのぼっていくと、砂岩を踏みしめるローファーの底がコッコッと音を立てた。祈りでも捧げるかのように、両手の指は胸の前でしっかり縒りあわされていた。石段の最上段にたどりつくと、ミセス・マーチは手袋をはめた手を伸ばして、ニスを塗られた重たげな木の扉に触れた。ほんの一拍ぶん、その感触を味わってから力を込めた。扉が予想したとおりの軋みをあげながら内側に開くと、艶やかな戸板に映るミセス・マーチの像も、内側に流れて消えた。なかに入って扉を閉めると、できるだけ足音を立てないように、そろそろと足を踏みだした。

家のなかと外とでは、空気がちがって感じられた。白黒のモザイクタイルの上を進んでいるとき、幅の狭いコート用のクロゼットと壁の姿見が目に入った。どちらもなぜだか我が家のものとそっくり同じふうに見えた。さらに奥へ進んでいくと、向かって右手に、広くて明るい居間が見えた。白い大理石の炉棚の上では、いくつもの写真立てがちらちらと光を反射させている。銀色の額縁のなかから、見知らぬ人々がにこやかに笑いかけてくる。ぐるりと室内を見渡してみた。へりにフリンジ飾りのついたベルベットのクッションが、年代物のソファの背に立てかけられている。金の装飾がほどこされた『ジェーン・エア』の大型本が、ロールトップ式の蓋がついた古めかしい机の上に置かれている。この部屋にいると、気持ちが落ちつく。やわらぐと言ってもいい。まるで、まえにも来たことがあるみたい。そうね、もしかしたらそうなのかも。鏡をのぞきこんでみると、そこに見えるものはむしろ、我が家の居間——真鍮の照明がホッパーの原画を真上から明るく照らしだし、暖炉の両脇に本棚が並び立つ居間——の特徴を映しているような気がした。

きっちり二回、深呼吸を繰りかえしてから、玄関の間へ引きかえした。階上から足音が聞こえてきやしないかと耳をそばだててはいたけれど、走って逃げなければという焦りはなかった。むしろ、誰かに見つかるのを待っているようなふしすらあった。

階段をおりてくる者がないとわかると、ようやくミセス・マーチは玄関扉を開けた。通りしなに、磁器製の傘立てから花柄の傘をつかみとりながら、戸口を抜けた。

自宅に帰りついたときには、夢でも見ているような感覚に陥っていた。盗んだ傘は、脱いだコートや帽子と一緒に、コート用のクロゼットにしまった。マーサは夫婦の主寝室にいた。いつもどおりの時間帯に、ベッドメイクを行なっていた。ミセス・マーチはその隙にキッチンへ忍びこんで、お茶を一杯淹れることにした。所在なげにコンロのそばに立って待ち、ようやく沸いた湯で紅茶を淹れると、カップと刺繍入りのナプキンを持って、居間へ移動した。テレビの電源を入れて、ソファに腰をおろしかけたちょうどそのとき、玄関扉をノックする音が聞こえてきた。ミセス・マーチは腰を浮かせた体勢のまま、じっと耳を澄ました。もう一度、音が聞こえてきたなら、本当に誰かが訪ねてきたということだ。たしかに音は聞こえてきた。一度めより大きく、急きたてるような音だった。ミセス・マーチは慌てて小走りに玄関へ向かい、のぞき穴で確認する手間を省いて扉を開けた。

そこには誰の姿もなかった。見慣れた壁紙と、温かみと安らぎに満ちた光を投げかける突きだし燭台のほかに、目に映るものは何もなかった。エレベーターのほうに目をやると、ドアは開きっぱなしになっているものの、階数表示のランプはひとつも明かりがついていない。

ミセス・マーチはゆっくりと扉を閉じた。三度めのノックの音は、こちら側からはほとんど聞きとれないほどに小さく、小刻みで、どこかためらいがちですらあった。ところが、力任せに扉を押し開け、すぐさま廊下の左右をたしかめてみても、やはりそこには誰の姿もなかった。どこかの部屋の住人の子供が、いたずらでもしているのかしら？

そのときとつぜん、ジョージの声が背後から聞こえてきて、ミセス・マーチははっとなった。居間から漏れだして玄関にまで届いてくるその声は、ミセス・マーチを指差して、げらげらと嘲笑っているような気がした。ミセス・マーチは玄関扉を閉めて、声のするほうへ向かった。ジョージが予定より早くロンドンから戻ってきたの？　呼吸が乱れて、切れぎれになる。恐る恐る居間に踏みこんではみたけれど、そこに人影はいっさいなく、ジョージの声だけが途切れることなく響きつづけている。戸惑いで眉をひそめながら、ガラスの格子戸の隙間に首だけを突っこんで、ダイニングルームをのぞいてみても、わかるのは、声が背後から聞こえているということだけだった。振りかえると、ジョージの声はテレビのスピーカーから流れだしていた。画面にはジョージの姿が映しだされていた。

「この作品世界において、特に物語の語り手によって、ジョアンナが嘲りの対象と見なされていることはたしかです」自分を思慮深く見せようとするときの癖で、例によって伏し目がちに一点を見すえたまま、ジョージは言った。「これはわたし自身、まったく意図していなかったのですが、筆が進むにつれて、しだいに彼女を嫌悪していく……憎しみすらおぼえはじめていく自分がいたこともたしかです」ジョージが言うと、観客が一斉にくすくすと笑いだした。

「ジョアンナという女性のどういった点が、読者を惹きつけてやまないのだとお考えですか？」と、インタビュアーが尋ねた。

「そうですね……まずは、ジョアンナという存在がきわめてリアルに描かれている点にあるかと思います」そう答えるときのジョージは、まっすぐカメラを――こちらを見すえていた。その鋭い視線は、どこか淫《みだ》らに、相手を焦らすかのように、ひどくゆっくりとミセス・マーチを刺し貫いた。それからようやく、ジョージはインタビュアーに目を戻して、こう続けた。「少なくとも、そのように受けとめられていることを、作り手としては願っています」

「もちろんです。それにしても、あのような女性を主人公に据えたうえで、ずいぶんと才知に長《た》けた物語を創造されたものですねえ」

「それを踏まえたうえでさきほどの質問に答えますと、映画化の権利を売るつもりは、もちろんあります。この作品は〝映画撮影法的な表現〟とでも呼ぶべきものにこそ、適していると考えているからです」

「ジョアンナ役を演じてほしい女優として、どなたか思い浮かぶ顔はありますか？」

「その質問にはお答えできませんね。ジョアンナ役として名指しすることで、気を悪くされたらたまりませんよ」そう言って、ジョージは笑った。

「この役を演じられるなら、どんな特殊メイクも厭《いと》わないという役者の列が、ずらっとできると思いますがね。大きな賞をとるために必要な材料が、すべて揃った役ですから」

ジョアンナ役の候補の列を、頭のなかで想像してみた。全員がミセス・マーチにそっくりの顔をして、ミセス・マーチそっくりに動いていた。まるで、無数の合わせ鏡をのぞきこんでいるみたいだった。隠し持った武器にこっそり手を伸ばすかのような動きでリモコンを手に取り、テレビを消した。暗い画面に映る自分の像を眺めながら、ひとり静かに紅茶を飲んだ。

28

ジョージの帰国予定日の前夜、赤ワインでほろ酔いになったミセス・マーチは、アロマの香りに包まれながらバブルバスに浸かることにした。夕食はジョナサンとふたりで会話もなく、互いに視線を向けることもなく、ショパンのレコードを最後まで聴きながらビーフステーキを食べた。自分もジョナサンも食事を終えて、マーサも家路についたあと、ミセス・マーチはとっておきのワイングラス――普段はダイニングルームの飾り棚にしまいこまれているもの――を取りだして、縁までなみなみとボルドーの赤をそそいだ。もう寝なさいと言いつけて、ジョナサンは子供部屋へ戻らせていたけれど、いまもまだ壁越しに、室内を跳ねまわる音や、独りごとが聞こえていた。ミセス・マーチはバスルームに入り、寝室に通じる扉を閉めると、例の害虫がいないかどうか、タイルの床を見まわした。一匹もいないことを確認してから、香り付きのリキッドソープをたっぷり浴槽にそそぎこんだ。

スーパーマーケットに居合わせた隣人を避けてまわるときのように、鏡に映る裸体から巧みに目を逸らしつつ服を脱いだ。脱いだ服は丁寧に畳んで、蓋をした便器の上に重ねた。つま先からそうっと浴槽に入り、足がお湯の温度に慣れてきたところで、華やかな香りのする泡のなかに身体を沈める。胸を締めつける水圧が、肺を押しつぶさんばかりに感じられる。

ここ数日の出来事が、死体にたかる蠅のように、しつこくつきまとって離れなかった。ジョージの不在をいいことに、まずは書斎に忍びこみ、ペーパークリップのひとつに至るまで徹底的にほじくりかえして、〝犯行の記念品〟を探しまわった。(ジョナサンの乳歯を保管するのに使っているような)磁器製の嗅ぎ煙草入れにおさめられたシルヴィアの歯か何かが見つかれば、しめたものだと考えていた。ところが、種々さまざまなノートも、ベルベットで裏打ちされた万年筆ケースも、タイプライター用のインクリボンがばらばらに詰めこまれた引出しも、隅から隅まで調べたけれど、結局は何も見つからなかった。唯一気になったのは、電話番号が走り書きされた、剝ぎとり式のメモ用紙。その番号に電話をかけてみたところ、女の声が聞こえてきたのだが、怪しまれることなく必要な情報を引きだせるような作戦がとっさに思いつかなくて、パニックに陥ったすえ、自分から受話器を置いてしまっていた。

その日は朝のうちにも、忘れられない出来事があった。ベッドからなかなか起きだせずにいたとき、とつぜん衝撃的な事実に気づいて、一気に眠けが吹っ飛んだ。あの日勤のドアマンに、クリスマスチップを渡すのを忘れていたのだ。ミセス・マーチは髪も梳かさぬまま、おなかのあたりに皺の寄ったぶだぶのシャツの上に、あまりにも大きすぎるジョージのトレンチコートを羽織っただけのいでたちで、部屋を飛びだしロビーにおりた。きょとんとした顔で迎えたドアマンの手に、汗で湿った分厚い札束を押しつけると、ドアマンは見るからにたじろいだようすで後ずさりした。

いやな記憶を抑えこみたくて、湯に浸かったままワインを呷った。「受けとってちょうだい！　お願いだから、これを受けとって！」と懇願する自分の声は、ひどく耳障りに割れていた。正気の人間が出しているとは、とうてい思えない声だった。手の震えがおさまらなくて、手首にかけていたハンドバッグが床に落ち、中身をロビーじゅうにぶちまけてしまった。美術館を訪れた日に買ったまま、すっかり忘れ去られてしなびた焼き栗が、大理石の上をころころと転がっていった。

これからは、あのドアマンの勤務時間が終わる午後三時まで待って行動しよう。夜勤のドアマンとの交代を待つようにしよう。

左脚を折り曲げると、泡のなかから膝がのぞき、肌からうっすらと湯気が立ちのぼりだした。皺々になった指先に目を凝らしていたとき、真っ赤な血がひとすじ、湯のなかにぽたぽたと垂れた。その血が水蛇のようにゆらゆらと沈んで浴槽の底に達すると、左足のつま先あたりに薄桃色が広がっていった。ミセス・マーチは慌てて身体を起こし、浴槽内から飛びだそうとして気がついた。なんだ、ワインをこぼしただけだわ。ほっと胸をなでおろし、ふたたび浴槽にもたれて、またひとロワインを飲んだ。シルヴィアが殺されたとき、血はたくさん出たのかしら。殴られたり、犯されたりしているあいだ、自分の肉体から血が流れだしていくのを、流れだした血が肌を伝っていくのを、はっきり感じとっていたのかしら。解剖を担当した検死官らは世間にこう公表していた。今回の事件の場合は、遺体が長らく風雨にさらされていたため、強姦罪を立証するのは難しい。しかしながら、シルヴィアが性暴力を受けたというイメージはすでに、ミセス・マーチを含めた世の人々の意識にしかと植えつけられていた。いまさら〝レイプなどされていなかった〟と知らされたほうが、〝貴重な時間をあんなに割いてまで、単純な殺人事件の被害者を悼んでいたのか〟と気づかされたほうが、かえって失望は大きかったろう。現場の状況からして、シルヴィアがレイプされたことはまちがいない。遺体は腰から下の衣服を脱がされた状態で発見された。ショーツは慌ただしく投げ捨てられたかのように、すぐ近くに遺棄されていた。シルヴィアの裸体は、身体つきは、いったいどんなふうだったのかしら。透明なお湯に浸かっている自分の身体を見おろしながら、ミセス・マーチは想像をめぐらせた。シルヴィアの陰毛はどんなふうだった？　犯人はシルヴィアをレイプするまえに、彼女の陰毛を確認したのかしら。それでどう感じたのかしら。そのとき、久しく忘れていた感覚が、身体の深部で花開いた。するとその直後には、猛烈な罪の意識に襲われた。十代のころ、浴槽のなかでこっそり身体をまさぐるようになったその日からずっと、魂に焼きつけられ、繰りかえされてきた、お馴染みの反応だった。もしかしたら、わたしがはじめてあれをしたとき、キキはそれを見ていたのでは？　批判のまなざしをそそいでいたのでは？　キキとはきっぱり決別していた。スペイン南部のカディスでひと夏をすごした、あの忌々しい年の冬を最後に、一度も目にしていなかった。あの冬の日の晩、キキはいきなりあらわれて、浴槽のなかに入りこんできた。すると、猛烈な怒りが押し寄せてきた。ところがその直後には、怒りをもしのぐ絶望感に見舞われた。ミセス・マーチは懇願した。出ていって。二度と戻ってこないで。キキは頑としてそれを拒んだ。ミセス・マーチはかっとなった。さっと腕を伸ばして、キキの首をつかんだ。首を絞める手にぎりぎりと力を込めると、爪がてのひらに食いこみ、腕がぶるぶる震えだした。必死の抵抗が伝わってか、空気までもがびりびりと振動しはじめた。キキがとぷんと湯に沈むと同時に、首からぐったりと力が抜け、眼球がぐるんと白目をむいた。満足げに息を吐きだしながら、ミセス・マーチが浴槽の栓を抜くと、お湯がぐるぐると渦を巻きながら、キキもろとも排水口に呑みこまれていった。

ワインの酔いが、いよいよまわってきた。バランスを見ながら浴槽のへりにそっとグラスを載せたとき、視界の隅に何かが映った。目だけを左に向けてみると、浴槽の横に全裸の女が立っているのが見えた。ミセス・マーチは浴槽の縁をつかんで身体を起こし、左に首を振り向けた。そこに立ってこちらを見おろしていたのは、ミセス・マーチ自身だった。

ミセス・マーチはしっかり目と目を絡みあわせた。そうすることで、ふたりをひとつにつなぎあわせようとした。瓜二つの女はおもむろに片足をあげて、まっすぐこちらを見すえたまま、浴槽にするりと入りこんできた。そのときになって気づいた。きっとこれは夢なんだわ。瓜二つの女は訝るような目つきでこちらを見ていた。異様に大きく、異様に黒ずんだ乳首を水面すれすれにかすめさせながら身を乗りだすと、両手をこちらへ伸ばしつつ、何かを探るように指を蠢《うごめ》かした。その指が不意に水中にもぐったかと思うと、開いた脚のあいだにゆっくりと入りこんできた。「……やめて！」

目が覚めると、生ぬるい水のなかにいた。水面には脂が浮いていて、熊の着ぐるみを着たジョナサンがこちらを見おろしていた。「ママ、死んじゃったの？」

どうにか笑みを返そうとしたけれど、ワインのせいで乾ききった唇が割れて、痛みに顔をこわばらせることしかできなかった。「いいえ、ちょっと眠いだけ……眠け覚ましに、少しお母さまと遊んでくれる？」

「もう寝る時間を過ぎてるよ」

浴槽の真上に設けられた小さな窓に目をやると、たしかに暗くなっていた。いいえ、そもそも浴槽に湯を張った時点で、もう暗くなっていたのでは？「……そう、そうだったわね。それなら、どうしてまだ起きているの？」

「怖い夢を見たんだ」

「ベッドに戻りなさい」

「ママのベッドで一緒に寝ちゃだめ？」

「もうそんなことをする歳じゃないでしょう？」

ジョナサンが心のなかで葛藤を繰りかえすあいだ、ミセス・マーチは浴槽に浸かったまま、それが終わるのをじっと待った。ジョナサンのいるうちは動くわけにいかなかった。少しでも動けば泡が弾けて、息子に乳房を見られてしまう。最後にジョナサンに裸を見られたのは、いつのことだろう。いいえ、一度もない気がする。わたし自身、母の裸を目にしたことは一度しかない。ただし、そのときのことはいまも鮮明に覚えている。まだ幼いわたしの前で、便座に腰かけて用を足していた母。脚のあいだからのぞいていた、ウールみたいにもじゃもじゃしている黒い毛の塊。カービー家においては、みだりに裸体をさらすことは禁忌とされていたにもかかわらず、そのときの母はなぜだか不用意に醜態をさらしていた。

「ねえ、ママ……」長い睫毛に覆われた目をこすりながら、ジョナサンが眠たげな声を出した。「女のひとのなかにいる、そっくりな女のひとが見つからないんだ……」

「何を……言っているの?」ミセス・マーチは恐る恐る訊いた。

「女のひとのなかにいる、そっくりな女のひとだよ……あのロシアのやつ!」

「ああ、あれのこと……」と応じながら、ほっと息を吐きだした。ジョナサンが言っているのは、母が集めていた木製のマトリョーシカ人形のことのようだ。「お母さまの持ち物をいじったの? 勝手にいじってはいけないって、言ってあったわよね?」

「どうしても見つからないんだ……いちばん最後の、いちばん小さいやつが」

ミセス・マーチも子供のころは、こっそりあの人形で遊んでいた。首のところをまわして蓋を開けては、なかからひとまわり小さな人形を取りだしていた。ときにはいちばん内側の人形を――いちばん小さくて、いちばん無垢な人形を――別のものと入れかえておくこともあった。落書きをした紙を小さく折り畳んだものや、象牙のチェスの駒や、抜けた乳歯を入れたこともある。あの母が人形を持っているというだけで、ひとに語り聞かせたいほどの驚くべきことに思えた。母とわかりあえるもの——母と自分を強く結びつけてくれるかもしれないものを——ついに見つけたという気がした。ところが、その人形をいじくっているところを発見するやいなや、母はミセス・マーチを叱りつけ、寝室の棚の最上段に人形を移動してしまった。棚の上の人形は、手が届かないがゆえの得がたい魅力を放っていた。だからこそ、母がベセスダの姉のもとに引きとられたあと、ミセス・マーチはもぬけの殻となった実家を訪れ、あの人形を持ちだしてきたのだった。

さんざんあれこれ言い聞かせたすえ、ついにはお仕置きをちらつかせると、ジョナサンはようやくバスルームから出ていった。浴槽の湯はすっかり冷えきっている。おかしな体勢でこわばっていた身体を伸ばしてよろよろと立ちあがり、排水口の栓を抜いた。水は太腿のあいだからも、細く、ぼたぼたと流れでていった。

ハーブ薬を服《の》んだのに、いつものように効いてくれない。どうしても寝つくことができない。

ベッドから起きだして靴下を履き、バスローブをつかんで居間へ向かった。街灯の光に仄かに照らされた室内はひっそり閑《かん》として、ときおり通りを走りぬけていく車の走行音のほかに聞こえてくる音はない。

その昔、ヴェネツィアへ旅行した際の土産にと、ジョージが年代物の仮面を買ってくれたことがある。疫病が流行した時代に医師がつけていたペストマスクのような、長いくちばしがついたデザインで、全体が鮮やかな黄色に着色されており、目のまわりには白や金の羽根があしらわれているため、〝鳥〟をモチーフにしていることはあきらかだった。ところが、ミセス・マーチはその仮面がどうしても好きになれなかった。眺めているだけで心がざわざわしてしまうため、何十年も昔に発行された旅行ガイドと一緒に、高いところにある棚にこっそり仕舞いこんでいた。なのに今夜、ミセス・マーチは椅子の上に立って、その棚を手探りしていた。指先が何かに触れた瞬間、目的のものだとわかった。

これといったあてもなく、アパートメントのなかを歩きまわった。仮面のなかで吐きだされる息は熱く、いやに大きく音が響いた。小さなのぞき穴から眺める景色に、しだいに目が慣れていった。子供のころは、たとえ眠れない夜があっても、こんなふうに歩きまわることはなかった。両親と暮らしていた実家の居間——硬いソファと重たいコーヒーテーブルが据えられたあの空間——には、真夜中に近づくことすら許さぬような、近寄りがたい何かがあった。

ダイニングルームのなかを進みながら、テーブルのへりをてのひらでなで、肖像画を指でなぞった。そのときふと、肖像画の上にぽつんとひとつ、銀色に光る何かが見えた。ヴィクトリア朝ふうの暗い色調を下地にして、そこだけがかすかに輝いている。仮面のくちばしがぶつかる寸前まで顔を近づけ、目を凝らすと、糊を食らう紙魚《しみ》が一匹、ガラスの下に挟まって、うろちょろと出口を探しているのが見えた。紙魚はいま、ヴィクトリア朝時代に生きた女の顔をめがけて這い進んでいる。女はすがるようなまなざしで、なんとかしてくれと懇願している。

するとの次の瞬間、まるでこちらを振りかえるかのように、紙魚がむくっと頭をあげた。指の腹で軽くガラスを叩いてやると、紙魚は慌ててガラスの端っこまで逃げていき、額縁の裏に入りこんで見えなくなった。

29

ジョージの帰宅は夕方の予定で、ジョナサンはミラー家にお邪魔している。ふたりが留守にしているうちにドライクリーニング店まで出かけていって、仕上がった衣服を受けとってくることにした。この仕事も以前はマーサに任せていたのだけれど、あるとき、ジョージのスーツと一緒に預けたネクタイだけが紛失するというトラブルがあった。その際に、どうして気づかなかったのかとマーサを叱りつけるくらいなら、今後は自分で受けとりにいこうと心に決めたのだ。ただし、店に行くのは、マーサが休みの週末まで待つようにしている。そうすれば、気まずいやりとりを避けることができるから。

ほかの住人がドライクリーニングに出していた衣類を、ドアマンがせっせと運んでいる場面に出くわしたことは数多くある。世間一般には、洗濯物の回収をドアマンに頼むことが当たり前とされているのかもしれないけれど、ミセス・マーチにとってはもってのほかだった。この日も、ロビーにおりてドアマンの前を足早に通りすぎる際には、帽子の鍔を目深にさげることで、接触を避けようと試みた。ところが、ドアマンはそんなことなど意にも介さず、ドアを大きく開け放ちながら「おはようございます、ミセス・マーチ！」と呼びかけてきた。ミセス・マーチは顔を真っ赤にしながら、意味不明な返答をもごもごとつぶやくことしかできなかった。

いつも利用しているドライクリーニング店は、三番街に建つ建物の一角にひっそりと押しこめられていて、よく見なければそれとわからないほどの小さな店だった。配達サービスは一応あるものの、ほとんど当てにならず、料金も、洗濯物を持ちこんでくる客の服装によってまちまちに変動する（たとえば、毛皮を着ている日はかならず最高額を請求される）。しかしながら、仕事の腕には非の打ちどころがない。宣伝文句は伊達《だて》ではなく、どんな染みでもきれいに消し去ってくれる。ミセス・マーチが今日ここへやってきた目的は、ジョージが狩猟旅行に着ていった服を受けとって帰ることだった。あの服だけはどういうわけか、ジョージが頑として譲らずに、みずから店に持ちこんでいたのだ。

「今回お願いしていた服ですけど、なんというか……おかしなところは見あたらなかったかしら」ビニールにくるまれた衣類をどさっとカウンターに放りだした店員に向かって、ミセス・マーチは思いきって尋ねた。

店員は何ごとかと目をすがめ、しばらくミセス・マーチを見すえてから、葉巻くさい息を吐き散らしつつ「そいつぁいったい、どういうことで?」と訊きかえしてきた。シャツの襟に開いたいくつもの穴は、葉巻の焼け焦げであるらしい。口の端をゆがめた笑みは、せせら笑いではないと思いたかった。

「いいえ、なんでもないわ。気になさらないで……ええと、汚れはすっかりきれいになったかしら?」ミセス・マーチはてのひらでビニールをなでつけながら、なかに包まれた衣類に目を走らせた。

「すっかりきれいになりましたとも。すべていつもどおりでさあ。染み抜きのプロの手にかかりゃ、消すのが難しい染みなんぞひとつもねえ。レシートは袋んなかに入れときますよ」

ミセス・マーチが札入れをいじくっているあいだに、店員は別の客の応対をしはじめた。奥の作業場から、アイロンがスチームを噴きだすシューシューという音に混じって、きんきんとうわずったラジオの音声が漏れ聞こえてくる。「ジェントリーの町はいまもなお、**シルヴィア・ギブラーさんの訃報に打ちひしがれています……」**

ミセス・マーチは数枚の紙幣をカウンターの上に置き、店員のほうへ押しやった。お釣りを待つあいだは、カウンターのきわまで身体を寄せて、ラジオの声に耳を澄ました。

「これまでのところ有力な容疑者はあがっておらず、被害者の遺族や友人は、外部の人間

による通り魔的な犯行を疑っているようです。警察当局は匿名による通報も可能なホットラインを開設しており、どんな些細な情報でもかまわないと――」

そのホットラインに電話をかけてみようか。夫のジョージが怪しいと密告してみようか。いいえ、だめ。もしも濡れ衣《ぎぬ》だったらどうするの。だけど、胃袋の底から恐怖が告げている。濡れ衣ではないと知らせている。

「毎度どうも」店員が釣り銭を渡しながら、ぶっきらぼうなどら声を張りあげた。

自宅への道をたどるうちに、ビニールをつかむ手はじっとりと汗ばみ、頭のなかではある計画が形を成しはじめていた。自分の足で、実際にジェントリーを訪れてみよう。現地でみずから手がかりを探し、この疑念が正しいことを証明しよう。いいえ、そんなの馬鹿げてるわ。なんとなくそんな気がするというだけの理由で、メイン州くんだりまで出かけていこうというの？　ミセス・マーチは自分に言い聞かせようとした。けれども、本気で思いとどまるつもりなどないことは、火を見るよりあきらかだった。頭のなかにはすでに、自分がジェントリーの住民から信頼を勝ちとるようすや、見過ごされていた手がかりを突きとめるさま、勇敢で粘り強い行動を地元警察から称えられる姿までもが、まざまざと思い浮かんでいた。そうよ、やっぱり現地へ向かおう。わたしの夫が残虐な殺人犯であるのかそうでないのかを、白黒はっきりさせるために。

マディソン・アヴェニューに面する書店の前に差しかかった際、ふんと鼻を鳴らしたのは、店先のワゴンに並べられたジョージの旧作が目にとまったからだ。ページがぱっくりと開いたさまはまるで、道行く者を誘惑する娼婦の脚のようだった。ショーウィンドウに視線を移したとき、例の最新作が飾られていることに気づいて、足がとまった。ガラスを挟んだ向こうには、暖かみのある光に照らされたカフェスペースが見える。床から天井まで高さのある書架はいずれも書物で埋めつくされていて、真鍮の横木のついた梯子《はしご》が立てかけられている。〈ベストセラー〉と表示されたコーナーの前に立っている女性には、見覚えがある。いまだに名前は思いだせないものの、少しまえにスーパーマーケットで出くわした、あのゴシップ好きの住人だ。ジョージの例の最新刊を、ソーセージの入ったカートのなかからミセス・マーチに盗みとられたあの住人。ガラスに隔てられているせいで声は聞きとれないけれど、ジョージの小説を読みあげながら、くすくす笑っているように見える。その隣で笑っているのは……あのシーラ・ミラーでは？　ショートヘアにスリムな体形の女が、ボーイッシュなパーカーにカラフルなスカーフを合わせた着こなしで、腹筋の痙攣を抑えこもうとするかのように、腹を抱えて笑っている。

ミセス・マーチはそのふたりをガラス越しに睨《ね》めつけた。大きく波打つ胸の動きに合わせて、ドライクリーニング店のビニール袋ががさがさと音を立てた。タクシーが一台、背後を通りすぎていった。黄色いおぼろな影がガラスを走りぬけながら、女たちの首を刎《は》ねると同時に、舗道に水飛沫を撥ねあげた。

ゴシップ好きのほうの女はいま、手にした本のなかの何か一点を指差している。シーラが期待に満ちた表情で身を乗りだし、よく見ようと顔を近づけている。何を目にしたのか知らないが、笑みをたたえつづけていた口が、驚きと喜びをあらわにしてあんぐりと開く。シーラはその口をてのひらで覆って、代わりに大きく目を見開く。ゴシップ好き女と顔を見交わして、大釜を囲む魔女のように、いたずらっぽく微笑みあう。

ミセス・マーチはじわじわと、ショーウィンドウとの距離を詰めていった。やがてついに、ガラスの向こうで忍び笑いしている女ふたりと目が合った。ミセス・マーチは待った。ふたりの顔から笑みが消え去り、悔恨の色が浮かんでいくのを。ところが驚いたことに、女たちの口もとに形づくられたのは、冷ややかで下劣な笑みだった。ミセス・マーチはくるりと背を向けて、ふたたび家路をたどりはじめた。

アパートメントの入口が近づいてきたとき、すぐそばにたむろしている少人数の一団が目に入った。今日もまた、ジョージのファンが出待ちをしているんだわ。ミセス・マーチが正面玄関に近づいていくと、そのうちの数人が好奇のまなざしを向けてきた。

六階にあがり、自宅に足を踏みいれるが早いか、インターコムが鳴った。けたたましく鳴り響く耳障りな音にびくっと肩を跳ねあげながらも、ミセス・マーチは受話器を取った。

「……はい？」

「ジョージはご在宅で？」

「いいえ、いないはずですわ。どちらさまでしょう？」

「なかに入れてもらえませんか？　サインがいただきたいんです」

「それはできませんわ。いま申しあげたとおり、主人は留守にしておりますの」

「わたしたち、先生の作品の大ファンなんです。先生がどんなところで暮らしてらっしゃるのかを、見てみたいだけなんです。なんとかお願いできませんか」

「いいえ、わたくしでは――」

「ご迷惑はおかけしません。五分でいいんです。それ以上は居すわりません」

「ドアマンは何をしているの？」みるみる口が渇いていって、うまく舌がまわらない。

「先生の最新作を題材にして、論文を書いてるんです」別の声が話しだした。「お時間はとらせません。ジョアンナの生まれた場所を目にすることが、研究を進めるうえできわめて重要なことなんです」

「うちに入れてさしあげることは、絶対にできません。どうかお引きとりください」

途切れ途切れの雑音にまぎれて、ひそひそと相談しあう声が聞こえてくる。「こういうことは、もうやめてください……」ドライクリーニング店から受けとってきた衣類を片腕に抱えたまま、ミセス・マーチは懇願した。こめかみに汗が噴きだしはじめている。「もしもし？　もしもし？」

「なんでしょう？」返ってきた声があまりにも大きく、あまりにも明瞭だったせいで、ミセス・マーチは思わずぎょっとした。「こちら、ドアマンですが？」

「ああ、よかった。６０６号室のミセス・マーチです。あの方たち、もういなくなりました？」

「いなくなったって、誰がです？」

「ファンの方たちよ。ジョージのファン。外にたむろしていた……」言いかけて、ふと黙りこんだ。汗が冷や汗に変わりはじめた。いまこうして話している相手が、本当はドアマンでないとしたら？　わたしはたったいま、みずから部屋番号をばらしてしまったことになる。

　すると、その疑念を裏づけるかのように、蝶番《ちょうつがい》が軋むほどの力を込めて、何かが玄関扉に叩きつけられた。ミセス・マーチは銃に撃たれでもしたようにはっと息を喘がせて、ドライクリーニングの袋を床に落とした。ごくりと大きく唾を呑み、勇気を振りしぼってのぞき穴をのぞきこもうとした直後、戸枠から扉をはずさんばかりの勢いで、ふたたび何かが扉に叩きつけられた。ミセス・マーチはてのひらに顔をうずめると、突っかい棒でもするかのように、扉に背中を押しつけた。荒っぽいノックの音はまだ続いている。仮借《かしやく》のないその音が、背中を通りぬけ、胸のなかまで轟いてくる。苦悶に満ちた声ですすり泣きながら、「わたしにかまわないで！」とひと声叫ぶと、ミセス・マーチは床にへたりこんだ。

それと同時に、扉を叩く音がやんだ。

扉にもたれかかったまま玄関でへたりこんでいるうちに、気づけばすっかり暗くなっていた。呼び鈴の音ではっと我に返ったとき、扉の向こうから声が聞こえてきた。「わたしよ、ミセス・マーチ！　シーラです！　ジョナサンをお連れしたわ！」

ジョナサン……ああ、そうだった。シーラが階上の自宅から、ジョナサンを送り届けにきたんだわ。ミセス・マーチは床から立ちあがり、姿見をのぞきこんだ。鏡に映る顔はむくんでいて、流れ落ちたマスカラが頬にすじを成している。手早く体裁を整えようと、指先で頬をこすっていると、ふたたびノックの音が響いた。扉の下に開いた隙間の向こうで、影が動くのが見てとれた。その瞬間、とある疑念が頭をもたげた。これは巧妙な罠なのでは？　ジョージのファンたちがうちに押しいろうと、策を講じただけなのでは？　のぞき穴に片目を押しつけると、そこにシーラが見えた。ブロンドのショートヘアがひずんで見えるほど間近に立って、まっすぐこちらを見すえている。ミセス・マーチは慌てて身を引き、親指を噛みながら錠を解いた。

シーラはジョナサンの肩に手を添えつつ、顔には笑みをたたえていた。あの書店でこちらの存在に気づいていたのだとしても、その表情からは何ひとつ読みとることができなかった。ジョナサンはひとことも言葉を発することなく、母親の脇を走りぬけていった。シーラは「それじゃ、ごきげんよう！」と差し障りのない言葉を残して、そのまま立ち去ろうとした。ミセス・マーチはひとつ咳払いをしてから、意を決して切りだした。「あなたには心から感謝しなくちゃいけないわね、シーラ。ジョナサンを預かっているあいだは外出もせずに、ずっと付きっきりでいてくださってるのでしょう？」

その途端、シーラの顔には戸惑いの色がありありとにじみ、首が真っ赤に染まっていった。

「ええ、もちろんよ。これまで一度だって――」

「だとすると変ね。マディソン・アヴェニューでお見かけしたような気がするのだけれど。ほんの二時間くらいまえに」

ひどく大袈裟に眉根を寄せたようすは、考えこむふりをしているだけにしか見えなかった。「いいえ、わたし……今日は一度も外出していないわ。子供たちはテレビで映画を観ていて、わたしはレモネードとクッキーを作ってあげて……」

「それならきっと、こちらの見まちがいね」

シーラがぽりぽりと鎖骨を掻きながら、不意にこう訊いてきた。「ねえ、どうかなさったの？」

「いいえ、もちろんどうもしないわ」そう答えながら、ぐっと目をすがめた瞬間、ミセス・マーチのなかでなんらかのスイッチが入った。ぐつぐつと煮立ったまま顔面から融け落ちてしまいそうなほどの大仰な笑みを浮かべつつ、背すじをぴんと伸ばしてみせて、ミセス・マーチは口を開いた。「ジョナサンがたいへんお世話になって、本当にありがたく存じますわ。それじゃあ、また近いうちに。ごきげんよう」そうひと息にまくしたてると、シーラの鼻先で扉を閉めた。

その晩、ジョージが帰宅すると、ミセス・マーチはいつになくおざなりに、旅はどうだったかと夫に尋ねた。

「上出来のひとことだ」との返答が、なんだかはなはだ癇に障った。「すべてがつつがなく進んでいった。インタビューにも、的確に答えられたと思う。きみも放送を観てくれたかい？」

「録画しておいたわ。一緒に観られるように……ジョナサンと」ミセス・マーチは言いながら、テープの入っていないビデオレコーダーを一瞥《いちべつ》した。

「今回の新作はイギリスのほうでも、大いに好評を博しているようでね」ジョージは言いながら、床にすわって胡坐《あぐら》をかいた。ゆうべ急に動かなくなってしまったという列車の玩具を修理できるかどうか、試してみるつもりらしい。

「あの作品ならどこであろうが大人気でしょうに」異様なまでの早口でミセス・マーチがひと息に言うと、床に寝そべってテレビを観ていたジョナサンさえもが、訝るように顔をあげた。

「なんにせよ、ありがたいことだ」とうてい信じられないというふうに、首を振りつつジョージは続けた。「本当にありがたいことだ」そう繰りかえしながら、ミセス・マーチの手を取って握りしめた。

ミセス・マーチは釈然としない思いのままに、つかまれた手を引っこめた。たぶんわたしも妻として、旅の成功を喜ぶべきなんだろう。だけど、ちっともそんな気になれない。わたしはひとり置き去りにされた。一緒についていきたかったのに（内なる声は「本心かしら？」と耳打ちしてくるけれど）。とにかくジョージを懲らしめたい。わたしを置き去りにしていったのは過ちであったと、痛感させたい。同じ過ちを二度と繰りかえさないよう、よくよく肝に銘じさせたい。久しく候補に挙げられつづけているという文学賞について、ジョージが滔々としゃべりたてているあいだ、ミセス・マーチはまじまじと夫を眺めた。あの日の寝室でつかのま顔をのぞかせた〝見知らぬ男〟の痕跡が、どこかに残されてはいないだろうか。鼻先の毛穴の黒ずみや、眉毛から一本だけぴんと飛びだした長い白髪や、一方にやや傾いた眼鏡までも、とくと眺めまわしたすえに、ミセス・マーチは肩を落とした。わたしの立てた仮説には、どうにも無理があるらしい。ジョージはやっぱりジョージのままだ。これまでも、これからも。あの凶悪事件の犯人はわたしの夫にちがいないのだと、むやみやたらに訴えたところで、誰も信じてはくれまい。いいえ、あきらめちゃだめ。身体のこわばりをひしひしと感じながら、ミセス・マーチは覚悟を決めた。シルヴィアの首を絞めあげた手で、夫はいま、息子の玩具をいじくっている。このままではいられない。みずから真相を突きとめるのよ。ベセスダにいる姉と母のもとを訪ねると、夫には嘘をついて、ジェントリーへ行ってみよう。ジョージが玩具の線路をいじっていて指を切ったので、ミセス・マーチはバンドエイドを取りにいった。バスルームへ向かうあいだは、ひとりでに顔がほころんでいくのをこらえることができなかった。

30

罪悪感というのは不思議な概念だ。それは、ミセス・マーチが記憶しているかぎりで最初にいだいた感情でもある。当時のミセス・マーチは三歳くらいで、ひとりで用は足せるものの、お尻を拭くことだけはまだうまくできずにいた。そしてその日は、両親が自宅で昼食会を催していた。そこに誰が招かれていたのかも、自分や姉のリサがどうして同席を許されていたのかも、よく覚えていないけれど、とにかく、野菜のピューレを食べている最中に（ひょっとすると、フロイト的な連想が働いたためか）、猛烈な便意が襲ってきた。どうしたものかと顔をあげると、少し離れた席で会話を盛りあげている母の姿が目にとまった。立ちあがろうと椅子を引くと、木製の脚が床にこすれて大きな音が響き、ナプキンが床に落ちた。ミセス・マーチは母親のもとまで歩いていき、ぷっくりとした手で背もたれの飾り彫りをつかんだ。耳をつんざくような甲高い笑い声——来客のないときには聞いたこともないような笑い声——をあげている母に、つま先立ちになって顔を近づけ、片方のてのひらで耳を囲い、シャネルのイヤリングに鼻が触れそうなほど口を近づけて、こうささやいた。「おトイレに行きたいの……」

ミセス・カービーは苛立たしげにため息をつくと、食いしばった歯の隙間から訊いてきた。「我慢できないの？」ミセス・マーチが首を横に振ると、ミセス・カービーは無言で手をひと振りした。

あの日の出来事は、いまもときどき夢に見る。ゲスト用バスルームの便座に腰かけているあいだは、宙に浮いた足の影が淡褐色の大理石に落ちるさまを眺めていた。あのとき、あのトイレを使ったのはたぶん、ダイニングルームにいちばん近かったからだろう。あの距離なら、思いきり叫べば、母親の耳に声が届くはずだから。「お母さま！　もう出たよ！　お母さま！」ところが、途方もなく長い時（永遠にママが来なかったらどうしようかと、不安になるほどの長い時）が過ぎたころ、青すじを立てつつやってきたミセス・カービーは、娘の尻を拭きながら、押し殺した声でこうぼやきつづけた。「この子ときたら、待つということすらできないの？……どうしてわたしがこんなことを……リサは一度だってこんなことは……」力任せにこすりあげられたせいで、お尻が赤むけてひりひりとした。それ以降は、トイレでお尻を拭いてもらおうと母親を呼ぶと、代わりに家政婦が駆けつけてくるようになった。

それが、罪悪感というものをはじめておぼえるきっかけとなった出来事だった。

それから、こんなこともあった。四歳のクリスマスプレゼントに、ものすごく豪華なドールハウスをもらったとき、その包み紙を剝がしとるやいなや、わっと泣きだしてしまったのだ。

「いったいなんなの？　欲しいものとちがったの？」母親が訊いてきた。

ミセス・マーチは首を振りつつ、わんわんと泣きつづけた。流れだした鼻汁が唇まで垂れ落ちていった。

「あーあ、この子ってば、ほんとわがままなんだから」自分のもらったプレゼント――精巧な作りの化学実験セット――を抱きかかえたリサが、大人びた口調で言った。

そのときのミセス・マーチには、うまく説明することができなかった。そのドールハウスが、まさしく自分の欲しがっていたものであることも。〈FAOシュワルツ〉の商品カタログでひと目見た瞬間から、ずっと夢にまで見てきたことも。それがいま、こうして自分の手もとにある。ヴィクトリア朝ふうの装飾がほどこされた、大きな大きなドールハウス。壁には金色の額縁におさめられたミニチュアの絵画が掛けられ、照明装置には実際に明かりが灯り、バスルームには磁器製のトイレや浴槽が据えつけられている。だけどわたしは、こんなに素敵なものを贈られるに値するようなことなど、何ひとつしてきていない。

幼稚園で金色の星のシールを獲得できるようなことも、何ひとつ達成できていない。なのに、ただ欲しいと口にしただけで、それがいまここにある。受けとる価値のない手のなかにある。

「もうっ。そんなに大泣きするほどのことじゃないでしょ。ほかに欲しいものがあるなら、また来年もらえばいいじゃない」呆れたように天を仰いでリサが言い捨てるあいだも、ミセス・マーチはさめざめと涙を流しつづけていた。

罪悪感というものは、勇気ある者にしかいだくことができない。それ以外の者はただ、現実を認めまいとする。

31

そうなると残る懸念は、自分が家をあけているあいだに、近況を尋ねる電話が姉からかかってきてしまうかもしれないという一点のみだった。だが、リサのほうから電話をかけてくる可能性は、まずありえないと言っていい。クリスマスや感謝祭、あるいは誕生日でもないかぎり、リサが受話器をつかみあげることなど滅多にない。とはいえ、ときたまではあるが、母の近況を唐突に知らせてくることがまったくないわけではない。過去には、母が介護施設でクリスマスツリー用の手作りオーナメントにラメを貼りつけたと、わざわざ電話で知らせてきた。

念のため、もうひとつ嘘をついておかなくちゃ。重要な使命を果たすためなんだから、仕方がないわ。とにかく今後の足どりだけは、いっさい気取《けど》られるわけにいかないんだもの。旅先で見つけたもの如何《いかん》によっては、わたしがメイン州に赴いたということすら、誰にも知られてはいけない。ことによると永遠に、誰にもあかすことのできない秘密を抱えこむことになるかもしれないと思うと、それだけで胸がぞくぞくとした。

翌晩、マーサが帰宅したあと、ジョージが書斎に引きこもるのを待って、姉のリサに電話をかけた。「念のため、いちおう知らせておこうと思って。じつは数日、家をあけることになったの。そういうわけだから、何か知らせたいことができても、しばらく電話はしないでもらえるかしら。わたしは家にいないから。ジョージもいないわ」それからふと思いついて、こう付け加えた。「夫婦で……温泉に行くつもりなの」

「まあ、温泉なんて素敵じゃない。あなたがその手のものに興味があるとは思わなかったわ」

「馬鹿を言わないで。温泉に行きたがらない人間なんているわけないでしょう？」

「そうね、そのとおりだわ。ちなみに、どちらの温泉地へ？」

「ええと……さあ、どこかしら」

「まさか、行き先を知らないっていうの？」

「そうじゃなくて……今回の旅はサプライズプレゼントなの。ジョージからの」自分で自分に驚きながら、ミセス・マーチはとっさに答えた。

「あらあら、とんだ果報者だこと」どこか棘のある口調で、リサは言った。「留守のあいだ、ジョナサンはどうするの？」

「上階のお宅に預かってもらう手筈になっているわ」

「こちらから何度か電話を入れて、ようすを尋ねてあげましょうか？」

「いいえ、大丈夫。わたしが自分でするつもりだから。さっきも言ったように、今日電話を入れたのは、しばらく留守にするってことを知らせておきたかっただけだなの。帰宅したら、すぐに連絡するわ」

「そう、わかった。楽しんできてちょうだい」

姉との通話を終えると、すぐさま航空会社に電話をかけて、オーガスタ行きのオープンチケットを予約した。

「ご予約ありがとうございます、奥さま。どうぞ素敵な旅を！　この時期のメイン州は、本当に美しいですものね」やりとりの最後に、係員の言う声が聞こえた。ミセス・マーチは受話器を置くと、クロゼットに近づいた。厳かな手つきで観音開きの扉を開け（いまやみずからの一挙手一投足に、大いなる意義が隠されているような気がしてきていた）、タータンチェック柄の小ぶりなスーツケースを頭上の棚から引っぱりおろした。

黄褐色の冬用スリッパを詰めこんでいるとき、ジョージが寝室にやってきた。以前にも同じ光景を別の視点から眺めたことがあるような感覚に陥りつつも、ジョージがまだ部屋に入りきりもしないうちから、ミセス・マーチはこう切りだした。「ちょっと母を訪ねてくるわ。さっき姉と話したのだけれど、容態が思わしくないらしいの」

慌ただしく荷造りしているふうを装いながら、ちらっと横目で窺うと、ジョージはどことなくまごついたような顔つきで、ぽりぽりと顎を掻いていた。「それは気の毒に。何か必要なものはあるかい?」

「いいえ、もう全部揃ったわ」ミセス・マーチは応じながら、シルクのヘッドスカーフ(ミセス・マーチが思うところの、お忍び旅行の必需品)を数枚折りたたんで、スーツケースに押しこんだ。

「それで、あちらにはどれくらい滞在するつもりだい?」

「そうね……帰りの便は日時を指定しないで、オープンにしてあるの。わたしの手助けがどれくらい必要になるのか、まだはっきりわからないものだから。必要なだけとどまるつもりだと、姉にも言ってしまったし」気高き殉教者さながらの空気をまとって、ミセス・マーチはきっぱりと告げた。

それを聞いたジョージとしては、「もちろんだとも。きみのするべきことを、全《まっと》うしてくるといい」と、応じるよりほかはなかった。

「あなたにもこまめに電話を入れて、母の容態を知らせるようにするわ」

「その落ちつきぶりなら、心配は要らないな」そう返してきた夫の言葉に、ミセス・マーチは猛烈な怒りをおぼえた。とつぜん家をあけると言いだした妻に対し、こんなにも無関心でいられるなんて。ジョージがこちらに歩み寄り、頬に軽くキスをしてくると、緊張で身体がこわばった。まるで裏切り者のユダみたい。ジョージが姿勢を戻す際には、遠ざかっていくその顔に、かすかな笑みが浮かんでいる気がした。

「シャワーを浴びてくる」ジョージは言って、バスルームに消えた。

シャワーの音がしてくるのを待って、ミセス・マーチは書斎へ急いだ。エドガーが所有するコテージの合鍵は普段、書斎の机の上に置かれた小さな陶製の器に入れられている。今日もやっぱり思ったとおり、チューイングガムの包み紙やら小銭やらにまぎれて、器のなかに転がる鍵束が見えた。誰かに見咎められることを覚悟しながら、壊れ物に触れるかのごとく慎重に、ミセス・マーチは鍵束を拾いあげ、それをポケットに押しこんだ。そして、誰に呼びとめられることもないままに、来たときと同様に足音を忍ばせて、書斎をそっとあとにした。

ミセス・マーチはジョージの頬にキスをしてから、行ってきますとマーサに告げた（ジョナサンはすでに登校したあとだった）。606号室を振りかえりながら、エレベーターに乗りこんだ。目の前でドアが閉じていった。

エレベーターが動きだすと、大きく息を吐きだした。小さく鼻歌を歌いながら、スーツケースを見おろした。革製のネームタグには住所と名前が記されているけれど、ファーストネームのところだけインクがにじんで、読みとれなくなっていた。

例によってがたがたと振動しながら、エレベーターのドアが開いた。小ぶりなスーツケースを転がして、ミセス・マーチはロビーに出た。全面ガラス張りの扉に向かって歩いていくあいだは、ジョージがいまにもあとを追ってくるのではないかと、内心びくびく怯えていた。後ろを振りかえる勇気すら出せないままに、出口に向かって一歩、また一歩と、足を進めた。

タクシーを呼びとめたドアマンが必要以上に大儀そうな声を漏らしながら、スーツケースをトランクに押しこんでくれるのを、ミセス・マーチは黙りこくったまま待った。ドアマンに礼を言って後部座席に乗りこむと同時に、外からドアが閉じられた。窓越しにアパートメントの外壁を見あげても、目に入るのは四角い窓と四角い室外機だけだった。

タクシーが動きだして角を曲がり、建物が視界から消えた途端、罪悪感が襲ってきた。ジョナサンが赤ん坊のころに訪ねたきり、母にはずっと会っていない。本音を言うなら心の底では、ずっとこう思ってきた。ひと足先にこの世を去るべきは、父親ではなく、母親のほうだったのに。あの夏、スペインのカディスで一度だけ目にした、小麦色の丸々とした父のおなかが懐かしい。レストランの予約を入れてくれていたのはいつも父だった。ギリシャでスーツケースを紛失したとき、どこに連絡すべきかを承知していたのも父だった。ミセス・マーチが子供のころ、小さく砕いたチョコチップクッキーとピーナッツとブドウを一緒くたに皿に盛り、そこに塩と胡椒と砂糖を振りかけるという、ぞっとしない料理をこしらえたことがあった。笑顔のアルマに背中を押されて、両親のもとへ意気揚々と向かったところ、母は口にすることをきっぱり拒んだうえで、「わたしはあなたの友だちじゃないし、友だちになるつもりもいっさいない」と、あらためて念押ししてきた。父もはじめはやんわり断ろうとしていたのだけれど、アルマに優しく促されて、それならと味見に応じてくれた。皿に顔を近づけて、ありえない取りあわせの食材をスプーンに山盛りすくいとった。それを口に押しこんだあとは、黙ってもぐもぐと口を動かしていたものの、試食に応じたのを後悔していることだけは疑いようもなかった。そのときミセス・マーチは、顔がかっと熱くなるほどの恥ずかしさを感じていた。それと同時に、どこか嬉しくもあった。そしておそらくはこのときはじめて、心から父に感謝したのだった。

空港へ向かうタクシーの車内で、かすかな異臭を放つひび割れた革張りのシートにすわったまま、ミセス・マーチは物思いに耽りつづけた。わたしはたしかにお母さまをないがしろにしてきたけれど、それは無理もないことだわ。もし長生きをしてくれたのがお父さまのほうだったら、わたしだってもっと頻繁にベセスダを訪れていたはずだもの。そうよ、そうに決まってる。そもそも、いま生きているのがお父さまのほうだったなら、あんな遠方へ移り住むことすら許さなかったはず。できるかぎり自分のそばへ置くようにしていたにちがいないわ。愛するお父さま。ミスター・カービー。土に埋められた棺のなかで、お父さまはいまどんな姿になっているのかしら。父の姿を思いだそうとするといつも、宙に浮いて脚の生えた新聞紙が頭に浮かんでしまう。でもたぶん、いまはすっかり肉体が朽ちて、骨ばかりになっていることだろう。

空港までの道のりに波瀾《はらん》はなかった。追っ手も来なければ、行く手を阻む者もない。ジョージの指示を受けた運転手が急ハンドルを切って高速道路をおりていき、ひとけのない場所でミセス・マーチを始末しようとすることもなかった。

空港に着いてからも同様で、飛行機は定刻どおりに離陸するとのことだった。保安検査もすんなり通過できた。ミセス・マーチはやけに馬鹿でかいサングラスをかけ、ヘッドスカーフをかぶったまま、足早に搭乗口をめざした。空港内の書店には立ち寄らなかった。回転式の書架に陳列されたジョージの本が、こちらを嘲笑っているように見えたから。

搭乗ゲートの列に並んでいるとき、近くに設置されている公衆電話のほうから、大声でしゃべる男の声が聞こえてきた。男はトレンチコートを着て、片手にブリーフケースをさげ、耳と肩のあいだに受話器を挟んだ状態で話をしていた。「もしもし、〈デルモニコス〉かね？　ジョン・バーネットという者だが、テーブルの予約を頼みたい。今度の土曜日に。ああ。人数は二名。時刻は七時でお願いしたい」

レストランにディナーの予約を入れている男をあとに残して、ミセス・マーチはゲートの係員に搭乗券を呈示し、ブリッジを渡りはじめた。それにしても不思議なことだわ。いまのわたしには、あそこにいる見知らぬ人間が次の土曜の午後七時にどこで何をしているのかがわかる。なんならわたしも同じ時刻に〈デルモニコス〉へ出かけていって、いかにも親しげに声をかけ、あのジョンという男の驚く顔でも見てみようか。ジョンはわたしを知っているふりをするかしら。それとも、正直にわからないと言ってくるかしら。機内に足を踏みいれながら、ふと思った。ジョンは誰とディナーを囲むつもりなのだろう。愛する妻とロマンティックなひとときをすごすつもりなのかしら。いいえ、もしかしたら不倫相手に、シャンパンと牡蠣《かき》でもごちそうするつもりなのかもしれない。だけど、本当にそうなのだとしたら、予約をとるのに公衆電話を使うなんて、ふてぶてしいにもほどがあるのでは？

座席は窓ぎわだったけれど、ひどく窮屈で脚が攣りそうだったし、シートベルトもみぞおちに食いこんで苦しかった。離陸の際には、機体が激しく揺れた。シートベルトの着用を促すランプが消えたと見るや、スチュワーデスをつかまえて、赤ワインを持ってきてもらった。プラスチックのコップにそそぐ手間は省いて、ミニボトルからじかにワインを飲みながら、あれこれ想像をめぐらせた。もしもこの飛行機が墜落したならば、わたしがこれに乗っていたことをジョージが知るまでに、どれくらいの時間がかかるだろう。姉のリサと話をしたら、妻は浮気をしているのだと思いこむことになるかもしれない。音信不通のまま、さらに何日も時が過ぎれば、不倫相手と駆け落ちしたのではないかと疑いはじめるかもしれない。自分は妻を失ってしまったのではないかと考えて、うろたえるだろうか。自分がいかに妻のありがたみを忘れていたかを痛感し、後悔に暮れるだろうか。あんな小説を書いたことを悔やむだろうか。そんな想像をめぐらせてみるのは、けっして悪い気分ではなかった。

ボストンで一時間後の便に乗り継いで、ようやくオーガスタに着いたときには、自宅を出てから三時間余りが経過していた。ベセスダまでならば半分の時間しかかからないはずだったため、空港の公衆電話から慌てて自宅に連絡を入れた。ところが、乗るはずの便に思わぬ遅れが生じたものの、無事に姉のもとに到着したと知らせても、ジョージはこちらの報告にさほど関心を示さないどころか、うわの空のようですらあった。受話器からは、くぐもった笑い声も聞こえてきた。

「いまのは誰の声？」

「なあに、ジョナサンがふざけているだけのことさ」

ミセス・マーチは鼻に皺を寄せつつ、じっと靴を見おろした。ジョナサンがふざけているところなんて、わたしは一度も見たことがない。「それじゃ、あなたもジョナサンも変わりないのね？」

「もちろんだとも。きみがいないのは寂しいが、問題なくやっている。心配はご無用だ。きみなしでも、なんとかなる」

「それならよかった。今日のお夕食はラム肉にするよう、忘れずにマーサに伝えて。今日中に食べてしまわないと、お肉が傷んでしまうから」

「ああ、そうするよ。きみもみんなによろしく伝えてくれ。久しぶりの再会を楽しむといい」それだけ言って、ジョージは一方的に電話を切った。

ミセス・マーチはその場に立ちつくし、受話器を耳に押しあてたまま、ぱちぱちと目をしばたたいた。それから、後ろに並んでいる女の耳にも届くよう声を張りあげて、こう言った。「ええ、わたしも愛してるわ。できるだけ早く帰るわね」

電話機の下に目をやると、地元のレストランやタクシー会社の電話番号を記載したカードが散らばっていた。目についたタクシー配送会社の番号に電話をかけると、呼出し音が何度か鳴り響いたあとで回線がつながった。聞こえてきた男の声は、自分が電話対応をしていることに戸惑っているふうだったけれど、五分以内にタクシーをまわすと確約してくれた。

固い決意を胸に、寒空のもとへ足を踏みだすやいなや、凍てつく風が高波のように押し寄せてきた。

32

エドガーの所有するコテージは、空港から車で四十分ほどの距離にあった。コテージの住所は、書斎の住所録にあったものを黄色い紙切れに書き写しておいた。ミセス・マーチはその紙切れをコートのポケットに入れたまま、移動中ずっと指先でいじりつづけていた。ほかには（書斎から失敬してきた）ノート一冊とペン一本も、メモを書きつけるために持参していた。

タクシーは約束どおり、五分以内にやってきた。後部座席のドアに描かれたロゴマークは、サングラスをかけて後ろ足で立ち、親指を立てているヘラジカがモチーフになっていた。運転手はやけに馴れ馴れしいうえに、おしゃべりが過ぎた。それがミセス・マーチをうんざりさせた。そうしたふるまいというものは、プロ意識が欠如していることのあらわれにほかならない。ドアを開けて差しあげましょうかと申しでてきたときの、ドアの発音が間延びしていたことも同様だった。

エドガーのコテージへ向から道中では、道路の両側に墓地が広がっていて、降り積もった雪の上に墓石が影を落としていた。ケネベック川に架かる橋を渡る際には、川の水が凍りついた一角を運転手が指差して、ああいうのは沿岸警備隊が割ってくれることになっているんだと説明した。

車がジェントリーの町に差しかかると、運転手がそれを知らせてきた。ミセス・マーチは窓の外へ目を向けて、ひっそりと静まりかえったひとけのない通りを見渡した。人っ子ひとり姿がないため、ウィンカーをつけることが無意味に思えるほどだった。通り沿いに建つ土産物店が二軒、目に入った。しなびたクリスマスリースを入口の扉に吊るした町役場も見えた。

中心部と見なされているらしい一角を通りすぎるやいなや、周囲に高木が生い茂るようになった。道沿いに建つ建物の間隔はさらに広がって、ただの民家のように見える商店が点々と並んでいる。羽目板張りのずんぐりとした家々が、窓や前庭に看板を出して、〈ダイアナのヘアパーラー〉だの〈マフィン・パラダイス〉だの〈レスターのドッグサロン〉だのといった、地元民向けの商売が営まれていることを知らせている。地元の住民がこの町を誇りに思っているらしいことが、そこかしこから伝わってくる。とはいえ、ミセス・マーチの目に映る光景はどれも、みすぼらしくてうらぶれた、貧相な田舎町のものでしかなかった。エドガーはいったいこの町の何を見て、この土地に別荘を持とうと思ったのかしら。もしかしたら、人里離れた辺鄙《へんぴ》な土地である点に惹かれたのかもしれない。エドガーやジョージが愛好する〝趣味〟のためには、それが好都合だったのかもしれない。だけど、エドガーがコテージを購入した当時、すでにふたりは知りあっていたのかしら。

やがて車は、広大な駐車場を備えたダイナーの前を通りすぎた。すると、そこからほどなくして、エドガーのコテージへと通じる未舗装の私道が見えてきた。

運賃の支払いは現金で済ませた。スーツケースを家のなかまで運びいれましょうという申し出を頑として断ると、運転手は大袈裟に肩をすくめた。挨拶代わりのつもりか、去りぎわにクラクションを鳴らしてきたものだから、その音に驚いたミセス・マーチは氷の張った水たまりの上にスーツケースを取り落としてしまった。木造のコテージは、予想していたよりも遥かに大きかった。外階段をあがった先はウッドデッキになっていて、それが家のまわりをぐるっと取りかこんでいる。屋根の上からは、石を組んだ煙突が突きだしている。

書斎からこっそり持ちだしてきた合鍵を使って、扉を開けた。コテージに足を踏みいれるなり、玄関脇の壁に立てかけられていたスノーブーツを蹴倒してしまった。そのまま動けなくなったのは、使われている木材の量に圧倒されたからだった。板張りの床に、板張りの壁。木製の家具に、木製の棚。暖炉の傍らに積みあげられた薪の山。木という木が視界のすべてを占領しているうえに、その多くがニスを塗っただけのものであるせいか、この空間全体が未完成なのだという印象を受ける。少なくとも四方の壁からは、ペンキを塗ってくれとの悲痛な訴えが聞こえてくるかのようだった。

玄関の扉を閉めると、マツ材でできた棺の蓋を自分で閉じたかのような感覚に陥った。スーツケースを床におろすと、胸の前で腕を組んだまま、まずはコテージのなかを見てまわることにした。天井では、むきだしの梁が十字に交差している。暖炉には未加工の自然石が使われており、炉棚にはキツネの剝製（たぶんエドガー自身が仕留めた獲物なのだろう）が飾られている。木の枝の上をそろそろと歩いているようなポーズをとっているけれど、片方の眼窩はガラスの目玉がとれてしまい、空洞になっている。

作りつけの大きな書架に近づき、ざっと視線を走らせるまえから、何を目にすることになるかはわかりきっていた。ジョージの手による全作品が刊行順に並べられ、艶やかな背表紙がまばゆく照り輝いている。そこから一冊引きぬくと、うっすらと層を成していた埃が宙を舞った。表紙を開くと、いちばん最初の空白のページに、手書きのメッセージが添えられていた――〝非凡なる編集者、エドガーへ。ジョージより〟。もう一冊、別の作品を取りだして、同じページを開いてみた――〝エドガーへ。きみがいなければ、この作品もその作者も、いま現在の姿になることは叶わなかっただろう。ジョージより″。また別の一冊には、こうあった――″友であり、仕事仲間であり、共犯者でもあるエドガーへ。ジョージより″。ミセス・マーチはそのページを舐《な》めるように眺めまわしてから、ようやく閉じて、棚に戻した。ジョージがわたしにメッセージ入りの本を贈ってくれたのは、デビューしてまもないころだけだった。もちろん、わたしはのちにその本の著者と一生涯を共に暮らすことと相成ったわけだから、わざわざ表紙裏にサインをしたり、メッセージを添えたりする必要性がなくなってしまったというのも事実ではある。だいいち普通に考えれば、特に言葉にはしなくとも、夫の作品はすべてこのわたしに――ジョージが生涯の伴侶として選んだ相手に――暗黙のうちに捧げられているものと捉えるのが、当然といえば当然ではないか。

　共犯者という単語に頭を占拠されたまま、コテージのなかを歩きまわって、ほとんど家具の置かれていない寝室や、かび臭いクロゼットの扉を次々に開けていったけれど、この場所で特異な生活が営まれている痕跡は、どこにも見いだすことができなかった。くたくたの毛布からも、着古したコートからも、色褪せた海水パンツからも、何ひとつ――少なくとも、こちらが暴きたがっているような秘密は何ひとつ――窺い知ることができなかった。

次に目についた扉を開けると、その先はキッチンに通じていた。田舎ふうの簡素なしつらえで、年期のいった六つ口コンロの上方には、大小さまざまな銅鍋が吊るされている。冷蔵庫にはいくらか食材が貯えられていたけれど、口にしても大丈夫だという確信は持てない。食事はやはり、さきほど見かけたダイナーでとるのが無難だろう。

キッチンの奥には勝手口があって、その脇には、壁掛けタイプのキーボックスが備えつけられていた。なかには何本か鍵が吊るされている。ミセス・マーチは〝ガレージ〟と記された鍵を取りだして、勝手口から外に出た。ガレージのなかには、まるで冬眠中の熊のように、古ぼけたジープが一台とめられていた。車体の色はダークグリーンで、タイヤにチェーンは巻かれていない。そのときふと、エドガーがこの車を走らせる姿が頭に浮かんだ。助手席にジョージもいるけれど、どちらも黙りこくっている。シルヴィアを殺害した直後、このコテージへ戻るところのようだ。ひょっとすると、死体を後部に積みこんでいたのでは？　ミセス・マーチは両手を目の上にかざして、運転席側の窓ガラスにぴったりと押しあてつつ、じっと車内に目をこらした。試しにドアハンドルを引いてみると、あまりに呆気なくドアが開いたせいで、思わず鋭い悲鳴が漏れた。その声がなおも壁にこだまするなか、ミセス・マーチは運転席に頭を突っこんだ。バックミラーからぶらさげられている木の形の芳香剤に鼻を近づけてみたけれど、松の香りはすっかり失せてしまっていた。

フロアマットをめくったあと、グラヴコンパートメントも開けてみたが、なかから見つかったのは、ぞんざいに折りたたまれたカレンダーだけだった。そこには今シーズンの狩猟スケジュールが詳細に書きこまれていて、〝一年あたり鹿は一頭〟だの〝一年あたり熊は二頭〟だのという記載のほか、赤い丸で囲まれている日付もいくつかあった。車の後部にまわって、荷室ものぞいてみた。血痕だとか、長い濃褐色の毛髪だとか、イニシャルのチャームがついているペンダントやブレスレットだとか、シルヴィアに結びつくような何かを探してはみたものの、収穫は何もなかった。

ジープのキーを取ってきて、町まで自分で運転しようか。何度もタクシーを呼んだり、あれこれ偽名を使ったりして、無用の注意を引くことは避けたい。かといって、公道に車を走らせることもためらわれる。最後にハンドルを握ったときはたしか、父のゴルフクラブを積んだ手押し車に激突する羽目になったはず。

しばらく悩んだすえにたどりついたのは、できるかぎり徒歩で移動するのが賢明だとの結論だった。そんなわけで手始めに、さきほどのダイナーまで歩いていって、夕食をとることにした。

ヘッドスカーフをしっかりかぶったうえで、できるだけ人目を避けようと、道路沿いに生い茂る木々の合間を縫って歩いた。すでにほとんど見えなくなってしまったガレージのほうを幾度となく振りかえっては、自分で自分に悪態をついた。きっとわたしはこの森のなかで、凍え死んでしまうんだわ。死体は何週間も雪に埋もれたまま、いずれハイカーなりハンターなりに発見されることとなるのだろう。氷漬けになったシルヴィアの遺体が、ようやく発見されたときのように。

松の木の枝葉が風に揺さぶられる音が、上のほうから聞こえてくる。この森から切りだされた木が、ジョージの本の原料となった可能性はあるかしら。あれだけの本を刷るために、どれほどの木が伐採されてきたのだろう。これから世に出される書物のために犠牲となる日を、森はじっと待っている。周囲の木々がぶるぶると身を震わせているような気がした。女の声で悲鳴をあげるさまが頭に浮かんだ。激しく枝が揺れる音が聞こえた。遠くでちかちかと明滅するネオンサインをめざして、ミセス・マーチは足を速めた。

店内に客はほとんどおらず、初老の夫婦がひと組と、男性客がひとり、隅の席で新聞を読んでいるのみだった。安酒場のたぐいではないらしいが、一流レストランには見紛いようもない。ボックス席のソファには栗茶の合成皮革が張られている。各テーブルの上に置かれたケチャップとマスタードのボトルのあいだには、ビニールコーティングされたメニューが立てかけられている。とはいえ、居心地はよさそうだし、安全でもありそうだ。この店なら、毎晩夕食をとりにくるうちに従業員とも打ち解けて、得意客となることもありえるかもしれない。

駐車場側に面した窓ぎわのボックス席を選んで、ソファに腰をおろした瞬間、合成皮革に覆われた座面からプスッと空気の押しだされる音が、ミセス・マーチの来店を知らせた。その音を聞きつけたウェイターがカウンターの奥で顔をあげ、軽く会釈をして寄越した。声を張りあげるのは憚《はばか》られたため、女王のように片手を振ってみせることで、ミセス・マーチはそれに応じた。

ついでに手首のにおいを嗅いでみて、香水を持ってこなかったことに気がついた。香水をつけていない自分は、誰か別の人間みたいに感じられる。まるで無臭の幽霊みたい。その考えに、ふと笑みがこぼれた。もしもにおいというものが人間を見分ける唯一の手段であったなら、いろいろと面白いことになったのに。たとえば、同じ香水を二度とつけなければ、過去の記録も自分もきれいさっぱり消し去って、ここジェントリーで新たな人生をスタートさせることだってできたかも。こうなりたいと望む人間に、生まれ変わることができたかもしれない。

とつぜん冷たい風が流れこんできたのに気づいて、入口に顔を向けると、二人連れの男が店に入ってくるのが見えた。ゆっくりと閉じていく扉の前を離れて、ふたりはつかつかとカウンターに近づき、スツールに腰かけた。そのうちのひとりがこちらに顔を向けたので、ミセス・マーチはにこやかな笑みを向けた。男はなんの反応も返すことなく、ミセス・マーチに背を向けて、近づいてきたウェイターに注文を伝えはじめた。

頬がかっと熱くなるのを感じながら、ミセス・マーチは手もとのメニューに視線を落とした。シルヴィアを殺したのはきっと、わたしの夫なんかじゃなく、あの男たちのような礼儀知らずの野蛮人だったにちがいないわ。そいつらはおそらくこのダイナーで、シルヴィアがひとりで食事しているのを見かけて狙いを定め、駐車場で拉致《らち》したのにちがいない。そのときふと浮かんだ考えに怒りをおぼえて、ミセス・マーチは二人連れの背中を睨《ね》めつけた。シルヴィアに向けたようないやらしい目つきで、あのふたりがわたしを眺めることは、絶対にないだろう。

ウェイターがテーブルにやってくると、ロブスターのロールパンサンドと紅茶を注文しながら、色っぽく唇をすぼめてみせたのだけれど、ウェイターは注文の内容をメモする合間にさえ、一度も目を合わせようとしなかった。

やがて食事を終えたころ、なおも店内に残っていたのは、カウンターの二人連れとミセス・マーチだけだった。ミセス・マーチは頭のなかで、男たちが言い寄ってきた場合に備え、誘いを突っぱねる際のセリフをあれこれ予行練習していた。ところが結局、男たちはこちらに近づくそぶりすら見せなかった。ふたりがコートと帽子を身につけはじめると、ミセス・マーチも慌てて席を立ち、皺くちゃの紙幣をテーブルに残して出口へ急いだ。同時に店を出ることで、獲物に襲いかかるチャンスを与えたつもりだったのに、男たちはこちらの存在に気づくことも、扉を開けておいて、お先にどうぞと通してくれることもなかった。寒空のもとへ足を踏みだしながら、顔が燃えるように熱くなるのを感じた。

駐車場を突っ切ろうとして、一匹の犬に出くわした。というより、犬がこちらに突進してきた。これまで一度たりとも犬の気持ちを理解できたためしはないし、実家で飼っていた猫の気まぐれにさんざん振りまわされてきた経験から、とかく予測不能な行動をとりがちな生き物全般に苦手意識をいだくようになっていた。ところが、このとき近寄ってきた犬は、こちらの脛《すね》に鼻を押しつけて、くんくんとにおいを嗅ぎながら、目をぱちくりとさせはじめた。そういえば犬というものには、病気の人間や傷を負った人間のにおいを嗅ぐ習性があると、何かで読んだ覚えがある。この犬もひょっとして、わたしの苦悶を感じとったのでは？　最大限の感謝を示そうと、ミセス・マーチは地面にひざまずいた（飼い主の男は我関せずといった風情で、引き綱を無造作に握ったまま、マフラーを結びなおしている）。優しく犬をなでてやるうちに、不思議な絆をひしひしと感じた。ごわごわとした灰色の毛を両手の指で掻いてやりながら、犬に向かってささやきかけた。「ええ、そうね。きっとうまくいくわ。そうでしょう？」犬は大きく口を開けて、だらんと舌を垂らしたまま、黒く濡れた瞳で遠くの一点を凝視しはじめた（犬ってどうして、絶対に目を合わせてくれないのかしら）。

飼い主が咳払いをしてよこしたので、ミセス・マーチはくすっと小さく笑ってから、鼻をすすりつつ立ちあがり、飼い主に顔を向けた。「ありがとう。どうもありがとう」ひと息にそれだけ言うと、返事を待たずに歩きだした。房飾り付きのローファーは、すべり止めのために撒かれた塩と雪にすっかりやられてしまっていた。その靴底が駐車場のコンクリートを踏む音が、コツコツとあたりに鳴り響いた。足もとから伸びる影が、街灯の投げかける光を次々に切り進んでいった。

その晩はコテージに泊まったものの、耳慣れない物音が気になって、なかなか寝つくことができなかった。壁や床からはみしみしと木の軋む音がしてくるし、一分ごとに時計の針が進む音もどこからか聞こえてくる。ごうごうと唸りをあげつづける風の音は、スペイン南部ですごしたあの夏を――カディスの街の波音を――思い起こさせた。ようやく眠りに落ちていきながらぼんやり思ったのは、わたしは溺れかけているのかしらということだった。

夜中にはっと目が覚めたときには、一瞬、自分がどこにいるのかわからなかった。はじめて体験する漆黒の闇は、あまりにも暗すぎて、耳鳴りがしてくるほどだった。波音に似た風の音はすでにやわらぎ、穏やかな息遣いのような音に変わっていた。そんななかじっと耳を澄ませると、どこかで誰かが呼吸する音が聞きとれた。低くて、深くて、湿りけを帯びた音。紛れもない、キキの息遣いだ。あのキキがわたしを恋しがって、また会いにやってきたんだわ。

ぎゅっと瞼を閉じているのか、それとも暗くて何も見えないだけなのか、自分でもわからなかった。ミセス・マーチは頭から毛布をかぶり、しっかりと耳をふさいだ。

33

浴槽のへりには木彫りのマガモが載せられていて、そこから目を逸らせなかった。マガモが目をぱちくりさせて、こちらを見つめかえしてきたりしませんようにと祈りながら、洗面台の下にあったぼろぼろのタオルを使って、腋と股の汚れをぬぐった。

バスルームの窓から燦々《さんさん》と射しこんでくる朝陽に、ミセス・マーチは目をすがめた。その光がまぶしすぎて、視界が白に呑まれそうになる。

できるだけ室内を荒らさぬよう、ゆうべは暖炉の前に据えられているソファで睡眠をとった。せめて寒さをしのごうと、エドガーが飼っているバセット・ハウンド用とおぼしき分厚い毛布を借りた。朝になって目が覚めると、毛布はもとあった場所——犬用の寝床の傍ら——へ即座に戻して、コテージ内の家捜《や》しを再開した。

ベッドの下や花瓶のなか、便器の裏に始まって、キッチンに置いてあった砂糖や小麦粉の容器のなかまでのぞきこんだ。そこかしこの壁をノックしては、なかが空洞になっている箇所はないか、隠し部屋はないかと探しまわった。探していたのは、不審なもの、場ちがいなもの、ジョージやエドガーの話と食いちがう点。けれども、何も見つからなかった。

家捜しを終えたあとは、町の目抜き通りを徒歩でめざした。身を切るような寒さのなか、四十分もかけて歩くうちに、水を吸ったローファーが踵に食いこんで、ひどい靴擦れができてしまった。目抜き通りに建つ食料雑貨店は白色がくすんだ羽目板張りの建物で、軒にはずたぼろの国旗が掲げられ、店先には青い郵便受けが立っていた。入口の上には、〈よろず屋〉との看板が掛かっている。

ミセス・マーチは戸口を抜けてなかに入り、店内を見てまわった。回転式のラックをぐるりと埋めつくすポストカード。冬の特産品――大半はジャガイモ――を集めたコーナー。低いモーター音を発する冷凍庫のなかには、色褪せて霜のついた箱入りのアイスクリームが山と積みあげられている。

幅の狭い通路をゆっくり進みながら、アロマキャンドルをいくつか手に取ってみた。ラベルにはそれぞれ異なる説明が書かれていたけれど、いずれも埃のにおいしかしなかった。

「何かお探しで？」

声のしたほうを振りかえると、ずんぐりとした店員の姿が見えた。頭はすっかり禿げあがっているのに、腕や指は濃い体毛に覆われていて、耳の穴やシャツの襟首からも、ふさふさとした毛がのぞいている。まるで、体毛が頭髪の埋めあわせをしようとしているみたいだわ。ミセス・マーチは店員に向かって、「どうも、こんにちは」と返してから、手にしたキャンドル（七面鳥の丸焼きの香り）を棚に戻し、勘定台に近づいた。レジ奥の壁に目をやると、〝狩猟および魚釣の許可証販売中！〟との文字が躍っている。「わたくしはただ……あれこれ見てまわっていただけですの」

「通路が三列しかない店のなかをですかい？　そりゃあ、ずいぶんと奇特なお方だ。ここに来る客はたいがい、買い物リストを持ってやってくる。たとえば、牛乳や卵を切らしたときなんかにな」ミセス・マーチが無表情のまま何も答えずにいると、店員はさらにこう続けた。「まあ、好きなだけ見ていくといいさ。誰もあんたを急かしゃあしない。何かあったら、いつでも声をかけとくれ」

「あの、じつは……」組んだ両手をぎゅっと縒りあわせながら、ミセス・マーチは切りだした。「お尋ねしたいことがありまして……殺人事件の被害者となったあの女性について、何かご存じのことはないかと……」

店員は驚きに目を見開き、両の眉をぐっと吊りあげた。

「こんなことをお尋ねするなんて、不謹慎だってことは承知しておりますわ」と、ミセス・マーチは慌てて続けた。「ただ、わたくしは地元の人間ではなく、旅の途中にちょっと寄らせてもらっただけなんですが、事件のことがとてもショックで……なんというか、ひとりの母親として……」あれこれ言葉を並べるうちに、だんだん自信を強めていった挙句、ついにはこんなことを口走っていた。「同じ娘を持つ母親として、シルヴィアがうちのスーザンに重なって思えてしまうんですの」

吊りあがっていた眉がもとの位置にさがり、優しげな表情が浮かんだ。店員は大袈裟に左右を見まわしてから、勘定台に肘をつき、ぐっと顔を近づけてきた。「そりゃまあ、この町の人間にとっちゃあ、ここ数週間は本当につらいもんがあったよ。とりわけ、おれにとってはな。なんたって、あの娘《こ》をじかに知ってたもんだから」

今度はこちらが驚きに眉をあげる番だった。ミセス・マーチは固唾《かたず》を呑んで、「本当ですの？」と店員に訊いた。

「まあな。シルヴィアもときどきここへ買い物に来てたから。牛乳だの電池だのを買いに」

「ああ、なるほど」ミセス・マーチはがっかりしてつぶやいた。

「ただ、これだけは言わせてくれ。あの娘《こ》はみんなに好かれてた。親切で人懐っこい性格でな。おれが知るなかでも、群を抜いて優しい人間だった。自分よりも恵まれないひとたちに缶詰や古着を寄付したりして。それも、クリスマスに限った話じゃない」

「まあ……本当に惜しいひとを亡くしたのね」とミセス・マーチは応じた。

それにしても不思議なものだわ。人間というのは死んだあとに、決まって評価が急上昇するんだもの。自分が死んだあとの葬儀はどんなふうだろうと、想像してみたことなら何度もある。冷めた態度ばかりとっているジョナサンも、このときばかりは激しく泣きじゃくりながら、母親の棺にすがりつくはず。その隣で絶句しているジョージの姿は努めて冷静なふうに見えるけれども、内心では自責の念に駆られているはず。参列した人々はみんな、わたしとのいい思い出ばかりを振りかえることだろう。わたしをかつてないほど身近な存在に感じることだろう。それから、ジョージの伝記を書くことになった作家は、わたしの早すぎる死に関して、かなりのページを割くことになるのではないかしら。それはもちろん、願ってもない話ではある。その伝記作家が、わたしの過去を詮索しないでくれるのであれば。人生の片隅にひっそりと埋もれていた場所を、ほじくりかえそうとしないかぎりは。見てくれよりも劣る人物像を――みじめで憐れな、もうひとりのジョアンナを――見いださずにいてくれるのであれば。

「あんな夜遅くに、外を出歩くべきじゃなかったんだ」店員の続ける声がした。「女のひとり歩きは危険なのに。こんな田舎町だって、全員が顔見知りの町だからって、気は抜けない。残念な話ではあるが、ここジェントリーだって例外じゃないんだ。うちの娘も、しょっちゅうぼやいとるよ。女ばっかり不公平だとな。たしかに不公平かもしれないが、世の中がそういうふうになっちまってるんだから仕方ない。おたくの娘さんも、同じようなことをぼやいちゃいないかい？」

一瞬の間を置いて、さきほどでっちあげた娘のことを訊かれているのだと気がついた。

「うちのスーザンは、あまり出歩くことを好みませんの。勉強熱心で、机にかじりついているタイプの子でしてね。ハーヴァードに進学したばかりですのよ」妄想のなかですら見栄を張らずにはいられなくて、ミセス・マーチは話を盛った。

「ハーヴァードだって？　いやはや、優秀なお子さんを授かったもんだ」

「ええ、本当に自慢の娘ですわ」謙遜することも忘れて、ミセス・マーチはこう応じた。

「なんとも運のいいことですな」

「もちろん運もあるでしょうけれど……」逸れた話題をもとに戻そうと、ミセス・マーチはこう続けた。「親の教育もだいじだという気がいたしますわ。それしだいで、子供の行く末が決まるということもあるのではと……」

「言いたいことはわかるがね、答えは誰にもわからんでしょうよ。うちの娘が何を考えてるのかなんて、おれら夫婦にもさっぱりだ。それこそ赤ん坊のころからね。いったい誰に似たものやら。いわゆる放蕩《ほうとう》娘ってやつですよ。シルヴィアが発見されたあと、少し落ちつきはしたんだが――」

「シルヴィアはハンターに発見されたのでしたね。その方々のこともご存じですの?」

「いや、狩りにやってきただけのよそ者なんでね。まったく、とんだ旅になったもんだ。鳥でも仕留めようとうろうろしていたら、死体に行きあたっちまったっていうんだから」

「なんて恐ろしい……あんなひどいことのできる人間が、この世に存在するなんて」

「いやいや、頭のいかれた輩《やから》だの、変態野郎だのなんぞ、そこらじゅうにあふれかえってますよ。こんなことは言いたかないが、そういう連中ってのは、たいがい女を標的にする。だが、どうにもならんでしょう」

「シルヴィアが犯人と顔見知りだった可能性はあるかしら」

「いいや、まさか。何であれ妙なことがありゃあ、地元の人間が気づいてたさ。なにしろこんなに」と言いながら、店員はぱちんと指を鳴らした。「小さな町だ。とんでもなく狭い世界だ。よそ者の仕業にちがいない」

「そうですか……」

「冥福を祈ってやるつもりがあるなら、シルヴィアはこの通りをまっすぐ行ったところに眠ってる。ジェントリー町営墓地に埋葬されたんでね」

「そうね、そうさせていただこうかしら。ちなみに、例のお店もこの近くに? シルヴィアが働いていたというお店ですけれど。その店で娘にお土産を買っていこうと思っているんですの。少しでもお力になれたらと思いまして。一緒に働いていたみなさんにとっても、たいへんな痛手だったでしょうし」

「ああ、もちろんだ。とりわけエイミーにとってはな。ふたりは大の仲良しだった。エイミー・ブライアントというんだがね」はじめて耳にする名にミセス・マーチが眉根を寄せると、店員はさらにこう続けた。「エイミーはおれのダチの娘なんだが、シルヴィアとはずいぶんと親しくしていてな。どこへ行くにも一緒だった。毎朝、ふたり連れだってうちの店の前を通っては、職場へ向かっていたもんさ」店員は言いながら親指を立てて、勘定台のすぐそばに開いた窓を指し示した。「ふたりでルームシェアをする計画も立てていたって話だよ。ほら、シルヴィアは祖母ちゃんとこに同居させてもらっていたろ。あの年頃の娘ってのは、そろそろ独り立ちしたがるもんだからなあ」

「でしたらやっぱり、お店のほうに寄らせてもらって、エイミーにもひと声かけて差しあげたいわ」

「いや、例の事件があってから、エイミーは店を辞めちまったんだ。ずっと家に引きこもってるんだとか。そうしたところで何が解決するでもないだろうが、いまは外に出られるような精神状態ではないらしい」

「まあ、かわいそうに。なんてことかしら」

「この二カ月というもの、ここいらの人間はみんなつらい思いをしてきているんだ。エイミーにかぎらずな」

「それで、その……エイミーのご自宅もこの近所にあるのかしら」

「ああ、そりゃまあ。とはいえ、おわかりかどうかは知らんが、おたくに住所を教えるつもりはありませんがね」

「そんな、わたくしは別に――」

「ジェントリーは小さな町だし、おれたち住民には、この町を守る義務がある」

エイミーの住所を訊きだそうとしていると勝手に決めつけられたことに、ミセス・マーチは感情を害した。たとえまさしく、そのつもりだったのだとしても。そんなに防犯意識の高い町なのに、どうしてあんな恐ろしい事件が起きるのを許してしまったのか――そう言ってやりたい衝動をかろうじて抑えこむと、ミセス・マーチはつっけんどんにこう尋ねた。「だとしても、ふたりが働いていたお店の場所くらいは教えられるでしょう?」

ニュース番組で目にしたことがあるから、紫色を基調とした外観にはすぐに気づけた。扉の上方には、〈希望の収納箱《ザ・ホープ・チェスト》〉という店名が、金色の古めかしい筆記体で綴られている。

ところが、その趣《おもむき》をぶち壊しにするかのように、ショーウィンドウには見るからに今風なアイテムばかりが陳列されていて、多くはアンティークふうを装った、いかにも粗悪な中国製の模造品だった。ここに並べられた品々は、ニュース映像に登場したときから、いっさい顔ぶれが変わっていないようだった。ただひとつ、けばけばしいラメのパーティーモールだけは、すべて取り払われていた。

「ほぼ全員が顔見知りだというこの小さな町では、住民たちが深い悲しみに沈んでいます。シルヴィアさんにもう一度会いたいという希望は、永遠に絶たれてしまったのです」――あのとき耳にしたリポーターのセリフを小声でぶつぶつ復誦しながら、ミセス・マーチは紫色の扉を開けた。

店のなかは仄暗く、狭苦しくて身動きがとりづらかった。四方の壁は種々雑多な壁掛け飾りで埋めつくされており、所狭しと並べられた陳列棚には、ぬいぐるみやら、手作り石鹸やら、花柄の陶器やらがぎゅうぎゅうに押しこめられている。

ミセス・マーチは売り物の家具をよけながら、舞いあがる埃に咳きこみそうになるのをこらえつつ、棚の合間をそろそろと進んだ。ふと足をとめた先には、古びた収納箱が置かれていた。G・M・Mとのイニシャルと、一七九八との年号が表面に刻まれている。嫁入り道具を収納しておくための収納箱、ホープ・チェストのようだ。青く塗装された木の表面がひどく毛羽立ち、色褪せてはいるものの、緑と黄色で描かれた花束の絵が側面にうっすら見てとれる。収納箱の蓋の上には、美しい革装幀の本を二冊、紐で束ねたものが載せられている。ひとりで店番をしていた女性店員がすぐそばでおずおずとしている気配を察知すると、ミセス・マーチはその本を手に取り、こちらはおいくらかしらと声をかけた。コマドリの胸もとみたいなオレンジ色の薄い頭髪と、豚みたいな鼻が特徴的な肥満ぎみの店員は、ぱっと顔を赤らめた。「すみません、それは売り物じゃないんです。通りの先にある本屋さんからの借り物で、雰囲気づくりのために飾ってあるだけで――」

「そうじゃないかと思ったわ」ミセス・マーチは応じながら、スカーフに覆い隠された首がかっと熱くなるのを感じた。

「ほかに何か、お手伝いできることはありませんか？」店員が訊いてきた。

「ええ、ちょっとお尋ねしてもいいかしら。じつは、あるひとを探していて。エイミー・ブライアントという方なのだけれど、ここで一緒に働いておいでではなくて？」

「エイミーを？　それは、あのう……今日はおりません」

「そう……困ったわ。どうしても話をしなくちゃならないというのに」いまだかつて身につけた覚えのない威厳を漂わせて、ミセス・マーチはこう続けた。「このうえなく重要な話なんですの。彼女の自宅はご存じない？」

「それはちょっと……お力になりたいのはやまやまなんですが、これぱっかりは——」

「じつはわたくし、《ニューヨーク・タイムズ》の者なんです。シルヴィアに関する記事を書いていて、是が非でもエイミー・ブライアントから話を聞かなくちゃならなくて。シルヴィアとエイミーがあれほど親しかったことを考えると……ふたりは親友だったのでしょう?」

「え?」一瞬の間を置いて、そばかすだらけの愚鈍そうな顔からみるみる翳《かげ》りがとれていき、ぱっと晴れやかな表情になった。「わあ、そうだったんですか。そういうことなら、エイミーはいま、シルヴィアのお祖母さんの家にいるんです。あのことがあってから、ずっと一緒にすごしていて……だから、エイミーに会いたければ自宅じゃなくて、あっちの家を訪ねていかないと」

「シルヴィアが暮らしていた家に?」ミセス・マーチはごくりと唾を呑んだ。自分はいまから、シルヴィアが食べて、寝て、息をしていた場所へ踏みこんでいくことになるかもしれない……そう考えるだけで、くらくらと眩暈がしはじめた。

「あの、何か問題でも?」店員が訊いてきた。たったいま知らせたことのせいで相手の関心を削いでしまったのではないかと、不安がっているらしい。「よろしかったら、住所を書いてお渡ししましょうか?」

もう何もかも取りやめにして、すべて嘘だとぶちまけてしまおうか。そう考えてはみたものの、シルヴィアの自宅という誘惑は、抗いようもないほど強烈だった。なけなしの良心があげる抗議の声を抑えこみ、母の英国訛を完璧に模倣して、ミセス・マーチはこう答えた。

「ええ、ありがとう。助かるわ」

いかにも女学生らしい丸っこい筆記体の文字で住所が記された紙を握りしめたまま、ミセス・マーチは目的の家に向かって歩きだした。頭はまだくらくらとしている。いまからたどりつく場所で、いったい何が見つかるのだろう。わたしは本当に、そこまで本気で夫を疑っているの？　それとも（ジョアンナの件を思えば）まだまだ疑い足りないとでもいうの？

34

ミセス・マーチはシルヴィアの家の扉をノックした。くすんだベージュ色のその家は、目抜き通りから横へ逸れる脇道に面していて、その道の行きどまりには、水色のとんがり屋根を頂いた教会が建っている。

頭に巻いていたスカーフは寸前に取りはずし、ハンドバッグのなかに押しこんであった。《ニューヨーク・タイムズ》の記者が取材の際にこういうものを身につけるとは、なんとなく思えなかったから。エイミー・ブライアントがノックに応じて扉を開けたときには、自分の家でもないのに主人面をするなんて厚かましいように感じたけれど、もしかしたらシルヴィアの祖母はいま、一連の悲惨な出来事に打ちのめされて、玄関まで出てくるだけの気力もないのかもしれない。

エイミー・ブライアントは鋭くとんがった鼻をしていて、口と顎は異様に小さく、目もビーズのように小さかった。シルヴィアがエイミーとつるんでいたのは、きっと、エイミーがひどく不器量だったからにちがいない。ふたりのうちで頭がいいのは、十中八九エイミーのほうだったろうが、美しいシルヴィアの隣にいるときは、つねに引立て役となっていたはず。シルヴィアにしてみれば、しめしめといったところだったに決まってるわ。

「こんにちは。わたくしは《ニューヨーク・タイムズ》の記者なんですが、現在、シルヴィア・ギブラーに関する記事を執筆しておりまして。できれば二、三の質問をさせていただけませんか。ほんの数分でかまいません。故人について語るのがどれほどおつらいことであるかは承知しておりますが、わたくしたちには公共の利益のために、殺人犯を裁きのもとへ引きずりだすという義務があります。シルヴィアもそれを望んでいるはずです」ミセス・マーチはこれだけのことをまくしたてるあいだ、ハンドバッグの中身を掻きまわしているふうを装っていた。寸暇も惜しんでペンを捜す姿が、いかにも多忙を極める新聞記者らしく見えると考えたからだった。

エイミー・ブライアントは大きく扉を開け放ちながら、こう応じた。「ええ、もちろんです。なかへどうぞ」

《ニューヨーク・タイムズ》の名前を出すだけで、こうもすんなり話を訊きだせてしまえるものだとは。記者だとひとこと告げただけなのに、身分を証明するものはおろか、名刺を見せろと要求してくる者もない。自分が《タイムズ》の紙面を飾れるかもしれないというほんのわずかな可能性に、目がくらんでしまうんだろう。わたしもエイミーの立場だったら、同じようになかへ引きいれてしまうかしら。ええ、きっとそうするわね。ニューヨークの自宅の居間で、新聞記者（わたし自身）と向かいあわせのソファにすわり、マカロンを盛った大皿を引き寄せながら、おひとついかがと勧める姿が、ありありと頭に浮かんでくる。

「これは話したくないということがあれば、黙っていてくださってかまいませんわ」シルヴィア・ギブラー宅の敷居を踏み越えながら、ミセス・マーチはしゃべりつづけた。「わたくしはただ、可能なかぎりの情報を集めようと努めているだけなんです。真実を世に伝えるために、可能なかぎり客観的で、事実のみに基づいた記事を書きたいものですから」

「ええ、わかりました。わたしもできるだけ客観的に答えるように――」

「いいえ、あなたがそんな心配をする必要はありませんわ、ミス・ブライアント。それはわたくしの仕事ですから。あなたはただ、記憶にあることをそのまま話してくださればいいんです。もう充分に、大変な思いをなさってきたんですから」ミセス・マーチはそう言うと、可能なかぎりの誠意と憐れみを込めたまなざしをエイミーに向けた。いたわりの言葉を聞かされたエイミーは、自己憐憫《れんびん》にひたりきって、小さな顎を震わせたり、小さな瞳を潤ませたりしはじめた。

通された居間には、いくぶん手厳しい感想をいだかずにはいられなかった。室内は（ミセス・マーチの目に映るかぎり）雑然と散らかっているうえに、取りあわせのまずさが目に余った。カーテンは染みだらけだし、床は長いことモップがけもされておらず、テーブルの中央に置かれたレースは黄ばみ、こもりきった空気はかび臭い。いますぐ窓を開け放ちたくてたまらなくさせられた。

「どうぞこちらに——」エイミーが言いながら指し示したソファは、全体が合成皮革で覆われており、見るからにクッションがくたびれていた。ミセス・マーチは腰をおろすまえにすばやく座面を見まわして、点々と散らばるパン屑や、動物のものとおぼしき白い抜け毛を、さりげなくてのひらで払いのけた。

エイミーもすぐそばに置かれた椅子に腰かけると、死人も目を覚ましそうなほどの大声を張りあげて、部屋の隅に呼びかけた。「こっちに来て、バブカ！　一緒にすわって、話を聞いてちょうだい！」すると居間の隅の暗がりのなかから、笑みをたたえた老女が亡霊のように、音もなくあらわれた。

「こちらの方は新聞記者なの！　はるばるニューヨークからいらしたんですって！　シルヴィアの話が聞きたいそうよ！」ほとんどわめくようにして、エイミーは事情を説明した。

ミセス・マーチはハンドバッグのなかから、ノートとボールペンを取りだした。ペン尻を何度もカチカチと押して、ペン先を出したり引っこめたりしているあいだも、バブカと呼ばれた老女は笑みをたたえたままだった。

「シルヴィアがまだ小さいころに、ご両親は亡くなったの」エイミーが率先して説明を始めた。「それからずっと、お祖母ちゃんと暮らしていたわ。バブカはポーランドの出身で、結婚を機にアメリカへ移ってきたんですって」

「お孫さんのこと、心からお悔やみ申しあげます」ミセス・マーチが話しかけると、老女の顔から笑みが掻き消え、眉根が中央に寄せられた。老女はそれから小首をかしげて、左耳をミセス・マーチのほうに向けてきた。おそらく、聞こえがいいほうの耳なのだろう。

「お悔やみを申しあげます！」一段と声を張りあげて、ミセス・マーチはさきほどの言葉を繰りかえした。

曲がった腰が許す範囲で、老女は限界まで背すじを伸ばすと、片手を使った手ぶりのようなもので、弔意に対する感謝を伝えてきた。ミセス・マーチはどうにかこうにか、こわばった笑みを返した。

「シルヴィアは……」と老女はしゃべりだした。生涯のほとんどをアメリカですごしてきた経験をもってしても、強烈なポーランド訛を薄めることにはならなかったらしい。「本当にいい子だったんだよ。だけど……人生ってやつは……何が起こるかわからんもんだからねえ……」

「ええ」とひとこと、ミセス・マーチは応じて、速記と受けとめてもらえることを祈りながら、解読不能な文字をノートにでたらめに書き綴った。

「人生ってのはそういうもんさ。何が起きたっておかしくない。それでも……前に進んでいかなきゃねえ」

「ご立派ですわ。そうやって苦難を乗り越えようとなさってますのね」とミセス・マーチが持ちあげると、老女は不意に目を閉じて、薄い唇をきゅっと引き結び、それはちがうとばかりに首を振った。ミセス・マーチはわけがわかからず、何かを聞きちがえでもしたのかしらと戸惑った。

「何かお飲みになりますか？　コーヒーか何かでも」横からエイミーが訊いてきた。

「そうさね、あたしがコーヒーを淹れてくるよ！」老女は唐突に声を張りあげると、驚くほどせかせかとキッチンに向かっていった。

老女の帰りを待ちながら、ミセス・マーチはエイミーに弱々しく微笑みかけた。

「バブカっていうのは、ポーランド語でお祖母ちゃんって意味なんです」エイミーが先に沈黙を破った。

「そうですか……」とミセス・マーチは答えた。

紫がかった小さな綿埃が、ころころと床を転がってきたかと思うと、椅子の脚に当たって動きをとめた。

「バブカの右耳は、あまり聞こえてないんです。そのせいで、いろいろと危なっかしくて」

コーヒーの色が内側に染みついたり、縁が欠けたりしたマグカップとチーズケーキをトレイに載せて、老女がキッチンから戻ってきた。これは〝自分の手で〟作ったケーキなのだと、いかにも誇らしげに語る声を耳にした途端、ミセス・マーチはずんと心が沈みこむのを感じた。この自家製ケーキを少しでも口にしないかぎり、この家から出してはもらえないことだろう。老女はチーズケーキを大きくひとりぶん切り分けると、ひびの入ったピンク色の取り皿に載せて、ぐいと突きだしてきた。ミセス・マーチはその皿と、黒ずんだデザートスプーンを受けとると、終始笑みをたたえたまま、ねっとりとした食感のケーキをひと口食べた。それが舌に触れるやいなや、室温に温められたチーズの強烈な臭みが広がっていった。かさかさに乾ききった染みだらけの手で、老女がじかにクリームチーズや生卵をこねまわす光景が、どうしても頭に浮かんでしまう。それでもなんとか我慢して、口に入れたケーキを咀嚼《そしやく》した。

「シルヴィアの事件はたしかに一時期、国じゅうの注目を集めたわ」エイミーの話す声がした。「だけど、シルヴィアが……シルヴィアの遺体が発見されてから……」エイミーはぎこちなく表現を改めた。「まだ二カ月ほどしか経っていないっていうのに、世間の関心はどんどん薄れていってるみたい。シルヴィアにあんなことをしたのが誰なのかも、まだわかってないのに……あなたの取材にわたしたちが応じて、それが記事になったら、本当に関心を取りもどすことができるでしょうか？」

鼻ではなく口で息を吸いつつ、上顎にへばりついたチーズケーキを剝がしとろうとくちゃくちゃ舌を動かしながら、ミセス・マーチはうなずいた。老女はまたもやキッチンに姿を消していた。取材に興味がないのかもしれないし、もしくは汚らしい音を耳にするのが耐えられなかったのかもしれないし、はたまたその両方かもしれない。いずれにせよ、ミセス・マーチにとっては願ってもないことだった。老女がいると落ちつかない気分にさせられたし、いなくなってくれれば、これ以上ケーキを食べなくて済む。「それでは、いまだに容疑者も挙がっていないんですの？」口にケーキを含んだまま、ミセス・マーチはエイミーに尋ねた。いつかはこれを呑みこまなくちゃならない。それを避けることはできない。ミセス・マーチが抱えるそうした苦悩など露知らず、エイミーはこれまでの経緯を語りだしていた。最初に疑いの目が向けられたのは、ご多分に漏れず、シルヴィアのボーイフレンドだったこと。その後、シルヴィアが行方不明になった晩や、その前後数日のアリバイを証言してくれる人間が複数あらわれたおかげで、容疑者リストからはずされたこと。「でも、正直なところ、町のみんなはよそからやってきた人間の犯行ではないかと考えているんです。よそ者の仕業だと」エイミーが言葉を切るのにタイミングを合わせて、ミセス・マーチはチーズケーキを呑みこんだ。

「そうですか……となると、よそ者の犯行であることを示唆するような何かが、遺体に残されていたのかしら」

「残されていたのは、暴力をふるわれた痕跡と……レイプされたような痕跡だけです。でも、そんなことのできる住民はこの町にいません。全員が全員、お互いのことを知りつくしているわけですから」

「だけど、他人のすべてを知りつくすことなんて、誰にもできませんでしょう？」ミセス・マーチがそう言うと、エイミーはぐっと細めた目でこちらを見つめた。「それなら、シルヴィアの知りあいのなかには、わずかに疑わしい人間も、そんな暴力をふるえるような人間も、ひとりもいないということですね？　となると、行方がわからなくなる直前の数日かそこらのあいだに、新たな出会いがあったのかもしれないわ。よそからやってきた誰かに出会っていたのかも」

ところが、エイミーは首を振った。「数週間まえまで遡って、その間に会ったひとたちのことを何度も思いかえしてみたんだけど、何ひとつ思いあたることがないんです」エイミーは足もとに視線を落としてため息をつくと、静かな声で語りだした。「シルヴィアとわたしは、ときどきふたりで遊びに出かけてました。言いだしっぺはいつもわたしで、出会いもいろいろありました。だけど、あのなかにあんなことのできる男《ひと》がいるとはとても……」

エイミー・ブライアントは全身から、罪悪感を放射しているかのようだった。この告白からなんらかの赦しを得ようというのが見え見えの態度を眺めるうちに、ミセス・マーチのなかで、ある種の自信がみるみる大きく育っていった。わたしの取材能力もなかなかのものだわ。もしかしてもしかすると、わたしの書いた記事が実際に紙面を飾るのも、けっして夢物語ではないかもしれない。「わたしたちふたりで、たくさん男のひとと出会ったわ」目を潤ませたエイミーが、震える声でさらに続けた。「だけど、一線を越えたことは一度だってありません。信じられないかもしれないけど、本当なんです」

ミセス・マーチは同情をあらわにした優しげなまなざしでエイミーにうなずきかけながら、ノートに〝アバズレ〟と書きこんだ。その直後、かりそめのジャーナリストながらも客観性を保つと誓ったことを思いだし、その後ろにクエスチョンマークをくっつけてから、こう告げた。「となると、事件の真相をつかむのは、かなり困難だと言えますわね。シルヴィアという女性の、ありのままの人物像を把握するのも」

ほんの少しの間を置いて、エイミーがおずおずと口を開いた。「もしよかったら、シルヴィアの部屋をごらんになりませんか？」

ひとまず遠慮するそぶりを見せてから、ミセス・マーチはようやく申し出を受けいれた。その場に一緒にいてほしいとエイミーに頼んだのは、本物の記者なら現場を保全するためにそうするような気がしたからだった。それに、そうしてもらえれば、亡き親友に関する情報をエイミーがその間もあれこれ漏らしてくれるかもしれない。

手すりの磨り減った階段をのぼりながら、額におさめられ、年代順に並べられた、在りし日のシルヴィアの姿を眺めた。そのほとんどは卒業アルバムから抜きだされた写真で、マスコミが最初に公表した一枚――ジョージのノートに挟まれていた切りぬきの写真――も、そこに含まれている。するととつぜん頭のなかで、とある場面がむくむくと形を成していった。真夜中の逢瀬《おうせ》を楽しもうと、忍び足でこの階段をのぼっていくジョージの姿。毛玉のできた濃い灰色のカーペットが敷きつめられているおかげで、踏み板の軋む音はずいぶんやわらげられている。いまのわたしと同じように、ジョージも手すりの表面のざらつきを指先でなぞっていたのかしら。

シルヴィアの寝室はいかにも月並みなものだったけれど、その空間に入りこむこと自体が、教会に足を踏みいれるのにも似た、神聖なことのように感じられた。窓から斜めに射しこんで、シダー材の鏡台の上に浮かぶ埃をスポットライトのように照らす光も、何やら霊妙に感じられる。

シルヴィアの寝室という聖なる遺跡のなかで、考古学者のごとき冷静さを保とうと努めながら、ミセス・マーチは室内を見まわした。青系で統一された、品のいい上掛けに覆われているベッド。白がくすんで灰色になりかけた、フリルたっぷりのカーテン。鏡台の上に置かれたピンク色の口紅と、半ばからになった香水瓶。あとで同じものを買うときのため、ミセス・マーチはその香水の銘柄もきちんとノートに書きこんだ。

出入口にいちばん近い壁は、新聞記事の切りぬきで覆われていた。いずれの紙面でも、行方不明中のシルヴィアに関する見出しがでかでかと躍っている。「バブカが貼ったの」と、エイミーの言う声がした。孫娘が消息を絶ってからというもの、神経を磨り減らすようにすごした数週間のあいだ、バブカはみずから新聞を切りぬいては、ここに貼りつけていったのだという。けれども、シルヴィアが生きて帰ってくるかもしれないという一縷《いちる》の望みは、遺体の発見によって打ち砕かれたのだ。その壁から目線をさげると、ほかに比べていくぶん子供じみたマツ材の書き物机の上に、塗り絵帳や、星形の付箋や、羽根ペンや、きらきらのラメが詰まった小瓶が散乱していた。

「日記はつけていなかったのかしら」期待に汗が噴きだすのを感じながら、ミセス・マーチは問いかけた。

「つけていたとしても、一冊も見つかっていません」返ってきたのは、すげない返答だった。エイミーは胸の前で腕を組んで、この空間の番人よろしく、室内を見まわしていた。やがて、書き物机の隅に視線を落とすと、きれいに折りたたまれた小さなハンカチをそろそろと手に取り、それを返すがえす眺めてから、どうすべきかと考えこんだすえ、口を開いてこう言った。「ちょっといいですか。このハンカチなんですけど、シルヴィアはどこへ行くときも、つねにこれを持ち歩いていたんです。だけど、あの日は……消息を絶った日は、これを身につけていなかった」

差しだされて受けとった白いハンカチは、レースで周囲を縁どられていて、シルヴィアのイニシャルが刺繡されていた。「シルヴィアが着ていた衣服も、検査にまわされたのかしら。指紋なんかを検出するために」

「ええ、ひとつ残らず検査にまわされはしたんですが、何も見つからなかったそうです……たぶん、遺体が長いあいだ野ざらしになっていたからじゃないでしょうか」

エイミーはふたたび腕を組んで、窓のほうに顔を向けた。ミセス・マーチはその隙に、ハンカチをポケットにすべりこませた。そのあとは、色とりどりのレコードの山だの、ピンク色のダイヤル式電話だのに視線をさまよわせながら、漫然と室内を歩きまわったすえに、本棚の前でいきなり足をとめた。視線の先では、棚の一段まるまるがジョージの作品に捧げられていた。視界を覆いつくした霧が、たちどころに霧散していった。背表紙に刻まれた〝ジョージ・マーチ〟の文字が、研ぎ澄まされた刃のように、くっきりと像を成していく。上唇に浮いた汗をぬぐうと、涎《よだれ》を垂らさんばかりに期待をふくらませつつ、棚から一冊引きぬいた。表紙を開くと、サインが見えた。まちがいない。ジョージのけだるげな筆跡なら、どこで目にしようがすぐにわかる。唾を呑みこもうとしても、口のなかは乾ききっていた。ずんぐりとした親指を紙に押しつけてみたけれど、毒物で炎症を起こした血管みたいにインクが脈打つことはなかった。指先でサインをなぞりながら、ミセス・マーチは想像をめぐらせた。朗読会の会場で、著書にサインをもらおうと列に並ぶシルヴィア。別のファンとのやりとりの最中に、はっとなって言葉を切るジョージ。眼鏡の縁越しに見あげた先には、美しいシルヴィアが立っている。後列のファンなどそっちのけで、ふたりは大いに語らい、笑いあい、ふざけあう。もしかしたらシルヴィアは、そのとき巻いていたスカーフをジョージに残していったのかもしれない。ジョージはそのスカーフの香りを嗅ぐたびに、募る想いをさらに燃えあがらせていたのかもしれない。けれども、つい最近になって、シルヴィアとのつながりを示す証拠を隠滅するために、それを処分したのかもしれない。いいえ、待って。もしもまだ処分していないとしたら？　まだそれが――死んだ女のスカーフが――我が家のどこかにしまいこまれているのだとしたら？　ジョージなら、そういうものをどこに隠そうとするだろう。書斎の本棚の奥に押しこむかしら。それとも、絶対にバレるはずがないという常軌を逸した思いあがりから、机の上の見えるところに置いておくかしら。だとすると、それを見つけたマーサがわたしのものと勘ちがいして、クロゼットの引出しに突っこんでしまったかもしれない。そのスカーフはいまもわたしの衣類にまぎれて、この世に存在しているのかもしれない。

エイミーが窓に向けていた顔を戻したとき、ミセス・マーチはまだジョージの本を両手で握りしめていた。「ああ、それ、ジョージ・マーチの小説ですよね。シルヴィアは大のファンだったんです。たしか、亡くなったお父さんが持っていた初期の作品を読んだのが、きっかけじゃなかったかな。シルヴィアはその作品をものすごく気にいっていたわ。それを読んでいるところを、何百回と目にしたもの」エイミーはそこで一瞬の間を置いて、「ほんと、相当な読書家だったわ」とつぶやいたかと思うと、不意に物思いに耽りはじめた。しばらくすると、自分が贈った讃辞の余韻からようやく抜けだしたのか、気を取りなおしてこう続けた。「そのあと、ジョージ・マーチがものすごく有名になったころ、この町を避暑地にしているだかなんだかって話を、雑誌か何かで目にしたんです。たしか、どこか近くにコテージを持っているんじゃなかったかな。町のひとたちが大勢、姿を見かけたって話していたから——」

「コテージを持っているのは、彼の編集者よ」《ニューヨーク・タイムズ》の記者ならば知っていて然るべき情報だと踏んで、ミセス・マーチは口を挟んだ。

「ああ、そうでしたっけ。まあ、とにかくそういうわけで、シルヴィアは去年の夏、ジョージ・マーチの姿をひと目見ようと、町のレストランだのなんだのの近くで待ち伏せをしていたんです」

「それで、願いは叶ったの？」酸素という酸素が体内から抜けでてしまったような感覚に陥りながら、ミセス・マーチは問いかけた。

するとエイミーは首を横に振った。「いいえ。願いは叶いませんでした」

ミセス・マーチはむさぼるように大きく息を吸いこむと、「でも、ここにサインがしてあるわ」と言いながら、開いた本をエイミーのほうに差しだした。

「ああ、だったら、それがお父さんの遺してくれた一冊ね。シルヴィアがジョージ・マーチに会えたことは一度もないですから。絶対にまちがいありません。もし会えていたら、わたしに報告してくれたはずだもの。シルヴィアは彼の作品の虜《とりこ》でしたから」エイミーはそのあとも滔々と語りつづけた。自分はあまりジョージ・マーチの作品が好きではないこと。〝暇を持てあました老人〟が好んで読むような小説だという気がすること。けれども当のミセス・マーチは、その話に耳を傾けることをとっくにやめてしまっていた。手にした本のページをぱらぱらとめくって、なんらかの手がかりを――手書きのメモなり、丸で囲まれたあちこちの文字から成る暗号なりを――探していた。けれども、そこから見つかったのは色褪せた押し花だけで、その花も指で触れた先から、ぼろぼろに崩れていってしまった。巻末側のカバーには、著者の近影が載せられている。遥か昔に写真館で撮ってもらった写真。つまりこの版は、シルヴィアが生まれる以前に発行されたものだ。それからほどなく、ジョージはみんなに説得されて、写真を撮りなおすことになったから。なんでも、表情が緊張しているように見えるとの感想（これはやんわりと言葉を濁した表現であるらしい）が、複数の読者から寄せられていたそうな。たしかに、丸められた肩も、吊りあがった眉も、眼鏡のレンズの向こうで細くすがめられた目も、不気味な人物という印象しか与えない。けれども、本人をじかに知る者からすれば、実物の見てくれに恐怖をおぼえたことなど一度としてないはずだ。とはいえ、モノクロの写真に捉えられたジョージの瞳は、実物よりもいくぶん暗く翳って見える。シルヴィアが最期に見たものは、この一対の瞳だったのだろうか。

本を棚に戻したあとは、シルヴィアが描いたというスケッチを何枚か見せてもらった。

ポニーとお花畑だの、染みまで描きこんだ祖母の似顔絵だのといった、いかにも少女じみた代物ばかりだったけれど、感じいったふうを装うことも、ノートに詳細を書きこんでいるふりをすることも怠らなかった。

バスルームの洗面キャビネットにこそ重大な手がかりが眠っている気がして、ほかの部屋も見せてもらえないかと言いだそうとしたとき、エイミーがぴしゃりとこう告げた。

「これで、必要なものはすべてごらんになったはずよ」

階段をおりて玄関間まで戻ると、ミセス・マーチは老女とエイミーに向かって感謝の言葉を述べはじめた。今日はお時間を割いてくださってありがとう。記事を掲載してもらえるよう最大限努力するつもりではあるけれど、結果は誰にもわからない。うちのデスクはむら気が強いうえに、思いつきで行動する人間ばかりだから。誰も扉を開けてくれないことを悟って、ミセス・マーチがみずからドアノブに手を伸ばすと、エイミーが不意に口を開いた。「シルヴィアのハンカチを返していただけます？」

ミセス・マーチはその場で足をとめて、エイミーを振りかえった。「ハンカチなら、もとの場所に戻しておきましたけど」

「いいえ、そのポケットのなかにあるわ」

重い沈黙が垂れこめるなか、ミセス・マーチはエイミーを見すえた。ジョージ・ワシントンそっくりの、感情を排した厳格な表情を眺めているうちに、ポケットからハンカチを取りだしながらこう話す自分の声が聞こえてきた。「あら、本当。おかしいわね。たぶん、自分のハンカチと取りちがえて、寝室には自分のほうを置いてきてしまったんだわ。ほんと、うっかりしているんだから」

「失礼ですけど、お名前はなんとおっしゃるんでしたっけ?」

ミセス・マーチは姿勢を正し、ひとつ息を吸ってから、「ジョアンナよ」とひとこと答え、サングラスをかけて外に出た。

ジェントリー滞在初日に得た収穫があまりにも多すぎたせいか、それに続く数日がさしたる進展もなく過ぎていっても、それほど意外には思わなかった。滞在二日めには、キッチンに痕跡を残さないよう、おなかがすいたときそのまま食べられるものをと思い、ビニール包装のサンドイッチと塩味のクラッカーを買ってきた。それをがつがつと平らげたあとは、唾で湿らせた指先でもって、こぼれ落ちた食べかすもきれいにぬぐいとった。

食後は新たな手がかりを求めて、戸棚や引出しをほじくりかえしてまわった。コテージの外を散策して、昼寝もした。引っくりかえしたグラスのなかに蜘蛛を捕らえたあと、エドガーがこれを見たらどう思うだろうと考えて、くすくすとひとり笑った。

滞在三日めに主寝室のクロゼットをあさっているとき、毛布の山の下に隠されている細長い木箱を見つけた。しかも、箱には頑丈な南京錠が取りつけられていた。アドレナリンが全身を駆けめぐるのを感じながら、ミセス・マーチはガレージに置いてあった工具箱のなかを引っ掻きまわしたすえ、ハンマーを使って南京錠を叩き壊した。けれども、そこにおさめられていたのは、シルヴィアとジョージが交わした恋文でも、シルヴィアの日記でも、切断されたシルヴィアの指でもなく、エドガーが所持する狩猟用ライフルだった。壊してしまった南京錠は、すぐに新しいものと交換しておいた。例のよろず屋でそっくりなものを買い求めた際には、ハーヴァードに通う娘が自転車に取りつけるのだと説明した。

よろず屋からコテージへ戻る途中、森のなかの開けた場所で、一頭の雌鹿に出くわした。雌鹿はそのとき、死んだウサギの肉を食らっている最中だった。ウサギの骨が噛み砕かれる音は、コテージから借りてきたスノーブーツが雪を踏みしだく音と、区別するのが難しいほどよく似ていた。しんしんと降る雪が、鹿の背中にも積もっていた。片手をこめかみのあたりに添えて視界を遮ったまま、ミセス・マーチは歩きつづけた。雌鹿もいっさい動じることなく、脇目もふらずに食事を続けた。

滞在四日めには、町営の墓地へ足を運んだ。シルヴィアの眠る墓は、花やぬいぐるみや手紙が大量に供えられていたから、苦もなくすぐに見つかった。風雨にさらされた供え物は、どれもがすでに朽ちかけていた。テディベアの目玉は、留めてあった糸が取れかけて、眼窩から垂れさがっていた。ミセス・マーチはその光景もノートにできるだけ描き写した。

その晩はジョージに電話をかけて、翌日の午後には帰宅すると連絡した。

「わかった、明日だな。それで、そっちはどうだった？　お義母《かあ》さんの容態は？」

「残念ながら、あまりかんばしくないわ」

「それは気の毒に」

「ええ、つらいけれど、耐えるしかないわね。それじゃあ、明日」

「ああ、うちで待ってるよ」

ジェントリー滞在最終日の夜には、ハンドバッグに取材ノートを忍ばせて町へ赴き、いかにもといった風情の安酒場に入った。店内の壁は全面板張りで、床はべたべたしていて靴底が貼りつき、片方の壁ぎわには、板がでこぼこになったボウリングのレーンがふたつ設けられている。カウンターにはスツールが並べられているが、座面に張られた合成皮革はあちこちが裂けたり、破れたりしている。ビリヤード台の天板を覆うフェルト生地には、煙草の焼け焦げがあばたのように散っている。店内はひどく空気が淀んでいるうえに、煙草とビールと体臭の入りまじったにおいがつんと鼻を刺すほどで、そこに足を踏みいれるやいなや、身体や衣服に染みついて離れなくなった。

ミセス・マーチはいま、サングラスとヘッドスカーフを身につけたままボックス席にすわり、バーテンダーが徳用ボトルからそそいでくれたすっぱい赤ワインをすすっていた。さきほどカウンターでワインを注文したときには、ボトルの蓋を締めなおしているバーテンダーに、ひとまずこう切りだした。「例の有名な小説家を、このあたりで見かけたことはある？　ジョージ・マーチがここへ飲みにやってきたことは？」ところが、返ってきた答えは「すみません、本は読まないもので」という期待はずれなものだった。それならと気を取りなおしてシルヴィアのことを尋ねたのは、シルヴィアとエイミーがこの店にもしょっちゅう男あさりにきていたにちがいないと決めこんでいたからなのだが、バーテンダーはその質問には答えず、代わりにミセス・マーチの背後へ目をやった。「そういう話は、シルヴィアのボーイフレンドに訊いたらどうです。ちょうどそこにいるんだから」そう言われて振りかえると、奥のテーブルで若い男がひとり、酒を飲んでいるのが見えた。

近づいて声をかけるほどの勇気はなかったけれど、カウンターを離れたあとは、向かいあう位置にある席を選んで腰をおろした。口紅が付着するのを防ぐためにわざわざストローを使いつつも、グラスには指紋をべったり残しながら、しばし男を観察した。男の顔は青白くて、じっとりと汗をかいており、顎にはニキビがまだらになっていた。男は次から次にビールをおかわりしながら、ぶつぶつと独りごとをつぶやいていた。ようやく席を立ったかと思えば、よろよろとテーブルを伝い歩きして、カウンターのそばの小さく開けたスペースで足をとめると、前後にゆらゆらと身体を揺らしながら、目を閉じ、口をだらしなく開けて、首を後ろにのけぞらせた。最初は、脳卒中を起こしたのかと思った。そのうちにだんだんわかってきた。あれは、みずからが思うところのささやかなダンスフロアで、ダンスを踊っているんだわ。ワインを飲みすぎたせいで、腐りかけた糸が口のなかでこんがらがっているような感覚に陥りながら、ミセス・マーチも席を立って、ふらふらとカウンターに近づき、よろめいたふりをして男に抱きついた。男にはそれに気づいたそぶりも、抱きかえそうとするそぶりもなかった。両腕を脇に垂らしたまま、押しのけてくることもなかった。だから、ミセス・マーチも抱きついたまま、男の動きに合わせて身体を揺らした。触れている身体のぬくもりを感じつつ、赤ん坊をあやすように男を揺らした。男の身体からは、強烈なアルコール臭のほかに、牛乳をかけたシリアルと柔軟剤のような、母親に甲斐甲斐しく世話を焼いてもらっている男児のようなにおいがした。シルヴィアがこの若者に抱きついて、そうしたにおいを吸いこみながら、セーター越しに響く心臓の鼓動に耳を澄ましている姿が頭に浮かんだ。

ふたりは右に、左に、ゆっくりと身体を揺らした。流れている曲のリズムなどおかまいなしに、自分たちのペースで踊りつづけた。やがて、店内からすっかり客がはけたころ、バーテンダーがラストオーダーの時刻だと知らせてきた。

タクシーが自宅アパートメントの前で停止したときには、すでに夜の帳《とばり》がおりていた。濃緑色の日除けの下から駆け寄ってくる夜勤のドアマンを尻目に、ミセス・マーチは見慣れているはずの建物を見あげた。冬の夜空を背景にしてそびえる、堂々たるたたずまい。明かりの絶えた暗い窓は、瞼を閉じた何百もの目を思わせる。

六階の通路に異変はなかった。ミセス・マーチは床に敷かれた絨毯の上を進んで、606号室の前に立った。鍵束から一本だけ選んで鍵穴に差しこみ、残りの鍵をガチャガチャ鳴らしながら鍵をまわして扉を開け、なかに入ってまた鍵をかけた。家のなかは真っ暗なのに、なんとなく何かがミセス・マーチの帰りを待ちかまえているような感じがした。まるで傷んだ牡蠣のように、静寂に包まれた殻のなかで息をひそめながら、誰かを餌食《えじき》にできる瞬間をいまかいまかと待ちかねているような……。電灯のスイッチを入れようと壁を手探りしていると、とつぜん、大きく息を吸いこむような音が——というよりも、苦しげに喘ぐような音が——闇のなかから響きだした。いますぐ玄関扉を開けて、通路の光を採りいれたいのに、なぜだか身体が動かない。呼吸音はなおも続いている。少しずつ音量を増している。いまにも顔に息を吹きかけられそうだ。するとそのとき、隣家のトイレから水を流す音が聞こえだすと同時に、全身の硬直が解けて、肩の力が抜けた。さっきの音はきっと、老朽化《ろうきゅう》した水道管が立てていたんだわ。壁のスイッチが指先に触れると、すぐさま弾いて明かりをつけた。水道管うんぬんというのが思いちがいであった場合に備えて、すぐそこにひそんでいるかもしれない何かの意表を突くためだったけれど、目の前にあらわれたのは、がらんとした廊下だけだった。どういうことなの？　ジョージはどこなの？　ジョナサンはどうしたの？

もしかしたら、ふたりして「わっ！」と飛びだしてきて、わたしを驚かすつもりなのかも。そんなことを半ば期待しながら、誰もいない部屋をのぞきこんでは、暗がりに向かってふたりの名を呼んだ。いくら呼んでも返事がないことがわかったとき、恐ろしい想像に背すじが凍った。ジョージがわたしの腹を見抜いて、逃げだしたのでは？　ジョナサンのことも、人質とするために連れ去っていったのでは？　クロゼットに飛びついてなかを改めようとしたとき、背後で錠のまわる音がして、玄関扉が開け放たれ、隙間風とはしゃいだ声が流れこんできた。

「おや、おかえり！　もう帰ってきてたのか」ジョージの問いかけにも答えることなく、ミセス・マーチは息子に駆け寄ると、ミントグリーンの手袋に包まれた指でひと雫の涙をぬぐった。

「パパと映画を観てきたんだよ、ママ」

ミセス・マーチは床に膝をついて、息子の身体を抱きとめた。そうして抱きしめあったまま、夫の顔をしかと見すえると、冷ややかなまなざしと微笑でもって、こう告げた――わたし、何もかも知っているのよ。ジョージの瞳のなかで何かが――恐怖かもしれないし、悔恨かもしれない何かが――揺らいだように見えたのは、わたしの空想なのかしら。それとも、現実に起きたことなのかしら。

35

歯痛のほかには持ち帰るべきものもなく、メイン州への旅から戻ったあとは、自分が本当にあんなことをやらかしたのか、とうてい信じられずにいた。たとえば、家族に嘘をついたことも。自分で飛行機のチケットをとったことも。新聞記者を騙《かた》って、悲嘆に暮れる遺族を取材したことも。殺人事件の第一容疑者と目されていた男の胸に、顔をうずめて踊ったことも。きっと、何もかも夢だったにちがいない。

その一方で、ますます確信を強めるようになったことがある。それは、夫が犯人だということ。ミセス・マーチはその確信を、日ごとに募らせていった。ジョージが何かをしたり、何かを言ったりするたびに、その陰に隠された意味を探った。ニュース番組でシルヴィアの事件がとりあげられたあと書斎にこもる行為もまた、犯人であることのまぎれもない証拠だった。

いずれかならず、夫は何がしかのぼろを出す。封をしたまま眠っているシルヴィア宛ての手紙が、机の引出しから出てくるのかもしれない。新たな犠牲者が生まれるのかもしれない。ああいう犯罪に手を染めるような人間は、強迫的とも言える欲求を自分で抑えこむことができない。それはわかりきっている。ただし、それまでは辛抱強く、注意深く、監視を続けなくちゃならない。妻であるわたしが警察の役目を果たすのだ。そうしてついにその時が来たら、決然と夫を警察に引き渡す。ジョージは逮捕され、わたしは高潔な妻としてマスコミに持て囃《はや》されることとなる。疑うことを知らずにいた純真無垢な妻が夫の異常性にいち早く気づき、賢明に、果敢に、単独で調査を進めた（なんという勇気！　なんという度胸！）結果、真犯人を裁きの場へ引きずりだすことに成功したのだから。一斉にフラッシュが焚かれるなか、このときばかりはわたしひとりに向けられているカメラを前にしてスピーチをする光景が、早くも目に浮かぶようだった。「まずは犠牲となった方々に……」謙虚さを演出するために、その際はサングラスとヘッドスカーフをつけておこう。そうすれば、被害者以上の注目を集めたがっているわけではないと、印象づけることができるはず。そのうえで厳かに赦しを乞えば、この女性が謝罪しなければならない理由がどこにあるのかと、マスコミも大衆も口を揃えるにちがいない。

のちに開かれる裁判では、気品たっぷりに証言台に立とう。ジョージは刑務所送りになるだろう。わたしはほんの数本インタビューに応じて、そのあとはひっそりと余生を送ろう。孫にマフラーを編んだりしながら、日々をすごそう。

考えるだに恐ろしいもうひとつの展開も、脳裡をよぎりはした。努めて穏やかにジョージから自白を引きだしはしたものの、共犯者になってくれと頼みこまれてしまう場面。自分がジョージに代わって獲物を選びだしたり、あとを尾《つ》けたりする場面。とはいえ、そうしたイメージをほぼ即座に頭から払いのけたということだけは、誓って言える。それからもちろん、証拠を突きつけられたジョージが逃亡を図る可能性も考えた。そこから先のイメージが、次々と頭に浮かんでは消えた。逃亡犯となったジョージが鬚を剃り落とし、髪をブロンドに染め、薄汚いモーテルの一室で脂っこいチーズバーガーに食らいつく姿。指名手配写真が公表されていないかどうかと、ニュース番組を梯子する姿。ついには、この国の犯罪者が最終的にたどりつくとされる、最も侘《わび》しく、最も荒廃した地域での目撃情報を最後に、ジョージはぷっつりと消息を絶つ。二度と声を聞くことはなく、ジョナサンの誕生日になると、非通知設定の電話がときおりかかってくるのみとなる。

かくいうわたしも、みずから選択した行動の正否——危険なサイコパスと生活を共にしていたことや、息子まで危険にさらしていたこと——に関して、しばしば思い悩むこととなるだろう。だとしてもいまはまだ、ジョージのもとを去るわけにいかない。充分な証拠がなければ、わたしの訴えなど誰も信じてはくれないもの。とりわけいまは。作家としてのジョージの地位が、全世界で確固たるものとなっているいまは。たとえば、レストランで食事中に見も知らぬ人々が近づいてきて、握手を求めたり、本にサインをしてくれと頼んできたりしたとき、かつてのわたしは、夫の名声が高まりゆくことを手放しに喜んでいた。それが近ごろは、（夫婦で出かけることが滅多になくなったから、そういう機会も減ったものの）見知らぬ人間が近づいてくるたびに、このひとが今度こそ、わたしの面前でジョアンナの話題を振ろうとするんじゃないかと身構えてしまう。そういうことになればきっと、ジョージはくつくつと忍び笑いを漏らしながら、うまいこと話をはぐらかそうとするだろう。殺人の話題について、これまでそうしてきたように。

ある朝、買いだしを終えたミセス・マーチは、オリーブのパンをおさめた紙袋を握りしめ、歯痛をやわらげようと氷の欠片を口に含んだまま、自宅をめざして歩いていた。ジョージの誕生日パーティーが間近に迫っていることもあり、頭のなかはその計画でいっぱいになっていた。今回のイブニングパーティーは、できれば前回（弦楽四重奏の楽団を雇い、献立のほうは、ジャクリーン・ケネディが政治家を招いて主催した晩餐会を参考にした）の出来を上回りたい。あのとき、わたしに無礼な態度をとったゲストたちの鼻をあかす方法はないものか。

る。街路樹の枝にはちらほら緑が見えはじめているものの、なおも空気はひんやりとしている。ミセス・マーチはあいているほうの手を使って、毛皮のコートの前を掻きあわせた。空気とつぜん気持ちが浮足立って、今朝はコートのボタンをとめずに出てきてしまった。空気はいつになくすがすがしく、すっかり春めいてきたように感じられた。空の青もひときわ深く、鮮やかに目に映えた。何度も洗われすぎて擦り切れたり、色褪せたりしてしまった亜麻布のような、ひどくくすんだ色合いが、ようやく空から消え去っていた。

とある建物が近づいてくると、ミセス・マーチは足をゆるめた。建物の正面には大きな窓があるのだけれど、暗紅色の豪華なカーテンが掛けられていて、それがおおかた閉めきったままになっている。これまで幾度となくこの前を通りすぎるたびに、なかに入ってみようかしらと思案することがしばしばあった。煉瓦造りの正面の壁を見あげると、金色の筆記体で綴った〈占いの館〉との文字が掲げられている。もちろん、占いなんてものは信じていない。子供のころ、夜になると幽霊（キキのことを言っているわけだけれど、そのときはまだ両親に詳細をあかしていなかった）があらわれると打ちあけたとき、母はこう諭してきた――教会で習うこと以外は、すべて頭から締めだしなさい。それからチッと舌打ちをして、幼い娘の肩をむんずとつかみ、ぐっと顔を近づけてこう続けた。「そんなものはこの世に存在しません。いいこと？　そんな馬鹿げたものを信じていたら、いい笑い物になりますよ」そのときの母の話しぶりは、経験からそれを学んだと言わんばかりだった。だとしたら、お母さまは笑われたほうの側だったのかしら。それとも、誰かを笑ったほうの側？　後者のほうがいかにもありそうに思える。あの母が誰かにいじめられる姿なんて、想像もつかないもの。

占いの館の前に立ちつくしたまま、ミセス・マーチは小さくため息をついた。未来について、なんらかの朗報を得ることができたら面白いかもしれないわ。

皺くちゃの紙袋をぎゅっと胸に抱きしめると、パンからにじみだしたオリーブオイルがコートに染みこんでいった。ミセス・マーチは覚悟を決めたように、観音開きの扉を押し開けた。

店のなかはひっそりと静かで、カーテンが閉めきられているというのに、不思議なほど明るかった。ミセス・マーチはしばらく黙りこくったまま、小さな丸テーブルの上の水晶玉をじっと見つめた。目を閉じると、ほんの数秒、不思議な感覚に見舞われたけれど、長いあいだ忘れ去っていた感覚だったため、それを言いあらわすのにぴったりの言葉もわからなかった。

「こんにちは」と横のほうから、少ししゃがれた声が聞こえた。

声のしたほうを振りかえると、馬鹿みたいに長くて豊かな黒髪をした、背の低い女が立っていた。女はその途方もなく長い髪をいくつかの房に編んで、それを頭にぐるっと巻いているのだけれど、そこから下に垂らした髪は、首も背中も優に通り越したあと、腰のあたりにまで到達したところで、毛先がぼさぼさにほつれている。

「運勢を占っていただけるかしら」この手の店ではどんなふうにふるまえばいいのかしらと悩んだすえに、肉屋で注文をするときのような簡潔な口調を選んで、ミセス・マーチは女に言った。

「もちろんですわ」と応じる占い師の声には、東ヨーロッパ系の訛が色濃く残っていた。

「手相を見る？　それともタロット？」

「ええと……タロットで」

「何かこだわりはありませんこと？　ライダーウェイト版でよろしい？」

ミセス・マーチには質問の意味もわからなかったため、単に「ええ」とだけ答えた。

「こちらへどうぞ」

占い師は天井から吊るされたベルベットのカーテンを割って、その奥に仕切られた小さな仄暗いスペースにミセス・マーチを通した。赤と赤紫の中間のようなどぎつい色合いの壁紙には、けばけばしい花模様が描かれている。ミセス・マーチはそれを直視するのを避けて、目の焦点をぼやかすようにした。こんなものを眺めていたら、まちがいなく片頭痛が起きてしまう。

　占い師がカーテンを閉じると、一気に目の前が暗くなった。小さな空間に灯されているのは、点々と配置された数本のキャンドルのみだった。とつぜん光を奪われたせいで、一瞬、視界が暗転したときには、気を失いかけたのかとの錯覚をおぼえた。

　占い師はやけに芝居がかった身ぶりでもって、天板が緑色のフェルト生地で覆われた、ポーカーテーブルのような小卓を指し示した。ミセス・マーチは小さな木製の椅子に近づき、豪華な刺繍のほどこされたクッションに腰をおろしてから、そばに置いてあったスツールの上にハンドバッグと紙袋を載せた。木製の椅子はいかにも華奢な作りに見えたのに、ミセス・マーチが尻を乗せても、かすかな軋みすらあげなかった。そのことがずいぶんと気持ちをなごませた。

　占い師は小卓を挟んだ向かい側へまわって、ペイズリー柄の布で覆った椅子に腰をおろした。天板の上に出された左手には、ひと目で異常があることがわかった。一部の指が未発達なままねじくれて、木の根のように絡まりあっていた。右手のほうには変わったところがなく、指は五本ともすらりと長くて、美しかった。占い師は両手でカードを切りまぜながら咳払いをすると、こちらを見すえて、こう切りだした。「つい最近、旅に出ていらっしゃった？」

そのとおりだと感心してみせることも、どうしてわかったのかと驚いてみせることもしたくなかった（どちらも素人のすることだわ）。軽く姿勢を正してから、可能なかぎりの平静を装って、ミセス・マーチは「ええ」と答えた。

「あなたはその旅で……探していたものを見つけた」

「ええ、でも、期待していたほどのものではなくて……」慎重に言葉を選びながら、ミセス・マーチは答えた。

「心のなかではわかっているはず。その旅で、自分の求めていたものが見つかったということを」占い師が言いながら、ウィンクを寄越したように見えたのは気のせいだろうか。シルヴィアの本棚にあったジョージの本、そこに書きこまれていたサインが頭に浮かんだ。

「望みどおりとはいかなかったのかもしれませんが、真実というのは、ときとして受けいれがたいもの……」占い師はつかのま黙りこみ、そのあと続けてこう言った。「とはいえ、見つけるべきものはまだほかにもあるようです。そしてこの先、あなたはそれを見つけることになる。あなたがいだいている疑念はまちがっていない。直感に従って行動してください」

その言葉をかけられた瞬間、どれほど胸が詰まったことか。するととつぜん、デザートにベイクド・アラスカを食べすぎてしまったときみたいに、急な差しこみが襲ってきた。

売春宿のように派手やかな壁紙が、ぼんやりと周囲に迫ってくる。膝の上に視線を落とすと、てのひらがじっとりと汗ばんでいた。呼吸がしだいに荒くなっていくのがわかった。

占い師はカードを交ぜていた手をとめると、そこから一枚ずつ引きぬいては、小卓の上に伏せていった。カードの裏面には、叩き割られたガラスを思わせる茶色いひび割れのような模様が印刷されていた。ミセス・マーチが手に汗を握りながら見つめる先で、ライダーウェイト版の大アルカナ二十二枚が、次から次へと並べられていった。

占い師はゆっくりと深呼吸をしてから、目を閉じた。てのひらを下に向けたまま両手をカードの上にかざすと、（こちらの困惑をよそにして）小声で何ごとかを口ずさみはじめた。気まずい空気が流れるなか、さらに数秒ほど、まじないのようなものを唱えつづけてから、ようやく占い師は目を開いた。「カードを一枚、お選びになって」

自分が何かをすることになるとは思ってもいなかったため、ミセス・マーチは少し面食らいつつも、いちばん近くにあるカードを指先で叩いた。占い師はカフタンドレスの袖をまくりあげると、やけにもったいぶった動作で、その一枚を表に返した。そこに描かれていたのは、上半身は人間、下半身は毛むくじゃらの山羊という怪物が、膝を折ってしゃがみこんでいる姿だった。その両脇では裸の人間がふたり、鎖でつながれているのだが、そのどちらにも角と尻尾が生えている。カードの下辺には〈悪魔〉という単語が、大文字の活字体で厳然と刻まれている。

「おお、いやだ。縁起でもないカードを引いてしまったわ」おどけたふうに聞こえることを願いながら、ミセス・マーチはつぶやいた。占い師が黙ったままであることがわかると、ぐっと身を乗りだして、ささやくようにこう尋ねた。「これは何を意味していますの？」

「ごらんのように、このカードは逆位置に開かれています。逆位置の悪魔が意味するのは、あなたがご自身のなかの最も深く、最も暗い場所に閉じこもってしまっているということ。あるいは、ご自身のなかの最も深くて最も暗い部分を、必死に隠しているということかもしれない。あなたはおのれの心の内を、誰にもさらけだすことができない。恥をかきたくないから。プライドが許さないから。でも、そのせいで心が闇に呑まれ、いびつにゆがんできてしまっている」占い師の説明を聞くうちに、毛むくじゃらの異形《いぎょう》の生物が鎖につながれ、光の届かない地下牢に閉じこめられている姿が頭に浮かんできて、なんだか自分が憐れになった。ふと我に返ると、占い師がこう訊いていた。「本当の自分を誰かに見せるなんて、今更できやしないとお考えかしら？」

そのあとに続いたのは、耳が痛くなるほどの静寂――毒々しい色合いの壁紙に当たって、跳ねかえってきそうなほどの静寂――だった。しばらくしてからようやく口を開いて、ミセス・マーチはこう吐き捨てた。「くだらない……馬鹿を言わないでちょうだい」

それでもまったくおかまいなしに、占い師は解説を続けた。「このゆがみを正す方法をお教えするわ。普段はカードを二枚も使ったりしないのだけれど……本当に、滅多にないことなのよ。いつもは最初に引いた一枚しか使わないんです。でも、いまのあなたは、手に入りうるかぎりの助言を必要としていらっしゃる。とても重要な節目を迎えていらっしゃるのね。ご自分でもおわかりでしょう？　それならわたしもお力になりましょう」

占い師はふたたび咳払いをしてから目を閉じた。例のまじないのようなものをまた唱えたあとで、もう一枚カードを選ぶようにと言ってきた。占い師の指で引っくりかえされた二枚めのカードには、〈女教皇〉という単語が記されていた。描かれているイラストは、角のような突起が左右に突きだした冠をかぶり、いかめしい顔つきをした黒髪の女の姿だった。女は両手を膝に置いていて、胸の中央には大きな十字架がついていた。背後にはタペストリーが掛けられていて、青々と茂ったシュロの木とザクロの実のデザインが刺繍されている。

「女教皇というのは、潜在意識の守護者です。あなたが口に出さずにいるすべてのこと。ここと、ここの――」占い師は言いながら、自分の胸とこめかみに触れた。「――奥深くに隠しているすべてのこと。そうしたすべてを堅固に守ってくれているのが、女教皇なんです。そして、潜在意識の奥深くに埋もれている何かを呼び覚ます必要が生じたとき、こうして姿をあらわします」

小卓の上で開かれた二枚のカードを、ミセス・マーチは見おろした。一枚は上下が逆さまになっていて、もう一枚はまっすぐこちらを向いている。どちらもマンガやアニメーションのような、子供向けの絵柄に思える。「三枚めはめくらなくてもいいんですの？」

「心のゆがみの正し方なら、女教皇が教えてくれています」ねじくれた指でイラストの顔をとんとんと叩きながら、占い師は言った。「三枚めを開く必要はありません。まだおわかりになりませんか？」ミセス・マーチが答えずにいると、占い師はため息をついて、こう続けた。「あなたの身に危険が迫っています。しかも、しだいに危険度が増している。自分でもおわかりのはずよ」

たしかに、ようやく呑みこめてきた。ミセス・マーチはぐっと身を乗りだすと、喉のあたりでたるんだ皮膚をつまんで、指先にぎゅっと力を込めた。

「少しでも注意を怠れば……大いなる災いが降りかかる。何を言いたいのか、おわかりになるわね？」

「ええ……ええ、わかります」母から呈された苦言も忘れて、ミセス・マーチはこくこくとうなずいた。「それならいったいどうすれば？」

「自分で自分を守らなくてはなりません。あなたを傷つけようとするものを、ご自身から遠ざけることです」

「あのひとがわたくしを傷つけるつもりだというの？」

濃褐色の瞳がじっとこちらを見すえてきた。「あなたはすでに傷を負っている。でも……まだ手遅れではないかもしれない。とにかく、これ以上の暴挙を許してはいけません。これ以上は……危険すぎる。限度を越えてしまうわ」占い師は片手を水平にあげると、それを上向きにひと振りする動きで、越えてはならない境界線を示してみせた。「おわかりになるわね？　相手があなたを傷つけようとしても、けっしてなすがままにはさせないように」

「ええ、けっして。けっしてそうはさせないわ」

「もしも危険を察知したなら、すぐに助けを求めることです」

「助けを？」と思わず訊きかえしてから、ミセス・マーチはうつむいて、見苦しく荒れ果てた手と、醜くひび割れた爪を見おろした。フランス製の保湿クリームをどれだけ塗りこんでも、いっこうに効果があらわれないのはなぜなのかしら。目の前にいる占い師の指がねじくれた手のほうが、よっぽど美しく見えるほどだわ。

「とにかく」と念を押す占い師の声は、相手の意識が散漫になっていることを感じとってか、あきらかにボリュームを増していた。「迫りくる脅威が限度を越えようとしていることを察知したなら、すぐに助けを呼ぶことです」

占いの館をあとにするときには、気分が上向いているものと期待していた。たしかに、気持ちは楽になった。それは、揺るぎない確信を得られたから。夫が犯罪者だという確信。わたしの疑念はまちがっていなかったという確信。それより何より、わたしの頭はちっともおかしくなってなどいないのだという確信。とつぜん降りそそいできた直射日光に目をすがめながら、観音開きの扉を閉じたときには、激しい怒りと不信感を夫に対していだきつづけることの許可のようなものを、与えられたような気がしていた。占い師の物言いがすべて漠然としていたことを思えば、迫りくる危機とやらが悪性の腫瘍か何かの話であったとしてもおかしくないという事実について、じっくり考えてみるつもりはなかった。自宅に帰りついたあとも、その点に疑いを挟むことはなかった。その代わりにやったのは、キッチンの引出しから肉切り包丁を持ちだして、枕の下に隠しておくことだった。

36

　ジョージをこっそり尾けまわすのは、思った以上に骨が折れた。数日におよぶ試みのあとで、ミセス・マーチは自分に誓った。もう金輪際《こんりんざい》、家の外でまで夫を尾行することはしない。夫のあとを追って、マンハッタンを右往左往することも。あちこちの書店をめぐり、在庫分にサインをしてまわっている夫のあとから、こそこそ各店に出入りすることも。夫が百貨店でカーディガンを買っているあいだ、ハンガーラックの陰に身をひそめていることも。夫が例の銀行家とゆっくりランチを囲んでいるあいだ、手足がかじかむほどの寒さのなかで煉瓦造りの建物に背中を押しつけて、食事が終わるのを何時間と待つことも。

　それに懲りたあとはもっぱら家のなかで、夫を見張ることにした。自分のいる部屋へジョージが入ってきたり、声をかけてきたりするたびに、反射的に身体がすくんだ。夫がジョナサンに話しかけるときのようすや、さりげなくマーサを避けるようすも、じっくり観察した。さらなる手がかりを求めて、可能なかぎり頻繁に書斎を点検するようにもした。

エドガーとの電話でのやりとりを盗み聞きまでした（あいにくそのとき聞こえてきたのは、映画化の契約に関する話題ばかりだった）。

ジョージが留守にしているあいだはいつも、シルヴィアになりきってすごした。ジェントリーから戻って数日後には、七十五丁目とレキシントン・アヴェニューの角に建つくだんの店まで足を運んで、黒いベルベットのヘアバンドを買った。シルヴィアが生前に愛用していた香水——寝室の鏡台に置かれていたもの——も、百貨店まで買いにいった。ちょうど値引きがされていたから、せっかくの好機を逃す手はなかった。それから最後の仕上げとばかりに、ダウンタウンのコスチュームショップで、そっくりのウィッグも入手した。週に一度は青果店に寄り、新聞に掲載された写真のなかでシルヴィアが手にしていたのと同じ色味、同じ大きさの桃も買った。

寝室の扉に鍵をかけてシルヴィアになりきることに、のめりこんでいく自分がいた。背すじを伸ばし、つま先立ちになって、絨毯の上を歩いた。バスルームの鏡に向かって桃を齧っては、ひと口ごとに笑顔をつくり、果汁が顎を伝っていくさまに見いった。シルヴィアが読んでいたであろうファッション誌を手に取って、指先を舐めてはページをめくったり、そうかと思えば、ぼんやり壁を凝視したまま、自分の死について考えこんだりもした。ところが、そんなふうにまったりしていると、心のなかのシルヴィアが退屈して、苛立ちを募らせることがわかった。素っ裸のときよりも、シルクのスリップ一枚を身にまとっているときのほうが、淫らな気分になることもわかった。それから、ときどき煙草も吸った。ガブリエラから盗んだシガレットケースの最後の一本は、人差し指と中指のあいだにけだるげに挟み、ガブリエラそっくりに手を傾けて、心ゆくまで煙をくゆらせた。

シルヴィアになりきったあとは煙草と香水のにおいを消し去るために、窓を開け放って換気をした。どれだけごしごしと石鹼で洗っても、シルヴィアの香りは終日、身体にまとわりついた。まるで異性を誘うかのような甘くて刺激的なその香りは、その陰にひそむ加齢臭を覆い隠してくれているようで、水漏れしている排水管からの悪臭をごまかすために、母がバスルームにシャネルの五番を吹きかけていたことを思い起こさせた。

寝室のバスルームにこもって、胸の谷間や背中のほうにまで泡《あぶく》が垂れ落ちていくのもおかまいなしに、首や手首を執拗にこすり洗いしているうちに、手首の内側の柔らかな皮膚が赤剝けたり、（社交界の華バーバラ・〝ベイブ〟・ペイリーにも贔屓にしてもらっていたことがあるという骨董商に売りつけられた）金ぴかのソープディスペンサーの中身を毎日使いきってしまったりするようになった。バスルームを出て廊下を歩きだしても、しきりに自分のにおいを嗅いでは途中でぴたりと足をとめて、ゲスト用のバスルームに駆けこんだ。

あれは、そうした習慣が続いていたある日のことだ。肌荒れがみるみる悪化していく手を、ゲスト用バスルームに備えつけてある丸石鹸（ジョージが〈リッツ・ロンドン〉に宿泊した際に持ち帰ってきたもの）で洗い終えたとき、壁の絵画にふと目を向けて気がついた。小川で水浴びをしている女たちを描いた一枚。その女たちが、恥じらいがちにこちらを振りかえっていたはずなのに、いまは完全に背を向けている。

手からぱさっとタオルが落ちた。一歩、二歩と、壁の絵に近づいた。そこに描かれているのは、以前と同じ女たちだ。髪型にも色にも見覚えがある。なのに、バラ色に染まった頬や、はにかんだ笑みや、淡い色合いのふくよかな乳房は、すべて消え去ってしまっている。代わりにこちらに見えているのは、青白い背中や、臀部《でんぶ》のえくぼだけ。ミセス・マーチは呆然とその絵を見つめた。いったいこれはどういうこと？　あの絵はそもそもこの絵と対になっていて、二枚を一緒に買ったことを、わたしがすっかり失念していただけだとか？　いいえ、だとしたら、もし万が一そうだとしたら、十年ものあいだここに掛けられていたほうの絵は、どこへ消えてしまったの？　ミセス・マーチはそれから数分のあいだ、その絵を隅々までとくと調べた。指先であちこちにそっと触れては、もとに戻ってと切に願った。

ゲスト用バスルームから廊下に出ながら考えた。このことをジョージに知らせるべきかしら。そんなことをしても、笑い飛ばされるのがオチかもしれないけど。ひとまず寝室に向かおうとしたとき、声が聞こえることに気がついた。ひそひそと内緒話をするような声だ。廊下のまんなかでぴたりと足をとめて、ミセス・マーチは耳をそばだてた。声はジョナサンの部屋のほうから聞こえてくる。「このゲームはつまんないよ。ほかのことをして遊ばない？」アレックが言うのが聞こえた。

ミセス・マーチは忍び足でそちらに近づき、戸板に耳を押しあてた。扉の向こうから、ふたたびアレックの声がする。「ぼく、お巡りさんになりたい」

「うん、いいよ。それじゃ、ぼくは犯人になる」と、こちらはジョナサンの声だ。

「強盗犯？」

「うーん、もっとすごいのがいいな。殺人犯とか」

「殺人犯だって？　げえっ」

「もしも殺人犯を見つけたらさあ、警察に教える？　それが知ってるひとだったらどうする？」

ジョナサンのこの問いかけに、はっと息を呑みかけて、慌てててのひらで口を覆った。唇に押しつけられた結婚指輪が、やけに冷たく感じられる。

「知ってるひとって、どういうの？」アレックが訊いた。

「たとえば、自分の兄弟とかさ」

「兄弟なんていないもん」

「それなら、ママでもいいよ」

「ママのことを警察に告げ口するなんて、できっこないじゃん」アレックがきっぱりと言いきった。その得意げな口ぶりを耳にするなり、ミセス・マーチの胸のなかで嫉妬心が湧き立ちはじめた。

「だけどさ、本当はそうするのが正しいんでしょ?」ジョナサンが尋ねるのが聞こえた。

「そんなの知るもんか。早く遊ぼうよ」

話し声がやんだかと思うと、その直後には、ふざけて取っ組みあうような軽やかな物音が響きだした。新たな決意を胸にして、ミセス・マーチはジョージを捜した。居間でテレビをつけっぱなしにしたまま、読書をしているのを見つけると、単刀直入にこう訊いた。

「バスルームの絵を入れかえたのは誰?」

手にした本に視線を据えたまま、ジョージは不思議そうに眉根を寄せた。ミセス・マーチはがさがさに荒れた手首をしばらくなでさすってから、所在のなさをごまかそうとテレビを消した。

「んん? なんのことだ?」妻というより本に向かって、ジョージは訊いた。

「ゲスト用のバスルームに飾ってある絵のことよ。あれを入れかえたのは誰?」

読書を中断もせずにジョージは言った。「あそこの絵なら、もう何年も同じままのはずだが」

ミセス・マーチが何も答えずにいると、ようやくジョージは目だけをあげて、あのお馴染みの苛立たしい目つきで、眼鏡の縁越しにこちらを見あげた。「どうかしたのか?」

「いいえ、どうもしないわ。ちょっと記憶ちがいをしていたみたい」

「あの絵はずいぶん長いこと飾りっぱなしになっていたからね。細かいところにまでは目が行かなくなっていたのかもしれないな」

「そうね……きっとそれが原因だわ」

ぎりぎりと歯軋りしながら寝室にさがり、扉を閉めた。冷めやらぬ怒りに震える手で、戸板にコツコツと爪を打ちつけた。ジョージはあの絵のことまで、しらばっくれようとしている。浴槽のなかから鳩の死骸が消え去ったときのように。何かにつけて、ずっとそうしてきたように。

シルヴィアになりきるときのためのウィッグをかぶり、豊かに波打つ濃褐色の髪に指を絡ませながら、バスルームの鏡に映る姿を惚れ惚れと眺めた。あのひとは自分の妻のことを、殺す価値もないと考えている。殺したくなるほどの激情も、執着も、わたしに対していだくことはない。わたしのことはただただ愚かで、不器量で、退屈な人間だと見なしている。小説のなかで侮辱されるのが当然の存在だと、物笑いの種だと思っている。

ウィッグの上から黒いヘアバンドをつけながら、指先に触れるベルベットのなめらかな感触に酔いしれた。鏡に映る瞳の中央で、瞳孔が大きく開いている。「わたしよ、ジョージ・マーチ。このわたしが欲しいんでしょう?」と、ミセス・マーチはささやいた。

その晩はジョージが寝室に入ってくるのを、暗闇のなかで待っていた。部屋の隅に置かれている肘掛け椅子にすわったまま「ジョージ」と呼びかけた声は、まるで声帯が取りつけなおされたかのような、まったくの別人みたいに響いた。

ジョージはこちらに顔を向けて、暗がりにじっと目をこらした。窓から射しこむ仄かな月明かりが照らしているのは、膝の上で組まれている手のみだった。ジョージはその手を見つめてから、「眠れないのか?」と訊いてきた。

ミセス・マーチは椅子からすっと立ちあがり、ゆっくりジョージに近づくと、長距離恋愛中の恋人と久しぶりの再会を果たした若い娘になりきって、その胸にひしとすがりついた。シャツの皺という皺をてのひらで探り、ウィスキーと箪笥の引出しのにおいを胸いっぱいに吸いこんだ。ジョージがためらいがちにウィッグの毛先に触れながら、「髪型を変えたんだね」とつぶやく声からは、努力を認めてくれているのが伝わってきた。すると、それに応えるかのように、ふたりを包みこむ闇が一段と濃度を増した気がした。

その夜のミセス・マーチは、夫を見事に魅了した。最初はこれまでどおりのねんごろな態度で夫に接した。少しすると、まるで別人になったかのように、声をあげて笑ったり、挑発するような物言いをしたりもしてみせた。ジョージは訝しがりつつも、はじめのうちは節度を守っていたのだが、最後のほうには我を忘れて、松葉のように強《こわ》い鬚を妻の首に擦りつけたり、心臓の鼓動が感じとれるほどに強く、乳房に胸を押しつけてきたりしはじめた。一方のミセス・マーチは、自分の肩甲骨が気になっていた。肩甲骨がいつになく鋭く突きだしている気がして、いまにも皮膚を突き破ってしまうのではないかと不安になった。

太腿のあいだの秘部に分け入られたときには、ずきんと鋭い痛みが走った。ずっと使われずにふさがりかけたピアスの穴が、頭に浮かんだ。切断された手足の先端をしだいに皮膚が覆っていくさまも、思い浮かんだ。

こぶしでマットレスを叩きながら感じていたのは、無数の蛆虫が体内を這うような感覚だった。シルヴィアの死体にたかっていた蛆虫が、陰部の奥で蠢いていたかと思うと、粘液に包まれてのたくりながら、どろりと流れだしてくる……。

小さく鼻歌を歌いながら前後に身体を揺らしていると、シルヴィアのチョコレート色の髪が何度も何度も鎖骨をなでた。醜いジョアンナが消えてなくなるまで、そうして身体を揺らしつづけた。

37

　ガブリエラからくすねたシガレットケースが、隠し場所から消えていた。ミセス・マーチは血眼《ちまなこ》になって、あちこちの引出しを引っ掻きまわした。何枚ものスカーフが投げテープのように宙を舞った。シルクのスリップに汗染みが広がっていった。クロゼットの扉を握りしめていると、最悪の事態が頭をよぎった。廊下を突っ切って子供部屋に飛びこみ、ジョナサンのクロゼットの扉を開けた。

　アニメのキャラクターがプリントされた下着を指でつまんでよけていたとき、その下に埋もれていた何枚かの絵が見つかった。そこに描かれていたのは酸鼻を極めるような、恐ろしい絵柄ばかりだった。血を流して倒れている裸の女たちの肉をついばむ鳥の絵は、ほとんどのものがクレヨンで輪郭だけ描かれているのに、陰毛の部分だけは黒い線がびっしりと描きこまれていた。

　それから、引出しと引出しのあいだには、新聞記事の切りぬきが何枚も押しこまれていた。いずれもシルヴィアの失踪や遺体の発見、捜査の進展などを報じたもので、脂が染みたものもあれば、コーヒーかすが付着したものもある。おそらく、キッチンのゴミ箱から回収してきたものなのだろう。書斎から紛失していた例の切りぬきも、ここに一緒にまとめられていた。さらに奥のほうまでクロゼットを掘りかえしていくと、紺色のセーターの下から、ジョージのノートが一冊出てきた。思わぬ運命の逆転に、ミセス・マーチは狂喜した。ところが、ページをぱらぱらめくったところで、ようやく気づいた。これは、わたしがジェントリーに持っていったもの――わたしの取材ノートだわ。

ジョナサンが部屋に入ってきて、母親の姿に気づいたとき、激しく震える醜い手が自分の秘密を握りしめていることに気づいたとき、驚きにゆがむ息子の顔を目にするやいなや、ミセス・マーチは怒りに駆られた。吐き気のようにとつぜんに、胃袋の奥のほうから、怒りがどっと込みあげてきた。ジョナサンがこんな恐ろしい内容のもの――レイプだの、絞殺だの、アバズレだのといった単語が、母親の筆跡で書きつけられているノート――を目にしたという事実が意味するところに、本音を言うなら向きあいたくなかった。あのチョコレート色のウィッグも見られてしまったのではないかと思うと、ひょっとしたら自分でもかぶってみたりしたのではないかと思うと、あまりの恐怖に耐えきれなくなって、げえげえと喉をえずかせながら、クロゼットに吊るされているジョナサンのコートに顔を伏せた。

　ようやく覚悟を決めて、息子に向きなおろうと顔をあげると、ジョナサンがすぐ目の前に立っていた。ミセス・マーチは驚きに跳びあがり、クロゼットのさらに奥へと倒れこんでしまった。「これをどこで見つけたの？」ジョージの書斎にあったはずの切りぬきを息子の鼻先で振ってみせながら、ミセス・マーチは問いただした。「見つけた場所はどこ？」

　ジョナサンは黙りこくったまま肩をすくめた。

「お父さまの書斎に、いつ忍びこんだの？　訊かれたことに答えなさい！」

「いつって……わかんない。ときどきだよ」

「ほかには何を見つけたの？」大きく見開いた目に涙を滲ませながら、ミセス・マーチは問いつめた。「これ以外に見つけたものはあるの？」

　ジョナサンが何も答えずにいると、ミセス・マーチはその肩を荒々しく揺さぶりながら、画用紙に描かれた絵をむんずとつかみあげた。「どうしてこんなものを描いたの？　お父さまに描けと言われたの？」

　ジョナサンも目に涙をためてしゃくり泣きながら、ぶんぶんと横に首を振って言った。

「ちがうよ！」

「嘘をおっしゃい！　お父さまに命令されたんでしょう！」

「ちがうよ……」ジョナサンは母親から目を逸らし、小さな脳みそをフル回転して答えを探した。「描けって言ったのは……アレックだもん」

「本当にお父さまが命じたのでないなら、ちゃんと説明なさい。本当はお父さまが命じたのなら、正直にそうおっしゃい」

「パパじゃないってば！」ジョナサンは大声で詫びながら、いきなり母親に抱きついた。腰に腕を巻きつけて激しく泣きじゃくりながら、さらに続けてこう言った。「お願い、パパのこと怒らないで！」

ミセス・マーチは息子を抱きしめかえさなかった。それどころか、喉の奥に込みあげる胆汁に耐えながら、さらに詰問を続けた。「それなら説明してちょうだい、ジョナサン。アレックはどうしてこんなものをあなたに描かせたの？」

何も答えないジョナサンに対する苛立ちを隠しもせずに、ミセス・マーチは問いを重ねた。「アレックはあなたを困らせて、喜んでいるの？」

「そうだよ！」

「どうしてそんなことを？」

「アレックは……ぼくのこと妬んでるんだ。パパが有名人だから」

ミセス・マーチが床に膝をつくと、ジョナサンが首に腕をまわしてしがみつき、肩に顔をうずめてきた。ミセス・マーチはその腕を引きはがすことまではせずに、息子の髪を優しくなでながら、こう問いかけた。「ジョナサン、本当にアレックはそんなことであなたを妬んでいるの？」

首すじに熱い息を吹きかけながら、「本当だよ」とジョナサンは答えた。「それから、ママがパパの本のことを、ものすごく怒ってるんだぞって言ってた。そのことをみんなが知ってるぞって」

ミセス・マーチはがくっと床にくずおれた。片手で息子の頭を支え、もう一方の手を背中にまわして、ひしと息子を抱きしめた。あたりに静寂が垂れこめた。そのとき、声が聞こえた。熱と湿りけを帯びた声が耳のなかで、長く引きのばされた吐息と共に、「ジョアンナ……」とささやいた。

ミセス・マーチはその瞬間、どんとジョナサンを押しのけた。ジョナサンはそのままバランスを崩して、背中から床に倒れこんだ。目は驚きに見開かれていた。

ミセス・マーチはすっくと床から立ちあがり、ジョナサンの手首をつかむと、引きずるように子供部屋を出た。そのまま玄関を通りぬけて、絨毯の敷かれた通路を進み、豪華なエレベーターに乗りこんだ。

数階上のフロアでおりると、ミラー家の扉をノックして、シーラが扉を開けるが早いか、口を開いてぴしゃりと告げた。「おたくの息子さんとの友だちづきあいは、金輪際やめさせることにしたわ」

シーラは視線を合わせたまま、まるでパントマイムか何かのように、驚きの表情をつくってみせた。眉間に大袈裟に皺を寄せ、困ったようにぱちぱちと目をしばたたいた。その顔をひっぱたいてやりたいという衝動が、ミセス・マーチを襲った。

「もう二度と、アレックをジョナサンに近づけないでいただきたいの」と、ミセス・マーチは続けた。それでも反応が返ってこないことがわかると、いよいよ感情を爆発させた。「アレックはジョナサンにとって、悪影響にしかならないわ！　うちの息子を堕落させようとするのはやめてちょうだい！」

すると、この言葉を受けてか、シーラがとつぜん色をなした。「いま、なんとおっしゃったの？」と、低く押し殺された声で訊きかえしながら、母親に手首をつかまれて立つジョナサンのほうに視線を移した。気遣わしげにジョナサンを見つめるその表情が、ミセス・マーチの火に油をそそいだ。「なんとか言ったらどうなの！」とわめいた声が、通路の壁にこだました。

「ええ、そうね……」とつぶやいて、なんらかの重荷をおろすかのように、シーラはがくっと肩を落とした。「余計な口は挟みたくなかったけど……とりわけ、こういうことにはね。でも、この際だから言わせていただくわ。息子たちの仲については、こちらもずっと案じていたの。特に、ジョナサンがうちの子に悪影響を与えやしないかと心配で」

「どうしてジョナサンが――」

「最後まで聞いて」シーラはぴしゃりとさえぎると、視線を絡みあわせたまま話を続けた。「ジョナサンの頭のなかにはいろいろな……アイデアが詰まっているの。率直に言って、少しぞっとさせられるような、風変わりなアイデアが……それに、ジョナサンが停学処分を受けた理由も……」シーラはいったん言葉を切って、目と目を合わせたまま小さく首を振ると、ささやくほどの小声になって、こう言った。「ジョナサンがあの女子生徒に何をしたのか、噂で聞いてしまったの」

ミセス・マーチは唐突に首を伸ばし、ぐっと顔を近づけた。たじろぐシーラの表情に満足感をおぼえながら、口を開いてこう告げた。「知った気になっているだけで、なんにもわかっちゃいないのね」ゆがめた唇をぴくぴくと引き攣らせ、口から唾を飛ばしながら、ミセス・マーチは息巻いた。蝶番の軋む音がしたので、ぱっと後ろに首をまわすと、五人ほどの住人が各戸の玄関口から顔だけのぞかせて、こちらのようすを窺っていた。ミラー家の玄関マットに足を取られつつきびすを返し、ジョナサンを引きずるようにしてエレベーターに向かいながら、ミセス・マーチは通路に鳴り響くほどの怒号をあげた。「誰ひとり、なんにもわかっちゃいない！」

ゴキブリはあれからもう何週間も見かけていなかったというのに、その日の夜はさらに輪をかけて恐ろしい生き物——床虱《トコジラミ》——に遭遇した。何十という床虱が、ミセス・マーチの全身に取りついていた。胸の谷間や足の指の隙間に入りこんでいるものもいれば、手の甲を這っているものや、へそにもぐりこもうとしているものもいる。胴体は赤煉瓦色で、円盤状。脚には棘が生えている。血をたっぷり吸って丸々と肥えた床虱が今宵も夜食にありつこうと、壁の割れ目やマットレスの継ぎ目から、続々と這いだしてくる。

ミセス・マーチは鋭い悲鳴をあげ、電灯のスイッチを入れようと、ベッド脇の壁を叩いた。するとたちどころに床虱が消え去り、代わりにやつらがあらわれた。シーラにジョージにスーパーマーケットで出くわしたゴシップ好きの住人にガブリエラにエドガーにパーティーに来ていた銀行家にジョナサンに日勤のドアマンにポーラにマーガレット・メルローズまでもが揃いも揃って、ベッドをぐるりと取り囲み、床にひざまずいていた。すがるようにこちらを見つめて、あんぐりと開けた口からは、だらだらと涎を垂れ流していた。

激しく息を詰まらせながら、ミセス・マーチは目を覚まし、ベッドの上で跳ね起きた。

まさかと顔を振り向けると、ジョージが隣で眠っていた。五十から逆さまに数をかぞえていくうちに、早鐘を打っていた心臓が落ちつきを取りもどしていった。枕の下にそっと手をすべりこませて、肉切り包丁を手探りした。食洗機にかけられすぎてあちこち欠けた木製の柄が指に触れると、ようやく肩の力を抜いて、ふたたびベッドに横たわった。

翌朝、朝食を囲んでいるとき、ゆうべ悪夢を見なかったかと、不意にジョージが訊いてきた。「ゆうべは何度も目が覚めたものだから、夢で見たのか現実なのか、自分でも判断がつかないんだ」

「いいえ、悪夢なんて見なかったわ」と、言葉を選んでミセス・マーチは言った。「歯が痛んでつらかったけど、ただそれだけよ」これはあながち嘘ではなかった。歯痛は日ごとに増していたし、歯茎も熱を持っていて、表面ではなく深いところがズキズキと疼《うず》きつづけている。出しぬけに襲いかかってきて徐々に激しさを増していく、焼けるような痛みの発作は、ジョナサンを出産する際、数時間にわたって苦しめられたあの陣痛を思い起こさせた。

「ちゃんと診てもらわないと」いかにも気遣わしげにジョージが言った。

ほんの一瞬、苦痛がやわらぎかけるのを感じながら、ミセス・マーチは「ええ」と答えた。

「ゼルダに言って、かかりつけの医者に予約をとってもらうよ。最高に腕がいいらしい。ずいぶん先まで予約が埋まっているそうだが、ゼルダの紹介なら、明日の午後には診てもらえるだろう」

「そこまでするほどの痛みじゃないわ」

「いいから診てもらいなさい」ジョージは優しく微笑みかけると、「放っておいても悪化するだけだよ」との脅し文句を最後に残し、ゼルダに電話をかけると言って書斎へ向かった。


翌日の夕食どき、ミセス・マーチは険しい面持ちで息子のようすを見守っていた。目の下にできた薄紫色の隈や、女の子みたいに長くて濃い睫毛が目に入ると、どうしようもなく嫌気がさした。ジョナサンは最近、急激に太った。学校指定の紺色のセーターは、おなかのあたりが伸びきっている。ズボンは太腿まわりに余裕がなくなったせいで、椅子にすわると脛がのぞいてしまう。ぱんぱんに張ったふくらはぎは痣だらけで、黒い産毛がうっすら生えている。

週末のあいだは、ジョナサンをよそへ預けることに決めていた。息子のことは、わたしがジョージから守らなければならない。もちろん、調査も継続しなくては。息子がこの家に戻ってこないことを望むかのように、小型の旅行鞄に替えの靴下や下着をぎゅうぎゅうに詰めておいた。金曜の朝は学校まで息子を送っていかなきゃいけないけれど、放課後は義母がジョナサンを迎えにいってくれる手筈になっている。

「週末のあいだ、まるまる孫を独り占めできるなんて、こんなに待ち遠しいことはないわ！」とバーバラ・マーチは電話口で声を弾ませた。「夫婦してだいじな予定でもあるの？」

「特にこれといった用事があるわけじゃないんですが」と、若いほうのミセス・マーチは言葉を濁した。ジョージの誕生日パーティーを土曜に開くことを、義母に知らせるつもりはなかった。このパーティーは、太っちょで不格好なバーバラが参加するのにふさわしいものとは思えない。着る服だって、胸もとにフリルのついた安っぽいブラウスや、ぶかぶかのスラックスしか持っていないにちがいない。

その日の朝、玄関でジョナサンの肩をつかみ、通路のほうへ押しだすと、手にさげさせた小型の旅行鞄が脛に当たって、ゴツンと鈍い音が響いた。エレベーターに乗るときも、ゴツン、ゴツンと音が聞こえた。ロビーにおりてからもゴツンという音が、ドアマンの挨拶を掻き消した。通りに出てからもタクシーに乗りこむまで、ゴツン、ゴツンと音は続いた。学校へと向かう車内では、どちらも声を発しなかった。ジョナサンがときおり鼻をすすったり、咳をしたりするたびに、全身の皮膚がぞわぞわとした。

タクシーが学校に到着しても、ミセス・マーチは車をおりなかった。後部座席にすわったまま、よたよたと遠ざかっていく息子の背中を見送った。唇をきつく引き結び、めいっぱいに眉を持ちあげているせいで、こめかみが攣りそうなほどだった。中庭をぞろぞろと歩く生徒たちの波に呑まれて、ジョナサンの姿が見えなくなると、ミセス・マーチは吐き気を催しながら、ジョナサンに触れた指をコートでぬぐった。


アパートメントに帰ってみると、マーサがオリーブ色の小さなハンドバッグを手首にさげて、廊下に突っ立っていた。

「本日は、契約解除の旨をお知らせしなければなりません」いつになく抑揚のない事務的な声で、マーサは言った。「たいへん申しわけありません、ミセス・マーチ」

「どういうこと？　うちを辞めると言いたいの？」明日に迫っているパーティーのこと、その準備の進み具合などをあれこれ考えあわせながら、ミセス・マーチはたたみかけた。「それはいったい、いつごろの話？」

「今日で最後にしていただきたく存じます」

「そんなの受けいれられないわ。二週間以上まえに通知しておいてくれないと」

「二週間まえまでに退職を願いでるのは儀礼上のものであって、法的に義務づけられたものではありません。弁護士からそう聞いています」こちらと目を合わせることすら大いに難儀しているようすで、マーサは言った。

「まるでわけがわからないわ。わたしたち家族が、何かまちがったことをした？　あなたの気に障るようなことを、何かやらかしたのかしら」（最後のひとことにはいささかの皮肉を込めつつ）ミセス・マーチはまくしたてた。

「いいえ、とんでもない、ミセス・マーチ。あたしはただ――」言いかけて、マーサは不意に口をつぐんだ。あかぎれした皺くちゃの手を胸の前で握りあわせ、そこに視線を落としたまま、静かな声でこう続けた。「差し出がましいこととは思いますが、どこかに助けを求めたほうがよろしいかと……」

その言葉を耳にするなり、背すじがぞっと凍りついた。けれども当のマーサには、失言を悔やんでいるようなそぶりはない。というよりもむしろ、わたしを恐れているように見える。これまでずっとわたしのほうこそ、マーサを恐れてきたというのに。妻や母としての自分をマーサに評価されることや、侮《あなど》られることを恐れてきたというのに。もしかして、本当はあべこべだったということなの？

「ええ、そうね。もちろん、そうしなくちゃならないようだわ。誰の助けもなしにこの家を切り盛りしろと言われたって、わたしにはとうてい無理だもの。この家はあまりにも広すぎるわ」ミセス・マーチはおもむろに腕を組み、まっすぐマーサを見すえたまま、淡々とした口調で言った。マーサは口を開きかけて、思いなおしたようだった。

「いいわ、わかりました」とミセス・マーチは言った。「それなら、そろそろ出ていっていただけないかしら」

「ご理解いただきありがとうございます、ミセス・マーチ。旦那さまと坊ちゃまにも、どうぞよろしくお伝えください。お預かりしていた合鍵は、テーブルの上に置いてあります」

「郵便受けの鍵もよ」と、ミセス・マーチは念押しした。

他人の郵便物を盗むような人間なのだと仄めかすようなその言葉に、たとえ立腹していたとしても、マーサはおくびにも出さなかった。「お世話になりました」とだけ礼を言って、玄関を出るなり扉を閉じた。

ミセス・マーチはまっすぐ薬箱のところへ行って、神経の昂ぶりを鎮めるというハーブ薬を取りだした。玄関の間をうろうろと歩きまわっているうちに、薬がまったく効いてくれなかったらどうしようかと不安になった。チョークを固めたような丸薬《がんやく》をてのひらいっぱいにざらざらと出し、すべて口に放りこんでから、歯医者に向かおうと家を出た。

38

「こんにちは。マーチの名で予約をしている者ですが」

受付カウンターに爪を食いこませて立つミセス・マーチの身体は、かすかにふらふら揺れていた。コートのボタンは留められておらず、ブラウスの裾も外にはみだしたままだった。

「ええ、承《うけたまわ》っております！　ジョージ・マーチの奥さままでいらっしゃいますね！」ブロンドの受付係は朗らかな声でまくしたてた。「わたしたち、ご主人の大ファンなんです。ジョージの魅力には誰も抗えませんもの。ご本人にも、いつも言ってるんですよ。あなたなら殺人を犯しても、うまく見逃してもらえるはずだって！」そう言ってにこやかに笑うと、目もくらむほどに白い前歯がのぞいた。

ミセス・マーチは小さく咳払いをしてから、こう尋ねた。「すぐに診ていただけるかしら」

受付係は顔をうつむけ、何かを確認してから、こう言った。「待合室の椅子にすわってお待ちください。じきに名前を呼ばれるはずです」

並んでいる椅子のひとつにぐったりと沈みこむと、同じく順番を待っている患者たちがこわばった表情のまま、目だけで挨拶をよこしてきた。ミセス・マーチは待ちに待った。しばらく天井を見あげたあとは、自分の靴を見おろし、ほかの女性患者が履いている靴も片っ端から見ていった。しばらくすると、目の前にすわっている女がコンパクトを取りだし、鏡をのぞきこみながら口紅を塗りたくりはじめた。私生活をのぞき見させられているような感じがして、なんとなく目を逸らしてしまった。

腕時計を確かめると、椅子にすわってからまだ八分しか経っていないことがわかって、ため息が出た。テーブルに首を伸ばして、扇状に並べられている高級誌の表紙をざっと眺めた。そこから適当に一冊を取りあげて、半ばうわの空のまま、ぱらぱらとページをめくっていると、不意にジョージの顔があらわれた。見慣れた顔がつやつやの誌面からじっとこちらを見つめている。見出しにはこうある――〈醜貌《しゅうぼう》に寄せる頌歌《オード》／ジョージ・マーチが醜さを美しさに昇華した手法〉。その下には、全面的にジョージを持ちあげる内容の記事が続いている。作品の主人公であるジョアンナもまた、これまでにない複雑な特徴を備えた存在だとして、褒めそやされている。たとえばジョアンナは〝悪女になれるほど聡明でもなく、数々の身体的欠点を補って余りあるほどの小粋な魅力もないというのに、やることなすこと、存在のすべてが無粋であるがゆえの突きぬけた存在感が、かえって読む者を虜にする。読者はたちどころに作品世界に引きこまれ、みずからも登場人物のひとりとなって、嬉々としてジョアンナを破滅へ追いやっていく〟……ミセス・マーチはぱたんと雑誌を閉じた。もとあった場所に投げ捨ててから、ふと思いなおして、ほかの雑誌の下に押しこんでおいた。誰かにいやらしい目で眺められでもしたかのようにブラウスの襟を掻きあわせると、椅子からすっくと立ちあがって、受付カウンターに近づいた。

「あの、すみません。まだまだ長く待たされるのかしら。痛みがひどくてつらいんですが」自分でも呂律《ろれつ》がまわっていない気がしたけれど、受付係はそれに気づいていないようだった。

「でしたら先生に事情を説明して、少し早めにお呼びできないか訊いてみますね」受付係が言うのを聞いて、ミセス・マーチは大きく肩を落とした。水を吸ったティーバッグみたいな硬い物体が、喉の奥をふさぎだした。目がひりひりと痛みだし、涙がじわりとにじんできた。

「お水を差しあげましょうか、ミセス・マーチ」受付係が訊いてきた。

数十秒後、ミセス・マーチは水の入ったプラスチックのコップを握りしめて、さきほどの椅子にすわっていた。コップのなかをのぞきこむと、水面に映る自分の目がこちらを見つめかえしてきた。ため息をつくと水面が震えて、温められた空気によって生じる陽炎《かげろう》や蜃気楼《しんきろう》みたいに、その目がいびつにひずんで見えた。ミセス・マーチはポケットに入れてあった丸薬を取りだして、追加の一錠を口に放りこみ、コップの水で流しこんだ。

ようやく名前が呼ばれたあとは、案内に従って両開きのスイングドアを通りぬけ、歯科診療用の椅子が中央に置かれた部屋に入った。診察室のなかは、何もかもが白かった。白い壁に、白い機械、白い革張りの椅子。唾液や、血液や、黄ばんだエナメル質が大量に飛び散るだろうこの場所で、何もかもがこんなにも白く保たれていることが、容易には信じがたい。

そこに颯爽《さっそう》とあらわれた歯科医は、こんがりと日に焼けすぎた肌と、白髪まじりのブロンドと、磨きぬかれた爪の持ち主だった。口を開けるよう促されて、ミセス・マーチはそれに従った。歯科医は威厳たっぷりにミセス・マーチの顎をつかむと、あれこれ角度を変えながら、ふむふむと口のなかをのぞきこんだ。

「いやはや、参りましたね、ミセス・マーチ。どうやら虫歯を長く放置しすぎたようです」

ミセス・マーチは口を開けはなったまま、可能なかぎりはっきりと、「はい」とだけどうにか答えた。歯科医の手が顎を離れると、さらに加えてこう言った。「すみません、先生。もっと早くに伺うべきだったのに、歯医者に行くというだけで、どうにも神経に障ってしまって」

「今日はその神経を、だいぶいじってやらなきゃなりません」歯科医はそう述べると同時に椅子から立ちあがり、ゴム手袋を手に取った。「ですが、ご心配なく。少しも痛みを感じないようにやりますんでね。よその医者ならそうはいかないでしょうが、うちはその点、安心です。痛みを回避するすべが存在するっていうのに、患者さんにつらい思いをさせる理由なんてあるわけもないでしょう。医療というのはそのために存在しているわけだし、わたしどもは患者さんを救うために存在しているんですよ、ミセス・マーチ。けっして痛い目に遭わせるためじゃありません」歯科医はそれだけ言い終えると、今度は助手に顔を向けた。「それじゃあ、根管治療を始めるぞ」

ミセス・マーチが静かに涙を流すそばで、歯科助手が紙製のエプロンの紐を首に巻きつけていった。器材の点検をしていた歯科医が「少しも痛くありませんからね」とあらためて前置きすると、助手がゴム製のガスマスクを顔にかぶせてきた。そのとき一瞬、すべて罠なんじゃないかという疑念が頭をよぎった。妻の死を事故死に見せかけようと、ジョージが仕組んだ罠ではないのか。ギリシア神話に登場する聖なる娘、アリアドネが糸玉を失ってしまったら、誰も迷宮から抜けだせないわ——そんな考えが浮かんだのを最後に、ミセス・マーチは意識を失った。

事前に服んでいたハーブ薬が、歯科治療の際に投与された薬剤と、なんらかの化学反応を起こしたのだろう。白一色の診察室を出るときには、ひどく頭がくらくらして、自分がどこにいるのかも、どこに向かっているのかもわからなくなっていた。クリニックから寒空のもとへ出たときにはさらに症状が悪化して、朦朧《もうろう》とした意識のまま、歩道の縁石を乗り越えようとした。頭にドリルで穴を開けられて、ぎゅうぎゅうに綿を詰めこまれたような感じがする。身を切るように冷たい風が、顔と髪に吹きつけてくる。春はまだやってきていない。春の嘘つき。もう来るなんて嘘をついたのね。みんなに嘘をついたのね。

片手でコートを掻きあわせつつ、もう一方の手で乱れ狂う髪を押さえた。こちらに向かってくる車のなかにタクシーを見つけたら拾おうと、よろめく足で車道ぎわを歩いていたとき、とつぜん男の声が聞こえた。感情のない冷ややかな声が、すぐ耳もとで話しかけているかのような声が、はっきりとこう告げた——「女は通りを進んだ」

ぱっと後ろを振りかえったせいで、危うくバランスを崩しかけた。声の主はどこにも見あたらない。するとそのとき、また聞こえた。英国訛のよく通る男の声が、ふたたび耳もとでこう告げた――「女はさらに通りを進んだ」。ミセス・マーチが後ろを振りかえると、「女は後ろを振りかえった」との声が聞こえた。周囲を見まわそうと腰をひねると、ローファーに包まれた足がもつれて、大きく身体がよろめいた。

自分の行動をそっくりそのままに描写してくる不気味な語り部の声を聞きながら、近づいてくるタクシーを呼びとめた。後部座席のドアを勢いよく閉めると同時に、ようやく静寂が訪れた。ミセス・マーチは窓越しに歩行者を見まわして、手がかりを探した。何が起きているのかを知るための手がかりが、何か見つかってくれないか。タクシーが速度をあげると、眼球が振動して、おぼろな影のようにしか見えなくなった歩行者が背後に流れ去っていった。それともあれは、歩行者のふりをしている影だったのかしら。腫れあがった頬にてのひらをそっと当てると、ひんやりとして心地よかった。バックミラーに目をやると、そこに誰かが映って見えた。後部座席に、見知らぬ女がすわっている。いいえ、まさか。そんなはずない。わたし以外の女がこのタクシーに乗っているとするなら、わたしもその女のタクシーに乗りこんでいるということになってしまう。戸惑いつつもさらなる観察を重ねた結果、この女はわたし自身であるらしいとの結論に至った。ただし、鏡のなかの女のほうは妙に攻撃的な笑みを浮かべていて、こちらが口を閉じてみせても、それに倣《なら》おうとはしなかった。ミセス・マーチはそこから目を逸らし、残る道のりは窓外の景色を眺めてすごした。

料金を払ってタクシーをおりると、歩道に立って上を見あげた。目の前にはアパートメントが二棟並んでそびえている。いったいどっちがわたしの家なの？　しばらく考えこんだすえ、ついにこっちだと心を決めると、頭のなかがすっきりして、気持ちまで軽くなった。ミセス・マーチは浮き立つような足どりで左側の建物に入りながら、お仕着せを着たドアマンに明るく「ただいま！」と挨拶した。

鏡張りのエレベーターのなかでは、無数に重なりあう自分の像が、どうしても目を合わせてくれなかった。どれだけあちこち向いてみても、毎回、顔をそむけられてしまった。六階でドアが開いたあとも、なかなかエレベーターをおりることができなかった。鏡に映る無数の像のうち、どれが自分のものなのかを突きとめずにはいられなかった。試しに顔のところまで手をあげてみると、すべての像がそれをまねて、目的を果たさせまいとした。

エレベーターをおりたあとは、右に顔を向けたまま通路を進んで、扉に刻まれた数字を読んだ。ところが、まるで子供が書いたみたいに、どの数字もくねくねしていて、なんと書いてあるのかもわからない。これと選んだ扉の前に立って、６０６号室でありますようにと願いながら、ミセス・マーチはドアノブをまわした。

眼球の奥の疼きに合わせて、扉の向こうに開《ひら》けた空間までもが、どくん、どくんと脈動を始めた。指の関節を眼窩に押しこみ、ぐりぐりと力を込めていると、誰かが痛みに喘いでいるかのような、苦しげな息遣いが聞こえてきた。うめき声は居間のほうから聞こえてくるようだ。ふらつく足で、そろそろと廊下を進んだ。壁に手をついて身体を支えたいのだけれど、そうしようと手を伸ばすたびに、なぜだか壁が遠ざかってしまう。

居間に足を踏みいれた途端、カーテンは半分しか開いていないというのに、まばゆい日光に目がくらんだ。苦しげなうめき声はひときわ大きく、ひときわ執拗になっている。しばらくして光に目が慣れてきた瞬間に、それが見えた。ジョージがシルヴィアに覆いかぶさっている。裸のシルヴィアに馬乗りになって、両手で首を絞めている。ミセス・マーチが悲鳴をあげると、ジョージとシルヴィアのふたりともが、一斉にこちらを振りかえった。シルヴィアは激しく息を喘がせながら、大きく空気を吸いこんだ。一方のジョージははっと息を吞んでから、おもむろに口を開いてこう言った。「くそっ、参ったな。とんだところを見られてしまった」

それに応えるより早く、ミセス・マーチは自分の身体が途方もない高さから落下していくように感じた。にもかかわらず、着地は驚くほどソフトだった。床に倒れて天井を見あげながら、ふと思った。シーラ・ミラーのお宅のようなモダンな間接照明は、どうやったら取りつけられるのかしら。それにしても、ランプはどうしてしまったの？　ランプがひとつも灯されていない理由が気になった。「ねえ、あなた、ランプはどうしてしまったの？」そう問いかけながら目を向けると、ジョージは折り目のついたスラックスのウエストをぐいと引っぱりあげているところだった。その足もとには全裸のシルヴィアが、身じろぎひとつせずに横たわっている。長くて黒っぽい髪が胸の上に広がっている。

たしかに、とんだところへ来てしまったみたい。

この変てこな迷路のなかで、いったいどちらへ進めばいいの？
行く手は方々へ伸びているのに、わたしは道に迷ったまま

――レディ・メアリ・ロウス『A Crown of Sonnets Dedicated to Love』

39

目が覚めると、寝室にいた。分厚いカーテンが閉じられているのに、もう陽が落ちたあとだということは感じとれた。ジョージはベッドの端に腰かけ、両手で頭を抱えこんでいた。部屋のなかは薄暗く、ジョージのいる場所は暗がりに包まれていたものだから、ひと目見たときは、本当にそこにいるのかどうか確信が持てなかった。上掛けをそっと持ちあげてみると、日中に着ていた服をいまも着たままだとわかった。ストッキングにできた幾すじもの裂け目が、本物の切り傷のように見えた。

ミセス・マーチが身動きをした気配にジョージが気づき、ぱっとこちらを振りかえった。妻が目を覚ましていることがわかると、ゆっくりと立ちあがり、ベッドの反対側まで足もとをまわりこんできた。ミセス・マーチはその間に身体を起こし、ヘッドボードに背中をもたせかけた。

「気分はどうだい?」

そう声をかけられるなり、夫に対する怒りが胸の内で燃えあがったけれど、その理由はわからなかった。上掛けを剝がしてベッドから立ちあがると、まだ少し身体がふらついた。

「大丈夫かい？」ジョージがふたたび訊いてきた。

ミセス・マーチはバスルームまで歩いていって、明かりをつけた。洗面台の鏡をのぞきこむと、歯の治療による影響は、ほんの少し頰が腫れている程度だとわかった。大丈夫。氷で冷やして治らない腫れなんて、この世にないんだから。明日のパーティーにはぎりぎり間に合うはず。むしろ目も当てられないのは、それ以外の部分だった。顎のあたりは、肌が粉を吹いている。ファンデーションが取れかけて、あちこちの染みものぞいているし、頰にはマスカラの流れ落ちた跡が、黒いすじになって残っている。

「なあ、こっちに来てくれないか？」ジョージが寝室から声をかけてきた。振りかえると、両手をポケットに突っこんでベッドの足もと付近に立つ姿が見えた。「ちゃんと話しあったほうがいいと思うんだ。今日の出来事について。きみが見てしまったことについて。いや、何もかもひっくるめて、きちんと話をしよう」

ミセス・マーチはそのときすでに、化粧直しに取りかかっていた。水で湿らせたコットン球で流れ落ちたマスカラをぬぐい、吹き出物はファンデーションをたっぷり塗って覆い隠した。

「なあ、聞いてくれ」ジョージがしつこく言うのが聞こえた。「歯医者から戻ってきたとき、きみはすっかり麻酔にやられていた。だから、あのときみが何を目にしたのか……あるいは、何を目にしたと思いこんでいるのか、たしかなことはわからない。それでも、正直に話しておきたいんだ。ぼくはずっと不貞を働いていた」

ミセス・マーチはぴたりと手をとめた。頰に叩きつけていたパフも、宙に浮いたまま停止した。連係しあっているわけでもあるまいに、心臓までもが動きをとめて、続く言葉に耳をそばだてていた。ジョージの視線を痛いほどに感じる。でも、そちらに顔を向けるつもりはなかった。

「しばらくまえから、ぼくはある女性と密会を重ねていた。今日の昼間も、きみが帰ってくるまで、ぼくは……いや、ぼくたちは……こんな形で知ることになってしまって、本当にすまない。きみの帰宅はもっと遅くなると思っていたものだから、それで……」ジョージは小さく首を振った。「いや、もしかしたら、きみに気づいてほしかったのかもしれない。潜在意識というのは、不可解なものだろう?」

ミセス・マーチの腕から力が抜けて、パフがシンクのなかに落ちた。

「本当にすまない。心から申しわけなく思っている。はじめは、軽い遊びのつもりだった。身体だけの関係だと思っていたんだ。〝中年の危機〟とやらのせいだと思ってくれてもいい。それがしだいに……相手の女性を本気で愛するようになってしまった……」

「その相手って……ガブリエラなの？」恐る恐る尋ねた声は、自分でも驚くほど低く、しゃがれていた。普段の淑《しと》やかな声色とは、あまりにも懸け離れていた。横目でちらっと鏡を見やって、そこにいるのが本当に自分なのかを、確かめずにはいられなかった。

「いや、ガブリエラじゃない」ジョージの答える声がした。「ゼルダのところの事務所で働いている女性だ。少しまえからインターンとして――」

「インターン？　臨時雇いだってこと？」打って変わった金切り声をあげながら、ミセス・マーチはコンパクトを床に投げつけ、つかつかとジョージに詰め寄った。「よくもそんなことが言えたものね！　よりにもよって、臨時雇いの女と浮気するなんて！」

その単語を発音するたびに、ジョージの顔に唾が飛び散った。感情をむきだしにした反応に、ジョージがかえってほっとしているように見えて、それがなおさら癇《かん》に障った。できることなら、平然と取り澄ましていたかった。少しの感情も、弱みも露呈することなく、化粧直しを続けたかった。母のように毅然とした態度で、無関心を貫きたかった。そうした態度を崩すところなど、母は一度たりとも見せたことがなかった。なのに、わたしには、崩れてしまった壁を立てなおすことがどうしてもできない。それがいっそう腹立たしかった。

「すまない。本当にすまない。ぼくはずっと、きみに嘘をついていた」鼻梁を指でつまんで、ジョージは言った。「……ぼくたちは愛しあっているんだ」

握りしめた両手のこぶしをこめかみに押しつけて、ミセス・マーチはうずくまった。いまにも吐いてしまいそうだ。ところが、胃液の代わりにあふれてきたのは、喉の奥から絞りだされるような低いうめき声だった。「嘘つき、嘘つき、嘘つき、嘘つき、嘘つき……この、ろくでなし！」ミセス・マーチは罵声を浴びせた。そのあとすぐさま、隣家に聞こえてしまうかもしれないことに気づき、声を落として繰りかえした。「この、ろくでなし……」

「ああ、わかってる。それについては弁明の余地もない。言いわけを並べたてるつもりもない。だが、これだけは言わせてくれ。ここ数年のきみは、ぼくに対してひどくつれなかった。それでもぼくは精一杯の努力を――」

この時点から、ジョージの声は耳に届かなくなっていた。ミセス・マーチの意識はいま、ありとあらゆる可能性の検証に取りかかっていた。夫が殺しに手を染めていたと思われるそれぞれの時期に、実際は不貞を働いていた――そんなことが本当にありえるかしら。整合性はあるのかしら。いいえ、ただの言い逃れに決まってる。もっともらしいことを言って、真相を覆い隠すつもりなんだわ。

「──エドガーと狩りにいくと言って出かけていったときも、本当は──」

「なんですって？」食いしばった歯の隙間から声を絞りだすと、腫れあがった歯肉がずきずきと疼いた。「それは、いつのことを言っているの？」

「いつと言われても何度かあって……クリスマス前に手ぶらで帰ってきたときも……本当はずっとニューヨークにいたんだ。〈プラザ・ホテル〉に……ジェニファーと泊まっていた」

ミセス・マーチは身震いをした。相手の女の名前など聞きたくもない。

「本当に面目ない。あのときもそう思っていた。だから、予定より早く引きあげてきたんだ。きみに正直に打ちあけようと思って……喉まで出かかりはしたんだが」

たしかにすじは通ってしまう。ジョージのシャツについていた赤い染み──あれは血痕ではなく、口紅だったの？　わたしに向けてきた異様な目つき──あれも脅しや警告ではなく、葛藤のあらわれだったの？

「でも、あなた、こう言っていたじゃない」忌々《いまいま》しいジョージの顔に──見苦しいべっこう縁の眼鏡に──人差し指を突きつけて、ミセス・マーチは言った。「行方不明になっていた女性のことで、職務質問をされたって。そこらじゅうでビラが配られていたって。警察に質問されたって……シルヴィアのことを」

ジョージは涙ぐみながら首を振った。「あのとき自分が何を言ったのかは、正直何も覚えてない。あのときはただ、きみにすべてをぶちまけたい一心で……だが、できなかった。あのとき玄関の間できみと向かいあっていると……どういうわけだか、ぼくが嘘をついていることをきみが知っているような気がしてきたんだ。それで、きみの側に立って考えたら、不倫問題で揉めるよりもむしろ、嘘をつかれていたほうがましだと考えるんじゃないか、という気もしてきた。きみは何よりも体面を重んじる人間だからね。だけど、ぼくはもう自分を偽ることに疲れてしまった。きみもそうじゃないのか？」

この問いかけに、ミセス・マーチははっと息を喘がせて、てのひらで胸を押さえた。心臓が早鐘を打ちだしている。いまにも肋骨を突き破って、外に飛びだしてきてしまいそうだ。

「いまとなっては、ぼくらがどんな役を演じあっていたのかもわからない。ただ、本音でぶつかりあっていなかったことだけはたしかだ」

「でも、だけど……」ミセス・マーチは両手で髪をむんずとつかみ、こぶしを頭皮にめりこませた。「それなら、あの切りぬきはいったいなんなの？　あの記事を……書斎に隠していたじゃない。シルヴィア・ギブラーの記事を」

「あれは、次回作のための下調べをしていただけだ」とジョージは答えた。それから、何かを思いだしたように訊いてきた。「あれを書斎から持ちだしたのは、きみなのか」

「空惚《そらとぼ》けるのはやめてちょうだい、ジョージ」ミセス・マーチはさもおかしそうに笑ってみせた。「あなたはシルヴィアに会ったことがある。だって、サインをしてあげたんだから。シルヴィアの持っていた本にサインがしてあったんだもの！」

「本当なのか？　いや、だとしても、どうしてきみがそんなことを……」次の瞬間、眉間に刻まれていた深い皺が消えた。「きみはいったい、どこで何をしてきたんだ？」

そのとき脳裡を、夜勤のドアマンの顔がよぎった。あのドアマンがあれほど親切にしてくれたのは、ジョージが浮気していることを察知していたからなんだわ。閉まりかけたエレベーターのドアの向こうでふたりがキスしたり、タクシーに乗りこむ際にジョージの手が浮気相手の太腿に置かれたりする場面を、あのドアマンは目撃してきたのにちがいない。そのせいで、わたしを憐れんでいたんだわ！　とつぜん襲いかかってきた激しい屈辱に居ても立ってもいられなくなって、ミセス・マーチは同じ場所をぐるぐると歩きまわりだした。これからわたしはどうなるのだろう。からっぽのアパートメントに帰宅する自分の姿を想像してみた。わたしひとりで、この家を守っていけるかしら。それとも、ここを引き払うことになるだろうか。わたしひとりで息子も育てていかなきゃならないのかしら。いいえ、きっとジョナサンは、父親についていくことを選ぶわね。いま交流のあるひとたちもみんな、きっとわたしから離れていくわ。そもそも、ジョージを介して知りあったひとたちがほとんどだもの。スーパーマーケットで人目を避けて買い物をしている自分の姿が、目に浮かぶようだった。ううん、わたしは避ける側じゃなく、避けられる側になるのかもしれない。そんなふうに思った瞬間、身体のどこかと寝室の床に、大きな亀裂が走った気がした。

いいえ、まだそうと決まったわけじゃないわ。ジョージが姦淫罪よりも遥かに大きな罪を犯している可能性は、まだ消えたわけじゃない。だって、あの切りぬきをノートに隠していたじゃない。その件については、ジョナサンも証言できるはず。シルヴィアの部屋にあったサイン入りの本も証拠になる。それに関しては、エイミー・ブライアントが証言してくれるはず。それから、エドガーの別荘と遺体発見現場がきわめて近接している点も無視できない。これだけの偶然が重なっていれば、警察だって動かざるをえないだろう。そうよ、この情報を警察に伝えよう。わたしには、ジョージを破滅させることができる。たとえ有罪の判決がくだることにはならなかったとしても。「あなたがあの娘《こ》を殺したんでしょ、ジョージ！ ちゃんとわかってるんだから！」ミセス・マーチは大声でわめきたてながら、鼻先に突きつけた人差し指を振り動かした。

ジョージは驚いたように眉をあげた。「いったい全体、なんの話だ？」低く押し殺した声が、かすかに震えだしている。「恐ろしいことを言わないでくれ」

「あなたが殺したんだわ。か弱くていたいけな、あの女の子を――」

「頼むから聞いてくれ。ぼくはきみを傷つけた。だが、きみを助けたいとも思っているんだ。きみ自身のためにも、ジョナサンのためにも……」

ジョージが手を伸ばしてくるのに気づいて、ミセス・マーチはさっと身を引いた。「わたしを始末しようったって、そうはいかないわ」顎を突きだし、歯をむきながら、ミセス・マーチは吐き捨てるように言った。ジョージを押しのけて、ベッドの向こうへまわりこみ、窓から身を投げようとすると、ジョージが肩をつかんできた。ミセス・マーチは悲鳴をあげた。ジョージは妻を思いとどまらせようと、あれこれまくしたてている。ミセス・マーチは何度もジョージを押しのけながら、逃げ場を探した。夫から逃げだせるのであれば、どこだってかまわない。とっさにカーテンに飛びついたのは、これで首を吊ろうと思いついたからだった。

「何も世界の終わりってわけじゃない」妻の喉の奥からあふれだしてくる苦悶の声に負けじと、ジョージは声を張りあげた。「ここから何かを始めることだってできるだろう。これまでのぼくらは、けっして幸せとは言えなかった。だが、ぼくらだって幸せになって然るべきだ。そうとも、ぼくらは幸せになれる。たとえ別々の道を歩むことになったとしても」

ミセス・マーチは、身体を押さえつけようとしてくる夫を何度も押しのけ、突き飛ばした。顔を引っ掻き、眼鏡を叩《はた》き落とした。落ちた眼鏡を拾おうとジョージが腰を曲げると、その隙を狙って、ふたたび夫の肩を突いた。ジョージは床に倒れこんだ。ミセス・マーチは大声で泣き叫びながら、てのひらを壁に叩きつけはじめた。頬を血だらけにしたジョージが床から立ちあがり、腕を広げながら近づいてくるのが見えた瞬間、とつぜん耳鳴りが襲ってきた。ジョージが何かを伝えようと口を動かしているのは見えるけれど、声はなんにも聞こえない。聞こえるのは、自分自身の口から漏れる途切れ途切れの呼吸音だけだった。やけに大きなその音が、耳をすっぽり包みこんでいるみたいだった。

そのとき、部屋の隅にふと目をやると、自分自身と目が合った。自分がもうひとり、そこに立っていた。毛皮のコートを着て、ストッキングとローファーを履き、腕を脇にだらんと垂らして立っていた。その隣には、浴槽から出てきたばかりの素っ裸の自分が立っていた。張りを失った乳房がだらしなく垂れていて、絨毯にぽたぽたと水が滴っている。そのまた隣には、ナイトガウン姿の自分が立っていた。こちらは長いくちばしのついたヴェネツィア土産の仮面をかぶっていて、ふたつ開いた穴の奥で、しきりに目をしばたたいていた。さらに隣には、窓越しにこっそり盗み見たことのある、血まみれの自分が立っていた。口がうっすら開いていて、眉毛は血に染まっていた。それから、大勢の自分から成る合唱隊も、目の前にずらっと整列していた。合唱隊は声を出さずに動きを揃えて、一斉に一点を指差した。示された方向に首をまわしてみると、そこにジョージがいた。ジョージはぱくぱくと口を動かしながら、盛んに手をばたつかせていた。眼鏡の位置を直しながら、ちらちらと床を見やっていた。

ミセス・マーチは背後に控える大勢の自分に視線を戻した。すると、全員が動きを揃えて右手をあげ、その手で自分の目を覆った。ミセス・マーチは微笑んで、自分もそれに倣うことにした。右手をあげて、てのひらを横に向け、自分の目の上にかぶせた。

40

ようやく手をおろしたときには、ベッド脇の窓の向こうで朝陽が照り輝いていた。頭がずきずきと痛い。それから、歯科医の荒療治から来る鈍痛以外にも、首や、二の腕や、手の指など、どうしてこんなところがという部位までもがひどく痛んだ。ミセス・マーチは心のなかで、歯科医と、歯科医のかけた麻酔を呪った。

「ジョージ?」今度は声を出して、夫を呼んだ。

バスローブに着替えようとして、思いだした。マーサに用を言いつけることはできない。もう二度と、マーサを頼ることはできない。ただし、これからはアパートメントのなかを裸で歩きまわることができる。非難がましい目を恐れる必要は、もうないのだから。

髪を梳かしも、顔を洗いもしないまま、ダイニングルームで冷たいシリアルとぱさぱさのクロワッサンを食べた。お詫びの印の花束をたずさえたジョージが、いまにもおずおずと部屋に入ってきそうな気がした。ゆうべ、何かしらの理由で激しく言い争ったことだけは、かろうじて記憶に残っている。

あたりに垂れこめていた静寂は、やかましい羽音によって破られた。音のしたほうを見ると、蠅が一匹、クロワッサンにとまっていた。脚はどれもねじ曲がり、羽は片方が裂けている。これはもしかしてあの大吹雪のとき、羽音は聞こえるのに姿は見つけることができなかった、あのときの蠅かしら。いいえ、まずありえないわ。普通のイエバエは、そんなに長生きしないはず。

午前中を通してずっと、ジョージは姿を見せなかった。きっとどこかへ出かけたのだろうが、そろそろ戻ってきてもらわないと困ってしまう。今夜は夫の誕生日を祝うパーティーが予定されている。五十三歳は、ジョージが父親の享年を越えることとなる節目の年でもある。ゆうべ口論をした際にうっかり口走った、些細な言葉のひとつやふたつで、それを取りやめにすることはないはずだわ。

少し気が楽になったところで、ミセス・マーチはヘアサロンに電話を入れて、午後一時の予約をとった。居間のゴムの木に水をやってからようやく、それが人工の木であることを思いだした。そのあとは、冷蔵庫で冷やしてあったバターに塊のまま齧りついた。マーサがいたころなら、歯型に気づかれてしまうことを恐れて、絶対にできない行動だった。

早めの昼食を用意しようと冷蔵庫から取りだした肉は、すでに腐ってしまっていた。どれだけ念入りに洗っても、その悪臭は何時間も指に染みついたままで、それが室内の空気や家具の布地にまで染《うつ》ってしまった。

しかしながら、こうした種々の問題も、ヘアサロンから戻るまでにはひとりでに解決してくれるのではないかという漠然とした予感をおぼえながら、ミセス・マーチは自宅をあとにした。

ヘアサロンはかなり混みあっていた。店内にはおしゃべりの声だの、ドライヤーから温風の吹きだす音だのが満ち満ちていて、ミツバチの巣箱のなかのごとき活気があった。

ミセス・マーチは受付係に（充分とは言えないまでも、それなりに）温かく迎えられた。施術用のシートに案内されると、華やかなアップスタイルをオーダーしたあとで、ふと珍しく気まぐれを起こして、ハイライトも入れてほしいとお願いした。

基本的なカットやセット以外は、これまでずっと、挑戦する勇気が出せずにきた。かつて一度だけ、入店するときに入れちがいで出ていった客の髪型に惹かれ、手の込んだアップスタイルを注文したことがあるのだが、顔まわりに複雑に配置されたカールが思いどおりになってくれず、安物のピエロのかつらみたいに四方八方を向いてしまった。そのときは結局、美容師には満足したふりをしておいて、家に帰るなり髪をほどき、浴槽の蛇口の下に頭を突っこむ羽目になった。それ以来懲り懲りしていたのだけれど、なんだか今日は、白い無地のケープを巻かれているときに、なんでもうまくいきそうな予感がした。

髪を洗う役目は、店に在籍する唯一の男性美容師に割りあてられた。その若者は礼儀正しくて丁寧だけれど、手つきが拙《つたな》くて、仕事に慣れていないことがありありとしていた。新人なんかを割りあてられたという事実が、ミセス・マーチを苛立たせた。若者は犬でもなでさするみたいに、ミセス・マーチの頭皮をぎこちない手つきでこすった。シャンプーはあまりにも量が多すぎたし、お湯はあまりにもぬるすぎた。それでもミセス・マーチは文句を言わず、頬の肉を噛んで耐えていたため、ついにはそこから血がにじみだしてきた。

洗髪を終えて身体を起こすと、冷たい水が首すじを伝ってケープのなかに入りこみ、背中にまで垂れていった。別の美容師の案内で施術席へ戻るとき、スタンド式のドライヤーを浴びている女がジョージの小説を読んでいることに気がついた。頭上に据えられたドライヤーの風に髪を弄ばれながら、女は両手で本を支え持って、熱心に文字を追っていた。その女の両側にも目をやってみると、三人並んでドライヤーのお釜をかぶった女たちが、揃って脚を組み、揃って目を伏せ、きれいにマニキュアを塗った手でジョージの本を開いていた。

「そうそう、みなさん、こちらのお客さまはその本を書かれた方の奥さまですのよ」照明付きの鏡に面した席にミセス・マーチをすわらせながら、美容師が言った。ドライヤーの風を浴びている女たちが、一斉にこちらへ首をまわした。

「それはさぞかし鼻の高いことでしょうね」そのうちのひとりが言った。

「あと少しで読み終わるところなの。お願いだから、結末はあかさないで！」別のひとりが懇願した。

「ご主人はきっと、恐ろしい妄想を内に秘めていらっしゃるわね」いちばん近くにすわっている女が言った。

「ええ、あなたには想像もつかないでしょうね」とだけ応じて、ミセス・マーチは鏡に映る自分の像に顔を向けた。

新たに入れてもらったハイライトのせいで、前髪がまるでスカンクのような露骨な縞模様になっていた。よくお似合いですよとの美容師の言葉に淑やかにうなずきかえしてから、ふと思いついて、カウンター奥の陳列棚に手を伸ばし、可愛らしいピンク色の口紅を選びとった。

「よろしかったら、当店専属のメイクアップ・アーティストに、プロのメイクもしてもらってみませんか？」カウンターでレジを預かる女が訊いてきた。ミセス・マーチはカウンターの奥の壁掛け時計を見あげた。そうね、それもいいかもしれない。だって、せっかくのパーティーだもの。「ええ、お願いするわ」と答えると、鏡に向かいあう席に、ふたたびすぐさま案内された。

そんなこんなで数時間後には、ケーキのようなパステルカラーに彩られた艶やかな顔で、ダイニングルームの椅子にすわっていた。目の前にはテーブルの天板が延びていて、玄関の間からは振り子時計が時を刻む音が聞こえてくる。

誰もいないアパートメントに帰りついたときには、留守中に何ひとつ問題が解決してくれなかったことに、いくぶん驚いた。まさか、本当に自分ひとりで、パーティーの支度を整えなければならないなんて。まだ棚の埃も払っていないし、ベッドも乱れたままになっている。居間もぴかぴかに磨きあげなくちゃいけない。おいしい料理とワインも用意しなくちゃいけない。料理のほうは、〈ターツ〉に電話をかけて注文した。その際にかなり高額の追加料金を払って、即時配達も頼んだため、すぐに届けてもらうことができた（支払いは、ジョージのクレジットカード番号を電話口で伝えることで済ませられた）。給仕人たちは五時半きっかりに到着の手筈になっている。招待客好みの――あるいは、そうであると信じたい――雑誌の最新号もひととおり買ってきて、暖炉脇のマガジンラックに並べておいた。キャスターを転がして居間から寝室に移動してきたテレビは、掃除中のBGM代わりにつけっぱなしにしておいた。ポーラの写真は今回も、いちばん上の棚に伏せておいた。

振り子時計が五時を知らせた。じきに給仕人たちがやってくる。シダー材のダイニングテーブルを見おろすと、ソリティア・ゲームを中断したままになっているトランプが目に入った。そのなかのスペードのクイーンに、まるまると肥えた蠅が一匹とまっている。叩きつぶそうかと考えて、やっぱりやめた。マニキュアを塗ったばかりの親指に這いあがってくるのも、なすがままにさせておいた。

椅子から立ちあがると、蠅も指から飛び去っていった。そろそろジョージを捕まえなくては。義母にはジョナサンのようすを尋ねるふりをして、探りを入れた。ジョージがよく鬚を整えてもらっている床屋にも電話をかけた。パーティーへの出席を確認しているということにして、エドガーにさえ連絡した。書斎の机で見つけた名刺の番号を写しとってきて、ジョージがときおり出入りしている会員制の紳士クラブにも電話をかけてみた。

受話器から聞こえてきたのは、抑揚のない男の声だった。

「あの、わたくし……ミセス・マーチと申しますが、うちの主人が、ジョージ・マーチがそちらに伺っていないか確かめたくて、お電話を差しあげました。つまりその……今日の午後にそちらへ寄るかもしれないと、本人が申しておりましたもので」

「かしこまりました、マダム。ただいま確認してまいります」そう応じた男の声音からは、内心ではこうしたやりとりにうんざりしているようすが窺えた。この男はたぶん、夫の所在を確かめようとする嫉妬深い妻たちへの対応を、かぞえきれないほど繰りかえしてきたんじゃないかしら。クラブの会員に代わって、あらかじめ用意された言いわけを伝える練習さえ重ねているのかもしれない。赤らんだ顔でウィスキーを口に運ぶジョージの姿が、頭に浮かんだ。酒に酔ったときのつねで、今日も涙ぐんだ目をぼんやりとさせて、一点を見つめている。そこへ倦《う》んだ声の男が近づいていきて、こう話しかける――奥さまからお電話が入っております。なんとお答えしましょうか。ジョージはゆうべの口論をつかのま思いかえしてから、もう少し懲らしめてやろうとの結論に至る――ついさっき店を出たと言っておいてくれ。いや、それよりも……今日はまだ顔を見せていないと言っておいてもらおうか。

「本日はまだお見えになっておりません、マダム」

たったいま伝えられた情報を呑みこむのに、一瞬の間を要した。「そう……わかりました。どうもありがとう」と応じて、受話器を置いた。

両手をきつく縒りあわせながら、ミセス・マーチは廊下に出た。なぜかはわからないけれど引き寄せられるようにして、寝室に――テレビの音が聞こえてくるほうに向かって歩きだした。

寝室のなかには起きぬけの口臭のような、むっとするにおいが充満していた。新鮮な空気を入れようと、マーサがしていたように窓を開け放ったあと、しばらくその場に立ったまま、ベッドの上で皺くちゃになっているシーツを眺めた。ベッドメイクを済ませていないベッドというのは、見苦しいことこのうえない。なのになぜだかこのときだけは、そこから目を逸らすことができなかった。今日は朝からいまに至るまで、乱れたままの寝具を避けつづけてきた。ちらとも目をくれようとしなかった。そのくせ、この寝具の存在は、意識のずっと奥底で、あの蠅のような羽音を絶え間なく響かせつづけていた。ミセス・マーチは覚悟を決めた。震える手をそろそろと伸ばし、シーツをつかんで引っぱった。マットレスにでも引っかかっているのか、シーツはびくとも動かなかった。さらに力を入れて引くと、ようやくシーツがベッドから剝がれた。

死後二十四時間にも満たないというのに、その死体はすでに、どことなく緑がかった光沢を帯びはじめていた。心なしかたるんだ皮膚は、サイズの合わないアイロン台カバーを思い起こさせた。

そうよ、わたしが刺したんだわ。そう、わたしが刺したんだ。最初は〝優しく〟と表現してもいいくらいに、そっと刃を突き刺した。そこからしだいに力を強め、速さを増して、ついには夫を滅多刺しにしていた。肉切り包丁の木製の柄がこすれて、てのひらがひりひりした。そういえばヘアサロンのネイリストからも、血豆ができていますよと指摘されたっけ。

鳥のさえずりのように甲高い悲鳴が、喉の奥から漏れだしてきた。ミセス・マーチは両手で自分の口をふさいだ。

ジョージはぴくりとも動かなかった。死体の顔は――ジョージの顔は――目がやぶ睨みになった虚ろな表情は――マドリードのレストランで食べた子豚の丸焼きを思い起こさせた。一般には食されることの少ない部位や内臓も一緒にふるまわれたから、蒸し煮にされた胃袋や舌や耳の味も、食感も、軟骨のこりこりとした噛み心地も、はっきりと覚えている。それから、子豚のあの頭。余計な油はいっさい使わずに調理されたという子豚の頭そっくりに、ジョージの顔もまた、大きく開いた唇の隙間から不揃いな歯がのぞき、目はぼんやりと虚空を見つめていた。子豚の顔の肉は驚くほど柔らかくて、特に力を入れなくても、フォークがすんなり突き刺さったっけ。そのままフォークを横にずらせば、肉が頭蓋骨からほろほろと剝がれ落ちてきて――

寝室から廊下へ飛びだすなり、胃袋の中身が逆流してきた。廊下に点々と反吐を滴らせながら、ミセス・マーチはゲスト用のバスルームに駆けこんだ。便器の奥の壁に掛けられている絵のなかではいま、乳房の腐り落ちた女たちが水浴びをしている。女たちの口はいびつにゆがんでいて、目からはだらだらと血が流れている。悲鳴までもが聞こえてくる。

最後の最後に力を振りしぼり、大きく胸を波打たせながら、タールのように黒光りのするねっとりとした胆汁を吐きだした。便座の縁にしがみついて大きく息を喘がせていると、結晶化していた石がぽろっと取れて体内から転がりでていくみたいに、結婚指輪がするっとはずれて、便器のなかに転がり落ちた。

隣家で誰かが動く気配が、壁越しに伝わってくる。ミセス・マーチはてのひらで口をふさいで、荒い呼吸音を押し殺した。トイレの水を二回流してから、よろめく足で廊下に出た。

するとそのとき、扉をノックする音が響いた。玄関扉を恐る恐る開けると、お仕着せ姿の給仕チームが立っていた。給仕人たちは挨拶もそこそこにミセス・マーチの脇をすりぬけ、足早にキッチンに入るなり、調理済みの料理の包みを解きはじめた。

ミセス・マーチは首をまわして、玄関の間の振り子時計を見やった。木製の〝告げ口心臓〟さながらに、真鍮の振り子をチクタク鳴らして、死体の在り処《か》を知らせている。笑みを浮かべた丸い月が、目配せを寄越している。「何よ。何なの？」と、ミセス・マーチは月に迫った。すると、それにタイミングを合わせるかのように、寝室に移されたテレビのほうで、どっと笑い声が沸き起こった。いくらか恐怖に慄《おのの》きつつも、その音に引き寄せられるようにして、ミセス・マーチは寝室に足を踏みいれた。画面ではいま《ローレンス・ウェルク・ショー》が放送されていて、カナリア色の衣装――女性はタフタ織のドレスで、男性はポリエステル製のスーツ――に身を包んだコーラス隊が左右に身体を揺らしながら、満面の笑みで歌っていた――**別れはいつだって甘く切ない……だけど永遠にきみを忘れない……**

窓から吹きこんできたそよ風に煽られて、薄手のカーテンが軽やかに舞った。ミセス・マーチはベッドのへりに腰をおろした。この後ろのどこか近くに、ジョージは横たわっている。包丁で切り刻まれ、膨張しはじめた肉体が、血の染みこんだ真珠色のシーツの下に隠されている。

腕時計に目をやって、時刻を確認した。招待客はいつ到着してもおかしくない。いいわ、いつでもいらっしゃい。やってみせるわ。なんとかしてみせる。夫を亡くしたばかりのジャクリーン・ケネディばりに――大統領専用機内《エアフォースワン》で大統領就任宣言をするジョンソン副大統領を見守っていたときのジャクリーンのように、夫の血が飛び散ったスカートを凜《りん》として穿きつづけていたジャクリーンのように、優雅に、威厳たっぷりに、夫の死を乗り越えてみせるわ。

ミセス・マーチは力なく背を丸めたまま、膝を揃えた。バレエを習いはじめたばかりの初心者みたいに、つま先を左右に開いた。ひとりめの招待客の到着を待っていると、満面の笑みをたたえたコーラス隊がふたたび画面にあらわれて、陽気なフルートの音色をバックに、お別れとおやすみの歌を歌いだした。

するとそのとき、エンディング曲のリズムに合わせて、玄関扉にこぶしを打ちつける音が響いた。ああ、パーティーが始まるわ。

なんてことをしてくれたの？　と、ミセス・マーチは自分に問いかけた。ねえ、アガサ・マーチ、いったいなんてことをしてくれたの？

謝辞

我がデビュー作であるこの本を、人生で最初に出会った語り部である父と、最初の読者である母に捧げる。わたしがこの世に生まれ落ちた瞬間から、ありとあらゆる面でサポートしつづけてきてくれて、本当にありがとう。でも、わたしの電話料金を支払うのは、どうかもうやめにしてください。

心配性のすばらしい兄弟たちにも感謝を。ダニはいつも、涙声で電話をかけてくるわたしにつきあって、いくらでも話を聞いてくれた。オスカーはわたしたちに、夢を追うことの大切さを（ちょっと不愛想にだけれども）教えてくれた。

この小説（と著者）に対するケント・D・ウルフの献身ぶりは、こちらが申しわけなくなってしまうほどのものだった。聡明で、陽気で、類稀《たぐいまれ》なるケントが――ゼブラ柄も着こなすことのできるケントが――いてくれなかったら、『ミセス・マーチの果てしない猜疑心』は引出しに埋もれたままになっていたことだろう。

それから、とびきり愉快な編集者ふたりにも、ありがとうと伝えたい。ジーナ・イアクインタは、あれやこれやの手練手《て》管《くだ》で、わたしという人間から最上のものを引きだしてくれた。ヘレン・ガーノンズ・ウィリアムズはわたしの突飛な発想を、つねに励まし、育ててくれた。あなたたちふたりと重ねた執筆の合間の三者対談は、この作品にまつわるなかで最も楽しい思い出のひとつです。

リヴライト社の猛者《もさ》たちにも感謝を。彼らは出会った初日からわたしのために、たゆむことなく奮闘を続けてくれた。あなたたちの輪に加えてもらえた瞬間から、大船に乗ったような気持ちになれました。それから、アンナ・ケリーと言論界のみなさまにも。ルーメン社のマリア・ファシェの情熱と、思いやりと、熱意にも。わたしのジョークにいつも笑ってくれる、優しいテレサにも。この作品をつねに擁護し、この物語を別のアングルから眺める機会まで与えてくれた、リジーとリンジーにも。わたしが十五歳のときから、作品の読者となり、批評家となってくれた人物、そして、人生初の原稿に〝採点〟をしてくれた人物でもある、ミスター・マクナリーにも。（わたしが自分のことは自分でできるようになったあとでも）ことあるごとに手助けを申しでてくれる、チャールズ・カミングにも。

花を贈ってくれたモニと、シャンパンを開けてくれたパチェコにも。

それから、ルーカス、あなたに最大級の感謝を《ボレンチマ・デ・トド・グラシアス》。すべてをあなたに捧げます《トド・エス・ポリ・パラ・ティ》。

訳者あとがき

いまをときめく小説家、ジョージ・マーチの妻であるミセス・マーチは、アッパー・イースト・サイドに建つ高級アパートメントで不自由のない暮らしを送っていた。有能な家政婦の助けを借りつつも、厳格な母の教えを守り、人気作家である夫を陰ながら支え、八歳になる息子を育てる毎日。ところが、夫の最新作が上梓《じょうし》されてほどなくのこと。贔屓にしてきたパティスリーの店主から、その最新作の主人公が妻であるミセス・マーチをモデルにしているのではないかと告げられた瞬間、平穏な日常がガラガラと音を立てて崩れ去っていく。あまりにも醜く、あまりにも蒙昧で、常連客からもそっぽを向かれるほどに落ちぶれたあの娼婦が、わたしをモデルにしているですって？

わたしを取りかこむ世界は本当に、これまで信じてきたとおりのものなの？　夫も、周囲の人々も、本当はどんなふうにわたしのことを見ているの？　夫の真意を探ろうと書斎に忍びこんだミセス・マーチは、一冊のノートに挟みこまれた新聞の切りぬきを発見する。夫がときどき狩猟に出かけていく町で、若い女性が行方不明になっているとの記事。もしかしたら、この女性の失踪に、夫が何かしら関わっているのでは？

それからというもの、夫への疑念を募らせるミセス・マーチの周囲では、想像を絶する奇怪な出来事が次から次へと発生しはじめるのだった——

これは現実なのか。すべて妄想なのか。どこまでが現実で、どこからが妄想なのか。精神のバランスを崩して妄想の世界に沈みこんでいく主人公という〝信用のならない語り手〟の目線から、物語は綴られる。ページをめくればめくるほどに、読む者までもが混乱の渦に引きずりこまれていく。ごく普通の思い出話として語られる幼少期や思春期のエピソードも、どこまで鵜呑みにしていいものか、傍観者であるはずのこちらですら、猜疑心に取り憑かれてしまう。

時代設定は言明されていない。電話機がダイヤル式であったり、美容院でお釜タイプのドライヤーが用いられていたり、ジャクリーン・ケネディが引きあいに出されたり、《ローレンス・ウェルク・ショー》が放送されていたりなどといった描写から、一九六〇年代から七〇年代にかけてのいずれかの時点であろうと、推測するよりほかはない。それでも、いまから四十年以上まえ、女性の社会進出がそれほど進んでいない時代が、物語の舞台となっていることはまちがいない。現代とは大きく異なる古い価値観のなかで、ミセス・マーチは生きていた。幼少期や少女時代の経験からさまざまなトラウマを背負い、古い価値観にがんじがらめになって、精神にゆがみを生じるに至っていた。みずからの存在価値を自分自身のなかに見いだせずに苦しんでいた。そうした時代背景が人格形成を大きく左右したことは、もちろんたしかではあるけれど、ミセス・マーチの心の闇をのぞき見るとき、それが現代社会――とりわけSNSの発達した社会――に対する諷刺や警鐘のように感じられる読者も、けっして少なくないのではないか。主人公の心の声が、不意に自分と重なって、ぞっとさせられてしまうこともあるかもしれない。人間の内面の醜さというものが、それほどに容赦なく、生々しく、つぶさに暴きだされているからだ。

著者であるヴァージニア・フェイトはスペインに生まれ、マドリードとパリで育った。ロンドン大学クイーン・メアリー校にて英語と演劇を、広告専門学校のマイアミ・アド・スクールにて広告学を学んだのちはマドリードへ戻り、広告代理店に勤務。コピーライターとして成功をおさめていたが、クリエイティブ・ディレクターへの昇進か辞職かの選択を迫られた際、これは、かねてから構想を温めていた小説を執筆する好機だと意を決する。そうして退職後まる一年をかけて、本作の第一稿を英語で書きあげたのだという。

かくして本作『ミセス・マーチの果てしない猜疑心』は、著者フェイトのデビュー作として二〇二一年八月に上梓された。刊行まえから、《ハンドメイズ・テイル／侍女の物語》でエミー賞主演女優賞を受賞した実力派女優エリザベス・モスが自身の主演・プロデュースによる映画化を発表し、たいへんな話題にもなった。出版後も各国の新聞、雑誌等で盛んにとりあげられ、軒並み高評価を得ている。著者自身のホームページに掲載されているそうした書評のなかから、ほんのひと握りではあるが、最後に紹介させていただこう。

〝ヴァージニア・フェイトの紡ぎだす物語は、心をつかんで放さない。これにのめりこんでしまうまえに、予定をすべてキャンセルしておくこと〟

――E!オンライン

〝確固たる観察眼にもとづき、端麗な筆致で綴られたデビュー作〟

――《パブリッシャーズ・ウィークリー》

〝ヴァージニア・フェイトはマドリードに暮らすスペイン人でありながら、どういうわけだか、パトリシア・ハイスミスとシャーリイ・ジャクスンの血を受け継いでいるようだ〟

――書評誌《カーカス・レビュー》

〝この卓越したデビュー作を読み終えた者は、著者が作品のなかで見事にやってのけたことを理解せんがためだけに、もう一度頭から読みかえそうとするだろう〟

――《ニューヨーク・タイムズ・ブックレビュー》

〝文壇における新たな語り手の登場に関して、これほど興奮させられたことが、いまだかつてあったろうか〟

――《イブニング・スタンダード》

〝恐ろしく魅惑的であり、底抜けに恐ろしくもある、スタイリッシュなサイコサスペンス〟

――《ワシントン・ポスト》

これほどの高評価を受けるに値する作品であるから、映画のほうの仕上がりも大いに期待して待ちたいものである。

二〇二三年五月

嘘は校舎のいたるところに

The Lies You Told

ハリエット・タイス

服部京子訳

夫に家を追い出され、故郷ロンドンに戻ったセイディ。娘ロビンと暮らすため、母校・アシェイムズ校に娘を通わせることになる。法廷弁護士に復帰し注目の裁判にも関わっていくセイディだったが、アシェイムズ校に通う生徒の母親同士が起こす狂騒の渦に呑まれてしまい……学校と法廷で幾重にも展開するサスペンス

ハヤカワ文庫

二流小説家

The Serialist

デイヴィッド・ゴードン

青木千鶴訳

〔映画化原作〕筆名でポルノや安っぽいSF、ヴァンパイア小説を書き続ける日日……そんな冴えない作家が、服役中の連続殺人鬼から告白本の執筆を依頼される。ベストセラー間違いなしのおいしい話に勇躍刑務所へと面会に向かうが、その裏には思いもよらないことが……三大ベストテンの第一位を制覇した超話題作

ハヤカワ文庫

さよなら、愛しい人

Farewell, My Lovely

レイモンド・チャンドラー
村上春樹訳

刑務所から出所したばかりの大男、へら鹿マロイは、八年前に別れた恋人ヴェルマを探しに黒人街の酒場にやってきた。しかしそこで激情に駆られ殺人を犯してしまう。偶然、現場に居合わせた私立探偵のマーロウは、行方をくらましたマロイと女を探して夜の酒場をさまよう。狂おしいほど一途な愛を待ち受ける哀しい結末とは？　名作『さらば愛しき女よ』を村上春樹が新訳した話題作。

制裁

ODJURET

アンデシュ・ルースルンド&ベリエ・ヘルストレム
ヘレンハルメ美穂訳

〔「ガラスの鍵」賞受賞作〕凶悪な少女連続殺人犯が護送中に脱走。その報道を目にした作家のフレドリックは驚愕する。この男は今朝、愛娘の通う保育園にいた！　彼は祈るように我が子のもとへ急ぐが……。悲劇は繰り返されてしまうのか？　北欧最高の「ガラスの鍵」賞を受賞した〈グレーンス警部〉シリーズ第一作

幻の女〔新訳版〕

Phantom Lady

ウイリアム・アイリッシュ
黒原敏行訳

妻と喧嘩し、街をさまよっていた男は、奇妙な帽子をかぶった見ず知らずの女に出会う。彼はその女を誘って食事をし、ショーを観てから別れた。帰宅後、男を待っていたのは、絞殺された妻の死体と刑事たちだった！　唯一の目撃者〝幻の女〟はいったいどこに？　新訳で贈るサスペンスの不朽の名作。解説／池上冬樹

ハヤカワ文庫

もう終わりにしよう。

I'M THINKING OF ENDING THINGS

イアン・リード

坂本あおい訳

田舎町をドライブするカップル。付き合いたてのふたりは、今から彼氏の両親の家に挨拶にいくところ。一見、幸せそうにみえるが、実は「わたし」は別れを切り出そうと考えている。冷え切った関係が導いた驚愕の答え——。チャーリー・カウフマン監督の映画化で話題を呼んだ、孤独がもたらす心理に迫るスリラー。

ハヤカワ文庫

女には向かない職業

An Unsuitable Job for a Woman

P・D・ジェイムズ
小泉喜美子訳

探偵稼業は女には向かない——誰もが言ったがコーデリアの決意は固かった。最初の依頼は、突然大学を中退して命を断った青年の自殺の理由を調べるというものだった。初仕事向きの穏やかな事件に見えたが……可憐な女探偵コーデリア・グレイ登場。第一人者が、新米探偵のひたむきな活躍を描く。解説／瀬戸川猛資

ハヤカワ文庫

皮膚の下の頭蓋骨

The Skull Beneath the Skin

P・D・ジェイムズ
小泉喜美子訳

コーデリアは、脅迫に怯える主演女優の身辺警護のため、伝説の孤島の壮麗な舞台で上演される古典劇に招かれた。島には、それぞれ思惑を胸に秘めた七人の男女が集まっていたが、やがて、開演を目前に、主演女優の惨殺体が発見された！　ミステリの新女王が、現代ミステリに新たな地平を拓いた大作。解説／山口雅也

ハヤカワ文庫

災厄の町〔新訳版〕

Calamity Town

エラリイ・クイーン
越前敏弥訳

三年前に失踪したジムがライツヴィルの町に戻ってきた。彼の帰りを待っていたノーラと式を挙げ、幸福な日々が始まったかに見えたが、ある日ノーラは夫の持ち物から妻の死を知らせる手紙を見つけた……奇怪な毒殺事件の真相にエラリイが見出した苦い結末とは？　巨匠の最高傑作が、新訳で登場！　解説／飯城勇三

ハヤカワ文庫

九尾の猫〈新訳版〉

Cat of Many Tails

エラリイ・クイーン

越前敏弥訳

次々と殺人を犯し、ニューヨークを震撼させた連続絞殺魔〈猫〉事件。〈猫〉が風のように街を通りすぎた後に残るものはただ二つ——死体とその首に巻きついたタッサーシルクの紐だけだった。〈猫〉の正体とその目的は？　過去の呪縛に苦しむエラリイと〈猫〉との頭脳戦が展開される。待望の新訳。　解説／飯城勇三

ハヤカワ文庫

特別料理

Mystery Stories

スタンリイ・エリン

田中融二訳

美食家が集うレストラン。常連たちの待ち望む「特別料理」が供されるとき、明らかになる秘密とは……不気味な読後感に包まれる表題作を始め、アメリカ探偵作家クラブ賞受賞作「パーティーの夜」など、語りの妙とすぐれた心理描写を堪能できる十篇を収めた。エラリイ・クイーンが絶賛する作家による傑作短篇集！

ハヤカワ文庫

訳者略歴　白百合女子大学文学部卒，英米文学翻訳家　訳書『二流小説家』『ミステリガール』『用心棒』『続・用心棒』ゴードン，『エレベーター』レナルズ，『熊の皮』マクラフリン（以上早川書房）他多数

HM=Hayakawa Mystery
SF=Science Fiction
JA=Japanese Author
NV=Novel
NF=Nonfiction
FT=Fantasy

ミセス・マーチの果《は》てしない猜疑心《さいぎしん》

〈HM⑰-1〉

二〇二三年七月 十 日　印刷
二〇二三年七月十五日　発行

（定価はカバーに表示してあります）

著者　ヴァージニア・フェイト
訳者　青《あお》木《き》千《ち》鶴《づる》
発行者　早川　浩
発行所　株式会社　早川書房

郵便番号　一〇一 - 〇〇四六
東京都千代田区神田多町二ノ二
電話　〇三 - 三二五二 - 三一一一
振替　〇〇一六〇 - 三 - 四七七九九
https://www.hayakawa-online.co.jp

乱丁・落丁本は小社制作部宛お送り下さい。
送料小社負担にてお取りかえいたします。

印刷・株式会社亨有堂印刷所　製本・株式会社明光社
Printed and bound in Japan
ISBN978-4-15-185551-1 C0197

本書は活字が大きく読みやすい〈トールサイズ〉です。